서라벌

권길상 장편소설

쇼팽의 서재

차례

● 주요 등장인물

선덕여왕   백제에게 서북쪽 40여 개의 성과 전략적 요충지인 대야성을 빼앗기고 신라를 위기의 상황에 빠뜨리기도 했지만, 첨성대와 수많은 사찰, 황룡사 9층탑을 성공적으로 건축하였다.

아비지   주인공 비목랑의 목수 스승이며, 삼국의 대목장 중 최고의 목조건축 장인으로 알려진 인물이다. 선덕여왕의 초청으로 황룡사 9층탑을 짓는 대목장으로 일했다.

주인공 비목랑   신라에서 학자로서 명성이 높았던 조부의 영향으로 학문에 관심이 있어 당나라에 공부하러 갔으나, 당나라 수도 서안에 있는 대당부용원의 본당을 보며 목수가 되기를 결심하고 백제의 아비지 상단에 입문하여 재능을 인정받고 최고의 도편수가 된다.

비담   여자가 왕인 것에 불만을 가지고 있는 구 귀족 세력들을 규합해서 '여주불능선리女主不能善理 - 여왕은 나라를 잘 다스릴 수 없다'는 말을 내세워 선덕여왕에게 도전하여 반란을 일으킨다.

염종   그는 진골 출신으로 관직은 대아찬이며, 비담의 책사 역할을 한다. 황룡사 9층탑의 순조로운 건립에 사사건건 시비를 걸며 방해하고, 왕권이 강화되는 것을 두려워한 구귀족 세력들을 규합하여 비담과 함께 반란을 주도한다.

김용춘	선덕여왕은 그에게 황룡사 9층탑 창건의 국가 총책을 맡겨 화백회의 귀족들과 협상 창구 역할을 하게 한다.
대목장 순정	비목랑의 아버지이자 창덕조의 당주다. 신라 최고의 도편수 중 한 사람으로, 창槍 대패의 달인이다. 그는 서라벌에서 목수를 양성하는 학숙學塾을 운영했다. 그의 독특한 교육 방법으로 수많은 목수 인재들이 배출된다. 아들 비목랑은 그의 수제자 중 한 사람이다.
비형랑	비형랑은 진지왕이 퇴위된 후 낳은 아들이며, 귀문鬼門의 수장이다. 황룡사 9층탑의 건립을 보이지 않게 지원한다.
연지	아비지 대목장의 고명딸이다. 팔등신에 가까운 미모를 지녔다. 주인공 비목랑이 아비지 대목장에게 도제 수업을 받을 때, 그와 첫사랑을 한다.

6

Author's Note[1]

"With the heart of rebuilding the Nine-Story Pagoda of Hwangnyongsa"

The Nine-Story Pagoda of Hwangnyongsa once rose above the royal capital of Silla, Seorabeol.

Had it endured the centuries, it would have stood as the greatest wooden tower the world has ever known.

The Sillans did not yet possess the craft to raise such a structure.

Yet through the genius of the Baekje artisan Abiji, the resolve of Queen Seondeok, and a people's longing to be united in spirit through the act of building,

the impossible was made real.

---

1 위 영문 번역문은 APEC 정상회담 취재로 방문한 해외 언론인들의 가독성 편의를 위한 것이다. 총 8개 장을 선별, 책 앞쪽에 배치했다. 작가의 말과 에 필로그 및 대목장 순정, 스승과 제자, 수제자, 황룡사 9층탑의 비밀, 신라의 위기, 밀애, 첨성대, 절대미의 완성 등 10개 장을 번역했다. 번역은 영국식 문학적 표현 양식을 준용했다.

For more than six hundred years, until it was consumed

by Mongol fire,

the tower endured.

It bound the Three Kingdoms, gave solace to the people,

and let the peninsula dream of a thousand-year kingdom.

But Kim Bu-sik, the Confucian historian of Goryeo, wrote

with scorn:

"Yang is strong and noble, Yin is soft and base.

If in the realm of men the male is exalted and the female

lowly,

how could an old woman ruling from the inner chamber

not violate the will of Heaven?"

And he added the cruel proverb:

"When the hen crows at dawn, the nation falls."

Thus in his Samguk Sagi he derided the reign of a queen

with words of insult.

In our age, such words would have brought impeachment

a dozen times over.

Yet blinded by Sinocentrism and patriarchy,

he never grasped that softness can outlast strength.

The Nine-Story Pagoda was a work to rival the Sagrada

Família in Barcelona,

that cathedral where silence seizes you before its soaring form—

because in its stones live awe, imagination, and the soul of its maker.

Gaudí rejected the straight line.

When others built with the rigid geometry of convenience,

he believed the curve was divine, the straight line corrupt.

For him, architecture was toil, yes—

but its result was a poem, a cosmos.

Within it the beholder touches the hand of the creator,

and in that touch dreams of beauty to transform their own life.

It was with such a heart that I longed to raise Hwangnyongsa's tower once more.

Not in timber and clay, but in the living timber of story.

Through the voices of those who built and those who opposed,

I invite readers into the world where history, art, faith, and power

converged in the tower of Hwangnyongsa.

If you can imagine the harmony of its nine-tiered proportions,

the breath of artisans in each column,

the compassion of the Dharma wrapping its body—

that is enough for me.

Around the same time, the queen built Cheomseongdae,

its structure still astonishing even under modern scientific gaze.

In every stone she left her philosophy, her faith, her vision of rule.

Graham Hancock once called the pyramids of Egypt "the fingerprints of the gods."

I too feel that touch in the queen's works—

in the graves, the palaces, even the waterways of Anapji,

all arranged like constellations around Cheomseongdae.

As Pharaoh Khufu saw his pyramid as a stairway to the heavens,

so the queen drew her Nine-Story Pagoda

as a map of the Pure Land,

a blueprint of the world beyond death.

Though Seorabeol was a land of earthquakes,

서라벌

Cheomseongdae did not fall.

The artisans' mastery and sensitivity

were proof carved in stone.

Yet tragedy struck in 1238, the 25th year of King Gojong

of Goryeo,

when the Mongols came and the tower was lost to flame.

Now only foundation stones remain, mute witnesses to its

vanished grandeur.

This novel is my attempt to raise it again—

a work of memory as architecture.

For without passion, nothing is built.

Without a spirit of art, nothing endures.

So it was then. So it is now.

I ask you, reader, as you turn these pages,

to feel how great that tower was,

and how noble the spirit of those who raised it.

And I dare to hope that someday,

upon the grounds vast as eleven soccer fields,

the tower of Hwangnyongsa may again stand tall,

a beacon reborn.

— Kwon Gil-sang, Carpenter & Author

Epilogue

I know the year, the month, the day I die.

When that hour comes, then bear me to the height—

to Nangsan's crown, to Doricheon's fair gate.

So spake the Queen, in hush before her lords.

"What place is Doricheon?" they asked in awe.

She answered firm, her voice a sharpened stone:

"It is the summit, where the heavens meet."

And when the fated morning broke at last,

she breathed her final breath, as she foretold.

No trembling hair betrayed her prophecy.

Her faithful bore her body to the peak.

Yet while she lived, she raised up holy walls:

Yongmyosa's shrine, Bunhwangsa's stony tower,

the Ninefold Pagoda reaching to the clouds,

and star-seeking Cheomseongdae, the watch of time.

In beams of timber did she carve her rule,

and on the stone of faith inscribe the years.

Her Pure Land was not distant, far away.

The towers, temples, relics she had sown

throughout the breadth of Seorabeol still grew,

her spirit breathing, though her flesh lay still.

When Munmu reigned, a monk of fiery will,

Myeongnang, did build the Temple of Four Kings

beneath her tomb upon fair Nangsan's side.

The sutras tell: upon Mount Sumeru's slope

the realm of Kings abides; above it, Heaven.

Then did her ministers behold the truth:

she gazed not on a hill, but on the stars.

Even in death she shaped eternity.

Her tomb, the grave of Kim Yushin, the mound

of Munmu, Cheomseongdae, Oknyubong—

all stood aligned to meet the solstice dawn.

'Twas not by chance.

By prayer it was designed, by heaven drawn,

her masterwork: a kingdom's deathless plan.

Thirteen years hence, proud Baekje bowed in dust;

and twenty-one, Goguryeo did fall.

At Maeso Fortress, Silla's thirty thousand

did scatter twenty times their host of Tang.

With bamboo pikes they struck, yet underfoot

there lay the soil of faith the Queen had sown.

I shall not claim it was for this alone.

Yet evermore, the soft o'ermasters steel.

Though frail of frame, her spirit none could break.

She fought with fervor for her people's care,

and proved by life that mercy conquers might.

A hundred winters fled, and Bulguksa

with Seokguram rose to the solstice sun.

Her dream endured.

For even in the grave

she drew the map of Silla's thousand years.

Deok-eop-il-sin, Mangna-sa-bang—

one virtue to renew, all worlds embraced.

Thus was the sacred architecture born,

the Buddhist kingdom's everlasting dawn,

a realm that dreamt not years, but centuries—

a dream of stone that touched eternity.

서라벌

Master Carpenter Sunjeong

1

As the years advanced, Master Carpenter Sunjeong found his sleep ever shorter. The silent hours before dawn he came to cherish as his time for design: a moment to summon each face of his apprentices in his mind and arrange the tasks he would set them that day.

Before the darkness had thinned, he slid open the papered door and stepped into the chill. The thin crescent moon followed him like the keen eye of diligence itself. Drawing a long breath of sharp air, he steadied his chest. Always, before his carpenters arrived, he walked the site once around, noting every detail, then returned to his quarters to take a hearty meal and begin the day's labours.

That morning he found one of his men already crouched by a small fire, warming himself.

"Kim, you are out early," said Sunjeong. "The day has not yet broken."

The man looked up. "There is no trouble at home, Master. I, too, have lost the habit of sleeping long. I came to set my tools in order before work begins. A blade well-ground, a saw well-sharpened—these are a man's first prayers."

Sunjeong gave a booming laugh. "Ha! With elders so industrious, the younger carpenters will have a hard time keeping pace."

Sunjeong had been born the son of a scholar, one of the yukdupum class. He had been raised among books, yet his hands had always strayed towards wood. As a boy he built dog kennels, henhouses, looms, waterwheels—never dreaming of what could not be made. In manhood he chose not the brush but the axe and the plane. Yet he was no mere carpenter. He shaped timber as though it were philosophy itself, quoting the Four Books and Five Classics as he planed a beam.

"Unless you learn to read a man's heart," he often told his

서라벌

apprentices, "you cannot raise a house, nor build a pagoda."

To that end he founded the guild of Changdeokjo and a roving school of carpentry, the Hakgongsa—a workshop that was half monastery, half academy, following temple sites wherever work was needed. He taught less with words than with his eyes and his hands. Apprentices gathered from all corners of the kingdom, for entry was as difficult as it was coveted.

One such youth came from Uiryeong. He packed his treasured tools into a humble sack and trudged the many days' journey to Seorabeol. His clothes were patched hemp, his sleeves frayed, yet his bearing was gentle and resolute.

"Master, I beg to learn under you," he said.

"Show me your tools," Sunjeong replied gruffly.

The youth laid them out with care. Sunjeong lifted one, examined it, then flung it far across the yard.

"With this? Nonsense. Go, sharpen it until it can truly cut!"

It was his way of granting admission. Rarely did he accept a pupil at first sight, yet something in the young man's character persuaded him. Many fathers had pleaded to send their sons, but Sunjeong seldom agreed.

Still, even those accepted were not set to carpentry at once. For three or even six months, a newcomer lived at the Hakgongsa, preparing meals for the workers on site.

Summoning his foreman, Sunjeong said: "Choe Pyeonsu, take charge of this youth. Guide him well."

"Yes, Master."

Choe beckoned the boy and spoke plainly: "Here all begin the same way—by tending to meals. It is no humiliation. To learn the tastes of one's fellows, to prepare food suited to each man's strength, is no different from preparing the foundation of a house. Observe, assist, and soon enough the work of timber will come."

The boy bowed. "I understand."

That evening, after the meal was served, the carpenters called to him one by one.

"The clam soup was well done," one said.

"You cook as if you care. Likely you will work the same way," said another.

The youth only smiled faintly, saying nothing.

From a distance, Sunjeong watched, his gaze steady, as though seeing the grain of timber revealed in a living soul.

서라벌

2

One idle afternoon, when there was no play to be had, young Bimokrang took a radish from the kitchen and cut it into neat squares. He fetched a stick, drove thick nails through the pieces one by one, and began to raise a tiny house of his own making.

From a distance, Sunjeong, his father, watched with narrowed eyes.

Even in play, some hidden force is stirring…

It was then he realised: his son's gift lay not only in nimble fingers but in seeing the order that dwelt beyond outward form. From that day, Sunjeong brought the child with him to the building sites.

The carpenters muttered among themselves.

"A boy of four?"

But Sunjeong pressed on. He made the boy listen, watch, smell the fresh timber, walk the scaffolds. He was only a child—still yearning for his mother's embrace, still at an age for tears and play.

When his companions called from the street, clamouring

for games, Bimokrang itched to run. Yet his father's stern gaze held him fast. At last, Sunjeong softened.

"Bimokrang, today you may play with your friends. But tomorrow you must first draw for me the gongpo from the Golden Hall—the bracket that bears the roof's weight. Only then may you run free."

Sunjeong knew how forbidding that task was. Dragons' heads, phoenix forms—designs that even trained painters struggled to render. He set the task knowing it was near impossible, though the boy, thrilled at the promise of play, had no suspicion.

That evening, dust-covered from games, Bimokrang laid his drawing before his father. The lines were rough, uneven—yet the shape of the gongpo stood clear. Sunjeong's heart leapt, though his voice was stern.

"Is this what you call a drawing? Do it again tomorrow. Mark me: if you do not capture it rightly, your playtime will vanish."

Again and again the boy drew, until the bracket lived within his mind as surely as breath.

"Bimokrang," asked Sunjeong, "do you now see the form

서라벌

in your head?"

"Yes, Father."

"Then next, draw for me every painted motif of the Homadang. Leave not one behind."

The boy did so without complaint. Though scarcely weaned, he never wearied of repetition. Sunjeong had long known his son's gift for making, but not for drawing. His delicacy of eye astonished him.

At times Son Mok-su, who oversaw the Hakgongsa dormitories, found the boy carving scraps of wood.

"Young master, you must not touch the tools. Your father forbade it."

"But I want to make in wood the gongpo I have drawn."

"Then you must ask him yourself."

So Bimokrang did.

"Father, I want to try carpentry."

"Then answer me first," Sunjeong said. "What is this garam we build?"

"It is the house of the Buddha."

"Just so. Any village carpenter may build a house for men. But a garam is different. It is the dwelling of the Buddha, a place where the hearts of all may rest. That is why a palace carpenter must at least recite the Heart Sutra. Two hundred and seventy characters only, yet each day we chant it.

"To set blade to timber is to carve scripture into one's heart. And when recitation flows as smoothly as planing wood, even the wheel of rebirth itself may be pared away— one life's pain, three lives' grasping—all vanish.

'Form is emptiness, emptiness is form.' This is not mere void. It is the truth that all things arise by causes and pass by causes, never ceasing to change. Thus there is no fixed self. Today's 'I' is not tomorrow's, nor will the self of this moment endure unchanged. To see with the eyes of emptiness is to glimpse anatta, no-self.

"To live with impermanence and no-self is not to flee reality. Suffering is born of clinging to what shifts. Release it, and freedom blooms. Where attachment dies, wisdom grows, and compassion flowers.

"I too once clung, and so I faltered. I let passions sway me, I wounded and was wounded. I forged bitter ties. Now only regret remains, but what is past cannot be undone.

"Bimokrang, recite the Heart Sutra daily. One morning

서라벌

you will find the heavy burden of carpentry has become a joy as light as sunlight on wood-shavings. You need not grasp every word I say now. Only remember these two truths: impermanence and no-self.

"Know also: truth is not found only in a sage's sermon deep in the mountains. It may be seen in the grain of timber, in the curve of a roof tile, in the sweep of painted eaves. A garam shelters not monks alone, but queen, carpenter, and even slave."

"Yes, Father."

"Do you wish, then, to become a temple carpenter?"

"Yes."

"Then remember: build temples, but above all build the hearts of men. You may not yet understand. In time, you will."

"Yes, Father. I will remember."

Sunjeong smiled. "Good lad. You make me proud."

He placed a heavy hand on the boy's shoulder.

"Know this, Bimokrang: the work of a carpenter is not knowledge alone, but the memory of hand and body, the breath of spirit. To give wood a soul, and so raise a building that endures a thousand years—that is our craft."

For his apprentices, Sunjeong insisted on a strange training: before ever they took up tools, they must cook for their fellows. To feed a household was as hard as raising a house. Preparation was as vital as the act itself. From this, he prized not skill alone but character—young men who learned to care for one another.

"Bimokrang," he told his son, "without care for others, no man may be master builder. You will one day command many, and stand as a pillar of the state. Remember my words."

He spoke gravely, as if to one who might leave him on the morrow.

3

"Iljeonggyo··· it's on fire!"

A drowsy sentry, rubbing his eyes, suddenly screamed. At the tail-end of night, flames licked up the pavilion of the great timber bridge that spanned the Namcheon. Crackle by crackle the fire climbed, a jet of sparks tearing a hundred cheok into the sky. Its glow washed the lower slopes of Namsan and the eaves of Wolseong; the thud of collapsing beams and the shatter of falling tiles rolled along the river and reached the palace like thunder.

"Yes⋯ burn. Burn away my son's injustice—burn away my rage⋯

Seol Cheon-gi, hidden behind a thick pine on Namsan, watched the blaze so that none would see him. In his eyes, frenzy and rapture crossed like blades.

'I can die for this.'

The flames scorched the last trace of warmth from his heart, and with it came a strange peace—almost a pleasure.

He served as Cheonsa at the Taoist hall in Guhwang-dong, Seorabeol—a clerical rank akin to a pastor or abbot.

Man may cultivate the Way; the body then becomes a true immortal.

For ordinary folk who laboured merely to survive, the dream of immortality was a luxury. Popular Taoism among the commoners became a faith of blessings and averting harm—charms, talismans, and rites to soothe household anxieties. Some called him half-seer, half-madman. None, however, nursed a deeper grievance against the state.

He often spoke like a man possessed, rambling about the spirit world in words few could follow.

'Do you stand upon the earth, or live in the sky?' a fellow practitioner once warned him. 'Talk too far from life and they'll brand you a fantasist.'

One day a petty official came—Cheongwi (靑位) of the Office of Works, Seongjeon, which built and repaired royal temples and fortifications.

'We must widen the approach to Heungnyunsa,' he said. 'There's no help for it—your Taoist hall will have to be pulled down.'

He had small, irritated, mouse-like eyes and a pinched brow. Only his *bokdu* cap and robes lent him any impression of authority. His tone feigned sympathy, but it

서라벌

was nothing more than a notice.

'Impossible. That land is my ancestral ground. If you raze the hall, how am I to live?' Seol Cheon-gi protested.

'We're not seizing it, the official replied lightly. 'Compensation will be set. We'll return once a sum is decided.'

Years before, Seol Cheon-gi's son—barely twenty—had come back maimed from the fighting at Gajamseong, having lost a leg. The sky had seemed to cave in. In 624 King Jinpyeong had created the Sangsaseo, an office to record merit and grant rewards—naming the fallen and honouring them, aiding their families with stipends and privilege. Yet perfect governance is rare in any age. Support failed to arrive; his son, despairing, took his own life. Since then Seol Cheon-gi's resentment towards the court had fermented in his breast. Now they would take his house as well.

'If they don't make it right this time, I'll burn the lot to the ground,' he muttered to neighbours, his anger no longer contained. He demanded twenty *majigi* of paddy in compensation; the palace would not grant even five. His fury broke its banks. That night, he walked down to the Namcheon.

In his hands he carried a tin of oil wrapped in coarse cloth, and a live ember. He did not hesitate. In moments, the bridge had caught.

The fire of vengeance took hold at the royal approach and climbed the ankles of Iljeonggyo—that guiltless giant of a span—until the great structure buckled and fell.

4

The burning of Iljeonggyo was a calamity that seemed to strangle the very breath of the kingdom in the waning years of King Jinpyeong's reign.

"How can it be," he cried, "that the bridge at the very threshold of the palace has vanished overnight, leaving not a trace? This, all of it, is the fault of my own failing virtue!"

He spoke thus before the assembled ministers, half lament, half rebuke. Baekjeong—that was the king's given name—had reigned for more than forty years. A towering

서라벌

figure, seven cheok in height, his white beard marked him as a patriarch of the realm. Outwardly he seemed as steady as a pillar, yet in his eyes the flame of command flickered and guttered.

"I have seen fires before," he said gravely, "but never has the nation's lifeblood been struck so cruel a blow. Find the arsonist and put him to death. Let such treachery never trouble us again. Mr. Sangdaedeung, see that the bridge is raised anew with all haste."

A minister bowed and spoke. "Your Majesty, both Iljeonggyo and Woljeonggyo guard the approach to the palace. They are the gates through which any enemy must pass. Their defence lies with the Office of Direct Guards, the Jikdojeon. It is their chief who must be held to account, so that no such breach ever comes again."

"Then so be it," the King ordered. "The Chief Inspector will interrogate him without mercy."

"It shall be done, Your Majesty," came the reply.

In Silla, there were two great master-builders. One was Sunjeong, head of the guild Changdeokjo. The other, Seol Eung-mo, led Daeyoungjo.

Seol Eung-mo was a man of six cheok and a half, whose strength was such that he could hoist a cart by himself. His efficiency was unmatched, but his envy, when thwarted, was fierce. His cold, dry eyes seemed always to harbour menace. Between Changdeokjo and Daeyoungjo, rivalry was constant. Whenever the court or a great temple called for builders, the two guilds vied for the work.

Already, Seol Eung-mo had moved swiftly. He had made quiet promises to Sukheul, the Sangdaedeung, to secure the commission for rebuilding Iljeonggyo. Sukheul, in turn, summoned Kim Yongchun, who oversaw the Office of Works, Seongjeon, within the Ministry of Public Construction.

"Whom shall we entrust with the bridge?" Sukheul asked.

"The plans for Iljeonggyo are kept in our records," said Yongchun. "Either of the great masters could raise it again⋯" He hesitated.

Sukheul pressed. "Last time, the restoration of Heungnyunsa fell to Changdeokjo. Perhaps now the work should go to Daeyoungjo?"

But Yongchun bowed and answered with calm firmness.

서라벌

"Your Excellency, in all construction, experience and memory are the surest guides. Master Sunjeong of Changdeokjo served as chief dopeonsu when the bridge was first built. He knows every joint and beam. If speed and certainty are what the court requires, then it is only right the work return to him."

Sukheul exhaled, half with resignation. "So be it. Since you, Kim Yongchun, hold such charge over Seongjeon, let it be as you judge."

Yet in his heart, Sukheul cursed. He had given word to Seol Eung-mo, but Yongchun's argument was unassailable, his resolve unshaken. Once again, Daeyoungjo was denied.

Seol Eung-mo stood silent when he heard the decision. His lips clamped shut, veins rising on the backs of his hands. Others said it was the bridge that had burned. But to Seol Eung-mo, it was his pride that smouldered most fiercely.

5

The news of Iljeonggyo's burning had spread across

the land. From Bongseong's Chunyang forests came offers of Chunyang-mok, from Ujinya's mountains came Geumgangsong—lords of the hills who considered it the highest honour to donate timber for the rebuilding of a state monument, their names carved upon the ridgepole inscription of a great work.

Seol Eung-mo walked with his hands clasped behind his back, slow and deliberate. Ahead lay the worksite, where Changdeokjo had once again secured the royal commission. He stood still, lips pressed tight, his gaze fixed long upon the bustle. At length he turned to Kim Mok-su at his side.

"I cannot accept it," he said quietly. "Iljeonggyo··· I remember its plans in my own hands when I was a younger man, shaping its timbers with my own chisel. And yet, why must every great undertaking of this kingdom fall only to Sunjeong? Because he built it first, must he alone rebuild it? That is not the inheritance of skill—it is the monopoly of opportunity. Public works should be shared fairly. There is more than one master carpenter in Silla. When craft lies only in one man's hand, it ceases to be art. It becomes power."

He frowned, his voice hardening. "Do you think I lack

ability? This land is filled with men who have etched ink lines deep into bone, who have wept in silence while planing through the night. Yet always the same name, the same face walks the palace corridors. Is this not a meagre world?"

Kim Mok-su hesitated, then offered carefully: "But, Master⋯ Sunjeong does have the skill, and the repute—"

Seol Eung-mo cut him short. "I grant him his craft. Yet every talent, if it grows too tall, like grass in the wind, will in time be uprooted. My grievance is not his merit, but that the wind has blown too long from only one direction."

Later, in a modest tavern, Seol Eung-mo gathered three nameless carpenters. Wine was poured, talk grew easier, and he leaned forward with a low voice.

"You know that Changdeokjo has taken Iljeonggyo again," he said.

One man sighed. "Aye. They are already half the court themselves."

Seol Eung-mo refilled the cups. "So we sweat, we plane through the night, and still the work goes elsewhere. The honours are shared above, the labour borne below."

Another muttered, almost to himself: "If only we could win one commission in our own right⋯"

Seol Eung-mo's eyes gleamed. "Then let us spread a whisper. Say that Changdeokjo hoards the finest timbers, keeping them hidden, while sending cracked and aged wood to the site. Old timber dries and splits—that much is no lie. Wood does not deceive."

The men nodded, uneasy yet persuaded. Seol Eung-mo drank deep, a thin smile curling at his lips. "Remember— men's faith crumbles from but a single seed of doubt."

Soon, in the market by Seorabeol's south gate, he let slip words to timber-dealers.

"Ah⋯ they say Master Sunjeong's beams are planed so thin the grain itself has died."

A merchant, brows raised, asked: "If the grain is dead, then the wood will yield to water, will it not?"

Seol Eung-mo's smile was slow and sharp. "If they still entrust the work to him—ask yourself—was it truly his skill⋯ or the hand behind him?"

6

Master Carpenter Seol Eung-mo had lost too many commissions. Time and again, the great state contracts slipped from his grasp, each one claimed by Sunjeong. What began as frustration curdled into something darker. Resentment wound itself about his heart like a serpent, coiling tighter with every passing year.

At last, he understood. It was not the loss of contracts that blocked his way—it was Sunjeong himself.

The title of Silla's greatest carpenter was not earned by skill alone. In every word Sunjeong spoke, in every look he gave, there lay a dignity that set him apart. However stubborn the craftsman, however headstrong the apprentice, all bent the knee before his presence.

Seol Eung-mo, for all his immense strength and icy discipline, could not win men's hearts. That truth clawed at his soul. Jealousy grew inside him like a poison weed, until his bitterness smouldered like a spring forest fire, made fiercer by the dry leaves of old slights.

"Kim Mok-su," he said one evening, his voice low, "choose

one among our men. Someone silent, reliable. Place him where no one will notice—within the works of Iljeonggyo's restoration."

"Yes, my lord," Kim replied, though in the privacy of his thoughts he trembled. Our master will bring calamity upon himself⋯

Meanwhile, Master Carpenter Sunjeong received the drawings from Kim Yongchun and spread them wide upon the table. With a practised eye, he measured the timber. Half of the scorched beams could be salvaged. The rest— he calculated—would require some 250,000 jae, enough to build five ordinary temples with ease.

"Iljeonggyo is no common bridge," Sunjeong told his men. "It is the gate to the palace. Its completion must be swift above all else. Gather the finest carpenters in Seorabeol. As for me, I shall travel with a few master-joiners to the mountain lords who offer timber, and judge for myself which trees are fit to serve."

He entrusted Son Pil-un, his loyal lieutenant, with recruiting craftsmen and overseeing the preparations. And, as ever, he kept his nine-year-old son Bimokrang at his side, for the boy had long since been part of his world of timber and line.

Sunjeong's bearing was unlike other carpenters. Though he bore the calluses of the craft, his face carried the air of a scholar. His stride was upright, shoulders easy yet strong, like a seasoned general returned from the field. When he passed through the city markets, women could not help but cast their eyes upon him.

Soon he summoned the heads of the work crews—those charged with beams, rafters, pillars, and bracket arms—and laid out the plan before them. The gathering had the air not of a construction meeting but of a learned lecture, a master instructing pupils in a hall of study.

When the meeting closed, Son Pil-un lingered. His expression carried unease.

"My lord," he said softly, "there are strange rumours in the city. They say the men of Daeyeongjo spread false tales— that the timber gifted from the provinces, the finest logs, are hoarded in our warehouses, while only the cracked and aged beams are used for the bridge."

Sunjeong's voice remained steady. "Pay no heed. I shall

speak with Lord Kim Yongchun and explain the matter plainly. Timber for such a work must be seasoned at least thirty years before it can be used. Do you think the market women know this? Still, we must caution our men. Let them guard themselves against the suspicion of Daeyeongjo's carpenters."

Son Pil-un bowed low, but his heart was heavy. For though Sunjeong's words were calm, a fleeting shadow crossed his eyes, as though he too sensed a storm gathering beyond the reach of plans and timber.

7

At Wolsŏng, the rime that clung to the tree-tops shivered in the bitter wind. It whipped across the restoration site of Iljeonggyo, curling the carpenters' fingers until they could scarce hold their planes. They bound their hands in double layers of coarse cotton, as one might bind a leper's sores, but the biting cold seeped through. Numbness set in, and with it the terror of losing the feel of the blade.

Only the great fire in the centre of the site gave them respite. When the pain grew unbearable, men thrust their hands to the flames before returning to their labour.

"There are thousands of rafters," muttered Son Pilun, deputy master of Changdeokjo, his eyes on the mountainous pile of logs. "Each must be stripped and shaped, their ends pared like sleeves, neat as a swallow's wing. But in this deathly cold—what chance have we?" He glanced at the towering heap and thought privately, if that stack fell, it would crush half a dozen men before they had time to cry out.

Two carpenters tugged at the props beneath the logs, just as Master Carpenter Sunjeong passed by. The timbers shifted. With a roar like thunder, the whole stack gave way.

"The Master's been buried—help, help here!"

The men tore at the fallen rafters, and Bimokrang, hearing the cry, came running. When at last the weight was lifted, they found Sunjeong crushed, his leg broken, his face bloodied, dark clots filling his mouth. His breath rasped.

"Bimokrang··· come closer, my son."

"Father, do not speak."

"In my place⋯ Silla's greatest carpenter must⋯" His words faltered.

Bimokrang, already sobbing, clasped his father's hand and cradled his head, unable to move him. "Father, don't leave us. Please—don't leave me. Master Son, save him! Someone—save him!"

Son Pilun was first to arrive, falling to his knees and lifting Sunjeong's head. Tears spilled unashamedly down his face. The carpenters crowded round, many weeping openly, for Sunjeong was more than master; he was father to them all.

Bimokrang pressed his cheek to the bloodied face, crying out in anguish. His mother came running at the news. One look at her husband's broken body and her legs gave way beneath her. She sat stunned, staring into the void before the wail tore from her throat. She stamped her feet and beat the ground, her grief shaking the very air. At last she turned to her son, clutching his hand.

"Bimokrang—your father was a great man. We must never forget him. We must carry his will onward." Yet her words, though steady, could not mask the depth of her desolation.

After Sunjeong's death, Bimokrang disappeared from

서라벌

the site. He shut himself away for days, neither eating nor speaking. His mother tried to soothe him, but in vain. The sight of his father's crushed body had sealed his lips. Silence became his refuge, until the elders feared he would never speak again.

In time he began to whisper words once more, but his tongue faltered, and he stammered. His childhood, once meant for play in the alleys, he spent instead in his father's deserted workshop. There he copied the patterns Sunjeong had sketched, painted over old designs, and brooded.

Doubt gnawed at him. Could a single prop, carelessly removed, bring down so vast a heap? Was it mere chance that his father passed at that very moment? In his young heart he felt the shadow of conspiracy.

No—it was not accident. Someone willed his death. One day, when I am grown, I shall avenge him. But first, I must become what he charged me to be—the greatest carpenter of Silla.

His grandfather, watching the boy haunt the workshop, grew fearful for his future. Yet when village children came to study the classics at his school, Bimokrang joined them, day after day. Slowly, the wound of grief began to heal.

"Bimokrang," the old man asked, "what will you become?"

"Grandfather, when Father died, he begged me to become the greatest carpenter of Silla. That is my vow."

"Well said. Then follow his path—skill with virtue. But remember, the carpenter's art is not enough. You must also be diligent in your studies."

"Yes, Grandfather."

"And know this—every man of Silla must be ready to serve the kingdom. You must enter the Hwarangdo, as your father's friend Kim Yongchun will arrange. There you will learn discipline and loyalty."

"Yes, Grandfather."

And so Bimokrang, though still a child, resolved to step from the shadows of grief and begin anew, carrying in his heart the burden of a father's last words.

서라벌

Master and Disciple

1

Abiji had two sons and one daughter. He intended to make his eldest son his chief disciple, responsible for the Buyeojo.

From the moment he could walk, Abiji took him to construction sites to play. His son always envied the neighborhood kids who ran freely everywhere, playing as they pleased.

"Can't I go out and play with my friends too?" he would ask. Abhiji would sternly scold him. It was part of his genius education. However, as the eldest son grew up, he became more interested in scholarship than carpentry.

"Father, I want to become an administrator rather than a

carpenter."

Abiji, who had inherited the family business as the eldest son himself, naturally assumed his eldest son would follow suit. Thinking of all the devotion he had poured into him, his son's words nearly brought tears to his eyes. How much inner turmoil must his son have endured?

"Alright, do as you wish. If not first, then second," he said.

From that day on, even the seating at meals changed. The eldest son should have sat beside his father, but from the day the heir changed, the father delegated his authority to the second son—the new heir—regarding everything from the seating at the table to the household's major and minor affairs. He began taking the fourteen-year-old second son to the workshop for training. But the second son, too, seemed unsuited to carpentry work; he gave up after only a short time.

'I cannot carry on the succession passed down through generations of ancestors and feel ashamed before them,' he lamented.

"Wife, if things continue like this, we'll have no choice but to take in a son-in-law. With our sons both like this, what can we do?"

Abiji sighed and said.

Even when driving a single nail, the strength required in the wrist differed greatly between a master carpenter with a skilled successor and one without.

"Wife, how can I possibly explain this filial failure before our ancestors? Having two sons, yet failing to pass on the legacy to my own blood?"

"Father, there are many skilled master carpenters in the Buyeo clan, aren't there? Couldn't we choose one of them as your successor?"

Daughter Yeonji, who had been listening to her father's lament alongside her mother, spoke up.

"True skill is passed down through bloodlines. From grandfather to father, and I inherited that father's skill. The techniques and secrets I've mastered since my first steps— how could they end with my generation?" Abiji remained deeply troubled for a long time.

Bimokrang, carrying a letter of introduction from a Baekje friend he met at the National Academy, did not return to

Silla but went straight to find Master Carpenter Abiji. As he sought out Baekje's master carpenter, he recalled the days when he himself had apprenticed under his father, Master Carpenter Sunjeong. How often had he silently repeated those last words, spoken as his father lay dying after an accident, urging him to become Silla's finest carpenter?

His topknot, formed by twisting his half-gray hair into a coil, stood tall above the white cloth wrapped around Abiji the Master Carpenter's forehead. His eyebrows were round and thick like crescent moons. His eyes, slightly hidden within their sockets, seemed unapproachable yet conveyed a gentle impression.

His demeanor was as calm and resolute as his reputation, and Bi Mok-rang felt an immediate sense of trust upon first seeing him. He thought he could accept him as a master.

The sounds of chisels carving grooves, wood being sawed, and the busy activity of planing pillars filled the site operated by Chief Carpenter Abiji, leaving Bi Mok-rang bewildered.

"Young man, how did you find your way here?"

Master Abiji asked Bimokrang politely.

서라벌

"I wish to become a carpenter capable of building structures like Great Tang Imperial Garden in Xi'an, Tang Dynasty. Please take me as your apprentice," Bimokrang replied.

Abiji saw a peculiar dignity in his eyes. His features were kind and neat; he did not look like an ordinary young man. He possessed an intense gaze, as if exploring an unknown world, as if determined to achieve something. Abiji had never seen such a youth before.

"What are your parents like?"

"Yes, my father was also a carpenter. He founded and ran a company called Changdeokjo in Silla. Unfortunately, whether due to misfortune on the job or the schemes of certain individuals, he met an untimely end."

"Are you perhaps referring to the master carpenter known as the finest in Silla, the head of the family who passed away during the restoration of the Iljeonggyo Bridge after it was destroyed by arson in Seorabeol? Are you saying that man was your late father?"

"Yes, sir."

'The son of Silla's foremost artisan has come all the way

to Baekje to learn carpentry.' Master Carpenter Abiji couldn't help but be astonished. He too had heard rumors about that incident.

But Master Carpenter Abiji was no pushover.

"Becoming a palace carpenter is no simple matter. Our workshop does not take apprentices," he stated.

Truthfully, he too desperately needed an heir to carry on the legacy. But with no work for years, he had been idle until recently reopening his workshop. He took pride in being a palace carpenter who built national temples and palaces, refusing to construct private residences even for the most powerful aristocratic families. He had never wavered from his belief: one who builds structures meant to last a thousand years cannot build houses meant to last a hundred.

Bi Mok-rang's age was already in his late teens, making him past the ideal time to be taken on as a disciple, which was another obstacle.

Thus, Bi Mok-rang returned to Silla and was honing his skills by participating in national temple construction projects at Changdeokjo, the workshop founded by his father, Master Carpenter Sunjeong. During this time, he exchanged letters with Master Carpenter Abiji for a year, expressing his earnest desire to become his disciple at any time. Abiji also sent letters to Bi Mok-rang, and the two kept the thread of their connection unbroken. A little over a year after Bimokrang had gone to seek out Abi Ji and pleaded to become his disciple, he finally joined the Buyeo Workshop of Baekje and began working under its head, Abiji.

"In our company," Abiji said, "no matter how learned or high-born one may be, everyone must start by grinding tools and cleaning in a difficult, lowly place for three years. If you can endure it, you may unpack your belongings."

'Can this boy truly become my successor? Can he endure the harsh trials and relentless effort required to become a master craftsman?'

Master Abiji gazed at Bimokrang and murmured to himself.

"Bimokrang, this is an old man's concern, but never speak of your origins or personal background to anyone. I will take full responsibility for everything. And when the time comes, I will tell everyone... Understood?"

"Yes, Your teacher"

Bi Mok-rang felt as though Chief Abiji was like a living father to him.

Tears nearly spilled from his eyes. It was the longing for his father, Sunjeong.

"Go fetch one of those pieces of wood over there and scratch it with your fingernail," Abiji told Bi Mok-rang.

"Huh?"

Bimokrang froze, bewildered, unsure what he meant.

"I mean, scrape it with your fingernail like you're planing a board."

"Ah, yes."

"When you scrape something with your fingernail instead of using a plane or chisel, do you truly feel that the tool is an extension of your body?" The sharper the claws of a beast, the better it hunts. Remember this: guarding and honing your tools is a carpenter's lifeblood." Master Abiji declared firmly.

That was the first and last lesson he ever gave Bimokrang.

Abiji never gave orders or taught his apprentices, even those who worked with him for years. He only set the perfect example.

서라벌

Practical skills were mastered and ingrained through the learner's own trial and error. Raising disciples this way was the method he himself had learned from his ancestors.

2

Bimokrang, who always had a strong sense of beauty, constantly held in his heart the image of the absolute beauty: a perfect eight-head-to-body ratio, with flawless facial features, shoulder lines, chest, and legs—a body of perfect balance.

How intense was that yearning? The white magnolia at the village entrance endured the harsh winter winds, finally revealing its white flesh to welcome the spirit of spring. Riding the rippling waves of the Geum River, the construction site of the new five-story pagoda at Jeongnimsa Temple was filled with the scent of cherry blossoms. The sound of carpenters stripping bark from pillars with adzes, the sound of chisels carving mortise holes, rang louder than the sound of the five-colored woodpecker pecking at the tree.

Master carpenters stretched black ink lines taut as bowstrings. They struck the massive beam, likely five hundred years old, vertically until it rang out with a sharp thud. Good marking requires ink that doesn't smudge, thin and clear. The seasoned master carpenter applies the ink with relish, like striking a disobedient son's calf with a cane. The master of ink application is none other than the master carpenter himself. His ink lines would last a thousand years even if only half remained. Now he is inspecting the chalk lines the carpenters have drawn.

Bimokrang was assisting the master carpenter, organizing the processed timber he had worked on. Bimokrang was now seventeen years old.

"Father, I'm here. Mother made some rice cakes for you."

The girl calling her father with a voice as clear as rolling beads was Yeonji, the eldest daughter of the master carpenter. She was nineteen this year.

"Ah! This pine scent. Father, I love the smell of pine so much."

Pine logs, each several times the size of a person's torso, were piled up like mountains. Carpenters were busy

서라벌

everywhere, stripping bark, sawing, and shaping the wood with chisels and planes, drawing out its fragrance. The pine scent emanating from the carpenters' workshop was on a different level from the smell of the forest. The scent of human life mingled with the scent of nature, perhaps?

Her clear voice filled the workshop, and the young carpenters' eyes turned to her in unison. Her words caused a stir all around. They seemed utterly unable to focus on their work.

"Wow! Miss Yeonji is here."

"Why? You like Yeonji too?"

"Is there anyone among us who doesn't like Yeonji?"

"What's the point of liking her? She never even glances our way."

As the young carpenters grumbled here and there, Master Carpenter Shim Jeong-gi addressed them.

If you can't climb the tree, don't even look up at it.

Hearing this, the young carpenters grew sullen, pretending to focus on their work, but their minds were already elsewhere.

"Father, who is that young man over there? I've never

seen him before."

Yeonji asked with a curious look.

Abiji Daemokjang smiled and replied.

"Ah, you mean Bimokrang? He's determined to learn carpentry from me. He came all the way from Silla."

"Father, how did he come all the way from Silla to learn carpentry here?"

"He even went to study in Tang China. Seeing their magnificent buildings, he wanted to build such structures himself. A scholar from our country who studied with him at the Tang Imperial Academy introduced him to me. Among the Three Kingdoms, our country leads in architecture, especially compared to Silla or Wa."

"But how did he manage such a long journey?"

"Well. He's a young man of tremendous will. He had an imperial edict from the Tang Emperor, so he was able to enter our country."

"You never gave the other carpenters a second glance. What's gotten into you?"

"It's nothing, Father."

"Nothing at all... you brat!"

서라벌

Strangely, her gaze had been drawn to Bi Mok-rang from afar. Whether it was his intellectual aura or the dreamlike artist's demeanor radiating outward, she felt an urge to speak to him, drawn to him. It was attraction. Not a one-sided attraction. Feeling mutual affection meant there was no need to explore further.

"Father, may I speak with Bimokrang?"

"Shall I call him?"

"Yes."

"Bimokrang! Come here for a moment. Our esteemed daughter wishes to speak with you. Haha."

"Yes, Master."

Bimokrang had started calling Abiji "Master" at some point. He set aside what he was doing and hurried over to where she stood.

Yeonji quietly watched Bimokrang and smiled softly. The moment her gaze met his, Bimokrang flushed, flustered as if caught, and lowered his eyes to hide his blushing face. But it was too late. As her image seeped into his eyes, he froze solid, as if struck by lightning.

That demure smile held an irresistible allure.

That smile felt like the incarnation of the Guanyin Bodhisattva he had long gazed upon in the murals amidst discord.

Strangely, her form overlapped with a moment from a spring day in Yonghwa Hyangdo, when Deokman had laughed, facing the wind atop the training ground hill.

During his studies in Tang China, Bi Mok-rang had gradually built his own concept of absolute beauty while painting Buddhist murals in temples.

What was supreme beauty? For him, it was not merely a matter of curves or the golden ratio, but a reverent resonance as if the entire being held light within it.

And now, that very light stood before him. Slender, elongated eyes flowed down beneath her cool forehead, and the moment she quietly swept her long hair back, Bimokrang held his breath.

Her shoulders fell softly, not too narrow, her head not small, and the curves of her upper body flowed gracefully. The proportions of her entire body were almost perfect. The moment Bi Mok-rang saw Yeonji, he felt so embarrassed he couldn't look her straight in the face. His heart pounded wildly.

"Hey! I'm Yeonji. How old are you?"

"I... I'm... seventeen."

He stammered his reply. His voice carried a mix of excitement and nervousness.

He felt an emotion he had never experienced before and, embarrassed, could barely answer her question. Yet she gazed at him with a deep, serene look, like a bodhisattva reflecting the moon on still water, responding compassionately to the voices of all beings. Seeing him like this, she smiled quietly. At the same time, she felt a curiosity and a strange attraction toward him.

"Father, this one is truly unique. To come all the way from Silla to here... he must possess remarkable courage."

Yeonji said.

Hearing her words, Bimokrang felt something warm welling up in a corner of his heart. This first conversation with Yeonji felt to Bimokrang like opening the door to a new world.

Returning to his seat, Bimokrang's heart wouldn't calm. He didn't show it outwardly, but he had never before felt such excitement toward a woman. The image of the ideal woman that existed in his heart had always been that of an absolute beauty, like a figure in a painting. After developing an awareness of beauty, he had never seen a woman anywhere, whether in Tang China or Silla, who possessed such perfect lines and body proportions. Yet Yeonji was the kind of woman he had always imagined and longed to meet. She felt familiar, as if he had known her for a very long time.

Bimokrang and three novice carpenters in apprenticeship were shaping a pillar with chisels.

"Bimokrang, snap out of it! You'll chop your own foot with that chisel!"

A colleague working beside him, seeing Bimokrang

lost in thought, shouted. Startled by the voice, Bimokrang snapped back to reality.

Abiji had no biological son to succeed him. He had Yeonji and two sons, but having witnessed their father's arduous life as a carpenter, both had given up on becoming carpenters themselves. The Buyeo Group, run by Master Carpenter Abiji, still had no designated successor. The carpenters believed that if a successor were chosen, Yeonji would marry him.

They considered Shim Jeong-gi, the young and skilled master carpenter of the Buyeo Group, to be the de facto successor. However, Master Carpenter Abiji's thoughts differed from theirs. He wanted to pass the position of pillar to a master carpenter who possessed not only talent but also the character to lead the entire group.

Master carpenter Sim Jeon-gi was skilled with his hands, but he had many shortcomings when it came to smoothly leading his fellow carpenters. He had seen Yeonji call out to Bi Mok-rang and talk to her yesterday. Her mere presence on the site stirred waves in the hearts of the young carpenters. Yet she had never spoken to any of the carpenters her age on the site. Shim Jeong-gi felt an inexplicable pang of jealousy. Yeonji had been like a queen, utterly unapproachable to them, yet she had shown interest in a young apprentice carpenter from Silla.

"Bimokrang, what's the secret to being popular with women?"

One apprentice carpenter tossed the question at him

jokingly.

"Yeah, no matter what, a man has to be good-looking."
The others chimed in in unison.

"Right, right."

But Bi Mok-rang didn't find such talk pleasant. He was still just an apprentice, not even a full carpenter yet. Their jealousy gave him an ominous premonition that it would come back to wound him deeply.

After finishing work at the site and returning to the lodgings, even during dinner time, the topic of conversation was Yeonji and Bi Mok-rang's encounter at the site today.

After eating dinner, Bi Mok-rang left the lodgings alone. The stars were faintly visible in the sky. The full moon hung high in the treetops of the rear mountain, illuminating the surroundings brightly. The stone-paved path in the backyard stretched faintly under the moonlight, but just a few steps deeper into the woods, the shadows of great trees—oak, pine, and hornbeam—spread out in all directions. A shiver ran down his spine, yet it was the perfect atmosphere for solitary meditation and walking.

The excitement that had flared up when he met Yeonji

hadn't completely faded. Though the pounding of his heart had ceased, a strange, pleasant pull still clutched at his chest. Her slender figure, the pink hanbok skirt that seemed to flutter and wrap around him, and her slender, long white fingers still made him feel as if they were caressing his cheek. Then, he realized hot tears were streaming down his cheeks for some reason. Those tears didn't stop even when he went to bed. He wept until his pillow was soaked and his ears were clogged with tears. His longing for his father in the afterlife, and for his mother and grandfather back home, must have grown stronger.

3

Apprentice carpenters peeled the bark off well-seasoned pine beams, pillars, and rafters using adzes or sickles. After skilled master carpenters neatly trimmed the wood along its natural curves with chisels, the assistant carpenters marked the areas to be processed with chalk lines. The skill of marking the timber is among the highest in carpentry. If measurements were miscalculated, shortening a pillar or beam, not only would the structure fail, but the expensive timber would be wasted. Above all, a carpenter must be adept at visualizing the flat blueprint in three dimensions. This is because traditional architectural structures form their framework through mortise-and-tenon joints, without nails.

"Hey, we need to turn the wood around. Come over here and give me a hand."

Master Carpenter Jincheol finished marking the wood. To process that piece, Carpenter Kim called for help from Bimokrang and another apprentice carpenter.

"Hey!"

"Yes?"

"Bimokrang, move this one over there too."

This time, another carpenter working on a mortise-and-tenon joint with a chisel over there called out to him.

"One smart apprentice can support two or three carpenters."

Master Carpenter Kim said something to Bi Mok-rang that was hard to tell if it was praise or criticism. It meant the role of a novice apprentice was that important.

서라벌

Heavy timber He had to turn and roll pieces of wood three or four times the size of his torso to change their direction.

Bimokrang worked menial tasks all day long, until his knuckles and wrist joints ached. When he slept, his knuckles and wrists would often go numb, keeping him awake. His lower body muscles were solid from the intense training he'd endured during his days as a Hwarang warrior, but carpentry work mainly relied on his hands and upper body. When this grueling work dragged on for days on end, he couldn't count how many times he wanted to quit in a single day.

But he remembered his father's dying wish: to become Silla's finest carpenter. Above all, he loved carpentry. And ever since meeting Yeonji, whenever he thought of her while working, an unsettled fluttering and a hot, happy feeling welled up in his chest.

4

"Thump. Thump. Thump, Thump. Thump. Thump,

Thump. Thump. Thump. Thump."

"This is the carpenter's hammer sound. The carpenter's hammer sound is an unceasing sound. I can tell roughly how long a carpenter has been at it just by listening to the sound of him hammering nails. You only have two hands. One hand strikes the nail head without pause, while the other hand prepares to pull the next nail from the bag. Now, watch closely. Beginners swing the hammer with their arms, so they get tired after driving just a few nails. If you use your wrist strength, you can hammer all day long without getting tired."

Master Carpenter Jincheol spoke with the intention of teaching Bimokrang a lesson.

"Ah, yes."

He answered that way, but Bimokrang had seen it all since childhood on the job site, so it wasn't anything new.

"And look. The nail should bow its head, sinking the head slightly into the wood—that's ideal. The ones that stick their heads up always get cursed at by the fierce hammer and get hammered down. Finish carpenters or plasterers curse inwardly at least ten times over a single protruding nail

서라벌

head. Damn it. A nail's happiness should always be found in sacrificing itself to firmly join two or more objects together. It must never reveal itself." Master Carpenter Jincheol said.

5

"Today we'll be planing the pillars, so everyone come prepared," said Jincheol, the foreman in charge of the site.

"Since you've diligently sharpened and polished your plane blade all this time, Bimokrang, show us what you can do today."

Jincheol, the foreman who had always looked out for Bimokrang in place of the absent master carpenter, said.

Bimok-rang had always been fascinated by planing. He often imagined, as he gently placed his hand on the plane and let its own weight pull it smoothly, translucent sawdust shimmering like a woman's undergarment being shaved away. Carrying his tool pouch and plane, he headed toward the woodworking workshop with a flutter in his heart.

As he walked to the workshop, he recalled what Master

A-bi, the head carpenter, had told him, an apprentice carpenter.

"An apprentice must arrive an hour before others begin work and spend an extra hour after finishing to sharpen and maintain his tools."

But he thought it was just a call to work hard. When Bimok-rang didn't keep to the time and instead mingled with other carpenters, chatting idly, a stern reprimand followed. It was a kind of command. From that day on, Bimokrang sharpened his chisels and adzes on the whetstone until his knuckles ached. Not a day passed without black metal dust under his fingernails. After about three months of practicing sharpening chisels and adzes, the smoothness was so good that the chisel blade stuck to the whetstone and wouldn't come off.

When he felt his sharpening had reached a certain level, he tested it by shaving a bit of hair from his wrist or leg, like using a razor. After confirming the fine hairs on his hand cut cleanly like a razor, he tried cutting a one-inch square timber with the chisel.

"A carpenter's sharp chisel must be able to cut through a

one-inch square timber," his master, Master Carpenter Abiji, had said.

"Show me your sharpened chisel. Hmm! Your skill is quite good. From now on, you shall sharpen my tools as well."

"Yes."

He answered, but it was no small task. His master's tools included chisels, planes, gouges, and chisel planes—too many to count, and the sheer quantity was staggering.

From that day on, just sharpening the tools made his knuckles ache, and he suffered joint pain before falling asleep at night. Yet the desire to quit, born of the hardship before knowing Yeonji, had vanished. His body ached, but his desire to show her his growth as a carpenter as soon as possible overpowered the fatigue.

Even after finishing work and returning to his lodgings, his mind was inexplicably filled with thoughts of Yeonji. It was a feeling he had never experienced before. Yeomokrang could only picture her arriving at the site.

'Why am I like this?'

He had the habit of always organizing and recording what he learned each day, but the tasks he needed to do simply wouldn't come together. He smiled to himself, thinking of her. For a while, he was enveloped in a blissful feeling. How could he become closer to Yeonji? That thought now felt more precious than his studies.

"Father, is Bimokrang doing well?" Yeonji approached the master carpenter, Abiji, who had just returned from the site, and said in a voice laced with affection.

"Why? You never even glanced at the other carpenters before. What's gotten into our princess? Lately, it seems Bimokrang has become both the object of admiration and the target of jealousy among the young carpenters," Master Carpenter Abiji said jokingly.

"No, Father. If Bimokrang gets into trouble because of me, I'll be the one who suffers. Father."

"Yeonji, so you like Bimokrang. Well, what is it about him that you like so much?"

"Ugh, I don't know!" she said, her face flushing bright red as she dashed into the room.

Buyeo Group The five-story pagoda construction site buzzed with the hurried footsteps of carpenters moving about. Cypress pillars were placed one by one on workbenches, where several carpenters planed and carved them. The crisp, grating sound of the planes is cheerful, and the fragrance of cypress wood wafting from the timber puts everyone in a good mood.

Bimokrang carefully inserts a sharpened blade into the plane he received from his master, Abiji, as a commemorative gift for becoming his disciple, and gently tries shaving the cypress pillar. The shavings get stuck between the main blade and the counter blade, unable to come out in a straight line.

Carpenter Kim, planing beside him, has calluses on his palms as hard as pine knots, and his knuckles are thickened like bamboo joints.

"It won't plane well from the start, huh! Give me that plane."

He snatches the plane from the struggling apprentice carpenter, Bimokrang, and taps the back of the plane body with a hammer to sharpen the blade.

"Press the main blade and the counter blade tightly together and suck on them with your lips. No air should escape. This plane blade is like a married couple. They must touch with a satisfying snap, becoming one heart and one body."

"Ah! Yes, thank you."

Master Carpenter Kim, with his muscular, well-trained body, shrugged his shoulders.

Following his advice, he adjusted the blade and tried planing the cypress pillar several times.

He placed the plane on the well-seasoned cypress pillar and gave it a swift pull. Thin shavings, as transparent as a woman's undergarment, emerged. The satisfying crunch of the wood being carved felt good. He felt the reward of all the effort he'd put into sharpening the blade.

He ran his hand over the hand-planed section. It was smoother and softer than a woman's delicate skin. It had a vibrant glow and radiance. But things didn't always go smoothly. When encountering a fist-sized knot, as if seeking revenge for a past life, he faced a struggle. Every carpenter dislikes knots. Still, a skilled carpenter's plane must glide effortlessly over such knots.

But no matter how well he planed, the difference in height between the first cut and the next was barely visible to the eye, yet immediately felt by touch. He hadn't yet mastered the perfect technique.

'No one will tell me the answer, and I have my pride too. I must figure this out myself,' Bimokrang thought to himself. Then one day, day, while sharpening and organizing his master Abiji's tools, he noticed one of the whetstones used for sharpening planes had a hollowed-out center. Seeing this, he grasped the principle behind preventing unevenness during plane processing. He realized that by sharpening the plane blade at an angle on that stone, the outer edge would be ground slightly more into an elliptical shape, eliminating the height difference at the edge.

"It's quite usable. Now, place that shavings pile on a flat glass surface and try planing it once more," said Master Abiji, the master carpenter, after touching the pillar Bimokrang had planed. It was the first and last teaching he ever received from Master Abiji. The master only ever showed by example; he never taught anyone directly.

Calluses formed on his palms, his knuckles thickened. After enduring the bitter winter, like azaleas blooming, Bimokrang's planing began to reach a state of mastery.

Placing the plane on a well-seasoned cypress pillar and pulling it swiftly produced shavings as thin and transparent as a woman's undergarment. The sound of the wood being planed, what could describe it? It was such a pleasant sound.

'How wonderful it would be if a refined character, polished by time, emerged as clear as these shavings,' Bimokrang murmured to himself. A skilled carpenter could produce gleaming wood with a plane without such effort. He resolved that daily life, too, must be planed like wood, refined into time that shines.

'A carpenter who builds a splendid house endures physical hardship, yet when the components he has crafted fit together without error, forming a space and completing a house where people can live well—isn't that the carpenter's highest value? That must be the value of a carpenter I should pursue from now on,' Bi Mok-rang vowed to himself as he planed.

Bimokrang mastered techniques that typically took apprentices over three years to learn in less than a year.

6

Becoming a carpenter means becoming a 'Great Craftsman'. Forgetting yin and yang, connecting heaven and earth—that is the carpenter's work. The leader of all craftsmen is called 'Dae' (大=one + person), and the one standing at its center is the carpenter. 'Gongbu' (工夫) is the work where master and apprentice unite to connect heaven and earth. While there are two people involved—the teacher and the learner (夫 =two + person)—the carpenter has no teaching.

A carpenter who has reached a realm where teaching is unnecessary is called a 'Dongryang' (棟樑).

Dongryang refers to the main beam at the very top of a building's framework, commonly called the 'ridgepole'. That is why the Baekje people called the beam-raising ceremony 'Dongryang-sik' (棟樑式). The chief carpenter on the site is thus called Dongryang.

During his youth, Bimokrang once asked his father, the master carpenter Sunjeong, what carpentry truly meant.

"There is no teaching in carpentry," Sunjeong replied quietly. "It is learned only through the body. Steal it with your eyes, with your fingertips, and engrave it in your heart."

The gifted education he received from his father in childhood allowed Bimokrang to complete the apprenticeship process, which typically took ordinary carpenters over seven years, in just three.

Master Carpenter Abiji recognized Bimokrang's genius earlier than anyone else. Though he never said it outwardly, he had long ago chosen Bimokrang as his own disciple in his heart and showered him with more affection than anyone else.

The Disciple

1

Each winter, when the sun hung lowest in the heavens on the solstice, the 'Buyeo-jo' carpenters guild held its ancient contest of skill. It was a trial of hand and heart, and any carpenter—apprentice or master—could take part. That year, for the first time, Bimokrang set down his name. Newly admitted to the ranks, he had hesitated, uncertain of his worth, but his comrades pressed him on. Their belief in his craft outweighed his doubts.

The contest was held in two stages. First, the craftsmen were asked to fashion architectural elements in miniature. One was the 'baehullim' column, swelling gently at the waist as though it breathed, known in the West as 'entasis'. The other was the *simju* joint, used when the base of a pillar had rotted and must be renewed. The joint, triangular like a serpent's head, fitted so cunningly that the seam itself seemed to vanish. To the untrained eye it was almost sorcery. Across all Baekje, barely five men could lay out the lines with such precision.

Bimokrang received his timber and set to work. He inked his lines, cut the square into eight sides, then sixteen with his adze, then thirty-two with the plane, until the wood swelled into its living curve. At the end of three days only four contestants finished: among them Sim Jeongi, heir of a carpenter's line, already spoken of as successor to the guild, and Bimokrang himself. Their columns were near equal; their joints the only two flawless.

Now the final trial remained—the carving of chopsticks for the ancestral table at the new year. A billet of wood, scarcely the width of a man's thumb, was given to each. The rule was simple: shape it so truly round that it rolled down

서라벌

an iron plate in a straight line, without the slightest veer. Each year, the winning pair was used in the New Year rites, and so the trial was not mere sport but ceremony.

The guild gathered in the yard to watch. The air was sharp with winter cold, breath rising like smoke, the scent of shavings heavy in the rafters. Yeonji took her place beside her father, Master Abiji, and searched the crowd until she found him. Even at a distance, Bimokrang drew her eye— calm, shadowed, as though blue silk lay across his gaze. From the day he had first stepped across the threshold, her heart had inclined towards him.

"Let Sim Jeongi go first" cried Elder Jin Jeongdaegong.

Sim Jeongi's chopstick rolled flawless and true. The crowd burst into cheers. But Yeonji, alone, did not applaud. She had caught the glance he cast at Bimokrang, sharp and spiteful. His triumph was not only of craft but of malice.

Then Bimokrang placed his chopstick on the plate. Yeonji saw his fingers tremble. She knew those hands—how often they had bled upon the whetstone, how many nights they had clenched in pain around the plane. The stick rolled straight··· then, at the last, tilted ever so slightly to the left. Silence fell.

"On purpose, was it?" Sim Jeongi shouted, flinging his plane to the ground. His face flushed; he stormed from the yard.

Bimokrang bowed his head, lips pressed shut, but said nothing.

Yeonji knew. He had chosen not to win. His silence was his answer: mastery is not only the power to triumph, but the grace to refrain. Her father, too, read the choice. It was the very snare he had set, and instinct alone had guided Bimokrang clear.

Yeonji's heart swelled. 'If it is he', she thought, 'then he could lead the Buyeo-jo.' Biting her lip against tears, she clapped softly, alone.

2

What followed astonished all. Not long after, Abiji invited Bimokrang alone to dine at his household.

"Bimokrang, sit here by my side," he said, his voice kind and unyielding.

The family watched, bewildered. For in the seat where the eldest son would have taken his place now sat a young carpenter, newly risen. By that simple act Abiji declared his successor—not by blood but by craft.

Bimokrang was ill at ease. In the house of a master carpenter, the rules of the table were as strict as those of the workshop. He had been raised among such etiquette, yet the shock of the moment made his hands falter. He could hardly raise his spoon.

"From this day forward," said Abiji, "you are heir to our guild. You will live here with us. In time you will learn our ways of household and hall, but for now, be at ease."

"Yes, Master," Bimokrang replied softly.

The family sat astonished, but to Yeonji it was more than astonishment—it was thunder in her heart. For if he was heir, then one day he must also be husband. She had seen him at the works, had felt her affection growing, and now the thought of living beneath the same roof made her cheeks burn.

For Bimokrang, the burden was clear. He was not of Baekje but of Silla; he must lead men who might scorn him. He must be worthy of the trust placed upon him by his master. And so he bent himself to the task, studying drawings, refining his art, earning respect.

3

One day, officials came to Abiji's door.

"Master Abiji," said one, bowing, "we have heard there is a spy from Silla among your carpenters."

"You mean Bimokrang," Abiji replied. "I know him well, and he is no spy. Before he joined us I sought the governor's leave."

서라벌

"Even so, it is our duty to investigate. We must take him."

So Bimokrang was led away.

At the gaol the interrogators said, "Son of Sunjeong, Silla's greatest master, and once a youth of the Hwarang—you must stay here until we are satisfied." They left him in the dark, cold cell, the wood of its walls thick and unyielding.

It was a cruel twist of fate: scarcely named heir, now cast into prison.

None grieved more deeply than Yeonji. The thought of him suffering unjustly tore her heart. Yet the guild, fearful of implication, turned away. None came to visit.

"Father," she wept, clutching Abiji's sleeve, "may I go to him? Speak to the governor and beg his release!"

"Very well," said Abiji. "Take him food. I will speak with the governor."

So before dawn Yeonji cooked rice, sliced fruit, and packed the meal with her own trembling hands. Her mother, watching, said gently, "Food made with love speaks for itself." The words cut her deeply.

At the gaol she found him wasted and pale, his lips

cracked, his eyes sunk. Her tears nearly broke forth, but she held them back. She wrapped his hand in her kerchief, and her tears fell upon it.

He said nothing. Yet his fingers closed faintly over hers. That was enough.

"Only a little longer," she whispered. "Father is pleading for you. You have done no wrong. Soon all will know."

And on her way home, as the sun set and the wind rose, she felt her tears flow again—but no longer alone. For he was with her.

In time, by Abiji's petition, he was freed.

That night, in the quiet courtyard, beneath a single wavering lamp, Yeonji came softly.

"Bimokrang," she whispered.

He looked up. She sat beside him in silence. Then he spoke:

"In that cell, it was your hand that kept me alive. If I could build you a house with these hands, that would be enough."

She laid her hand on his. He drew it to his breast. Their shadows, in the moonlight, overlapped as one. His heart beat steady as a hammer, and she thought: 'This is the house where I belong.'

No vows were spoken, yet from that night their lives were bound.

Scarred by hardship, strengthened by love, Bimokrang rose swiftly. His gift for form and space, legacy of his father Sunjeong, found its full flowering. Soon he stood as Abiji's chief assistant, second only to venerable Jeongdaegong.

The young carpenter who had once chosen defeat was now chosen to lead.

The Crisis of Silla

1

"The Prince of Chunchu, King Uija of Baekje has scarcely warmed the throne since ending his regency, and already he is bent upon vengeance. He swears he will avenge every slight against his forebears, especially the wrongs done to King Seong."

The Queen's voice was grave as she spoke to Kim Chunchu.

Nearly a century earlier, King Seong had moved his court from Ungjin (modern Gongju) to Sabi (today's Buyeo), strengthening the monarchy and refining his nation's institutions. With this new power, Baekje turned its eyes to the lost valley of the Arisu—the Han River. In alliance with Silla, and seizing upon civil strife in Goguryeo, Baekje regained six garrisons along the river's lower reaches. Silla, in turn, occupied ten counties in the upper valley, stretching from north of Jukryeong to the south of Gohyeon (modern Cheollyeong).

But when Silla's King Jinheung seized the advantage, he betrayed his ally. In 553, he turned his armies upon Baekje and took even the lower Han, founding the province of Sinju. Thus the seeds were sown for the battle at Gwansanseong.

At that time, Goguryeo was pressed hard in the north by the rising Turks, and Silla used the moment well. Secretly, Goguryeo struck a bargain with Silla, hoping to break Baekje's alliance and weaken both southern kingdoms.

Gwansanseong, standing sentinel over the Han valley, became the stage upon which this blood-feud was played. At first, Baekje's forces prevailed. But then Kim Muryeok, Governor of Sinju and grandson of the last king of Gaya, led Silla's reinforcements into battle.

It was then that King Seong himself, hoping to visit his son, Prince Yeochang, arrived with no more than fifty guards—a fatal misjudgement. Kim Muryeok's scouts learned of his movements, and he lay in ambush. Seong was cut down, his body returned to Baekje, but his severed head interred beneath the steps of Silla's palace at Bukcheong.

For the Baekje, this was a wound beyond healing. Seong had styled himself a Wheel-Turning King, a monarch who was also the Buddha's chosen. He had sent scriptures and statues across the sea to Yamato. To lose him by treachery was an outrage that festered for generations. From that day, the name of Silla brought foam to Baekje lips and tremors of fury.

The alliance lay in ruins. From that moment until Baekje's fall, enmity smouldered between the two kingdoms like an undying fire.

2

Now, under King Uija, Baekje struck back. Silla's frontier fortresses crumbled one after another—forty strongholds falling in the west. Governors who should have led their people despaired instead of resisting, preoccupied with hoarding wealth for the court rather than drilling men or repairing walls. Opportunism spread like plague; when the leaders shirked, the people bore the burden alone.

Among them was Sunhyo, captain of a company at Chogye. A widower, he had taken in an orphan girl after a raid—her parents slain not by Baekje blades but in the flames of Silla's own wars. She was named Hwasi, "Fragrant Hour," but in her own heart she thought otherwise.

'I am not of Silla. My name is fire, not fragrance. Fire that consumes men's hearts, fire that shakes the pillars of power.'

Sunhyo raised her as his daughter. By the time she was grown, her beauty was spoken of in whispers. She seemed delicate, but behind her smile lay something unreadable. Her glances lingered, her laughter lingered longer still.

Sunhyo, proud of her grace, thought to marry her to his superior, Sa-ji Geomil, the officer responsible for drills and supplies. Geomil had already heard rumours of her beauty and longed to see her. When he did, he was undone at once. The tilt of her chin, the light on her skin, the warmth in her eyes—all conspired against his composure. He fell in love, and soon begged for her hand.

They married, and their passion was the talk of the town. Yet Hwasi was no ordinary bride. Her charm was deliberate, measured like the strings of a zither, plucked one by one. She knew how long to avert her gaze before returning it; she knew how a sleeve slipping just so could unseat a man's restraint.

In time, Kim Pumseok—son-in-law of Kim Chunchu—was posted as governor of Daeya Fortress, succeeding Bidam. Pumseok was unworthy of his office. He had little substance, and worse, he could not master his appetites. Beauty was his undoing, and Baekje's spies soon learned it.

As Sa-ji Geomil was often in attendance upon the governor, word of his wife's beauty reached Pumseok's ears. One day, he asked lightly, "Geomil, we must take tea at your house."

Geomil, flattered, agreed. Hwasi herself had suggested such a meeting. When Pumseok arrived, she greeted him with a silken voice, dressed in black silk that seemed to make her skin glow the whiter. Her movements were careful, her smiles laced with promise. Pumseok's will faltered.

That night, he lay beside his wife Gotaso, but it was Hwasi's face he saw.

From then, Hwasi was more than a seductress; she was a gatherer of secrets. She teased from Geomil and Pumseok alike the smallest details—who held the keys to the gates, when the night watch was posted, where the armoury was stored. She passed them quietly into the hands of Baekje's agents.

At last, Geomil himself was accused of theft and thrown into prison, beaten until his body broke. Pumseok, blinded by desire, ordered the lash himself. Hwasi pleaded for her husband, but the governor demanded his price: her body for Geomil's freedom. That night she wept in Pumseok's arms while her eyes searched the shadows for her husband's cell.

"Release him tomorrow," she whispered, her lips brushing his ear. "Geomil is nothing—loyal, yes, but powerless. Men like him are many. Men like you, Governor, are few."

She played his pride and his hunger like twin strings of a harp. He collapsed beneath her, and from that night could not let her go.

At dawn, veiled in black, Hwasi went to fetch her husband from the prison gates.

Saji Geomil had been released, his body spared further torment, but in his bones the hatred remained. Scars of the whip would heal in time; even the memory of torture might fade. Yet one wound could never close: his beloved wife, Hwasi, had been defiled by the lord of the fortress. That crime he could never forgive.

A similar fate had befallen another man, named Mocheok.

At this time King Uija of Baekje pressed hard against Silla. He placed General Yunchung at the head of ten thousand men and sent him against Daeyaseong—a fortress that had never once fallen.

"General," said Uija, his eyes glinting, "I hear this stronghold is as impregnable as Goguryeo's Ansi Fortress. Do you have the confidence to take it?"

"Majesty," Yunchung replied with calm assurance, "the work has already been set in motion. Breaking this fortress is only a matter of time."

He had dammed the upper reaches of the Hwang River, drying the waters that once formed Daeyaseong's natural shield. At the same time, Uija spread rumours that Baekje and Goguryeo would strike Tanghang Fortress, drawing

서라벌

Silla's gaze away—a stratagem of sounding east and striking west.

Uija also knew well the temper of the Silla court. Since the ascendance of Bidam as commander-in-chief, the ministers looked no further than his favour.

"Majesty," reported a spy planted within Daeyaseong, "there is talk that Kim Yushin's iron cavalry will come to the fortress's aid."

The spy was none other than Hwasi. She had sown discord between Kim Pumseok, the fortress lord, and Saji Geomil, her husband. She was no mere victim, but a double agent in Baekje's service.

Yunchung advised, "We should take the fortress before Yushin arrives."

"There is no need for haste," Uija replied. "Now that Bidam has tasted power, he will never allow Yushin to win glory at Daeyaseong."

Queen Seondeok was anxious. If she summoned Yushin from Tanghang, his ten thousand cavalry could surely repel the Baekje host—but then who would hold Tanghang?

Gathering her ministers, she asked, "The Baekje king

advances upon Daeyaseong with ten thousand men. What counsel can you give me?"

Bidam raised his voice. "Majesty, Daeyaseong is shielded by the Hwang River, a fortress that nature itself has made impregnable. Even if their army is ten thousand strong, our regular troops, joined with levied farmers of the Bugokgun, can withstand them. But if Yushin abandons Tanghang, Baekje and Goguryeo will seize it at once."

Meanwhile, Yunchung's army came within sight of Daeyaseong. Inside, Lord Kim Pumseok summoned his officers to council. Among them stood Kim Chunchu's sons, Beommin and Inmun, and Prince Yongchun, grandfather of Gotaso, each leading his retainers from Seorabeol.

"If we hold firm, using the ground to our advantage, Yushin's cavalry will come," declared Beommin, Pumseok's brother-in-law, with passionate conviction.

The meeting included Generals Jukjuk and Yongseok, Achan Seocheon, and others close to the lord. Saji Geomil and Mocheok too were present, listening in silence.

But even as hope was spoken, disaster was unfolding. A royal courier carrying Queen Seondeok's sealed order never

서라벌

reached the fortress. He was ambushed fifteen ri from Tanghang, his head struck off, the letter taken. Such timing was no accident; only betrayal within could have revealed his path.

That night Geomil whispered to Mocheok, "Take but one or two men you trust. At the hour of the Rat, set fire to the granaries. When Yunchung sees the flames, he will attack. At that moment I shall open the gate."

Mocheok obeyed. Before dawn the granaries blazed. Geomil looked upon the flames and thought, Those are Hwasi's eyes. This fire does not consume grain—it consumes Silla itself.

On the ramparts Hwasi appeared, a crimson silk cord tied to her wrist—the signal for death. In the darkness beyond, Yunchung's gaze found hers. Words were needless. Their plot was long prepared.

"Tonight Yunchung will triumph," she whispered to herself, "and I will be reborn in a new station."

When the flames rose, Baekje stormed the southern gate. Yet the garrison fought with desperate fury, and Yunchung was forced to withdraw after his first assault.

With supplies gone, Achan Seocheon slipped out to parley. "Spare the lord and his family," he begged Yunchung, "and the fortress shall yield."

Yunchung agreed readily. But when the gates opened and Lord Pumseok with Gotaso and their household surrendered, he ordered them all beheaded. For Geomil's betrayal had been bought with blood—the blood of his own lord and kin.

Generals Jukjuk and Yongseok had never trusted Baekje's word. They fought on until the last, dying upon the walls.

The bodies of Kim Pumseok and Gotaso were not returned to Silla. Instead they were hung in Baekje's marketplace, then cast into a prison floor, trampled by felons. It was vengeance for long-past days, when Silla had buried the Baekje king beneath the palace steps. But vengeance begets vengeance. This cruelty planted the seed of Baekje's own destruction at the hands of Kim Chunchu.

Thus Daeyaseong fell. The fault was not in the walls, nor in the might of Baekje's ten thousand. The breach lay within. Resentment, envy, and intrigue had hollowed the fortress from the inside. In such soil treachery took root,

서라벌

and it was not Baekje's rams that broke the gates, but the hands of Silla's own.

The Secret of the Nine-Storey Pagoda of Hwangnyongsa

1

Jajang the monk folded his hands together in greeting as the Queen approached the Golden Hall.

"Your Majesty, what brings you so far this day?" he asked.

"My heart is restless," she replied, her voice low yet urgent. "I have come to speak at length with you."

Jajang led her into the great Buddha hall and, after she had paid homage, suggested they circle the temple together.

"The court has grown unsettled since our envoys returned from Tang, having begged for reinforcements. I wish to act swiftly. Let us take down the present five-storey pagoda and raise in its place a nine-storey tower—one that will bind our kingdom with the power of the Buddha's law. The young master-carpenter of Baekje, Abiji's disciple, has already drawn the design."

Her words betrayed her impatience.

"Has the timber been prepared?" Jajang asked.

"Since you departed for Tang, I have loosed the treasury to procure it. For the central pillar—the *simju*—we purchased ancient hinoki from Wa, said to be more than two thousand years old."

"The wood must be seasoned with care," Jajang warned. "If not, the beams will warp and crack long after the tower is built."

The Queen nodded, then asked quietly, "Tell me, holy one, what is the true Buddhist meaning of this Nine-Storey Pagoda?"

Jajang paused. "There is the 'Da Yun Jing'—the Great Cloud Sutra. In it, the Buddha instructs the heavenly maiden Jingguang to take on the body of a woman and rule a kingdom, only to be reborn as a Buddha. Your Majesty, by building the Nine-Storey Pagoda at Hwangnyongsa, you will fulfil this very teaching."

He remembered the words of his master Wonhyang, whom he had visited while studying in Tang. News had come of Silla's hardship, and Jajang had sought advice.

"If you return home and raise a nine-storey pagoda," Wonhyang had said, "the neighbouring nations will yield, the barbarian tribes will bring tribute, and your land will know peace."

"But why nine?" Jajang had asked.

"In the 'Book of Changes', odd numbers are yang, even numbers yin. Nine is the greatest of the odd numbers. A nine-storey pagoda will summon cheonin gam-eung—the sympathy between Heaven and Man. Thus will the Dharma manifest in this world."

The Queen, thoughtful, repeated his words. "So the one qi gives birth to Heaven and Earth, to yin and yang, to the four seasons, and to all beings. If man and cosmos share the same root, then by returning to that root they become one. That is the meaning of Heaven and Man joined in harmony."

서라벌

"Yes," Jajang said gravely.

"And more: the nine storeys will symbolise the nine nations that surround us—Goguryeo, Baekje, Tang, Wa, Jurchen, Khitan, Mohe, Wuyue, and Tamna. The tower will stand as proof that Silla shall rule them all."

"That will be a noble cause to unite the hearts of our people," the Queen answered.

"Indeed. Through this pagoda, Your Majesty can strengthen the throne, bind the kingdom under central rule, and make the Dharma visible to all."

Her expression hardened. "Then let it be so. Within its very frame I would join the faith of our forefathers—the Thirty-Three Heavens of Indra. Did not General Kim Yushin himself descend from one of those celestial beings? The outer ring of pillars will form thirty-two 'cheonju', added to the central 'simju', to make the sacred thirty-three. Such was not possible with a five-storey pagoda of three bays, but with a nine-storey tower of seven bays, it may be done. The central pillar will symbolise both myself and the Buddha; one of the heavenly pillars will stand for Yushin, whose victories I seek to consecrate. In this way the pagoda shall embody both the coming Maitreya and the destiny of Silla."

Jajang lowered his voice. "Majesty, such secrets must remain hidden until the pagoda is complete. Not even your ministers may know of them."

"The ministers must at least consent to the work," she replied.

"Then remind them of your father's devotion. He built Cheonju-sa, the Temple of the Heavenly Pillar, and named it the Inner Palace of Indra. He gave himself the name Baekjeong, as the Buddha's father was called, and your mother the name Maya, like the Buddha's mother. Even your own name, Deokman, recalls the lineage of the Buddha. The people already believe their king to be the Buddha incarnate. Now, through this pagoda, that faith will take form."

The Queen's voice grew solemn. "It is time that all the people of Silla may see and feel this truth."

"Then beneath the central foundation stone—the 'simchoseok'—we shall enshrine the relics of the Buddha which I obtained in Tang from the Bodhisattva Manjusri.

서라벌

Upon it will rise the great 'simju', flanked by the four pillars of the Four Heavenly Kings, and beyond them the thirty-two pillars of the celestial host. Thus will the tower embody the cosmic order, its pillars guarding the world itself.

"The Nine-Storey Pagoda will be nothing less than the Buddha's own stupa, the heart of Silla's world-view, and the very axis of our Buddhist land. Remember, Majesty—Silla will not be unified by force of arms alone, but by the one Dharma that binds a nation as one."

The Queen stood silently, her gaze lifted toward the heavens, as though she could already see the nine golden tiers piercing the sky.

2

Master Jajang spoke softly, yet with a certain awe.

"The wellspring of unification lies in the Five Secular Precepts of the Hwarang and in the vision of the Buddha-land, symbolised by the Nine-storey Pagoda of Hwangnyongsa.

Even General Kim Yushin, it is said, bore the constellation of the Big Dipper upon his back, as if one of the Thirty-three Heavenly Beings had descended into the world."

Jajang felt that the Queen's insight reached even beyond the Buddhist truths he himself had attained in his practice, and a reverence stirred within him.

The symbolism of the Thirty-three Heavens, embodied in the Nine-storey Pagoda, had spread as far as the Tang Empire, as the following tale makes plain.

When Kim Chunchu ascended the throne, he took the royal title Taejong. The Tang Emperor Gaozong dispatched envoys with a stern rebuke:

"My father was named Taizong because he united all under Heaven. For the small state of Silla to appropriate that august title is to offend against the Son of Heaven himself. You must change it at once."

But the King of Silla replied without wavering:

"Though Silla be but a small kingdom, we achieved the unification of the Three by virtue of the holy minister Kim Yushin. For this reason I have taken the name Taejong."

서라벌

On reading this reply, Emperor Gaozong recalled a note he had written long ago in his days as crown prince. At that time a voice had rung from the heavens:

"One of the Thirty-three Heavens has descended into Silla and become Yushin."

Searching his old records, Gaozong found the entry and was seized with both astonishment and dread. Hastily he sent a second embassy to Silla, declaring that

the royal title of Taejong need no longer be altered.

When Kim Yushin routed General Gyebaek's five thousand warriors and joined with the Tang armies, he encamped along the river as they advanced upon the Baekje capital. Then a strange omen appeared: a solitary bird circling over the camp of General So Dingfang. Troubled, Su summoned a diviner, who declared,

"This presages ill fortune for the Tang forces."

So prepared to withdraw, but Yushin laughed and said,

"Shall we let a mere bird cause us to forfeit Heaven's

moment? In following the Mandate and the hearts of the people, to strike down the unrighteous—how could such a course be anything but auspicious?"

He drew forth his divine sword, levelled it at the bird, and in an instant it fell, torn asunder. Only then did Su Dingfang advance to the banks of the Baek River, set his lines against the mountain, and win the day.

Another tale of Yushin's celestial stature is told. After the Tang forces had pacified Baekje and withdrawn, the King of Silla ordered his general to root out the remnants of the fallen state. Yet the Silla army was soon surrounded by the combined might of Goguryeo and the Mohe, besieged for forty days with no hope of relief.

The King asked his courtiers for counsel, but none could answer. At last Kim Yushin came before him and said,

"The peril is grave. Human power will not avail us—only divine art can deliver the army."

He climbed Mount Seongbu, raised an altar, and invoked

his sacred rites. Suddenly a radiance the size of a cauldron appeared above the altar and shot northward like a star.

Within Hansanseong, the trapped soldiers despaired, weeping as no reinforcements arrived. But then, from the southern heavens, a blazing light descended like thunder. In an instant it shattered thirty enemy siege-towers, broke bows, arrows, and spears, and felled the foe to the ground. Dazed, the enemy scattered in panic, and the Silla troops returned home in triumph.

These stories, told in the SamgukYusa under the Tale of King Taejong Chunchu, reveal why Queen Seondeok, with Kim Yu-sin and Kim Chunchu at her side, could never turn away from the task of raising the Nine-Storey Pagoda of Hwangnyongsa. They knew that only upon such a foundation could the great work of unifying the Three Kingdoms be achieved.

Cheomseongdae – Millennium Royal Capital Plan

1

The sky was as blue and cool as if carved by a blade.

The audience hall of the Silla palace. Sunlight seeping through the pillars illuminated the meeting chamber.

"This solar eclipse has caused great turmoil among the people," the Queen said. "As the sky darkened, ominous rumors spread through the streets, and soon, word even circulated that Cheon Gwan-nyeo[2] was predicting the future."

All held their breath.

---

2 Cheon Gwan-nyeo appears as the protagonist in various creative works such as dramas, novels, and comics, portrayed as a figure symbolizing the love, sacrifice, and tragedy of class discrimination during the Silla period

서라벌

Her voice was low and calm, yet it carried a weighty meaning.

The Queen continued.

"At that time, Chil-suk and Seok-pum, following Misil's ambition, used the eclipse as a pretext to plot rebellion. A nation that looks to the heavens to doubt its king will swiftly collapse."

Master Jajang clasped his hands together and spoke.

"Your Majesty, the heavens are not chaotic, but if those who read them are chaotic... then the people's hearts will also be chaotic. If the state does not directly oversee the principles of heaven, orthodox history and heresy will become intertwined."

The Queen slowly rose from her seat.

That day, as if prepared, she held a small scroll in her hand.

"I have long envisioned it. To establish the 'Bidu'—to measure the sun's shadow, record the earth's breath, and hear the song of the stars. Stars are not merely to be gazed upon... they must become the compass illuminating the nation's center."

The Queen spoke. Kim Yong-chun cautiously inquired.

"I heard you named that tower 'Cheomseongdae'. It means 'gazing upon the heavens'... What deeper meaning do you wish to imbue it with?"

The Queen's gaze deepened.

She slowly looked at Bimokrang.

"Bimokrang, this time, I ask you to build it with your own hands. This tower need not be tall, nor does it need to be grand. It must simply endure a thousand years... like a rock touching the heavens."

Bimokrang bowed his head.

"Though stone is handled by stonemasons, I shall first design a concrete construction plan and present it to Your Majesty. At the tower's core, I will conceal a well pavilion. At the top, I will stack two layers of that well pavilion to create a cylindrical structure designed to prevent warping. Since the ancestors of the Divine Kingdom were born from a well, that well pavilion will connect the well and the heavens, becoming a mirror that continues the Divine Kingdom's legitimacy."

Sukheuljong spoke with gravity.

"Your Majesty, that tower will become a political symbol. To govern the heavens means the royal authority represents the heavens. That responsibility…"

Then the Queen spoke.

"It is heavy. That is why I have determined the tower's direction."

The Queen picked up a brush from the paper on the table and drew a straight line connecting Nangsan, Cheomseongdae, and the direction the winter solstice sun rises.

The Queen said.

"This tower will follow the winter solstice sun, aligning directly with my tomb. Even in death, I will watch over this nation from the heavens."

All held their breath.

At that moment, the Queen's shadow slowly stretched long across the sunlight.

The Queen added.

"We have the Celestial Train Field Map, the astronomical charts(天車圖). The arrangement of the Three Tombs, Five Tombs, Anapji Pond, and royal tombs reflects the constellations. Cheomseongdae will be placed at the center of those stars. Now, what we must do is build a nation that remembers the heavens."

2

Bimokrang finished preparing his blueprints, contemplating the order of the heavens, the principles of the earth, and the structural principles to withstand earthquakes.

The winter wind brushed past his frozen hands.

He had temporarily withdrawn from the construction site of the Nine-Story Pagoda at Hwangnyongsa Temple and was drawing blueprints in a room called the 'Millennium Royal Capital Design Studio' set up in the quiet rear garden of the secondary palace.

Spread out before his desk were astronomical charts brought from Tang China by Master Jajang and Silla's own constellation diagrams. Beside them lay ancient documents on earthquakes and ground conditions, overlaid with diagrams of the arrangement of the large foundation stones.

서라벌

He lifted his brush and drew a central axis along the diagonal direction of the well-shaped foundation stones.

Precisely aligned with the direction of the royal tomb on Nangsan Mountain, so it would meet the rising sun on the winter solstice.

"Let His Majesty's tomb receive this pagoda's shadow on the winter solstice... That His Majesty would even wish to make death a pillar of the nation."

As the brush paused, Master Carpenter Yi Yeong-hun quietly asked from beside him.

"Master Carpenter, won't this well-shaped, pillar-stone structure compromise the building's stability?"

Bimokrang smiled faintly, pointing to the pillar-stone layout on the blueprint, a smile playing at the corners of his mouth.

"The circular tower symbolizes the heavens, while the base and the upper stone pillars symbolize the earth. Only when the earth is firm can it support the heavens. When the circular structure wobbles, the force disperses in all directions, but the stone pillars counteract the twisting diagonally, stabilizing the circular structure."

He then showed a cross-section diagram of the diagonal stone structure.

At that moment, the door opened and DaeAchan Saryang entered.

"Master Bimokrang, does this structure also contain the observation window for the astronomer who records the moon and stars according to the seasons?"

As if he had prepared the answer before the question was even asked, Bimokrang produced an auxiliary design drawing.

"Observe. The upper long stones are designed to hold writing instruments, enabling the measurement of the shifting orbits of the Big Dipper around the North Star— which changes weekly—and the sun's altitude. This tower shall be a record of the heavens, a stone that holds its memory."

Saryang bowed his head in admiration.

Bimokrang spoke again, quietly.

"His Majesty said it. He said the one who measures the heavens most accurately in this land should become king. I merely wish to erect a sturdy eye... one that can watch over

서라벌

the nation for a very long time."

3

Sangdaedeung Supum spoke.

"The astronomical observatory can measure not only the moon and constellations that change with each season at night, but also the sun's altitude, which shifts with each of the twenty-four solar terms, by measuring the sun's shadow with a rod of fixed length. This provides valuable information for agriculture."

"The nation is upheld by its people. Celestial phenomena must never again become the private domain of a single powerful individual," declared the Queen.

"Yes, Your Majesty."

The Queen appointed DaeAch'an Saryang as the first Chief Astronomer, instructing him to record the changing weather daily and by solar term, ensuring the royal court could oversee all matters concerning celestial movements.

"If you establish a celestial field within the palace and

farm alongside the people of Seorabeol, setting an example, they will trust and revere the royal court even more."

A few days later, the Queen summoned Manpa, the master stonemason who built the stone pagoda at Bunhwangsa Temple, and Bimokrang, who personally designed the Cheomseongdae observatory.

"Master Bimokrang, the pagoda is aesthetically beautiful beyond compare."

"Structural stability and beauty are the lifeblood of architectural art, Your Majesty."

"That is true. But the middle section, not bulging like a jar but slender and sleek, is even more splendid."

"Your Majesty, forgive my impertinence, but if I may..." he hesitated briefly before continuing, "I modeled it to resemble Your Majesty's splendid form."

"Haha. I thought Master Bimokrang was only skilled at building towers, but you have a good sense of humor too."

The Queen seemed pleased to hear this, her face brightening unusually as she replied.

"Actually, the path the sun traces in its circular orbit is called the ecliptic. It's a scientific curve drawn by observing the sun's shadow, starting from the winter solstice, passing through the spring equinox, and reaching its peak at the summer solstice."

"I see. Isn't the curve created by nature itself the very absolute beauty Master Bimokrang pursues?"

The Queen looked at him with pride and said.

"Actually, when seeking the proportions for each floor of the Nine-Story Pagoda of Hwangnyongsa Temple, I found those proportions by observing the figure of a certain woman I saw in Baekje."

"I see. I am truly curious who that woman was," said the Queen.

"But upon seeing Your Majesty, I became certain I had discovered an even more perfect proportion."

"Why is that?"

"The true owner of the Nine-Story Pagoda of Hwangnyongsa is Your Majesty."

"The owner of the Nine-Story Pagoda is I?"

"I have seen nothing in this world superior to the proportions of Your Majesty's absolutely beautiful jade-like form. The body of the nine-story wooden pagoda is Your

Majesty's jade form. The pagoda's finial is Your Majesty's dragon face and golden crown. I was startled to discover how strikingly similar Your Majesty's brilliant golden crown and the golden finial of the nine-story wooden pagoda illuminating Silla are."

Bimokrang paid homage to the Queen, seemingly flattering her yet speaking from sincere reverence.

"Bimokrang is truly an artist beyond compare. Hearing such words fills this sovereign with profound satisfaction."

Indeed, it was so. Once the nine-story pagoda is completed, its body and the brilliantly golden finial will be visible from anywhere in Silla. Seeing it will make the people think of the Queen. They will feel a sense of unity, comfort, and pride.

4

"Regarding the stone pillars, while designing them, I wished to understand the meaning behind the number of stones and the number of tiers composing these pillars."

서라벌

"The number of stones in the circular base symbolized the 362 days of the year. The 12 tiers above the foundation stone represented the 12 months of the year. Adding 12 more tiers above the eaves represented the 24 solar terms. Adding the 3 tiers of the eaves section made 27 tiers, allowing later generations to remember the 27 kings who built it. And combining the two tiers of the base with the two tiers of the upper square stone, it totals 31 tiers. To that, though unseen, one tier of heaven and one tier of earth are added, making it 33 tiers."

"Your Majesty, is there a specific meaning behind making it 33 tiers?"

"This Cheomseongdae will symbolize the Tushita Heaven among the Thirty-Three Heavens. I am creating this monument as a symbol for all people to know that our nation is one where the Buddha dwells, as I, the ruler of Tushita Heaven, become one with the heavens."

The Queen closed her eyes briefly in thought before speaking again.

"But Master Manpa."

The Queen addressed the master stonemason Manpa with

the honorific 'Master,' which startled him inwardly.

"I have always wondered: when earthquakes violently shake a building, wouldn't a structure built of stone easily collapse? What is the reason it does not?"

"That is because when stacking each stone, if the center of gravity is guided inward toward the building's core, the greater the shaking, the more force concentrates at the center, making it even more solid. The interior of the circular base of the Bido is filled with earth and stone, causing the stones' centers of gravity to shift toward the earthen mound. The earth in the center acts as a buffer against the weight shifting inward. By filling only the base with earth, the entire building's center of gravity is concentrated downward, making it as stable as a roly-poly toy—no matter how much it shakes, it won't topple. As long as the foundation is solid, the building remains unshaken by any tremor.

Another technique is called the 'Grangi' method. Your Majesty! I've heard it exists only in our country. When you have a concave stone and a convex stone, you carve the stone that will rest on top to be convex, and the one below to be concave, so they fit together perfectly. Then, no matter

서라벌

how much the ground shakes, the weight of the stones holds them firmly in place. To draw a human analogy, it's like how two perfect people together often clash, but two people who are slightly imperfect come together and rely on each other, creating a greater force."

5

The Cheomseongdae observatory was finally completed. The tower was not tall, yet each stone bore the engraved orbits of the heavens, the principles of heaven and earth, and the king's will.

That night, the sky over Seorabeol was filled with stars. The vivid Big Dipper crossed the southern sky, tilting beyond Nangsan.

The next morning, Bimokrang stood alone atop the Cheomseongdae, gazing down. A single ray of sunlight softly illuminated the hill of Nangsan, the very spot where the queen would soon be laid to rest.

Bimokrang returned to the Cheomseongdae again at the

hour when the sun dipped and the moon rose. It was then.

The queen's palanquin approached quietly and stopped at the base of the Cheomseongdae. She stepped quietly from the palanquin.

Though she bore the pallor of illness, her skin was dazzling as white jade, and her gaze was as clear as the stars.

Bimokrang knelt and spoke.

"Your Majesty, tonight's sky blesses the tower."

She slowly looked up at the tower's summit. Then, she stretched one hand toward the distant Nangsan.

"That hill where my tomb shall lie, where the shadow of this tower and starlight meet. Even in death, I shall gaze upon this sky and embrace this land."

After a moment's silence, she quietly approached Bimokrang, met his eyes, and said.

"Remember this. A king is not a living star; he cannot shine on his own. He must possess the wisdom to read the stars. That star is like the hearts of the people. Through this tower you built, I hope the next king will not forget the stars. Heaven always descends upon this land. Only when someone engraves that star upon the earth will a thousand-

서라벌

year kingdom begin."

She gazed intently at the sky as the Big Dipper tilted beyond the horizon, then spoke softly, as if whispering.

"I am the daughter who came from the twin stars of the Big Dipper. Now, beneath the heavens, I shall find the place where that star shall rest."

And the queen turned her back.

The Cheomseongdae trembled as if whispering in the wind. In that moment, the constellation of the Four Guardian Stars四方守護星, carved into the stone walls of the tower, faintly reflected light and moved in step with the queen's footsteps.

A Secret Stroll

1

The Queen stood alone in the quiet of the palace garden, moonlight pooling over the stillness like a silver veil. The air was hushed, and only the faint stir of her robe disturbed the silence.

Soft footsteps approached. Bimokrang emerged from the shadows, summoned by none but her—without guard, without maid, only the Queen herself.

"Bimokrang," she said, her voice rippling gently as though borne on water.

"Come, walk with me tonight through the market."

She raised her gaze, her words low, almost conspiratorial. "Let us pass as man and wife, so none may know us."

서라벌

Startled, Bimokrang met her eyes. Silence held between them, taut as a bowstring.

"My lady⋯ my Queen—" he whispered, but faltered.

She smiled faintly, stepping closer. "Not your Queen tonight. Simply Deokman. A woman who longs to feel the night air at your side."

"I could never refuse such a command," he answered softly. "Indeed, I would not wish to."

A blush touched her cheeks at his words. Long ago, as youths in Yonghwa Hyangdo, she had walked beside him in disguise, just another comrade. Now, as ruler of Silla, she invited him to walk again—but as something more.

Every man in the kingdom longed merely to glimpse her. Some had burned with such hopeless passion they perished, like Jwigwi, the station guard consumed by his love. Yet now, it was Bimokrang to whom she extended her hand. His heart hammered with a heady mixture of disbelief and longing.

Together they slipped into the city. Near Hwalrye Station the East Market spread wide, alive with light and clamour. Merchants called out, haggling fiercely; fruits, cloth, and pottery were heaped in stalls. Farmers sold their own cabbages, pears, and radishes; caged hens and rabbits squawked and shuffled. To the Queen, the laughter, the quarrels, the raucous cries of trade rang like a song of her people.

Though dressed as a common wife, she could not conceal her grace. To Bimokrang, she was radiance itself. He had long harboured his devotion in silence, and now it threatened to overflow. He watched her with the awe of a man who could scarcely believe the fortune of her nearness.

They paused before a silk-seller's stall, bright bolts of cloth piled high.

"This colour—what think you? Too bold?" she asked.

"Any colour would shine upon you," he said, smiling.

She flushed. "You speak as though I were but a housewife to be adorned."

The merchant chuckled, fingering the cloth. "The two of you suit each other well. Dress her in this, and she will win her husband's heart all over again."

The Queen's face burned, and she laughed lightly. "Husband⋯" she murmured, almost to herself.

서라벌

"Not 'Majesty,'" she whispered then to Bimokrang. "Tonight, call me 'wife.' Only that."

"Is this silk from Seorabeol?" she asked the stallholder.

"It is, madam. They say a married couple who wear it will enjoy lasting harmony. Truly, it becomes you both."

Her cheeks flamed red, her eyes darting away. Bimokrang only smiled, faint and secret. She squeezed his hand tightly.

"Your hand is so warm," she said softly. "This night feels like a dream."

Then, with careful casualness, she asked the merchant, "Has the building of Hwangnyongsa's nine-storey pagoda troubled your trade?"

The woman answered readily, "Ah, my husband is conscripted there. He comes home weary and late each night. Yet when the tower rises, we believe our children will live in a better world."

The Queen inclined her head.

"Our business is brisk enough, but the tax falls heavy on many. Some grumble at the burden."

"And do you think such a tower is truly needed?" Bimokrang asked.

"Indeed," replied the merchant. "Would our neighbours not scorn us for being ruled by a woman? But when the tallest, grandest pagoda in the known world stands here, all will admire Silla. They will see that our Queen rules with the strength of the Buddha himself, and her name will be praised in every land."

Hearing this, Deokman smiled faintly. To escape the suffocating walls of the palace, to mingle with her people, to share such a walk with the man she cherished—this, tonight, was her true triumph.

2

"Majesty," said Bimokrang softly, "beyond the outskirts of Seorabeol dwells a Confucian scholar in seclusion. His courtesy name is Chuyeon, his given name Kim Yong-hyeon. Among the people he is called Eungeo jisa—'the man of hidden resolve'—and many revere him."

The Queen tilted her head, curiosity bright in her eyes.

"Eungeo jisa⋯ a man who seeks meaning in silence. He

서라벌

must be one of formidable spirit. Please, Tell me of him."

"He was but ten years old when he had already mastered the Tonggam, the Saryak, and the histories. Poetry he committed to memory entire. Some call him a genius among geniuses. Now he trains disciples, avoids the world's acclaim, and devotes himself to study and the cultivation of the Way."

Her eyes gleamed with interest. "Such a man could be a lantern in these troubled times. And who is his disciple?"

"One named Deokmin, a young monk. Though himself still youthful, he once taught poetry and sutras to the novices at Heungnyunsa. Yet he longed to delve deeper into the classics and so sought out Master Chuyeon."

3

On an autumn evening, Deokmin came to Chuyeon's humble study. Dust lay heavy on the shelves, and the room smelled of ink and paper left long untended.

"Is this truly the chamber of a scholar?" Deokmin frowned

as he stepped within. "It seems more fit for cobwebs than for books."

Chuyeon, brushing his worn robe, replied with mild indifference.

"Choyeomsangjeong—'though dwelling amid filth, ever pure.' Do you see only the dust, and not the clarity?"

Deokmin hesitated, then murmured, "That is from the Lotus Sutra, is it not?"

A smile touched the old man's face.

"Whether Confucian learning or the Buddha's way, it is all the discipline of the heart. The dust without is nothing beside the dust within."

Deokmin bowed deeply. "Then, Master, grant me your teaching."

From that day, and for fifteen years, he never left his side.

Chuyeon was true to his name—like a lone leaf adrift upon an autumn pond. A free spirit. Near ninety years of age, his countenance still bore the openness of a child. He coveted nothing, boasted of nothing, and yet his knowledge was a vast ocean. Students had never seen him reach for a book; yet when questioned, his answers never faltered. He

서라벌

laughed away trifles with a genial chuckle, rejoiced more at a pupil's progress than his own, and spent his days in writing and teaching.

His learning was fathomless as the still depths of an autumn pool—impossible to measure. For him, words were not mere letters but the living fabric of life, and life itself the measure of character. His days were effortless, steeped in the ease of liberation.

Bimokrang spoke with quiet reverence. "He has turned his back on the world, yet has not forgotten it. He has no desire, yet his gaze upon the world is clear."

The Queen regarded him keenly. "How know you so much of him?"

"He was my grandfather's closest friend, Majesty."

"Then he is the man I need most. I would see him, but quietly. I seek not courtly counsel, but the wisdom of a mind unbound. To read the winds of the world through the eyes of learning—that is what I long for."

The Scholar's Hermitage

Late afternoon light drifted through the windows of Chuyeon's study. Scrolls rustled in the breeze, and the air was touched with the faint perfume of ink. The door opened; the Queen entered, veiled in plain garments, Bimokrang at her side.

Chuyeon looked up, startled, then bowed deeply.

"That Your Majesty should honour this poor retreat—I scarce know how to receive such grace."

Queen Seondeok answered with a faint smile.

"Kim Gong's virtue resounds even in Seorabeol. You may hide yourself, but a shining star cannot be muffled beneath a blanket."

"You are the true one anointed by Heaven," he replied humbly. "Spreading the Buddha's heart, cherishing your people."

The Queen's voice grew solemn. "Yet the world is restless. The court is tangled in factions, truth often smothered by intrigue. At times I, too, falter. I long for the North Star, yet fear I am no more than a wavering light beneath it."

Chuyeon lifted his gaze, his eyes calm.

"Confucius taught: To govern with virtue is like the North Star—steadfast in its place, all the other stars turn to it.

"Virtue does not strive, Majesty. It abides. The North Star

서라벌

moves not, yet all the heavens are ordered about it. So must a ruler stand—firm, unshaken, yet all-embracing."

She whispered the words back to herself. "Wu wei⋯ the North Star⋯ Yes, such words steady my heart."

Bimokrang spoke with care. "Then the Nine-Storey Pagoda of Hwangnyongsa must be as that star—a symbol of steadfastness and virtue."

Chuyeon nodded. "Indeed. The tower will not merely be timber and stone, but the visible sign of your benevolence. Kingship rests not in the crown, but in the love that holds the people. When they look upon the tower, they will recall you, as one recalls the constancy of the stars."

The Queen bowed her head, her eyes shining. "If the people find solace beneath its shadow, then the work is not in vain."

From a corner, Deokmin, who had been silently listening, stepped forward in awe. "Master⋯ never have I heard you speak at such length."

Chuyeon laughed gently. "It is not the words themselves that matter, but the heart of the one who hears. Her Majesty's heart already carries the stars."

The Queen's voice was hushed with gratitude. "This night will remain with me always."

And Bimokrang, quietly, "Aye. Tonight she has come not as sovereign, but as a soul learning of the North Star."

She turned to him, eyes soft in the fading light.

4

Leaving Master Chuyeon's study, they walked beneath a faint moon. The night carried with it the scent of ink and autumn dew.

"Bimokrang," the Queen murmured, breaking the silence, "today has been⋯ most strange."

"In what way, Majesty?" he asked, keeping his eyes ahead.

"It has been long since another's words unsettled my heart. On the throne, speech grows heavy, lips falter, and truth hides in shadow. Yet tonight, it felt as though one soul had simply spoken to another."

The moonlight wrapped around them. After a pause, she whispered again.

서라벌

"I am often afraid. To raise this tower, to govern a people, even to harbour this love—do I have the right? Can I dare to hold all this within me? I am shaken more than I care to admit."

He matched her stride and spoke quietly.

"Majesty is like the Pole Star. You need not move to illuminate the world; you need not speak, yet hearts will follow. Such a one is denied no feeling beneath heaven."

She turned towards him.

"And yet, the name of Majesty weighs so heavily that I sometimes forget my own. How precious were the days when I was simply Deokman—walking country paths, breathing the wind, sharing my heart."

Without a word he slipped off his cloak and placed it gently upon her shoulders. Their eyes met in silence. She looked back at the pale sky and said softly:

"Tonight, let me be Deokman again. Let me rest, if only for a moment, beside you—not as queen, but as a woman."

Bimokrang drew a deep breath.

"Then may this path be Deokman's path. Whether queen or not, to me you have always been the same star, burning quietly in my sky."

She closed her eyes, and the night breeze passed over them. Their footsteps fell into rhythm once more.

"This road we walk together," she whispered, "I shall remember it always. No one else will know, yet to me it was the brightest road of all."

5

A fortune-teller had once told her that this year a lover would come into her life. Never had she thought it would be Bimokrang.

Save for her girlhood in the Nangdo and the three years of mourning after her father's passing, she had scarcely spent a night beyond the palace walls. And yet here she was, strangely at peace.

Outside, leaves crackled in the wind and the stars shone faint through the dark. Within, the doors were barred. She sat by a small lamp and whispered:

"Tonight⋯ the stars are dim."

After a silence, he answered quietly:

"They are only hidden, Majesty. They have never left their place."

She turned to him.

"When I look at the stars I think of my country. But of late⋯ I see your face instead. Is that permitted?"

He lowered his head.

"There is no right or wrong in it. Only a living heart."

She breathed sharply. "Do you know how those words shake me? I am mother to this nation, yet here I am—waiting for a man in the night. How quickly that could be turned into weakness, into folly upon the people's lips."

"And so," he said, "even when near, I have never dared to step closer."

"Then is my nearness torment to you?"

He shook his head.

"Torment, and blessing both. Each day I vow: today I will not seek her eyes, today I will not let my words betray me. Yet somehow, I find myself following the trace of your hand."

Deokman closed her eyes.

"If the tower rises, if the land knows peace, and then we should meet again—what face will I show you then?"

He answered slowly.

"I would see you smile, Majesty. Not with tears, but as one who carries no burden—simply as yourself."

She sighed.

"When the Nine-storey Pagoda is complete, I must stand alone. It must belong to the people, to the nation, to legend. Whispers of a man hidden in its shadow must never spread."

He bowed his head, yet his voice betrayed his heart.

"Then let me be content with shadow. Each time you turn away, I will remain upon the dark side of your light."

For a long moment she was silent. Then she confessed, almost trembling:

"I fear myself. If I once take your hand, I may cease to be queen and become only a woman."

Her voice fell lower still.

"I long to call your name. Not as queen, but as Deokman. Only once."

He parted his lips, then closed them again, and at last whispered:

서라벌

"Then let it remain in my heart alone—a hidden flame no one else shall know."

She shut her eyes. The lamp flickered. His gaze lingered upon her with tender strength. At last, he reached and clasped her hand. She did not let go. Their breath mingled; a cautious kiss passed between them.

That night she gave him her heart. For a fleeting moment she shed the weight of crown and kingdom, and rested simply as a woman. The long burden of duty eased, her solitude was consoled.

Though brief, the night bound them together. They spoke little, yet the silence carried a deeper promise. Their love, though hidden, was steadfast. The lamp quivered, but their hearts were still.

The Perfection of Absolute Beauty

1

Seol Bok-gyeom fell from the site of the Hwangnyongsa Nine-Story Pagoda. No one pushed him, but he had been drunk that dawn. Rumors spread that it was due to flaws in the structure he had built.

Seol Heum, aged ninety, collapsed before his son's body and subsequently returned his position as Chief Carpenter to the state.

Bimokrang quietly closed his eyes. He knew better than anyone: a pagoda built with evil would ultimately collapse under its own weight.

Kim Do-pyeonsu(Master Builder) and his crew, who had followed Seol Bok-gyeom under Group Daeyoung, were reduced to slave laborers at the local government office, accused of embezzlement and withholding wages from their subordinate carpenters.

Bimokrang truthfully reported to Yongchun-gong, the temple's chief administrator, the wages the Group Daeyoung carpenters had not received from the master carpenter, and secured about half of those wages for them.

"Master Jinmuk."

"Yes."

"Summon Master Son Jeong-un and Master Yi Yeong-hun to my office."

At the Buyeo workshop, Jinmuk the carpenter and Bimokrang were so close they understood each other with just a glance. He was, in a sense, his favorite apprentice.

"Now that the first floor of Hwangnyongsa's Nine-Story Pagoda is complete, why is there so much discord?" asked Master Carpenter Son Jeong-un, sounding somewhat out of place.

"Master Carpenter Bimokrang! Shouldn't we take in the carpenters working diligently under the Great Master and go out together?" said Master Carpenter Lee Yeong-hun.

"This master carpenter is right. A carpenter cannot build a house alone. Isn't this the principle our Buyeo Workshop holds dear? Assembling wood, matching the nature of wood. Matching that is done by people. Matching people is matching hearts."

Bimokrang spoke.

"Let us, the Buyeo clan, pool our resources to raise the overdue wages for those damned Daeyeongjo carpenters. Let us unite our hearts."

Master Carpenter Son Jeong-un stepped forward readily and said.

"Carpenters working on the same site are like family. Isn't that right, sir?"

Jin Mok, who had been listening quietly, added a word in Baekje dialect.

Master Carpenter Lee Young-hoon gathered the heads of each merchant guild to a spot where the central pillar, erected atop the foundation stone on the first floor, was visible.

"As you know, in half a month, we will undertake the most difficult task of the nine-story pagoda construction: joining

서라벌

the central pillar," said Bimokrang. The heads of each guild gathered there all turned their attention to the five heart pillars standing inside the four outer pillars. Seeing these massive pillars—1.5 times the diameter and nearly twice the length of the other pillars—they wondered in astonishment how on earth they would connect these to the ninth story.

Each core pillar measured 35 feet (12.5 meters) in length and 3 feet (1.07 meters) in diameter, weighing a staggering 14,000 jin (approximately 3.5 tons). Ultimately, the five core pillars had to be lifted and joined together to form a single beam. Its total length was a massive 183 feet (65 meters).

No Silla person had ever seen pillars so enormous.

The six pillars trapped within the four pillars resembled a single, enormous dragon, unable to fly, crouched and seated. The day those pillars connected to the ninth story via the 'shell-shaped joint structure,' they would become a single dragon, ascending to the heavens. And those pillars would serve as the base for the brilliant golden finial.

"But tell me, now. Perhaps it's my ignorance, but I still don't understand why these pillars must stand alone, unconnected to the tower body."

Jinmuk, the carpenter who had gone bald in his prime, found the solitary pillars puzzling and spoke to Bimokrang.

"Seorabeol is a region particularly prone to earthquakes. Before the pagoda collapses in an earthquake, the difference in the shaking cycles between the main body and the central pillar acts to buffer each other's vibrations. When we built the five-story pagoda at Jeongnimsa Temple, didn't we make a one-tenth scale model and shake the base? You saw it with your own eyes, yet you still don't understand?"

Bimokrang scolded the carpenter Jinmuk.

The day connecting the first and second floors' central pillars was scheduled for the Queen, high and low officials, and the people of Silla to observe the construction site of the Hwangnyongsa Nine-Story Pagoda.

Bimokrang instructed the heads of each workshop to prepare pulleys and ropes to hoist the central pillar, and to inspect them for flaws.

"Master Buyeojo, Master Son, we Buyeojo carpenters must cross-check their inspections to ensure no mistakes. If even one rope snaps while hoisting that heavy load and the balance is lost, the entire pagoda will collapse. We must test the pulleys repeatedly beforehand to confirm they can withstand the rope's pressure."

Bimokrang spoke passionately, revealing his neatly trimmed teeth, before the gathered Buyeojo carpenters.

"Our Buyeojo must make the most of our experience building the nine-story pagoda at Mireuksa Temple in Iksan," said Jinmok, Bimokrang's beloved apprentice carpenter, a sly smile playing at the corners of his mouth.

Before erecting the pillars and brackets on the second floor and installing the roof rafters, multiple pulleys were set up on the main beams between the four corner pillars. Additionally, a pulley as large as a cartwheel was installed at the highest point of the hoist.

Before the Golden Hall of Hwangnyongsa Temple, over a hundred venerable monks from across the nation gathered, chanting sutras as if holding a Great Assembly of a Hundred Seats. The pure sound of their sutra chanting alone seemed powerful enough to lift the central pillar from the ground to the very top of the second story.

All preparations to hoist the central pillar were now complete. The Queen, the great and small ministers, and the people of Silla fixed their eyes on the second central pillar of Hwangnyongsa Temple's Nine-Story Pagoda.

Had all the people of Silla ever been so united in heart and mind as they were now? It was a great moment.

2

The night before the second core pillar of the nine-story pagoda was to be raised, under the moonlight, at the construction site, when all were asleep, Bimokrang visited the site alone.

The massive, unbound wooden pillar, like a dragon unable to spread its wings toward the sky, crouched in place.

He approached slowly and ran his hand over the pillar's bark. The grain was straight and deep, and the knots, like dried blood, were scars from storms of its youth.

"Hey, you came from the distant forests of Wa, didn't you? You must have endured over two thousand winters."

The tree did not answer. Only a heavy silence held its breath.

서라벌

"I did not cut you down. My hand merely read your desire to become a pagoda."

Moonlight illuminated the surface of the trunk, revealing ancient growth rings. Bi Mok-rang traced the circles with his fingers, eyes closed.

"You know too, don't you? That people sway, while pillars endure. But if my heart wavers, the tower could crumble too. So today, I wish to lay my own restless wind to rest upon you."

He knelt at the base of the heartwood.

As if bowing to an ancient tree, or visiting the grave of a long-lost friend.

"I will gather people's hands to lift you up. I will bear your weight, and through that weight, you shall become solace for all. Your height shall match the depth of my responsibility."

The moonlight was waning.

As the wind caressed the tree's bark, it felt as if the heartwood were exhaling.

Bi Mok-rang whispered again.

"Thank you. You came from afar, lived long, and now

seek to become the sky. I will not harm you."

He rose quietly and looked at Simju once more.

Bowing his head without a word, a man paying homage to the tree's time, he was now a carpenter and a poet, an architect and a seeker.

Now, Bimokrang had reached the realm where he built the world with a carpenter's hands yet listened to the breath of things with a poet's heart.

3

The ropes placed on the massive pulley installed atop the crane, and the ropes on the pulleys installed in the four cardinal directions, represented the taut tension of the four main instruments—the javara, huangji, pipa, and yogo—played by the Four Heavenly Kings to shake off the suffering and afflictions of the Saha world.

Over two hundred technicians gripping the ropes fixed their gaze solely on Bimokrang's hands. As the fan held in Vimokṣa's right hand unfolded and ascended, they simultaneously began pulling the ropes.

As the venerable monks chanting the Diamond Sutra watched the mind-pillar gradually rise into the air, not only the monks but even the technicians joined in chanting the Heart Sutra. The chanting sounded like the beating of drums urging soldiers forward on the battlefield. Then, as if propelled by the power of the chanting, the heart pillar stopped when it reached its designated spot.

Master Abhiji and Bimokrang held the lower end of the heart pillar and fitted the 'shell-shaped joint' onto the top of the first-story heart pillar.

Bimokrang ordered the ropes being pulled to be gradually released. Even without hammering from above, the sheer weight of the 14,000 jin (approx. 3.5 tons) pillar alone was enough to firmly lock the male and female joints together.

A plumb bob was suspended by a thread to ensure the pillar stood perfectly vertical, then secured with ropes from all sides. Five such pillar connections must be made to reach the ninth story. Today, the first was successfully completed.

Applause erupted from all around. Bimokrang first looked toward the Queen.

The Queen gazed at Bimokrang and smiled quietly. Her voice, trembling with tenderness, resonated deep within his heart.

"Your construction today... was like the hand of a god."

Those words, like the Queen's very breath, touched the depths of Bimokrang's soul. To Bimokrang, the Queen's smile was no different from the Smile of the Lotus. The smile Mahakasyapa had sent when Siddhartha Gautama held up a single lotus flower to the assembly at the Vulture Peak Assembly.

It was the moment Bimokrang truly realized his architecture had been sublimated into art, into love.

The first gate had been passed. The next core connection would become more difficult the higher they climbed.

While connecting these pillars, Moggallana realized once more that the birth of a great architectural work does not stem from the skill of a single individual. He came to understand that the ultimate art lies in the technique of uniting the hearts of individuals into one.

4

The beauty of the nine-story pagoda did not lie in its height. Its outward grandeur depended not on the number of pillars, nor on the splendor of the spire, but solely on proportion.

The proportion between the first and ninth stories, the balance between the tower body and the crown section— only when all these elements meshed did the invisible 'absolute beauty' reveal itself.

Yet this beauty could not be attained through mere measurement. While the numbers on a blueprint could be replicated, the true sense of proportion sprang from the 'eye that sees'.

Bimokrang searched for it. The nine-story pagoda at Mireuksa Temple in Iksan was overwhelming in size, yet to Bimokrang's eyes, its summit appeared excessively diminutive.

Its center of gravity was low, lacking the sense of ascent that arises from proportions guiding the pagoda's hidden beauty upward toward the heavens.

He felt it instinctively. Beauty must possess tension within stability, an upward yearning within a static structure.

One day, the moment he saw Yeonji walking in the sunlight at Buyeojo's workshop, Bimokrang struck his knee.

"This is it."

Yeonji's body was nature's supreme harmony. From her balanced shoulders to her straight waist, to her rounded, soft forehead line.

He would build the pagoda following the proportions of that body.

He calibrated the width of the first floor to 100 units and the ninth floor to 50 units, following Yeonji's eight-head proportions. He designed the columns to recess precisely 2.35 feet inward at each level.

The proportions mirrored nature's curves, while the central pillar anchored the structure as straight and firm as a woman's spine.

But as the pagoda rose and the forms of the first through seventh stories came into view, Bimokrang once again confirmed the correctness of his proportions.

He gazed at the queen.

On the day of the grand ceremony, the queen appeared wearing a dragon-embroidered gongnyongpo robe and a golden crown.

Beneath the flowing golden silk, her form possessed proportions even more perfect than the Hwangnyongsa Nine-Story Pagoda itself.

"This pagoda resembles the Queen."

He murmured to himself.

Art ultimately mirrors its creator.

When the subject resembles one's ideal, the artist tastes the true joy of creation.

And that joy belonged not only to Bimokrang alone, but to this nation, this era, and all its people.

Thus, the Nine-Story Pagoda of Hwangnyongsa Temple was completed as the embodiment of human proportion, the spirit of art, the symbol of politics, and the form of love.

O Pagoda, you are no longer merely a building.

You are the shadow of the Queen, the pride of the people, and the form of love.

5

"I have heard that building a pagoda in offering to the Mūgūjeonggwang Dharani Sutra brings blessings to both individuals and the nation. Now that the first story of the Hwangnyongsa Nine-Story Pagoda stands, and once all nine stories are completed, I think it would be good if all our Silla people across the land participated in making the Buddha statues and small pagodas to fill each story. What are your thoughts, Minister Bidam?"

The Queen convened a court assembly and, before the assembled court officials, first asked the Senior Minister Bidam for his opinion.

"Yes, Your Majesty. If, through Your Majesty's virtuous deeds, all the people of Silla can receive the Buddha's blessings and pray for good fortune, what greater blessing could there be? If that were to happen, the military commanders of each region would also eagerly await the progress of the nine-story pagoda. If we also inscribe the details of the offerings for the construction funds on the pagoda, the funds will overflow to the point where we

서라벌

could even gild the rafters and painted decorations of the pagoda." said Prime Minister Bidam.

"Prime Minister, please hurry. Now we only need to build the pagoda sturdily and well."

The Queen, who had only witnessed the chaotic misdeeds of the command headquarters until now, beamed with joy as the court and the royal family finally united.

6

Sunlight struck the golden finial, bathing the surroundings in its glow. On the day the pagoda was completed, the Queen stood alone before it.

'At last... it is finished.'

Silently, the queen lifted her head and gazed up at the pagoda.

The nine-story height, the balance of the main beams, the curves of the finial, the shimmer of gold. The pagoda spoke no words to her, yet within that silence lay a thousand unspoken messages.

'This pagoda was my dream. My ideal... and also the embodiment of my loneliness.'

Standing on the steps of Hwangnyongsa Temple's Golden Hall, she gazed at the pagoda and murmured to herself.

The pagoda's shadow stretched long across her knees. Suddenly, she retraced the past.

The opposition of the nobles, the suffering of the people, the slanderous rumors that came every night, and... the long struggle where she couldn't fully lean on even a single person.

'I wished this pagoda would never collapse. For it not to collapse, my own heart couldn't falter either.'

Her gaze turned to the pagoda's center, the straight central pillar. That tree stood unshaken, bearing a weight of a thousand pounds.

The one who planted that tree, who read its grain, who connected those pillars to soar as a single great dragon—Bimokrang.

'Your hands built this tower. But you would never know. That you also built my heart alongside it.'

She smiled. It was not a smile meant for anyone, nor the

ease of a powerful ruler.

'This tower resembles me··· and resembles you more than it resembles me.'

The sun climbed higher. The gilt-bronze ornaments on the crown flashed, bathing the surroundings in light.

The people gathered, rejoicing and bowing repeatedly.

She thought.

This tower would be a comfort to the people, a source of pride for Silla, and... for her personally, it would be the form of a quiet love shared with one person.

'Thank you, Bimokrang.

Your pagoda is the straightest in the world,

and your heart holds the deepest beauty.'

The wind blew.

Just as the pagoda did not sway,

the queen's heart remained unshaken in that moment.

She merely whispered softly.

'This pagoda will remember all my tears and smiles.'

여왕의 서거

1

오랫동안 굽이치며 흘러온 형산강이다. 그 물결이 오늘따라 바람 부는 대로 요동친다. 서라벌은 전쟁의 살벌함으로 밤하늘 마저 을씨년스럽다.

염종의 호위무사 추울, 찰갑札甲 속에 감춰진 몸집도 크지만, 근육질로 다부져 보인다. 꽉 다문 입술에 수북한 검은 턱수염과 짙은 눈썹 밑의 억실억실한 눈매는 살기로 번뜩인다. 그는 활쏘기와 검법에도 뛰어나지만, 표창 던지기의 명수다. 그가 던진 표창에 지금껏 누구 하나 비켜 선 이가 없다. 한 번 충성을 맹세하면 누구든 배신한 적이 없다. 그는 타고난 살수였다.

금방이라도 피비린내가 날 것 같은 으스스한 밤공기를 맞으며 염종이 그를 불러 은밀히 지령을 내린다.

서라벌

"추 장군"

염종은 그를 장군이라 불렀다. 그만큼 그의 임무가 막중했기 때문이었다.

"이 전쟁은 우리에게는 일생일대의 도박이자 기회네. 유약한 여왕을 몰아내고 비담 공을 왕으로 추대하여 나라다운 나라를 세울 기회가 왔네. 이제 우리가 꿈꾸던 세상이 열릴 것이야."

염종은 가슴속에 거친 파도가 일어났다. 그렇지만 최대한 절제된 말투로 누구에게 들키지 않게 낮은 목소리로 이야기했다.

추울은 고개만 끄덕이며 결행의 의지를 나타냈다. 지금껏 염종이 지시하는 일을 실수 없이 수행하여 염종은 비밀리에 행하는 중대사를 늘 그에게 맡겼다.

"이날을 위하여 은밀하게 준비해 놓은 사병의 수도 수천 명이네. 모두 장군의 손에 운명이 달려 있으니 실수가 없도록."

염종은 비담의 휘하에서 김춘추를 옭아매는 여러 계책을 폈던 비담의 책사다. 이번 대란도 은근히 대권을 갈구하는 비담을 부추겨 그가 일으킨 내란이라고 해도 과언이 아니다.

"그대는 왕실 호위병으로 위장해서 은밀히 궁으로 잠입해야 하네. 또 다른 병사들을 수라간의 음식 재료를 나르는 수레꾼들로 위장해서 보내줄 테니 그들과 접선하게."

"네, 어르신."

그날은 사방이 온통 칠흑 같은 어둠으로 채워진 그믐밤이었다. 먹색의 캄캄한 밤하늘에 총총한 별들만 천지를 덮고 있었다. 별빛의 장막같이 보였다. 땅으로 금방이라도 쏟아질 듯 반짝이고 있었다. 염종은 사위를 살펴 가며 별자리의 방위와 움직임을 관찰했다.

"거사는 자시를 넘겨서는 안 되네. 자시 전에 하늘에서 큰 유성이 떨어질 것이네."

2

달 없는 하늘에 바람이 숨을 죽였다. 형산강 물결도 멈춘 듯 고요하다.

추울은 밤의 짐승처럼 움직였다. 머리에는 낮은 갓을 쓰고, 어깨에는 낡은 짐승가죽을 걸친 채였다. 외견상 그는 수라간을 드나드는 노역꾼과 다를 바 없었다. 허리에 맨 광주리에는 채소와 고기가 가득 담겨 있었지만, 그 속엔 날렵한 표창 열두 자루와 짧은 도검 하나가 천천히 숨 쉬고 있었다.

궁문을 통과하는 일은 간단하지 않았다. 그러나 염종의 검은 손이 이미 궁 안 깊숙이 뻗어 있었다. 문지기 하나가 문득 눈을 흘기더니, 익숙한 듯 고개를 까딱했다.

"식재료 조달 명부 확인해라."

"예, 대정隊正."

겉치레 절차였다. 추울은 눈도 마주치지 않은 채 광주리를 내밀었다. 쉰 듯한 목소리로 이름을 대고 허리를 굽혔다. 문지기는 형식적으로 명부를 넘겨보다가 조용히 말끝을 흐리며 그를 통과시켰다.

그 순간 추울의 눈동자가 사납게 빛났다. 그는 익숙한 듯 궁궐 안 복도를 통과했다. 서라벌 궁은 수백 개의 전각과 복도로 엮여 있는 미로였다. 그러나 추울은 갈 길을 알고 있었다.

과거 전장에 나가기 전 염종이 그에게 내밀었던 '왕궁 수라간 물류 동선 지도'가 머릿속에 각인되어 있었기 때문이다.

신발 소리가 나지 않는 가죽 덧신을 장착한 그의 걸음은 문지기도 궁녀도 알아채지 못했다. 궁 뒤편의 은밀한 문을 지나니, 왕실 호위병으로 위장한 자 둘이 그를 기다리고 있었다. 둘은 이미 병사복으로 갈아입고, 말 없이 한 벌의 갑옷을 건넸다.

추울은 망설임 없이 짐승가죽을 벗어던지고 검은 내의 위에 호위병의 갑옷으로 갈아입었다.

갑옷 안에는 염종이 몰래 조작해 위조한 황실 호위병들이 사용하는 인장이 숨어 있었다.

"내가 앞장서겠다, 반월문을 통해 여왕의 침전으로 간다."

추울은 함께 온 살수들에게 말했다.

자정 직전, 하늘에 유성이 떨어지기만을 기다리며 그는 여왕의 침전을 향해 포획물을 노리는 살쾡이처럼 다가갔다.

3

여왕은 평소 지병이 도져 걸음조차 힘들었다. 더욱이 비담의 난으로 정신적으로 피폐했고 몸은 쇠약해질 대로 쇠약해진 상태였다. 가슴에 통증이 심하여 헛기침을 크게 했다. 흰 손수건에 선홍빛 객혈이 묻어났다.

"폐하, 괜찮으신가요? 어의를 부를까요?"

옆에서 시중들던 내관이 깜짝 놀라 여왕을 부축했다.

"아니오. 내 병은 내가 잘 아오. 내 병을 누구에게도 발설해서는 안 될 것이오. 전시에 이런 내 사정을 알면 군사들의 사기가 떨어질 것이니 절대 함구하시오."

"네, 폐하. 명심하겠사옵니다."

"비목랑 대목장을 불러 주시오."

황룡사의 지붕 너머로 짙은 어둠이 깔리고, 궁정은 고요한 긴장감에 휩싸여 있었다. 여왕은 깊은 한숨을 내쉬며, 천천히 비목랑을 맞이했다.

그녀의 얼굴은 피로에 지쳐 있었지만 눈빛만큼은 여전히 날카로웠다. 황룡사 9층탑에 대한 애정은 그녀의 가슴속에 여전

서라벌

히 뜨겁게 용솟음쳤다. 비목랑은 탑을 설계하고 목공의 총책을 맡았던 대목장이었다.

"비목랑, 단청 작업에 대하여 이야기해 봅시다."

여왕은 힘겹게 몸을 일으키며 말했다.

부름을 받고 달려온 비목랑은 활활 타오르다 까무룩 사위어 가는 불꽃 같은 여왕의 옥체를 보니 연민과 함께 안쓰러움이 겹쳐 마음이 찢어질 듯 아팠다. 그러나 그녀의 목소리에 피로가 묻어났지만, 의지는 굳건했다.

비목랑은 그녀의 곁으로 다가와 조심스럽게 고개를 숙였다. "폐하, 단청 공사는 마지막 칠을 위한 바탕 작업이 거의 마무리 단계에 접어들었습니다. 다만 색채의 선택에서 몇 가지 결정을 내려야 할 듯합니다."

여왕은 고개를 끄덕이며 창밖을 바라보았다.

비목랑은 비담의 반란으로 심려하는 여왕의 창백한 낯빛을 대하기가 힘들었다. 그녀는 황룡사 9층탑 총책인 김용춘이 있음에도 언제부터인가 중요한 공정을 비목랑 대목장을 불러 이야기하고 보고도 받았다. 그만큼 그녀는 그를 신뢰했다. 목탑의 기초공사부터 외국에서 들어오는 목재의 반입이며 중요 공정을 비목랑 대목장을 통하여 알고 있었다. 용화향도龍華香徒[3]에서 짧은 기간이나마 생사고락을 함께했던 비목랑을 황룡사 9층탑

---

3 용화향도(龍華香徒)---화랑인 김유신이 이끌었던 낭도 집단으로 낭도의 수가 700~800명으로 추정된다. 미래에 미륵불이 하생하여 용화수 아래에서 성

창건을 통해 다시 만날 수 있었다. 지난 몇 년간 비목랑을 만나 보낸 시간은 꿈만 같았다. 우리 땅을 지키기 위한 외전과 조정 대신들과의 내전, 크고 작은 나랏일들은 그녀를 하루도 조용히 놓아두지 않았다.

그런데 비목랑을 만난 후 여왕은 꺼져가는 9층탑에 대한 야심이 살아났다. 그의 예술적 열정과 여왕의 종교적 신념은 불붙은 사랑처럼 황룡사 9층탑의 창건에 박차를 가하게 했다.

그녀에게는 황룡사 9층탑은 하나의 자존감의 상징이 되었다. 그 탑은 불교의 왕즉불王卽佛 사상을 실현할 수 있는 구심점이자 삼국통일의 열쇠가 될 것이라 그녀는 확신하고 있었다. 그러나, 비목랑 대목장이 탑을 대하는 태도는 그녀와 조금 달랐다. 그 관점 차이로 여왕과 간간이 마찰음이 일어나곤 했다.

"비목랑을 만나면 언젠가는 꼭 한 번 물어보고 싶었어요."

힘은 없지만 또렷한 목소리로 여왕은 말했다.

"폐하, 뭐든 하문하십시오."

"비목랑, 황룡사 9층탑은 우리 신국에게 무엇이라 생각하오?

그는 한참 고개를 숙이고 대답하지 못하고 있다가 힘들게 입을 열었다.

도한다는 미륵하생(彌勒下生) 신앙을 표상했다. 필자의 추측으로는 김유신 부대가 전장에서 거의 패한 적이 없었던 것도 그를 따르던 낭도들은 필시 김유신을 미륵으로 믿고 따랐기 때문일 것이다.
선덕여왕은 황룡사 9층탑의 기둥 중에 바깥에서 두 번째 줄을 33天柱로 칭하여 그 기둥 중의 하나를 김유신 기둥으로 명명하여 그를 신성시하였다.

서라벌

"지존이신 폐하의 아름다운 자태가 신라인의 긍지가 되고 사모의 대상이 되는 것처럼 9층탑의 고귀함과 아름다움은 영원을 간직한 채 우리 신라인의 가슴속에 살아 숨 쉴 것입니다. 신라인이 분열되어 길을 잃고 방황할 때 9층탑은 북극성같이 빛을 발할 것입니다. 모두 하나가 되어 삼국통일의 대업을 이루라고 외칠 것입니다. 우리 모두에게 꿈과 희망을 주는 절대적 존재가 될 것입니다."

"비목랑 자신에게는요?"

"네, 폐하, 제 개인에게는 평생 절대미絶對美를 갖춘 건축작품을 추구했던 삶의 완성이라고 생각합니다."

"비목랑의 자식이나 마찬가지겠네요?"

여왕의 가녀린 음성에서 전해오는 고요한 목소리에 비목랑은 가슴이 저며 왔다. 그는 왈칵 쏟아질 것 같은 눈물을 간신히 참았다.

"네, 폐하. 그런 셈이죠."

"그럼 이제 멋진 옷을 입혀 출가를 시킵시다."

여왕은 옅은 미소를 띠며 인자하게 말했다.

"비목랑, 단청은 목탑의 꽃이라 생각합니다. 황룡사 9층탑미의 절정은 단청이 아니겠소?"

"그렇습니다. 폐하. 그것은 눈에 보이는 아름다움의 극치를 표현하는 것입니다. 그러나 황룡사 9층탑에는 눈에 보이지 않는 절대적 미는 숨어 있습니다."

"그렇군요. 비목랑, 9층탑에 숨어 있는 절대미絶對美는 어떤 것이오. 시간 날 때, 나에게만 살짝 귀띔해 주면 안 되겠오?"

"네, 폐하는 당연히 아셔야죠."

신라는 당시 9층 목탑을 지어 본 적이 없었다. 신라 조정은 황룡사 9층탑의 전체 가공과 조립을 백제 대목장 아비지에게 의뢰하였다. 그러나, 그 탑의 설계는 아비지 상단의 동량棟梁[4] 이던 비목랑이 했다. 그는 절대미를 알아보는 극소수의 사람만 가질 수 있는 예술적 선구안을 가지고 있었다. 그것은 그가 태어나면서 지닌 능력이 아니었다. 미에 대한 관심과 꾸준한 훈련의 결과로 얻은 것이었다.

"폐하, 단청 공사는 죽은 것처럼 보이는 건물에 자연의 생기를 불어넣어 살아 숨 쉬게 하는 것입니다. 또 비바람으로부터 목재를 보호하여 9층탑의 수명을 늘려 줄 것입니다."

"비목랑, 마지막이 될지 모를 청 하나를 드리고 싶습니다."

"마지막이라뇨. 폐하. 아직 강건하시고 이루어야 할 일이 많이 남아 있사옵니다. 무슨 청인지는 모르겠사오나 분부해 주시옵소서."

"비목랑, 우리 신국의 청 적 황 흑 백의 오방색은 세계 어느 곳에서도 구경할 수 없는 독특한 색채와 향취가 있죠. 그 화려

---

4 동량(棟梁)---목수 중에 현장을 책임지고 운영할 능력이 있는 우두머리를 목수들이 부를 때쓰는 호칭

하면서도 자연과 닮은 산뜻한 오방색을 나도 좋아합니다. 연꽃이며 학과 용의 문양과 다양한 색채와 선의 아름다움은 백성에게 꿈을 꾸게 할 것입니다. 희망과 위로가 될 것입니다. 우뚝 솟은 탑과 함께 신라인의 긍지와 자존감을 높여줄 것입니다. 내가 특별히 청하는 것은 황룡사 9층탑의 서까래의 단청만은 화려하면서도 빛을 발하는 금색으로 해 주시오."

비목랑은 여왕이 소원하는 것이 무엇인지를 잘 알고 있었다.

여왕은 죽으면 낭산에 묻힐 것이다. 그녀가 죽고 나면 낭산의 33천三十三天, 이른바 도리천忉利天[5]에 들게 될 것이다. 그곳에서 언제나 빛나고 있는 9층탑의 아름다움을 보고자 하는 여왕의 간절한 바람을 비목랑은 잘 알고 있었다.

탑에 대한 여왕의 애정과 관심만큼 비목랑은 여왕에 대한 연모와 존경심도 커져 갔다. 그는 아파서 더 가녀린 그녀의 모습이 날개 꺾인 봉황같이 느껴져 안쓰럽기 그지없었다. 그녀에게 눈물을 보이지 않으려고 참고 또 참았다.

여왕이 단청 이야기를 끝마치고 가냘픈 몸을 의자에 기댈 무렵이었다.

'파지직'

---

5 도리천(忉利天)---수미산 정상은 네모꼴인데 제석천(帝釋天)이 머물고 있다는 이상세계이다. 그 중앙에 있는 선견성에 제석천이 머물면서 33천의 천주(天主)로, 4천왕과 32천을 거느리고 불법을 수호하는 호법신이다. 김유신도 32천(天) 중의 한 신으로 알려져 있었다.

장지문이 박살나는 소리와 함께 복면을 쓴 살수들이 들이닥쳤다.

한 명이 검은 그림자처럼 날아들며 한 치의 망설임도 없이 여왕의 가슴을 향하여 비수를 날렸다.

퍽 하고 여왕의 가슴에 비수 꽂히는 소리가 났다.

여왕의 몸이 안락의자 위로 풀썩 쓰러졌다. 그녀의 곤룡포에는 선혈이 번져 나가고 있었다.

"폐하!"

비목랑과 옆에 있던 시녀들이 소스라쳐 비명을 질렀다. 살수는 짧게 눈빛을 주고받고는 순식간에 창문 밖으로 사라졌다.

비목랑은 무너져 내린 여왕을 와락 끌어안았다. 눈물로 범벅된 얼굴을 그녀의 창백한 뺨에 맞댄 채 꺾인 옥체를 부서지도록 껴안았다. 자신의 체온을 조금이라도 그녀에게 전하고 싶었다.

비목랑의 뜨거운 눈물이 여왕의 뺨을 타고 흘러, 그녀의 가녀린 쇄골 위에 뚝뚝 떨어졌다. 그의 품에 안긴 여왕은 아직 가늘게 숨 쉬고 있었다. 너무도 연약한 숨결이 겨우 살아 있음을 증명하고 있었다.

"폐하! 안 됩니다, 이러시면! 여보시오, 어의! 어의를… 어의를 어서 불러 주시오… 제발요!"

여왕은 한 번 크게 숨을 들이켰다. 그리고 마침내, 마지막 의지를 쥐어짜듯 입을 열었다.

"…비목랑…"

여왕이 마지막으로 그의 이름을 속삭였다. 숨을 들이쉴 때마다 말은 점점 끊기고 그녀의 입술은 점점 싸늘해져 갔다.

"폐하, 잘 아옵니다. 너무 많은 말을 하지 마시옵소서"라고 비목랑은 안타까워 소리쳤다. 여왕은 마지막 남은 기운을 끌어올려 그의 귀에 속삭였다. 목소리는 찢긴 날숨 같았고 그 안에는 한 나라의 운명과 한 여인의 사랑이 뒤섞여 있었다.

"비목랑… 내 뜻을… 기억해 주시오. 이 탑은 나라의 척추요, 백성의 기도요, 내 마지막 숨결이오. 나는 부처의 가르침으로 세상을 품고자 하였으나, 이승은 끝끝내 내게… 가혹하구려.

그 탑 끝에는 별이 닿고…

그 아래엔… 내 혼이 깃들 것이오.

부디, 그 탑을… 지켜주시오.

나 대신… 살아서… 끝까지…

나는… 평소… 당신을… 아끼고… 사랑했소… 당신이 곁에 있어… 견딜 수 있었소…"

"폐하!"

"골품만 아니었더라면… 사랑도… 으으…."

"폐하! 이렇게… 이렇게 허망하게 가시면… 안 됩니다…."

비목랑은 흐느끼며 여왕의 차가운 뺨에 얼굴을 부비며 꺼이꺼이 울음을 삼키다 마침내 짐승처럼 울부짖었다.

여왕의 호위 병사들이 비명 소리를 듣고 여왕의 집무실에 뛰어들었다. 그때는 이미 복면을 한 자객이 장지문을 박차고 달아난 뒤였다. 그녀의 곤룡포는 피에 흥건히 젖어 있었다. 눈 깜짝할 사이에 일어난 일이었다. 여왕의 집무실 안에 있던 사람들은 모두 자기 눈을 의심하며 얼굴이 하얗게 질려 있었다.

여왕의 입술은 말을 잇지 못하고 떨렸다. 숨이 목울대에 걸려 헛기침처럼 켁켁 튀어나왔다.

그녀의 숨결은 점점 사위어 갔다.

여왕은 꺼져가는 목소리로나마 말을 이어가려 안간힘을 썼다. 순간 여왕의 몸이 축 늘어지며 목덜미가 비목랑의 팔에 힘없이 툭 떨어졌다.

그는 그녀의 손등을 자신의 뺨에 가져다 대며 끝없는 통곡을 쏟아냈다. 그 순간 바람이 여왕의 집무실 장지문을 흔들며 휘몰아쳤고, 창밖에는 마침내 자시를 알리는 종소리가 납덩이처럼 무겁게 서라벌의 구석구석까지 가라앉았다.

4

그날 자시를 넘기며 크나큰 유성 하나가 긴 꼬리를 달고 어둠을 가르며 여왕이 기거했던 궁으로 떨어졌다.

명활산성에 진을 치고 김유신과 김춘추의 왕궁 수비대와 대치하고 있던 비담의 책사인 염종이 비담에게 보고했다.

"왕궁에서 거사가 성공했다는 소식이 왔습니다."

"염종 공, 큰 일을 하셨습니다."

이 난은 여주불능선리女主不能善理, 여자는 선한 정치를 펼 수 없다고 선동하여 대아찬 염종이 화백회의 수장인 상대등 비담을 부추겨 일으킨 난이었다.

"주군, 신령神靈이 감응하사 우리의 손을 잡아주었습니다. 마침 크나큰 유성이 여왕의 침소에 떨어져 그것을 본 우리 병사들의 사기가 하늘을 찌르고 있습니다."

비담의 군사가 지축이 울리게 외쳤다.

"만세! 비담 공 만세!"

비담이 상기된 얼굴빛으로 장수들에게 명령했다.

"자, 이 기세를 몰아 날이 밝는 대로 왕궁으로 진격합시다. 별이 떨어지는 곳에 반드시 피를 흘린다고 했으니 이 것은 여왕이 죽거나 패할 징조입니다. 한 줌도 안 되는 저들은 이제 벌벌 떨고 있을 것이오. 안 그렇소 을제 공, 사진 공"

함께 싸우는 대신들과 장수들에게 비담이 상기되어 두 손을 불끈 쥐고 외쳤다.

월성 작전실에서 장수들과 회의를 하던 중, 김유신은 여왕이 자객에게 봉변당했다는 소식을 받고 먼저 여왕의 집무실에 뛰어들어 갔다. 그가 여왕의 집무실에 닿았을 때 이미 그녀의 숨은 꺼져 가고 있었다.

"장군, 승만… 공주를… 부탁… 하오."

여왕은 김유신의 귀에 대고 사력을 다해 말했다.

"폐하. 으흐흑. 이게 어떻게 된 일이오? 누구의 짓이란 말이냐?"

김유신은 분하고 원통한 표정을 지으며 여왕을 안고 있는 비목랑을 향해 소리쳤다.

"장군, 적의 자객이 폐하의 가슴에 독을 묻힌 표창을 꽂았습니다."

얼굴에 눈물 범벅이 된 채 비목랑이 김유신에게 말했다.

"이런, 한심한 일이라니. 성벽 방어에만 집중하느라 방심한 틈을 타서 이런 사달이 났구려. 미안하오. 미안하오. 다 내 잘못이오."

김유신은 가슴을 치며 눈물을 흘렸다. 그러나, 김유신은 장수답게 침착했다. 그는 사태 파악이 빠르고 최악의 상태에서도 최선을 다한 장군이었다.

서라벌

난의 진압

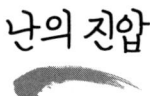

1

 "지금 여기에서 일어난 일은 궁 바깥으로 한마디도 새어 나가게 해서는 안 될 것이오. 지금 이 방에 있었던 사람은 한 사람도 이곳을 벗어나서는 안 될 것이오. 내관은 당장 이곳에 있었던 궁녀와 내관들의 이름을 적고 나에게 주시오. 혹시 이곳의 상황이 누설되기라도 하면 모조리 참살을 면치 못할 것이오."

 김유신은 오금을 박듯이 함구령을 내리고 여왕의 집무실을 빠져나왔다. 왕궁에서는 김유신과 김춘추가 참모들과 머리를 맞대고 작전회의를 했다. 그중에 비목랑도 끼어 있었다. 그는 여왕과 말이 아닌 눈빛으로도 서로를 알아보던 사이였다.

 그는 말라붙은 입술을 깨물며 정신을 붙들고 있었다. 여왕과의 추억이 머릿속을 맴돌았다. 눈은 초점을 잃어 정신나간 사람 같았다.

김유신은 여러 전장에서 수많은 위기를 지혜로 극복한 경험이 있었다. 지금까지 어렵지 않은 전장은 한 곳도 없었다. 그때마다 앞장서서 어려움을 돌파하고 승리해 왔다. 솔선수범해서 두려워하는 병사들에게 용기를 주고 장졸들과 함께 몸을 비비며 생사고락을 같이했다. 김유신은 좌중을 둘러보며 말했다.

"지금 적은 유성의 낙하를 하늘의 징조로 삼아 병사들의 사기를 북돋우고 있소. 우리는 그 반대로, 유성이 다시 하늘로 오르는 모습을 만들어 보여야 하오."

"어떻게 그런 일을…"

김춘추가 의아해하자, 비목랑이 조심스럽게 입을 열었다.

"제가 당나라 유학 시절 보았던 연등이 있습니다. 불을 이용해 하늘로 띄우는 큰 등입니다. 탑처럼 큰 구조물도 가능합니다."

모두가 놀라 그의 말을 들었다.

"나무틀과 대나무로 골격을 짜고 그 위에 흰 비단을 덮으면 큰 연등이 됩니다. 안에서 불을 지피면 따뜻한 공기가 그것을 들어 올릴 것입니다. 떨어진 유성이 다시 하늘로 돌아가는 기적을 만들 수 있습니다"라고 비목랑이 말했다.

"그거! 이환위리以患爲利! 손자병법의 진수 아닌가. 위기를 기회로 만드는 전법이지!"

김유신은 무릎을 탁 치며 말했다.

"비목랑 대목장, 정말 기발한 상상이구려."

김유신과 김춘추는 기뻐 어쩔 줄 몰랐다. 거기 함께 모인 참모들도 모두 안도의 한숨을 쉬었다.

"지금 여기에서 나눈 사안을 아무에게도 발설하지 말아야 합니다. 오늘 새벽에 서라벌 하늘에 유성이 다시 떠오르는 겁니다."

김유신은 모두에게 입단속을 시켰다. 그리고 궁녀들과 귀족의 부인들을 불러 모았다. 그 연유는 묻거나 따지지 말라고 오금 박듯 단단히 명했다. 전쟁은 보안이 창칼로 힘을 겨루는 것보다 더 막중함을 그는 잘 알고 있었다.

"집이나 궁에 있는 비단과 흰 천을 모두 가져오시오. 짜깁기해서 큰 천막을 만들어야 하오."

그는 다급하게 수하들에게 말했다.

성내에 있는 부인네들이 십시일반 가져온 천을 모아 집 마당보다 넓은 흰 천막이 만들어졌다. 그 사이 비목랑은 목수들을 데리고 나무를 불에 휘어서 둥글게 만들었다. 그리고 둥근 나무틀 사이에 바짝 마른 대나무를 엮어 사람이 기거해도 좋을 정도의 큰 등롱 틀을 만들었다. 그 나무틀에 천막을 덮고 연등 안에서 불을 지폈다. 얼마 지나지 않아 연등 안의 공기가 따뜻해지자, 그렇게 큰 연등이 하늘 높이 붉은 불빛을 품은 채 천천히 솟아올랐다.

"와아아아!"

사람들의 탄성이 궁중을 넘어 서라벌 성안으로 퍼져 나갔다.

처음 보는 광경이라 지켜보는 이들의 입에서 탄성이 저절로 나왔다.

"와! 어젯밤 왕궁에 떨어졌던 유성이 새벽에 다시 하늘로 올라간다."

"와! 유성이 하늘로 올라간다."

한꺼번에 큰 소리로 함성을 질렀다. 여러 명이 동시에 함성을 지르니 지축이 울릴 지경이었다.

반란의 수괴인 비담은 월성에서 일어난 이 소식을 들었다.

"어찌 이런 일이 있을 수 있단 말이요? 떨어진 유성이 살아서 다시 올라간다는 것은 있을 수 없는 일이요. 필시 김유신과 김춘추가 만들어낸 계략이니 군사들이 부화뇌동하지 않도록 잘 단속해야만 하오."

그러나, 군사들 사이에서는 "어젯밤에 떨어진 유성이 다시 승천했다."며 수군거리고 창을 놓고 도망가는 군사들도 있었다. 비담은 책사인 염종을 조용히 불렀다.

"염종 공, 군사들이 동요하고 있을 때일수록 우리 지휘부는 하나 되어 있어야 하오. 대신들과 장수들을 다 불러 주시오."

"을제 공, 사진 공, 병사들의 마음이 더 흔들리기 전에 날이 밝는 즉시 일거에 저들을 소탕해야 합니다. 우리는 오래도록 준비해 왔고 저들은 수적으로 우리와 상대가 되지 않아요. 지금 아니면 기회가 없습니다."

상대등 비담이 입술을 파르르 떨며 노기를 감추고자 애쓰며 난에 동조하던 대신들과 장수들에게 말했다. 그러자 이찬 을제가 앞을 나서며 반대했다.

"좀 더 때를 기다려야 합니다. 어제 유성이 하늘로 올라간 사건으로 내부가 뒤숭숭하고 사기가 많이 떨어져 있습니다. 시간을 두고 김유신이 조작한 가짜 유성인 것을 군사들이 알게 해야 합니다."

그 말을 들은 비담은 불끈 쥔 주먹으로 앞에 놓인 탁자가 부서지도록 내리쳤다. 성이 덜 풀렸는지 씩씩거리며 입가의 허연 버캐를 닦았다.

"아니오, 아니오. 때는 우리를 위해 기다려주는 것이 아니오. 뭐가 두렵단 말이오. 지금 당장 쳐들어가야 합니다. 염종 공은 어떻게 생각하시오."

가만히 옆에서 듣고만 있던 책사인 염종에게 찌푸린 얼굴로 비담이 말했다.

"주군, 저도 지금은 때가 아니라고 생각합니다. 월성은 남천강을 앞에 두고 배후는 산의 지형을 이용해서 성벽을 쌓아 요새화되어 있습니다. 아군의 수가 아무리 많아도 공성攻城은 저들보다 두서너 배의 세와 사기가 있어야 이길 수 있다고 생각합니다."

비담은 다 이긴 전쟁이라고 생각했는데 뜻밖의 사태로 전황이 불리하게 흘러가자 실망을 감출 수 없었다.

2

"형님, 저 명활산성에 있는 많은 장졸들도 우리 신라의 아들 딸입니다. 저들이 무슨 죄가 있겠어요. 어쨌든 우리 신라인들끼리 피 흘리지 않고 승리할 수 있는 전략을 짜야겠습니다"라고 김춘추가 침착하게 말했다.

그는 평소에도 김유신을 형님이라 불렀다. 둘은 어린 시절부터 삼국통일의 대업에 대의를 같이하여 선덕여왕을 보필해왔다.

"그럼 어찌할 것이냐, 싸우지 않고 이기겠다는 묘책이 있느냐?"

"네, 형님."

"병법에 '공심위상攻心爲上'이라 했습니다. 무기를 들기 전에 그들의 마음부터 무너뜨리는 것이지요."

김춘추는 시선을 똑바로 김유신에게 맞추며 말했다.

"유성이 다시 하늘로 올랐다는 그 연등의 기적… 이미 그들 진

영에 동요를 일으켰습니다. 그 틈을 타 저들 사이에 의심과 분열을 일으켜야 합니다. 우리 간자들을 통해 '이찬 을제와 사진이 은밀히 김유신과 내통 중'이라는 풍문을 흘리게 하십시오."

"춘추야, 너는 진정 왕의 그릇이구나. 사람의 마음속에 의심이라는 불씨가 붙으면 그 불은 칼보다 먼저 내부를 불태우지, 싸우지 않고 이길 수 있는 전쟁보다 좋은 것은 없지. 아마도 우리가 시간을 끌면 저들은 내부의 분란으로 차도살인借刀殺人-적의 칼을 빌려 적을 죽인다-이 일어나겠군."

춘추와 유신이 짐작했던 대로 비담은 염종을 시켜 이찬 을제와 이찬 사진을 잡아 오게 했다. 이찬 을제는 선덕여왕이 왕위에 오른 첫 3년간 국정을 총괄하며 화백회의의 수장인 상대등을 지낸 바 있었다. 그는 황룡사 9층탑의 창건으로 국고가 바닥나고 민생이 파탄 날 것을 두려워했다. 그런 면에서 탑의 창건으로 왕권이 강화되는 것을 견제하는 대부분의 구 귀족과는 입장이 조금 달랐다. 순수한 애국심의 발로랄까.

군영 천막 주위에 몇몇 병사들이 모닥불을 쬐며 수군거렸다.

"들을 만큼 들었네. 을제 공이 몰래 월성에 심부름꾼을 보냈다는 말, 사실이라더군."

"사진 공도 요즘 회의 때마다 비담 공의 말에 토를 단다지 않소?"

간자들이 던진 불씨는 순식간에 번졌다.

겨울의 한기가 성벽을 타고 들이치던 밤.

"주군, 이찬 을제와 사진 공을 데려왔습니다."

군졸 둘이 피범벅이 된 두 사람을 방 안으로 질질 끌고 들어왔다. 흰 삼베옷은 피로 물들었고, 얼굴과 팔에는 곳곳에 검붉은 멍이 퍼져 있었다.

을제는 의연히 고개를 들었고, 사진은 침묵 속에서 이를 악물었다. 비담은 회의 석상 한복판에 앉아, 싸늘한 눈빛으로 두 사람을 내려다보았다.

"을제 공, 말해 보시오. 어젯밤 김유신의 수하와 접선한 자가 공의 가신이라는 증언이 있소이다."

잠시 정적이 흘렀다. 을제가 입술을 깨물고 피가 맺힌 입을 열었다.

"그건… 왕궁에서 퍼뜨린 이간입니다. 나는 이 반란이 처음부터 잘못되었음을 알았소. 하지만 주군이 뜻을 굽히지 않기에, 충직한 신하로서 따르려 했을 뿐… 김유신과 내통한 일은 없소이다."

"주군…."

사진이 옆에서 낮게 말했다.

"이건 덫입니다. 지금 우리를 죽이시면… 반정의 기둥이 부러질 것입니다."

그러나 비담의 얼굴엔 냉기 외에 아무 감정도 남지 않았다.

"배신은… 이유를 불문하고 배신이오."

그는 곁에 선 염종을 힐끗 돌아보았다. 염종은 침묵했다.

긴 침묵 속에서, 누군가 조용히 칼을 꺼냈다. 을제는 시선을 옆으로 돌리지 않고 곧장 비담을 바라보며 말했다.

"내가 두려워하는 것은 죽음이 아니오. 역사의 끝에 내 이름이 배신자로 남는 것이오. 하지만 언젠가, 진실은 살아남을 것이오."

사진은 그 말에 고개를 숙이고 눈을 감았다.

"비담 공, 마지막 충고를 드리겠습니다. 주군을 위해 목숨을 바친 자를 함부로 버리는 순간, 그 옆에는 아무도 남지 않을 것이외다."

"내가 정한 길이다."

비담이 냉정히 고개를 돌렸다.

다음 순간, 날이 선 칼이 허공을 가르고 두 개의 피 묻은 머리가 무겁게 땅바닥에 굴러 떨어졌다. 작전용 천막 안은 피비린내로 가득 찼고, 군졸들은 말없이 눈을 피했다. 염종은 속으로, 자두의 옛말을 떠올렸다.

"충신을 죽이는 자는, 결국 그 충신의 망령에 의해 무너진다네."

난의 불씨는 더욱 격렬해졌지만 그 속엔 이미 자멸의 불씨가 함께 타오르고 있었다.

3

"유신 형님, 이제는 정의가 궁궐에 있음을 하늘에 알려야 할 때입니다."

김춘추는 나직이 말했다.

김유신은 고개를 끄덕이며 제물 준비를 명했다.

"가장 준수한 백마 한 필을 데려오시오."

그는 유성이 떨어졌던 자리 위에 흰 제복을 입고 앉아 백마의 피를 제사상에 올렸다. 불길한 붉은 피 냄새 속에서 도교식 향이 은은히 피어올랐다.

그리고 두 손을 하늘을 향해 들었다.

"하늘이시여. 양은 하늘이고, 음은 땅이오. 정치도 그러하옵니다. 임금은 양이요, 백성은 음이온데… 어찌 음이 양을 넘보리까? 신하가 임금을 무너뜨리고, 음이 천도를 거스른다면… 이 나라는 무엇으로 서겠나이까?"

조용한 공기 속에서 바람이 살짝 흔들렸다. 그는 제사상의 술을 동서남북으로 흩뿌리며 마지막으로 외쳤다.

"하늘이시여. 천도를 저버린 자들을 벌하여 주시옵소서."

한편, 비담이 명활산성에 배수진을 친 것에는 이유가 있었다. 어떠한 일이 있어도 물러서지 않겠다는 결연한 의지이기도 했지만, 전황이 불리하여 사방으로 병사들이 도망치지 못하게 보문호를 등에 진 것이었다.

"주군, 병졸들의 사기가 말이 아닙니다. 유성이 하늘로 올라 갔다는 소문으로 병장기를 버리고 산성 밖으로 도망친 자들이 한둘이 아닙니다. 이제 앞뒤 가릴 것이 없사옵니다. 군진이 스스로 무너지기 전에 한시라도 빨리 왕궁을 공격해야 합니다."

얼굴에 초조한 기색을 떨쳐 버리지 못하고 염종은 비담에게 비장하게 말했다.

염종은 비담을 처음 봤을 때를 떠올렸다.

비담이 전국에 있는 젊은 인재들을 암암리에 수소문하여 그의 집에 모이게 했다. 그에게는 지략이 뛰어나고 충성심이 강한 책사가 필요했다. 염종과 동문수학하여 신라 제일의 문장가가 된 자두도 그곳에 참석했다. 그는 나중에 강수 선생으로 알려진 인물로, 김춘추의 책사가 되는 가야계 출신의 인물이었다.

"자네는 머리에 뭘 그런 우스꽝스러운 걸 쓰고 있는가?"

젊은 학사들이 모인 자리에서 비담이 자두에게 먼저 말을 걸었다.

자두는 두건을 풀어 머리에 난 뿔과 같은 혹을 보여 주었다. 그러면서 말했다.

"저의 지혜는 머리에 달린 이 혹에서 다 나오죠."

비담은 그 말을 듣고 큰 소리로 웃어넘기고 말았다. 천하 제일의 인재를 외모로만 평가했던 것이었다. 비담은 결국 자두의 친구인 염종을 책사로 삼았다.

염종이 무릎을 꿇고 비담에게 충성 맹세를 하고 난 뒤, 자두는 그의 친구인 염종에게 말했다.

"비담은 턱이 날카롭고 밑으로 빠져 있어 말년이 좋지 않을 상이네. 친구로서 해 주는 말이니 그를 조심해야 할 것이야. 벗으로 권하자면 비담과는 관계하지 않은 것이 상책이네. 내 말 명심하시게."

염종은 그와 헤어질 때 자두가 한 말이 아직도 귀에 생생했다.

'그러나 사람의 일을 겪어 보지 않고 앞날을 어떻게 알 수 있다는 말인가? 천기를 캐내기도 하고 별들의 움직임은 알 수 있지만, 한 길도 안 되는 사람의 마음은 알 수 없으니 이 얼마나 개탄스러운가.'

염종은 속으로 중얼거렸다.

비담의 군사들은 사기가 저하되고 내부에 심한 분열이 일어났다. 을제와 사진을 따르던 병졸들은 몰래 목숨을 걸고 군진을 이탈했다. 자기들의 주군이나 다름없는 우두머리들이 참수되었으니 당연한 결과였다.

결국, 을제와 사진의 죽음은 불씨였다. 그들을 따르던 병사들이 목숨을 걸고 야음을 틈타 탈영했고 성안은 이미 무너져 있었다.

서라벌

왕궁 장졸들이 일제히 진격했다. 김유신은 선봉에 섰고 김춘추는 후방을 지휘하며 병사들을 독려했다. 마지막까지 저항하던 30여 명의 장수는 모두 수급을 잃었고, 비담은 포박되었다.

"비담, 그대는 어찌하여 상대등의 지위를 하사한 대왕 폐하의 은덕을 저버리고 용상의 미련을 버리지 못하였는가? 마지막으로 할 말이 없는가?"라고 김유신이 추상같이 말했다.

"나는 여왕을 미워한 적이 없다. 다만, 세상이 여왕을 감당하지 못했다. 그것이 나의 죄인가?"

그날 저녁 비담을 포함한 반역 주동자들의 구족은 멸문되었다. 광장에 주홍빛 피가 말라붙을 때쯤 김유신은 말없이 하늘을 올려다보았다.

유성이 떨어졌던 그 밤 다시 올라갔던 연등의 새벽, 그리고 이제 모든 것이 끝난 정오의 해.

"폐하께서 바란 통일과 탑의 완성, 이제 시작이옵니다."

대목장 순정

1

대목장 순정은 나이가 들수록 잠은 짧아졌고 그는 그 고요한 새벽을 하루의 설계 시간이라 여겼다. 특히 수하들의 얼굴을 하나씩 떠올리며 그들에게 지시해야 할 내용을 머릿속으로 정리했다.

그는 어둠이 채 가시기도 전에 장지문을 열고 밖을 나섰다. 그믐달이 부지런한 이의 눈빛을 따라왔고, 순정은 한 줄기 찬 공기를 깊이 들이마시며 숨을 고른다. 그는 언제나 수하 목수들이 출근하기 전에 먼저 현장을 한 바퀴 돌고 자기의 숙소로 돌아와 아침을 든든히 챙겨 먹고 하루의 일과를 시작했다.

"김 목수는 언제 나왔나? 아직 날도 밝지 않았는데."

순정은 장작불을 피워 몸을 녹이고 있는 그에게 말했다.

"집에 무슨 문제라도 있는가?"

"아닙니다. 저도 요즘 새벽잠이 없어 현장에 일찍 나와 일하기 전에 날 물(끌, 자귀, 톱, 대패의 날)을 미리 갈아 놓으려고 몸을 녹이고 있는 중입니다요."

순정은 껄껄 웃었다.

"허허. 연장자부터 이리 부지런하니, 어린 목수들이 죽어나는 소리 나겠구먼."

순정은 육두품 출신 유학자의 아들이었다.

어려서부터 글을 줄곧 읽었지만, 마음은 언제나 손으로 가 있었다.

개집, 닭장, 얼레, 물레방아….

그는 만들 수 없는 것을 꿈꾸지 않는 아이였고 결국 어른이 되어도 도끼와 대패를 든 장인이 되었다. 그러나 그는 단순한 목수가 아니었다. 사서삼경을 꿰고 철학으로 재목을 다듬는 이.

"남의 마음을 읽지 못하면 집도, 탑도 세울 수 없다."라고 그는 늘 목수 제자들에게 말했다.

순정은 창덕조創德組라는 목공 집단을 세우고, 사찰 현장을 따라 옮겨 다니는 이동식 학사學舍, '학공사鶴工舍'를 운영했다.

말보다 몸으로 가르치고 손보다 눈으로 가르치는 스승.

그의 제자들은 전국에서 몰려들었고 입문은 언제나 어려

웠다.

　의령 지방에서 목수 일을 하는 젊은이가 대목장 순정이 목
수일을 가르치는 학교가 있다는 소문을 들었다. 그는 주루막에
평소에 아끼던 연장을 챙겨 넣었다. 의령에서 서라벌까지는 걸
어서 몇 날 며칠이 걸렸다. 그는 무거운 도구 자루를 지고 힘들
게 순정을 찾아갔다. 순정이 보기에 옷은 삼베를 덧댄 누더기
였고 소매도 다 해졌지만, 그 속에 깃든 성품은 조용하고 너그
러워 보였다.

　"선생님 밑에서 일을 배우고 싶습니다"라고 하자, "도구를 내
보여 주시오"라고 그 젊은이에게 순정이 퉁명스럽게 말했다.
그러자 그는 그 젊은이가 건네준 도구를 보더니 냅다 멀리 던
져 버렸다.

　"그것으로 뭘 할 수 있겠나? 저기 가서 날이나 잘 들도록 갈
아 와!"

　입학을 허락하겠다는 그만의 특별한 승낙 표시였다.

　순정이 보기에도 그는 견실하고 의욕이 넘쳐 보였다. 그렇게
단 한 번에 그의 학사에 입사시킨 적이 별로 없었다. 많은 부모
들이 자식을 순정 밑에 보내 배우게 해 달라 청했지만, 그는 좀
처럼 허락하지 않았다.

　순정은 처음부터 신입생에게 현장에서 목수 일을 거들게 하
거나 일을 시키지 않았다. 3개월에서 6개월 정도는 학공사鶴

工舍에 합숙하며 현장에서 일하는 목수들의 삼시 세끼를 챙기게 했다.

순정이 옆에서 보머리를 가공하고 있던 최 편수를 불렀다.

"최 편수가 저 젊은이를 책임지고 잘 지도해 주시오."

"네, 대목장님."

최 편수는 젊은 신입생을 불러 앞으로 그가 해야 할 일들을 조목조목 설명해 주었다.

"우선 우리 학사에 처음 들어온 사람들은 누구를 막론하고 식구들의 식사를 준비하고 챙기는 일을 해야 하네. 의아하게 생각할 필요가 없네. 식구들의 먹거리를 챙기면서 옆에 있는 사람의 기호를 파악하고 입맛을 맞추어 준비하는 과정은 집 한 채 짓기 위해 준비하는 훈련과 같은 것일세."

"네, 잘 알았습니다."

"처음에는 먼저 들어온 선배들이 하는 것을 잘 보고 거들어 주기만 하면 되니 그리 겁먹을 필요가 없네."

"네, 네."

그날 새로 입사한 그 젊은 목수 지망생을 손 편수가 도제들의 숙소인 학공사鶴工舍에 안내하여 다른 목수들에게 소개했다.

그날 밤 학공사의 목수들이 식사를 마치고 한 명씩 젊은이에게 말을 건넸다.

"이봐, 조개국 맛 괜찮던데!"

"밥 짓는 솜씨가 제법이야. 마음씀씀이도 그렇겠지."

그 말에 젊은이는 소리 없이 웃었다.

순정은 멀리서 그 모습을 보고 있었다.

2

어느 날 놀이도 없고 심심했던 비목랑은 부엌에서 무를 사각으로 잘랐다. 막대기를 찾아내어 그 조각들 위에 대못을 탁탁 박으며 자신만의 작은 집을 짓기 시작했다. 멀리서 그 모습을 지켜보던 순정은 눈을 가늘게 떴다.

'놀이 속에도 뭔가 기운이 흘러…'

그는 직감했다. 아들 비목랑은 단순히 손재주가 있는 것이 아니라 형상 너머의 질서를 보았다. 순정은 그날부터 비목랑을 공사 현장에 데리고 다니기 시작했다.

"네 살배기 아이를…?"

다른 목수들은 의아해했지만, 순정은 아이에게 듣고 보고 냄새 맡고 걷는 훈련을 시켰다. 그는 고작 네 살이었다. 아직도 엄마 품이 그립고 어리광부릴 나이였다.

"비목랑, 같이 놀자."

비목랑이 동네 친구들과 어울려 놀 나이가 되었을 때, 왁자

서라벌

지껄하게 골목에서 비목랑을 부르는 소리가 들렸다. 아버지의 현장에서는 누구 하나 놀아줄 사람이 없었다. 친구들과 놀고 싶어 좀이 쑤셨지만, 아버지의 엄한 눈초리 때문에 뛰어나가 놀 수도 없었다.

"비목랑, 오늘은 그림을 그만 그리고 친구들과 놀다 오렴. 대신 내일은 옆 금당에 있는 공포[6]의 모양을 그대로 그려놓고 친구들과 놀아도 좋다."

"네, 아버지."

순정은 그 금당 공포의 문양이 그리기 얼마나 어려운지를 잘 알고 있었다. 용 머리의 형상과 봉황의 형상 등 그림을 전문적으로 그리는 사람도 그것을 종이에다 정확히 옮겨 그리기가 그리 만만하진 않은 일이었다. 그는 아직 비목랑이 공포의 형상을 파악하고 그것을 종이에 옮겨 그린다는 것이 가당찮은 줄 알면서도 그리게 했다. 그런 줄도 모르고 비목랑은 친구들과 놀 수 있다는 생각에 기분이 들떠 있었다.

"비목랑, 공포 그림은 다 그렸느냐?

동네 친구들과 흙먼지 속에서 공놀이를 하고 돌아온 아들에게 물었다. 순정은 비목랑의 그림을 보고 속으로 깜짝 놀랐다.

---

6 공포---전통 목조건축에서 처마 끝의 하중을 받치기 위해 기둥머리에 짜 맞추어 댄 나무 부재로, 건물의 의장적(意匠的) 표현으로서 장식의 기능도 겸하는데, 그 형식에 따라 주심포식(柱心包式), 다포식(多包式), 익공식(翼工式)으로 나뉜다.

선이 거칠고 조금 삐뚤어 있었지만, 공포의 모양은 제대로 잡혀 있었다.

"어허. 이것도 그림이냐? 내일은 잘 그려오너라. 매번 이렇게 그려서는 놀 시간도 없을 줄 알아라. 알겠느냐?"

순정은 아들에게 엄하게 질타해 가며 자만심에 빠지지 않고 공포의 선과 모양을 완전히 익힐 때까지는 몇 번이라도 그리게 했다.

"비목랑, 이제는 공포의 형상이 머리에 떠오르느냐?"

"네, 아버지."

"그러면 이제는 호마당護摩堂에 있는 단청의 문양들을 하나도 빠짐없이 그려보도록 해라."

"네, 좋아요. 아버지."

순정은 아들이 뭘 만드는 손재주야 진즉에 타고난 것을 알았지만, 그렇게 그림에 재능이 있는 줄은 미처 알지 못했다. 그의 사물을 대하는 섬세함에 늘 감탄하고 있었다.

그의 아들은 입에서 아직 젖 냄새도 가시지 않았는데, 놀랍게도 반복되는 그림 그리기에 싫증을 내지 않았다. 순정은 비목랑이 단청의 문양을 그리면서 불교의 미美에 관심을 가지기를 바랐다.

"비목랑 도련님, 뭘 그리 혼자 골똘히 만들고 있나요?"

학공사鶴工舍의 기숙사를 담당하는 손 목수가 아직 아홉 살이 채 안 된 비목랑이 나무토막으로 뭘 만들고 있는 것을 보고 말했다.

"도련님은 아직 목수들의 연장을 가지고 놀면 안 됩니다. 대목장님이 제게 도련님이 그걸 못 하게 하라는 엄명을 내리셨어요."

"그래도 내가 그린 공포 그림을 나무로 그대로 만들어 보고 싶어요."

"그러면 도련님이 아버님께 직접 이야기해 보세요."

"알았어요. 손 목수님"

순정도 아들이 목공 일하고 싶은 마음을 잘 알고 있었지만 못하게 막고 있었다. 때가 되면 제대로 된 도제 교육을 시킬 생각이었다.

"아버지, 저도 이제 목수 일을 해 보고 싶어요."

"그래, 그럼 몇 가지 물어보자꾸나. 너는 우리가 짓는 저 가람伽藍이 무엇이라 생각하느냐?"

"네 아버지, 부처님이 사는 집이요."

"그래, 사람이 사는 집은 마을 목수도 지을 수 있다. 하지만, 가람은 다르다. 그 집은 부처님이 사는 집, 세상의 마음들이 쉬어가는 자리다. 그래서 궁宮목수는 최소한 반야심경쯤은 외워야 하느니라. '마하반야바라밀다심경'이란 제목까지 총 270자밖에 되지 않으니 절을 짓는 목수들은 하루에 한 번은 꼭 독송을 해야 한단다.

칼날을 나무에 대듯 경전을 내 마음에 새기는 것이지. 특히 공空의 이치를 채득하여 독송이 대패질처럼 익숙해지면, 어느 순간 윤회의 수레바퀴조차 깎여나가 한 생의 고통도, 삼생의 집착도 사라지는 날이 올 것이다.

"색즉시공, 공즉시색이라 했지. 색이 곧 공이고, 공이 곧 색이라는 말이란다. 공은 단지 허무를 뜻하는 것이 아니야.

모든 존재는 인연 따라 생겨나고, 인연 따라 소멸하며, 한순간도 멈추지 않고 변화하니 고정된 실체가 없다는 이치를 말하는 것이다.

'나'라는 것도 마찬가지다. 오늘의 나와 내일의 내가 같을 수 없고, 지금 이 자리의 내가 늘 그러하리란 보장도 없다.

공의 눈으로 보면, 우리는 '나'라는 고정된 실체가 없는 '무아無我'임을 깨닫게 되지.

무상無常과 무아의 삶은 현실을 부정하거나 도피하는 게 아니다. 삶이 괴로운 것은 흘러가는 것을 붙잡으려는 집착 때문이다.

변하는 것을 놓아줄 줄 알면, 그때 비로소 번뇌는 무너지고 자유가 피어난단다.

집착이 사라진 자리에는 공空의 지혜가 자라나고 자비의 꽃이 피어나 그 자비는 더 큰 깨달음으로 나타난단다.

나도 한때는 감정에 휘둘려 수치스러운 삶을 살았다. 무상을 모르니 집착하고, 무아를 모르니 상처받았지. 남의 말에 섭섭해하고, 서로 미워하며 악연을 만들었단다. 지금은 후회가 남고 미련이 가시질 않지만, 지나간 일을 어찌 다시 거둘 수 있겠느냐.

비목랑, 반야심경을 하루하루 독송해 보거라. 그러다 보면, 무겁고 버거웠던 목수의 일이 언젠가 가볍고 환한 기쁨으로 변해가는 너 자신을 발견하게 될 것이다.

내가 지금 한 말, 다 이해하지 않아도 된단다. 다만 '무상'과 '무아' 이 두 글자만은 꼭 마음에 새겨두어라.

진리는 깊은 산속 선사의 법문 속에만 있는 게 아니란다.

때로는 나무 한 그루의 결에서, 한 장의 기와에서, 한 줄의 단청 문양 속에서도 그 도道를 만날 수 있지.

기억하거라. 가람 한 채에 천만 인생이 기대어 산다. 그곳은 스님만이 아니라, 여왕도, 목수도, 천한 노비까지도 함께 숨 쉬며 살아가는 집이란다."

"네, 아버지."

"비목랑, 너는 가람을 짓는 목수가 되고 싶으냐?"

"네"

"그러면 명심하거라. 너는 가람을 짓되 그 전에 사람의 마음을 지을 수 있어야 한다. 지금은 내 말을 이해하지 못해도 좋다.

차차 나이가 들면 알게 될 것이니라."

"네, 꼭 명심하겠습니다."

"그래, 착하구나. 내 아들 대견하다."

"비목랑, 목수의 일이 무엇인지 아느냐?"

"아버지, 소자가 익혀야 할 일이란 무엇인가요?"

"목수의 일이란 손의 기억, 몸의 기억을, 혼을 담아 몸으로 표현하는 일이다. 지식만으로는 훌륭한 건물을 지을 수 없는 것이다. 나무의 마음과 나무의 생명에 혼을 불어넣어 그것의 응축물로 천 년 이상 유지될 수 있는 건물이 탄생하는 것이다"라고 그는 비목랑의 어깨를 다독이며 말했다.

순정은 그의 학사에 입학하는 제자들에게 반드시 일정 기간은 동료들을 위해 요리를 짓게 했다. 특별한 하나의 훈련 과정이었다. 건축에서 준비 과정은 짓는 과정만큼 중요했다. 전체를 위해 요리하는 것은 한 채의 집을 짓는 만큼 어렵고 준비해야 할 것이 많았다.

그래서 그는 학생들의 재능보다 인성적인 면을 더 소중히 여겼다. 도편수를 꿈꾸고 입학하는 젊은이들이 기능보다는 동료들과 무리를 지어 서로를 배려하고 서로를 이끌어 주기를 바랐다.

"비목랑, 상대에게 관심과 배려가 없이는 도편수가 될 수 없다. 너는 여러 도편수를 데리고 국가적인 동량棟樑이 될 그릇이니라. 내 말 명심하거라.”

순정은 내일이라도 멀리 떠날 사람처럼 심각한 어투로 나이 어린 비목랑에게 타이르듯 말했다.

3

“일정교가… 불타오른다!”

졸린 눈을 비비던 병졸이 갑자기 고함을 질렀다.

깊은 밤의 끝자락, 남천을 가로지르는 웅장한 목조 다리의 정자에 불이 붙었다. 타닥타닥! 소리를 내며 치솟는 불꽃은 백 척 높이로 밤하늘을 찢고 올라갔다. 불빛이 남산 자락과 월성의 처마를 물들이고, 대들보가 붕괴되며 부러지는 소리, 기왓장이 와장창 무너지는 소리가 남천강 물결에 증폭되어 왕궁까지 전해졌다.

‘그래… 활활 타라.

내 아들의 억울함도, 내 분노도 함께 태워다오…’

설천기는 누구에게 들키지 않으려고 혼잣말로 되뇌며 남산의 아름드리 소나무 뒤에 숨어서 불타는 일정교를 바라봤다.

그의 눈에는 광기와 환희가 교차했다.

“죽어도 좋다.”

불길은 그의 심장에 남은 마지막 체온마저 불살라 기묘한 안도와 쾌락을 안겨주었다.

그는 서라벌 구황동의 도교도장에서 천사天師[7]로 일했다.

인능수지도人能修至道, 수내작진선身乃作眞仙

사람은 능히 도에 이를 수 있으며, 이에 몸은 진정한 신선을 이룬다.

신선이 되어 불로장생하겠다는 생각은 하루하루가 먹고살기 고단한 평범한 백성에게는 사치에 불과했다. 그리하여 민가의 도교는 복을 주고 화를 몰아내는 기복적 내용으로 발전할 수밖에 없었다.

점을 보고 부적을 쓰며 푸닥거리하며 민가의 근심을 달래주는 사람. 사람들은 그를 반은 신통한 자, 반은 미친 자로 여겼다. 그러나 그는 누구보다도 나라에 불만이 많았다.

그는 평소에도 귀신 들린 사람처럼 사람들이 잘 알아듣지도 못하는 영계靈界 이야기를 자주 했다.

"자네는 발을 땅에 딛고 사는가? 하늘에서 사는가? 너무 현실감 없는 이야기를 자주 하면 허황한 사람으로 낙인찍히니 조심하게나."

그의 도교 활동 친구 중 한 사람이 그가 걱정되어 그에게 말

---

7 천사(天師)---도교도장의 말단 직책 이름, 교회의 목사나 사찰의 주지스님에 해당 함

해주었다.

어느 날 왕실에 의해 건립되는 사찰이나 궁성을 관리하고 보수하는 관청인 성전成典의 청위靑位[8]직급을 가진 하급 관리가 그에게 찾아왔다.

"이번에 흥륜사의 진입 도로 확장 공사가 있어서 어쩔 수 없이 도교도장 건물을 헐어야 할 사정이 생겼습니다."

그 관원은 작고 짜증 섞인 쥐눈을 하고, 미간이 좁아 보여 옹색한 얼굴을 했지만, 관청을 상징하는 의관인 복두와 복식만이 그를 관원처럼 보이게 했다. 그의 말은 사정이 딱하게 되었다는 듯 들렸지만, 사실상 통보나 다름없었다.

"안 됩니다. 그 땅은 조상 대대로 물려받은 터전이고 그 도장이 없어지면 나는 뭘 하고 먹고살란 말이오?"

"아~ 그냥 뺏어가겠다는 말은 하지 않았소. 얼마를 보상할지 금액이 정해지면 다시 오리다."

설천기의 스무 살도 안 된 아들이 백제와의 가잠성 전투[9]에

---

8 청위(靑位)---성전은 금하신(衿荷臣), 상당(上堂), 적위(赤位), 청위(靑位)의 4 단계 직책으로 관원이 구성되어 있음.

9 가잠성 전투---7세기 전반 신라와 백제는 소백산맥 일대에서 치열한 공방전을 벌였다. 본래 가잠성은 신라의 땅이었는데, 611년 백제가 공격하여 차지하였다. 7년 뒤 618년에 신라가 다시 가잠성을 공격하여 탈환하였다.
이후 628년에 백제가 다시 가잠성을 되찾기 위하여 공격하였다가 실패하였다. 1차 가잠성 전투에서 성주 찬덕이 가잠성을 지키다가 함락 위기에 처하자, 스스로 느티나무에 머리를 부딪혀 죽었다고 한다. 2차 가잠성 전투에서 찬덕의 아들 해론이 열심히 싸우다가 전사하자, 신라인들이 장가(長歌)를 지어 조문했다고 한다.

서 다리를 하나 잃어 불구가 되어 돌아왔을 때 그는 하늘이 무너지는 줄 알았었다.

진평왕은 624년에 상賞을 주는賜 관청이라는 상사서賞賜署[10]를 만들었다. 명칭에서도 알 수 있듯이 나라에 공을 세운 자나 그 후손들에게 충분한 상을 주었다. 왕은 전장의 전사자들을 빠짐없이 호명하고 죽음을 애도함으로써 남겨진 가족에게 명예를 주었다. 또 후손들이나 가족들에게 경제적인 지원과 관직에 나설 때 특혜를 주어 생활에 직접적인 도움을 주었다. 그러나, 과거나 지금이나 완벽한 행정은 동서고금을 막론하고 이루어지기가 그리 쉽지 않다.

설천기의 아들은 생을 비관한 나머지 얼마 살지 못하고 자살하고 말았다. 그때도 그 아들에게 나라에서 먹고 살 방도를 충분히 마련해 주지 않아, 평소에도 설천기는 궁에 대한 불만이 많았다. 그런데 이번에는 집을 내놓으라 하니 불만이 배 밖으로 나와 있었다.

"이번에 제대로 보상해 주지 않으면 깡그리 불 질러 버릴 거야."

그는 이웃에 공공연히 궁에 대한 불만을 말하고 다녔다. 설

---

10 상사서(賞賜署) ---신라시대 관리들의 상훈(賞勳)을 관리하던 관청. 〈삼국사기〉에서는 상사서에 관하여 다음과 같이 설명하고 있다."상사서는 창부에 속했는데, 경덕왕이 사훈감으로 고쳤고, 혜공왕이 다시 이전대로 했다. 진평왕 46년에 만들었고, 관등은 급찬에서 아찬까지로 했다. 〈삼국사기〉 권38, 〈잡지〉7 직관 상.

천기는 먼저 논 스무 마지기를 요구했지만, 궁에서는 다섯 마
지기도 주지 않아 불만이 폭발해 버리고 말았다. 그날 밤, 설천
기는 남천강으로 향했다.

그의 손에는 성긴 헝겊에 싸여 있는 기름통과 불씨가 들려
있었다. 그는 망설이지 않았다. 그리고 그 순간, 다리는 불타
기 시작했다.

그 복수의 불길은 왕궁 초입, 대장군처럼 우람하고 죄 없는
일정교日淨橋를 발목부터 태우며 무너뜨렸다.

4

일정교日淨橋의 방화는 진평왕 말년, 국가의 숨통을 태운 참
사였다.

"어찌, 궁궐 문턱에 있는 다리가 하루아침에 흔적도 없이 사
라질 수 있단 말이오!

이 모두 짐의 덕이 부족한 탓이로다. 조정 관료들이 다 모인
자리에서 백정[11]은 탄식하며 또한 그들을 질책하였다.

왕은 벌써 집권한 지 40년이 넘었다. 8척 거구에 흰 수염을

---

11 백정---진평왕의 이름이다. 그의 부인 이름은 마야이며 딸의 이름을 덕만이
라 지었다. 그의 직계 가족 이름을 석가모니의 부모와 삼촌 이름에서 따와
붙였다. 자신의 이름을 부처의 이름과 동일시 하여 '왕이 곧 부처'라는 왕즉
불(王卽佛) 사상을 심어 왕권을 강화하였다.

기른 노왕은, 기둥처럼 침착한 듯 보였으나 눈빛은 꺼질 듯 흔들리고 있었다.

"지금껏 크고 작은 화재들을 보아 왔지만, 국가의 기간 시설이 이렇게 크게 난 불은 처음 보오. 방화범을 하루속히 잡아 두 번 다시는 이런 일이 없도록 극형에 처하시오. 상대등께서는 다리를 복원하는 데 전력을 다해 주시오."

"대왕 폐하, 아뢰옵기에 황송하오나 일정교日淨橋와 월정교月精橋는 적이 왕궁으로 침입할 때 저지하는 주요한 관문입니다. 그 다리의 수비를 직도전直徒典에서 관장하고 있사옵니다. 직도전의 책임자를 엄히 문책하고 책임을 물어 다시는 이런 일이 재발하지 않도록 해야 하옵니다."

"알았오, 사정부령은 그를 엄히 문초하시오."

"네, 대왕 폐하. 성심을 다하여 거행하겠나이다."

신라에는 두 사람의 대목장이 있었다. 한 사람은 창덕조의 당주 순정. 다른 이는 대영조의 당주 설응모.

설응모는 칠척 반의 거구에 수레 하나를 혼자 들어 옮길 정도의 힘을 자랑했다. 그의 공정력과 냉정함은 타고났으며, 공사를 따내지 못하면 질투가 폭발하여 그의 차갑고 건조한 눈빛에는 살기를 드러냈다.

설응모가 운영하는 대영조와 순정이 운영하는 창덕조 두 상단은 국찰國刹 공사나 궁에서 발주하는 일에는 일감을 놓고 항상 경쟁하는 사이였다. 설웅모 대목장은 이미 발 빠르게 상대 등 숙흘에게 이번 복원공사를 맡을 수 있도록 손을 써 놓았던 참이었다. 상대등 숙흘이 조부調府의 성전成典을 관리하고 있던 김용춘을 불렀다.

"이번 무너진 다리 공사의 복원 사업을 누구에게 시키면 좋겠소?"

"일정교日淨橋의 도면은 우리 성전成典에 보관되어 있어 신라의 대목장 두 사람 중에서 누가 해도 상관이 없지만…."

그가 잠깐 머뭇거리고 있을 때 상대등 숙흘이 말했다.

"저번에 홍륜사의 대보수 공사를 창덕조가 맡았으니, 이번에 다리 복원 공사는 대영조에게 맡기는 것이 어떻겠소?"

용춘은 정중히 고개를 숙였다.

"신의 판단은 변함이 없습니다. 신라 공역의 기본은 경험과 기억, 지었던 자가 가장 정확히 다시 세울 수 있습니다. 창덕조의 대목장 순정은 그 다리를 만들 때 도편수로 직접 참여하였지요. 그 건물을 지어 보았던 그에게 일을 맡기는 것이 순리라고 생각합니다만. 한시라도 서둘러서 완공해야 하기도 하고요."

"어쩔 수 없구려. 조부의 성전成典을 관장하고 계신 용춘 공이 그렇게 생각하고 계시니, 그렇게 합시다"라고 상대등 숙흘이 말했다.

숙흘은 속으로 설웅모에게 이미 약조한 바 있었으나, 용춘의 말은 설득력이 있고 자신의 말에 조금도 흔들리지 않음을 알았다. 그렇게 설웅모의 대영조는 이번에도 일감을 놓치고 말았다. 그는 입술은 굳게 다물었고, 손등의 핏줄은 불거졌다. 누군가는 불에 탄 것이 다리였다고 했지만, 설웅모에게는 자존심이 더 뜨겁게 타들어갔다.

5

일정교의 방화 소식이 온 신라에 알려졌다. 봉성(봉화의 옛지명)의 춘양 지방에서 춘양목을, 우진야(울진의 옛지명)의 지역에서 금강송을 나라에 희사하겠다는 산주山主들이 나타났다. 그들은 국가의 중요한 건물 상량문에 가문의 이름 한 자 올리는 걸 큰 영광이라 생각했다.

설웅모는 두 손을 허리 뒤에 얹고 천천히 걸음을 옮겼다.

그의 눈앞에 창덕조에서 일감을 받은 공사 현장이 멀리 보였다. 입술을 꾹 다문 채 한참을 바라보다가 옆에 선 김 목수에게 조용히 말을 꺼냈다.

"나는 도무지 납득이 가지 않네. 일정교라면 나도 젊은 시절 설계도를 손에 쥐고 나무를 다듬던 기억이 있는 다리야. 그런데 왜, 순정 그 사람만이 나라의 공사라는 공사는 다 맡아야 한

단 말인가?"

그는 눈썹을 찌푸리며 말을 이었다.

"그가 일정교를 처음 지었다고 해서 복원 공사도 무조건 그 몫이어야 하나? 그건 기술의 계승이 아니라 기회의 독점이야. 국가의 일이라면, 공정하게 나눠야 하지 않겠나? 대목장은 한 사람이 아니라 여러 명이 있는데 말이야. 기술이 한 손안에 돌아가는 순간, 그건 예술이 아니라 권력이 되지."

설웅모는 천천히 김 목수를 향해 고개를 돌렸다.

"나는 실력이 모자라서 이러는 것이 아니야. 이 나라엔 순정 말고도 뼈에 먹선 새긴 자들, 밤새 대패질하며 울음을 삼킨 목수들이 얼마나 많은 줄 아는가. 그런데 매번 똑같은 이름, 똑같은 얼굴만 궁궐에 오르내리는 세상이라니… 참으로 각박하군." 설웅모가 불평했다.

김 목수가 조심스레 입을 열었다.

"하지만, 당주님 순정 대목장도 그만한 실력과 덕망이 있으니…."

설웅모는 말을 끊었다.

"나도 그 사람의 재주는 인정한다. 하지만, 모든 재주는 바람에 흔들리는 풀처럼 너무 높이 솟으면 결국 뿌리째 뽑히는 법이다. 난 단지 그 바람이 너무 오래 한쪽에서만 불고 있다는 게 불만일 뿐이다."

설옹모는 이름 없는 목수 셋을 조용히 불러 작은 주막에 모았다. 술잔이 돌고 분위기가 무르익자 낮은 목소리로 말을 꺼냈다.

"너희들, 이번 일정교 공사도 결국 창덕조가 맡은 거… 들었겠지?"

한 목수가 한숨을 쉬며 말했다.

"예, 그분들이야 뭐, 이미 궁의 사람이지요."

설옹모는 잔에 술을 따르며 말을 이었다.

"그러니까 우리가 땀 흘리며 밤새 대패질해도 결국 일은 정해진 집안으로 가는 거다. 공은 위에서 나누고, 고생은 아래서 하는 법이지."

또 다른 목수가 작게 중얼거렸다.

"우리도 일 한 번 제대로 맡아 봤으면…"

설옹모가 말했다.

"그래서 말인데 이번엔 좀 소문을 내보자. 창덕조가 각 지방에서 희사받은 재목 중 좋은 것은 숨겨 두고 낡은 목재를 쓴다는 얘기 말이다.

오래된 목재는 너무 말라 껍질이 갈라졌다고…, 이건 거짓이 아니야. 나무는 거짓말을 못 하거든"

목수들은 묘한 눈빛으로 고개를 끄덕였다.

설옹모는 잔을 비우며 나지막이 웃었다.

"사람 마음이라는 게 원래 한 톨의 의심에서 무너지는 법이지."

설응모는 서라벌 남문 부근의 장터에서 상인을 끼고 나무 장사치들에게도 말을 흘렸다. 설응모가 말했다.

"흠, 그 순정 대목장님이 쓰는 나무는 분명 마름질이 지나쳐서 결이 죽었다던데…"

상인이 묻는다.

"나무가 결이 죽으면 물에 약하지 않을깝쇼?"

설응모는 의미심장하게 웃는다.

"그걸 알고도 맡긴다면… 그건 순정의 실력 때문일까요, 아니면… 뒷배 때문일까요?"

6

설응모 대목장은 대규모 관급공사의 일감을 매번 놓치고 순정에 대한 억하심정을 품게 되었다. 그에 대한 적대심이 그의 마음속에 언제부터인지 똬리를 틀고 들어앉았다. 설응모는 이제 알았다.

그를 가로막고 있는 자는, 일감이 아니라 순정이라는 존재 그 자체라는 것을….

신라 제일의 대목장. 그것은 기술만이 아니었다. 말 한마디 눈빛 하나에도 장인의 품격이 스며 있었고 아무리 완강한 목수라도 그 앞에서는 무릎을 꿇고 배웠다. 그에 비해 설응모는 크고 강했고 냉철했지만 사람의 마음은 얻지 못했다. 그 사실이 내면 깊은 곳을 할퀴며, 질투는 사나운 독초처럼 마음을 잠식해 들어갔다. 그의 시의심은 단순히 질투에 그치지 않았다. 점차 순정에 대한 악감정은 필부들이 예상하는 이상으로 커져 갔다. 마치 녹음이 우거진 봄에 활활 타오르는 산불이, 나무 둥치에 켜켜이 쌓여 있는 낙엽 때문에 걷잡을 수 없는 불길로 변하는 것 같았다.

"김 목수, 우리 목수 중에 입이 무겁고 믿을 만한 한 명을 아무도 모르게 이번 일정교日淨橋 복원 공사에 심어 놓게."

"네, 당주"

'우리 당주님 이러다 큰일 저지르는 거 아닌가?'

대영조의 김 목수가 혼자 중얼거렸다.

대목장 순정은 김용춘에게 도면을 건네받아 그것을 펼쳐 놓고 재목의 양을 헤아려 보았다. 불타 남은 부재의 절반가량은 재활용이 되었다. 나무의 양은 대략 이십오만 재寸[12]가 필요했다. 마을의 평범한 절의 대웅전 공사에 오만 재寸가 소요되니

---

12 1 재(寸)---나무의 재적(부피)을 헤아리는 단위로 단면이 가로세로 3cm, 길이 3.6m 되는 나무의 부피. 철물점에서 파는 길이가 보통 사람 키의 두 배 정도 되는 얇은 막대기가 1(寸)

보통 크기 사찰의 다섯 곳은 지을 수 있는 양이었다.

"일정교는 왕궁으로 들어가는 중요한 시설이라 짧은 기간 내 완공하는 것이 무엇보다 중요하네. 서라벌에 있는 유능한 목수들을 모집해야 하네. 나는 도편수 몇 명을 데리고 나무를 희사하겠다고 하는 산주들을 직접 만나 보고 쓸만한 재목들이 있는지 보고 오겠네."

순정은 창덕조의 이인자인 손필운 동량棟樑에게 목수들을 모집하는 일과 나머지 공사의 단도리를 시켰다.

비목랑의 나이 이제 아홉이 되었다. 여느 때와 다름없이 순정은 비목랑을 대동하여 현장에서 나와 있었다.

순정은 대목장이지만 얼굴은 목수라기보다 학자 같은 기풍이 있었다. 그의 부드러운 어깨선이며 목수로 다져진 근육에 꼿꼿한 채 걷는 걸음걸이는 여느 전장의 풍채 좋은 장군의 모습이었다. 그가 시전市廛에 나가면, 여인네들은 그에게 눈길을 주기 바빴다.

순정은 기둥 가공, 보 가공, 서까래 가공, 공포 조각의 각 조 네 명의 도편수를 불러 모았다. 그는 도면을 보이며 도편수 회의를 주관했다. 그 광경을 현장에서 보고 있던 목수들 눈에는 그 회의가 마치 학당 훈장님이 학동들을 가르치는 모습으로 비쳤다.

"당주님, 서라벌에 괴상한 소문이 돌고 있습니다."

회의를 마치고 난 뒤 손필운 동량棟樑이 좀 걱정 어린 얼굴을 하고 말했다.

"그래 무슨 이야기를 들었느냐?"

"대영조大榮組 목수들이 날조된 이야기를 퍼 나르는 것 같습니다. 각 지역에서 희사한 좋은 재목들은 우리 창고에 보관하고 오래되고 쓸모없는 재목으로 공사한다고 말을 퍼드립니다."

"괘념치 말거라. 내가 김용춘 공을 만나 그 연유를 자세히 말할 것이니라. 알다시피 이런 국가적인 건물의 자재는 적어도 삼십 년은 말려야 사용할 수 있거늘, 시장의 아녀자들이 이런 것을 알겠느냐? 우리 목수들에게도 저 대영조大榮組 목수들의 시의심猜疑心을 경계시켜야 할 것이네."

순정의 말에 손필운 동량棟樑은 고개를 깊이 숙였다.

순정의 눈에는 미동도 없었지만 그의 가슴 어딘가에 불길한 그림자 하나가 언뜻 스쳐 지나갔다.

7

월성의 나무 끝에 매달린 상고대가 삭풍에 휘날리며 일정교 복원 공사에 나선 목수들의 손가락을 오그라들게 만든다. 두 겹으로 된 광목으로 문둥병 환자의 고름을 감싸듯 손을 덮어

도, 맹추위에 아리는 손가락의 고통을 막아 주지 못했다. 아프
다 못해 감각이 마비되어 대패질이 어려웠다.

그나마 현장 한가운데에 활활 타오르도록 지펴 놓은 장작불
이 목수들에게는 위안이 되었다. 일하는 도중에 정말 손이 추
위에 굳어서 움직이기 힘들 때는 손을 그 장작불에 녹여 가며
일했다.

"수천 개나 되는 서까래, 피죽을 벗기고 원형으로 다듬어서
일일이 소매걷이[13]를 해야 하는데 얼어 죽을 이 추위 때문에 큰
일일세."

손필운 동량棟樑은 산더미처럼 쌓여 있는 서까래를 보며 옆
에 있는 목수들에게 걱정스럽게 말했다. 그러면서 '저 서까래
더미가 무너지면 몇 사람 깔려 죽겠는걸!' 그는 혼자 생각했다.

목수 둘이 가공할 서까래용 원목을 끄집어내려고 할 때 마
침 대목장 순정이 그곳을 지나갔다. 둥근 서까래를 받치고 있
던 각목을 빼는 순간 뭔가 큰 굉음을 내며 더미의 균형이 깨지
며 와르르 무너지기 시작했다. 순식간의 일이었다.

"대목장님이 서까래에 깔렸다. 여기 좀 도와주시오."

서까래를 끄집어내던 목수가 황급하게 큰 소리로 외쳤다.

---

13 소매걷이---전통 한옥의 서까래의 끝부분을 한복 소매처럼 나무의 살을 걸
   어내는 것. 전체적으로 부드러운 처마 곡선에 맞추어 각진 서까래 끝부분
   을 걷어냄으로써 날렵하고 하늘을 나는 경쾌함을 주기 위함(작가의 개인
   적인 생각)

저 멀리서 목수들의 일을 거들고 있던 비목랑도 그 소리를 듣고 뛰어왔다.

무너진 서까래를 다 들어내자, 그 밑에 대목장 순정이 있었다. 다리는 부러지고 얼굴은 피투성이가 되어 입에 검붉은 피를 흘리며 가쁜 숨을 쉬며 비목랑을 찾았다.

"으…으…으… 비목랑 이리 오너라."

"아버지 아무 말도 하지 마세요."

"나 대신, 신라 제일의 목수가…."

이미 눈물이 범벅이 된 비목랑은 아버지의 손을 잡고 아버지를 옮기지도 못하고 그 자리에서 머리만 떠받쳤다.

"아버지, 돌아가시면 안 돼요. 으흐흐. 으흐흐흑. 돌아가시면 안 돼요. 우리 아버지 어떻게 해요? 손 도편수님 우리 아버지 어떻게 좀 해주세요."

창덕조의 이인자인 손필운 동량棟樑이 가장 먼저 사고 소식을 듣고 달려왔다. 일정교 복원 현장에서 일하던 목수들도 일손을 멈추고 대목장의 사고 소식을 듣고 모여들었다. 그들에게 순정은 기술이나 인격이 존경을 넘어 숭배의 대상이었다. 그는 목수들에게 부모를 대신하는 존재였다. 여기저기서 흐느끼는 소리가 났다. 손필운 도편수는 비목랑과 함께 순정의 머리를 손으로 받치고 닭똥 같은 굵은 눈물을 떨어뜨렸다.

비목랑은 아버지의 피투성이가 된 얼굴에 자기의 얼굴을 비비며 울부짖었다. 비목랑의 어머니는 대목장 순정의 비보를 듣고 지체 없이 현장으로 달려왔다. 순정의 모습을 보자 다리가 풀려 그 자리에 풀썩 주저앉고 말았다. 눈물조차 나오지 않은 그 순간, 그녀는 멍한 눈으로 허공을 바라보다가 이내 흐느끼기 시작했다.

"어떻게 이런 일이…"

그녀는 일어나 두 발을 땅에 구르기도 하고 경중경중 뛰며 슬픔을 주체하지 못했다. 그녀의 목소리는 떨리고 끊어지며 방 안을 메웠다. 그녀는 아들의 손을 잡고 눈물에 얼룩진 얼굴로 말했다.

"비목랑, 네 아버지는 정말 훌륭한 사람이었단다. 우리가 그를 잊지 않고, 그의 뜻을 이어갈 수 있을 거야."

그러나, 그 말 뒤에 숨겨진 그녀의 슬픔과 상실감은 이루 말할 수 없이 깊었다. 그녀는 밤마다 남편이 떠난 빈자리를 느끼며 가슴을 치고, 조용한 방 안에서 흐느끼는 날들이 이어졌다. 하지만 그녀는 아들을 위해 슬픔을 삼키고 다시 일어서야만 했다.

대목장 순정이 죽고 난 뒤 현장에는 비목랑의 모습은 보이지 않았다. 그는 아버지를 잃고 방에서 몇 날 며칠을 침식을 끊고 나오지 않았다. 어머니가 아무리 달래도 소용이 없었다. 아버지의 처참한 죽음을 목격한 이후 비목랑은 누구한테도 한마디 말도 하지 않았다. 완전히 입을 봉해 버렸다. 어머니가 있었지만, 그는 아버지를 아주 좋아했다. 순정이 그에게 준 애정의 깊은 골 때문이었을까? 그의 돌연한 실어증 앞에서 여든을 넘긴 노부와 어머니는 마치 넋이라도 잃은 듯했다. 하나뿐인 손자요, 아들이기에 더더욱 속이 타들고 마음은 말라붙어 갔다. 그의 어머니는 실어증에 걸린 비목랑을 위해 무엇을 할 수 있을지 고민했다. 그녀는 매일 아들 곁에 머물며 따뜻한 말과 부드러운 손길로 아들을 위로했지만, 소용이 없었다. 비목랑은 한동안 악몽으로 밤을 지새우는 날이 많았다.

비목랑이 정신을 차리고 한마디씩 말을 토하기 시작하여 실어증에서는 벗어났으나 말더듬이가 되어 버렸다.

비목랑은 동네 친구들과 어울려 한창 뛰놀 나이인데 할아버지에게 글공부하는 시간 외에는 늘 순정이 사용하던 공방에 틀어박혀 아버지가 평소에 떠놓은 문양 틀을 보고 그것을 베끼거나 칠하면서 하루를 보냈다. 그러면서도 뭔가 골몰히 생각하는 것이 있었다. 아버지의 죽음에 대한 의문이었다.

그 서까래 더미가 하필 아버지가 지나가기를 기다렸다는 듯이 무너진 것이 아무래도 미심쩍었다. 그리고 그렇게 큰 서까래 더미가 고임목 하나를 빼서 전체가 무너질 리가 없었다. 그는 직감적으로 아버지의 사고가 자연적인 것이 아니라 뭔가 음모가 도사리고 있었다고 생각했다.

서라벌

'우연의 결과가 아니야, 아버지의 죽음은 누군가의 음모로 인한 것이야.' 그러나 그는 아직 어린아이에 불과했다. 아무것도 해결할 수가 없었다. 그러나 아버지 순정이 숨을 넘기면서 그에게 부탁했던 말은 또렷이 뇌리에 각인되어 있었다.

'아무리 생각해도, 누군가가 의도적으로 아버지를 죽인 거야. 어른이 되면 억울한 아버지의 원한은 꼭 갚을 거야. 그러려면 아버지가 간절하게 부탁했던 신라 제일의 목수가 되어야 해'라고 비목랑은 혼잣말로 중얼거렸다.

비목랑의 조부는 아버지를 잃은 상처를 극복하지 못하고 늘 공방에 처박혀 허구한 날을 그림 그리기에 몰두해 있는 손자의 앞날이 걱정되었다. 그나마 그의 서당에 학동들이 경서 공부를 하러 올 때, 비목랑도 하루도 빠짐없이 참가했다. 점차 아버지를 여읜 상처가 아물어가는 듯하여 비목랑의 조부는 안심이 되었다.

"비목랑, 너는 장차 어떤 사람이 될 생각이냐?"

"네, 할아버지 저는 아버지가 돌아가시면서 제게 간곡히 부탁한 신라 제일의 목수가 되고 싶어요."

"그래 잘 생각했다. 너도 내 아들 순정 같은 덕망과 기술을 갖춘 목수가 되거라. 그러기 위해서는 경서 공부도 게을리해서는 안 된다."

"네, 할아버지"

"비목랑, 신라의 남아라면 누구나 나라를 위해 몸 바칠 준비가 되어 있어야 한단다. 어차피 치를 군역이니 너의 아버지 친구인 김용춘 공에게 부탁해 볼 테니 화랑도에 들어가 낭도가 되어보지 않겠느냐?"

"네, 할아버지"

비목랑도 아버지에 대한 슬픔을 털어내고 이번 기회에 새롭게 출발해야겠다는 각오를 했다.

서라벌

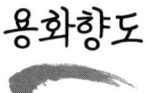

용화향도

1

진평왕은 왕위를 이어받을 만한 아들이 없었다. 첫째 공주 청명의 남편 용수를 후계자로 거론하였다. 그러나 왕의 동생인 국반國飯이 태자로 책봉되었다. 그는 성정이 난폭하고 정신질환을 앓고 있었다. 그 자리를 얼마 지키지 못했다. 왕은 나이가 들어가면서 나라 다스리기에 힘이 빠져 갈수록 태자 책봉에 대한 압박감을 느꼈다. 그가 눈여겨본 왕재王才는 혈육인 덕만공주였다. 그는 덕만의 됨됨이를 잘 알고 있었다.

백정白淨[14]은 야심한 밤을 택해 화랑의 최고 우두머리인 풍월주 문노를 은밀하게 궁 안으로 불렀다.

"풍월주, 덕만공주를 부탁하오. 장차 왕위를 계승하기 위해

---

14 백정(白淨)---진평왕의 이름

서는 나라의 근본인 화랑들과 생사고락을 함께해서 그들이 그
녀의 원군이 되게 해 주오. 언젠가 공주도 소녀티를 벗고 심신
을 수련한 어엿한 성인으로 태자의 직을 수행해야 할 것이오.
김유신에게도 덕만이 공주인 것을 비밀로 해야 하오. 나중에
알게 해야 하겠지만요."

"잘 처리해 보겠습니다. 소신께 맡겨 주십시오. 폐하"

"그럼 부탁하겠소. 풍월주"

비목랑은 태어나서 처음으로 부모님 슬하를 떠나 낯선 곳으
로 발걸음을 떼었다. 연분홍색 진달래꽃이 살랑이는 봄바람에
감포 바다처럼 출렁이고, 붉은 복숭아꽃과 초록 소나무가 어우
러진 산자락에는 산비둘기 울음소리와 계곡 물소리가 맴돌았
다. 사춘기에 접어든 비목랑의 마음에는 설렘이 봄바람처럼 살
며시 가슴에 이는 듯했다.

그동안 비목랑은 사찰의 그림에만 매혹되어 있었다. 그러나
자연의 아름다움으로 눈길을 돌리자, 각양각색의 화사한 봄꽃
과 소나무 숲, 솔 내음, 막 터져 나오는 잡목들의 잎새 봉우리,
연초록 잎사귀가 가져다주는 완벽한 아름다움에 취해 있는 자
신을 발견했다. 그는 자연이 주는 이런 아름다움에 늘 반응했
고, 좋아했다. 길을 가다가 담장 밑에 핀 꽃 한 송이를 발견하더
라도 그냥 지나치지 않았다.

이제 새로운 세상에서 또 다른 삶을 시작하자니 비목랑은 설

렘과 두려움이 갈마들었다.

올봄에는 용화향도에 전국에서 이백여 명의 낭도들이 자원하여 들어왔다. 그들은 아직 젖비린내 나는 어린아이부터 제법 성인의 체구를 가진 나이가 제각기인 젊은 청소년들이었다. 그들 중 남장을 한 덕만도 들어 있었다.

"김유신 화랑이시다. 모두 예를 갖추어라."

신입 낭도들의 입교 절차가 마치자 낭도를 인솔하는 자가 큰 소리로 외쳤다. 그리고 김유신은 신입 낭도들의 어깨를 가볍게 두드리거나 손을 잡으며 그들을 반갑게 맞아 주었다.

"여러분은 신라의 꽃입니다. 신라를 떠받치는 기둥이며 희망입니다. 원광 스님이 가르쳐 준 세속오계世俗五戒-사군이충事君以忠, 사친이효事親以孝, 교우이신交友以信, 임전무퇴臨戰無退, 살생유택殺生有擇-를 뼈에 새겨야 합니다. 우리는 명산과 대천을 유람하며 도의와 가악歌樂으로 서로를 즐겁게 하며 고전을 공부하고 우정을 쌓을 것입니다. 또 우리는 실전보다 더 혹독한 군사 훈련을 할 것입니다."

양쪽에 새의 깃털이 달린 조우관鳥羽冠을 쓴 김유신이 늠름한 화랑 복장을 하고 있었다. 그는 연단에 올라 새로 들어온 낭도를 향하여 두 손을 불끈불끈 쥐면서 일장 연설했다. 이처럼 김유신은 젊은 화랑 시절부터 대중을 사로잡는 언변에 능했다.

덕만은 오랜 궁중 생활로 아무리 남장으로 변복해도 그녀의 미모는 숨길 수 없었다. 왕은 덕만을 강하게 키워 후계자로 삼고 싶었다. 그의 고심 끝의 결정이었지만 덕만은 기꺼이 왕명을 따랐다. 덕만은 어려서부터 일거수일투족 시녀들의 보살핌을 받으며 자랐던 터라 사내들 틈에 섞여 숙식을 함께하며 고단한 훈련을 감당할 수 있을지 왕은 걱정이 태산이었다.

물론 왕은 그녀가 낭도 생활에 어려움이 있을 것을 예상하여 다른 낭도들이 눈치채지 못하게 음으로 양으로 그녀를 보필할 어린 무사 한 명을 낭도에 가입시켰다.

2

입교식을 마친 뒤 2년간 생사고락을 같이할 반을 나누었다.

대부분 같은 고을의 자제끼리 편성되었다. 비목랑과 덕만이 서라벌 출신으로 같은 반에 배정되었다. 특이한 점은 흥륜사에 소속된 보리라는 동자승도 같은 반에 들어왔다. 보리는 덕만이 공주로서 흥륜사 백고좌회百高座會 에 참석한 것을 본 적이 있었다. 그는 그때 아리따운 덕만을 확실하게 기억하고 있었다. 비목랑은 그들 가운데 나이가 어린 편이었다.

덕만은 덩치도 크고 어른스러워 보였다. 덕만은 왕궁에서 시녀들의 보살핌으로 자랐다. 사소한 일에도 거오하게 이러쿵저

서라벌

러쿵 게정 내는 일이 있을 만한데 생각보다 의젓했다.

비목랑은 덕만보다 서너 살 어렸지만, 그녀를 보며 이상한 확신에 사로잡혔다. 단정한 턱선, 신체의 균형, 걸음걸이마저 단아했다. 매처럼 예리한 그의 눈은 눈앞의 소년에게서 은은한 빛을 보았다. 미적 선구안이 발달한 그는 덕만이 여자임을 직감적으로 알았다. 그러나 비목랑은 아는 티를 내지 않았다.

그때 마침 덕만도 비목랑의 눈길을 의식하고 먼저 비목랑에게 말을 걸었다. 부러 숨기려 하지 않은 이상 귀골의 티가 어디 가겠는가. 꿈을 꾸는 듯한 비목랑의 눈동자는 덕만의 관심을 벗어나지 않았다.

"애, 너 이름이 뭐니? 난 덕만이라고 해. 우리 앞으로 잘 지내보자."

"그래, 난 비목랑이라고 해. 나보다 형님 같으니까 여러 가지로 잘 부탁할게."

그들은 아직 서로 아무것도 꺼내어 보이지 않았지만, 학문이든 훈련이든 벌써 뭔가 통할 것 같은 느낌을 받았다.

"비목랑, 넌 뭐가 제일 좋니? 검술 활쏘기 아니면 뭐?"

"갑자기 왜 묻는 건데?"

"그냥, 궁금했어, 네가 어떤 애인지."

"나중에 이야기해 줄게."

"자자! 다 모여. 오늘부터 개인 검술 창술 택견 활쏘기 등 내 몸을 보호하고 전쟁에서 필요한 무술을 훈련한다. 알겠느냐?"

"네"

"목소리가 작구나, 더 크게"

제법 계급이 높은 대낭두 중 한 사람이 큰 소리로 신입 낭도를 인솔하며 외쳤다.

"네"

"피죽도 한 그릇 못 먹었나? 더 크게"

"네에"

"그래, 훈련은 어떻게 한다고?"

"전쟁처럼요."

"그럼 훈련을 시작한다."

조교인 대낭두가 "전진 격파"라고 외치자.

낭도들은 "하나 둘, 하나 둘"이라고 구호를 외쳤다.

"우리 용화의 낭도들은 화랑이신 김유신을 미륵으로 따르는 무리다. 전장에서 불패의 업적을 쌓기 위해서는 체력단련은 기본 중의 기본이다. 알겠나?"

"네"

"그러면 오늘은 적에게 포위됐을 때 원진圓陣을 짜서 탈출하는 훈련이다. 한 번의 전쟁을 치르기 위해 우리는 백 번 이상 훈련을 해야 한다. 알았나?"

"네"

서라벌

"덕만, 꼴은 기생오라비처럼 얌전히 생겨서 그런 저질 체력으로 칼이나 제대로 휘두르겠어?"

동료 낭도인 죽방이 비아냥거리듯 말했다. 죽방의 아버지는 갓바치였다. 그는 덕만의 고상한 생김새와 귀족티가 싫었다. 신라 사회는 골품제도로 사람의 신분이 확실히 구분되지만 화랑도 안에서는 화랑과 낭도 조직으로 나뉘어 골품제도를 완화해 주는 면이 다소 있었다. 낭도도 연령과 실력에 따라서 여러 단계의 계급이 있지만 태어나면서 부여되는 골품과는 상관이 없었다.

덕만은 덩치는 크나 다른 낭도보다 체력이 부족했다. 그래서 훈련할 때 다른 낭도들이 덕만과 한 조 되는 것을 꺼렸다.

"인정해, 하지만 나도 점점 체력이 좋아지고 있단 말이야. 두고 봐 한 달 후면 너보다 나을 테니"라고 죽방의 불평에 응수했다.

덕만은 언제나 긍정적이었다. 낭도들은 덕만 때문에 힘들 때가 많지만 그런 덕만이 싫은 것은 아니었다. 점점 덕만은 체력이 좋아졌고 머리가 좋아 낭도 사이에서 두각을 보였다. 특히 활쏘기와 고전 강독에는 따라올 낭도가 없었다.

"덕만이의 활쏘기 솜씨는 갈수록 백발백중에 가깝단 말이야. 비법이 있을 텐데 나중에 내게만 살짝 가르쳐 줘"

덕만의 활쏘기를 옆에서 지켜보던 낭도 중 하나가 말했다.

"에이 아직 많이 부족해, 쉬지 않고 연습해야만 해, 꾸준한 연습이 그 비법이야."

"에이 그 연습도 방법이 있을 테지."

"나는 활쏘기는 지좌굴우支左屈右 해야 하는 것이라고 들었어."

"지좌굴우라고 했나?"

"그렇지, 왼손은 태산같이 버티고 오른손은 어린아이를 감싸듯 부드럽게 하란 말이지. 또 모든 활쏘기는 들숨과 날숨 사이에 있지."

"이야~ 말은 어렵지 않은데. 실행이 어렵겠는데…"

"너도 매일 밥 먹듯이 꾸준히 하다 보면 어느 날 명사수가 되어 있는 널 발견할 거야."

낭도 훈련에서 돌아오던 길에 개울가에서 잠시 쉬다가 덕만이 옆에 있는 비목랑에게 말했다.

"비목랑, 물속에 비친 내 얼굴 네가 가질래?"

"그것보다 나는 언제나 너의 활달한 호연지기와 몸 아끼지 않고 동료를 위해 헌신하는 너의 동료애를 갖고 싶어."

덕만은 언제부터인가 비목랑에게 마음이 끌리고 있음을 느꼈다. 그의 여리면서도 섬세한 언행, 특히 꿈꾸듯 사물을 대하는 그의 진솔함이 좋아졌다. 그는 다른 사내 낭도들과는 달리 슬픔을 가진 듯하면서도 여성적인 섬세한 성품을 가지고 있었

서라벌

다. 사물을 직시하는 눈길이 언제나 사물의 이면까지 닿아있는 듯했다. 특히 아름다운 꽃을 보거나 멋진 산천의 풍경을 만날 때, 들떠서 흥분하던 그의 모습이 맘에 들었다.

"비목랑, 오늘은 남산을 베개 삼아 비스듬히 누워 있는 반달이 유난히 아름답다. 너는 저 달을 보며 어떤 느낌이 들어?"

"응, 가녀린 허리에 멋진 엉덩이를 가진 여인의 모습을 닮았구나, 수많은 별을 거느린 여왕 같지 않니?"

"오늘 네가 보는 반달이 너에게 정겨운 것은 너의 순수함과 아름다움에 대한 너의 감성 때문일 거야"라고 덕만이 말했다.

덕만은 본인이 한 말에 두근거리는 심장 소리를 비목랑에게 들키지 않으려고 애썼지만 얼굴이 살짝 달아오르는 걸 숨길 수는 없었다. 난생처음 겪는 이 감정에 혼란스럽기도 했지만, 비목랑과 함께하는 순간들이 마냥 즐겁고 행복했다. 아마도 이것이 사랑이라는 것일 거야.

땅거미가 지고 적막에 휩싸여 풀벌레 소리만 아득한 용화향도의 숙소에는 훈련에 지친 낭도들의 코 고는 소리가 요란하였다. 그러나, 덕만은 한쪽 구석 자리에서 활쏘기 교본을 보아 가며 옻칠이 된 훈련용 활의 활시위를 끝까지 당기며 낮에 하지 못한 훈련의 아쉬움을 달랬다.

비목랑은 낭도들이 다 잠들고 난 뒤 조용히 혼자 밖으로 나왔다. 그는 불행하게 돌아가신 아버지를 아직 잊지 못하고 서까래 더미에 깔린 처참한 그 장면을 가끔 떠올리곤 했다. 그 유년 시절의 악몽이 언제 없어질는지.

덕만은 보고 있던 활쏘기 교본을 덮고 비목랑을 따라 막사 밖으로 나왔다.

"아직 자지 않고 여기서 뭐 하는 거야? 하하~ 집이 그리운가 보네."

정적을 깬 이는 덕만이었다.

하늘에서 금방이라도 쏟아져 내릴 것 같은 별의 장막이 둘만의 공간으로 만든다. 어둠은 그들의 의식만 남겨두고 모든 걸 가리었다.

"비목랑, 요즘 힘들지?"

"힘들어... 그런데, 그게 나쁘지만은 않아. 그러나 나는 무사의 체질은 아니야. 칼을 휘두르고 활시위를 당기는 일이 너처럼 그렇게 즐겁지는 않아. 나는 그림을 그리고 뭘 만드는 걸 좋아해. 나는 아버지께 내가 걸을 수 있을 때부터 현장에서 목수 일을 배웠어. 그런데 누구의 소행인지는 몰라도 아버지는 사고로 현장에서 돌아가셨어. 그런데 아무리 생각해도 아버지의 죽음은 사고가 아니었어. 누가 의도적으로 아버지를 살해한 거야."

"그러면 누구의 소행인지를 밝혀내 아버지의 영혼을 달래 주어야지. 그래! 나도 일정교 복원 공사에서 책임자인 대목장이 사고를 당해 죽었다는 소문은 들었어. 그분이 비목랑 너의 부친이셨다고?"

"응"

"아! 얼마나 가슴이 아프고 안타까웠겠나? 미안해 비목랑, 그런 줄도 모르고…"

용화향도의 신입생들은 고된 기초 훈련을 마치고 송화산과 옥녀봉을 답사했다. 덕만과 비목랑은 둘 다 오랜만에 훈련장을 벗어나 산행을 하게 되어 마음이 들떠 있었다.

송화산 정상을 눈앞에 두고 있었다.

"앗. 으아악"

갑자기 덕만이 비명을 질렀다.

"어이, 이리 와 봐! 덕만이 발을 헛디뎌 바위에서 떨어졌어."

다행히 큰 사고는 아니었지만 하마터면 큰일 날 뻔했다.

"그래도 일그러진 얼굴을 보니 뭐가 문제가 생긴 것 같은데."

동료 낭도가 말했다.

"으으… 팔이 잘 움직이지 않아"

덕만이 고통을 호소했다.

비목랑이 달려가서 덕만의 팔을 만져 보더니, "대낭두님, 덕만의 팔이 골절된 듯합니다"라고 큰 소리로 말했다.

"옷을 벗겨서 상처 부위에 약을 바르고 골절된 팔은 막대로 뼈가 움직이지 못하게 고정해야 해"라고 대낭두가 말했다.

상처를 치료하기 위해서는 옷을 벗겨야 하니, 난감한 일이 벌어질 것 같았다. 덕만이 여자임을 아는 비목랑과 궁에서 온 덕만의 호위무사는 재빨리 덕만을 다른 낭도들이 없는 장소로 피신시켰다. 그들 외에는 보이지 않는 곳에서 응급처치를 마쳤다. 그제서야 죽방이며 다른 낭도들이 나타났다.

"칠칠치 못하긴…, 쯧쯧 크게 다치지는 않아서 다행이야"

죽방이 말했다.

"비목랑, 그런데 전쟁 말인데, 이거 왜 하는 걸까?"

"글쎄"

"상처만 남는 이 죽을 짓들을 왜 하는 거냐고. 신라 고구려 백제 모두 같은 민족끼리…."

비목랑은 아직 전쟁에 대해 깊이 생각해 보지는 않았지만 나름의 생각을 말했다.

"살아남고 싶어서겠지. 아니면 나라를 다스리는 통치자들의 욕심 때문이든가. 백성들은 이 사람 밑에 있으나 저 사람 밑에 있으나 그게 그건데 말이야."

이 이야기를 듣고 덕만이 말했다.

"그런데 비목랑, 백성들도 눈앞의 이익이나 개인적인 욕망 때문에 서로 공격하거나 죽이기도 하지 않니?"

"맞아, 인간은 나라끼리만 전쟁이 있는 건 아니야."

비목랑은 상단끼리도 일감을 놓고 서로 비방하며 싸우는 현장을 눈앞에서 봤던 터라 덕만의 말을 수긍하며 말했다.

"만약인데, 비목랑은 왕이 된다면 나라를 어떻게 다스리고 싶어?"

"음, 그것 어렵고도 쉬운 일인데."

"어려운 건 뭐고 쉬운 건 또 뭐야? 빨리 말해 봐, 궁금해."

"어려운 건 해보지 않아서 어렵고 쉬운 건 우리가 얼마 전에 고문 읽기에서 함께 공부했지? 맹자가 양혜왕에게 말한 그 왕도정치王道政治, 그거 그대로 실천하면 되지 않겠어?

"이거 갈수록 거창해지는데… 난 무술에 집중하느라 까먹었어. 맹자가 뭐라고 했는지 말해줘"

덕만은 이미 궁에서 수십 번도 더 공부한 내용이지만 비목랑과 더 많은 이야기를 나누고 싶어 모르는 척하고 물어봤다. 비목랑의 가슴 아픈 상처를 이야기하면서 달래 주고 싶기도 했다.

"다 외우지는 못하지만 요점은 이런 것 같아."

잠깐 생각하던 비목랑이 말했다.

"맹자는 말했어. 임금이 백성을 다스릴 때 가장 먼저 물어야 할 건 '무엇이 이익이 되는가'가 아니라 '무엇이 옳은가'라는 것이지.

이익을 앞세우면 사람들은 다투게 되고 다툼은 곧 빼앗음으로 이어진대. 어진 사람은 가족을 저버리지 않고 의로운 이는 주군을 배반하지 않는다고 했지. 그러니 왕이란 오직 인仁과의義를 말해야 한다는 거야.

또 이런 말도 있어. 백성이 흉년으로 굶어 죽어가는데도 창고를 열지 않는 임금이 '내가 죽인 것이 아니라 흉년 탓이다'라고 한다면 그건 칼을 휘두르고 '칼이 죽였다'라고 말하는 것과 다르지 않다는 거야.

정치가 백성을 살리는 것이 아니라 죽이는 것이라면 몽둥이나 칼보다 더 무서운 게 되겠지. 그래서 진짜 왕도정치란 세금을 줄이고 백성을 굶기지 않으며 시절을 놓치지 않게 해 농사를 짓게 하고 예를 가르쳐 사람답게 살게 해 주는 거야. 그러면 굳이 전쟁하지 않아도 백성은 임금을 위해 싸우게 될 거라고 했어. 그게 바로 '어진 자는 적이 없다'는 말의 뜻이지."

비목랑의 목소리는 나직했지만 또렷했다. 밤공기는 차분히 내려앉아, 별빛마저 숨을 죽인 듯 고요했다.

덕만은 숨을 삼켰다. 어린 낭도에게서 터져 나오는 말이 어쩌면 이리도 절절할까. 누가 시킨 것도 배운 티를 내는 것도 아니었다. 그의 말은 마음속 어딘가 깊은 곳에서 오래 품어온 것처럼 단정했다.

덕만은 한참을 말없이 서 있었다. 그런 뒤 고개를 들어 별을 올려다보며 천천히 말했다.

"어쩌면 넌… 진짜 군주의 그릇을 지닌 사람일지도 모르겠다. 난 아직… 전쟁이 무엇인지 백성이란 말이 마음에 와닿지 않아. 다만, 이 세상 어딘가에 그런 나라가 있을 수 있다면 그런 정치를 하는 사람이 있다면 나도 그 곁에 있고 싶어."

그녀는 문득 눈을 내리깔며 작게 웃었다.

"그런데 이상하지? 너의 말은 무겁지도 않은데… 자꾸만 가슴에 남아."

비목랑은 잠시 덕만을 바라보다가 조용히 대답했다.

"네가 그런 말을 해줘서… 정말 고마워."

두 사람은 다시 하늘을 올려다보았다. 말없이 오래도록 어둠은 짙어지고 별빛은 차오르고 그들 사이엔 아직 이름 붙일 수 없는 무언가가 맴돌았다.

그것은 우정이라 하기엔 너무 조용하고 사랑이라 하기엔 아직 서툰 감정이었다. 그러나 분명한 것은 그날 밤 별빛 아래서 두 사람은 서로의 마음속에 깊이 각인되었다는 사실이었다.

"비목랑은 누구에게 맹자를 배운 적이 있니?"

"응. 우리 조부님은 유학자야. 서라벌에서 학당을 열어 후학을 양성하고 계셔.

나도 거기서 사서와 삼경을 어깨너머로 배웠어. 특히 맹자는 내가 좋아하는 책이야."

당나라 유학

1

비목랑은 2년간의 화랑도 낭도 생활을 마치고 집으로 돌아와 도당 유학생渡唐留學生 시험을 준비하기 위하여 할아버지의 학당에서 경서를 공부했다.

그는 학자가 되려는 열망보다는, 글을 읽다가도 시간만 나면 공방에서 아버지가 사용하던 연장으로 조각하거나 그림 그리기에 몰두하곤 했다. 그가 당나라에 가고 싶은 것은 넓은 세계에 대한 동경이었다. 당나라에서 들여온 탱화나 조각상을 간간이 접하면서 절대미絶對美에 대한 동경이 마음속에 자리 잡았다. 비목랑은 도당 유학생渡唐留學生으로 선발되었다.

마침내 도당 유학생으로 선발된 그는 서라벌을 떠나 육로로 장항성에 닿았다. 함께 떠나는 학생들은 대부분 진골 귀족의 자녀들이었다. 국비 유학생답게 마차에 탑승했지만 모두 긴 여정에 녹초가 되었으나 비목랑은 달랐다.

그는 지나는 길목마다 자연과 지형, 특히 신라와 다른 각 지역의 사찰과 건축 양식을 관찰하고 기록하기 바빴다. 각 지역을 지날 때마다 특이한 나무의 수형樹形을 그리거나 건축 양식을 스케치하며 미감의 폭을 넓혀 갔다.

산둥성에 도착할 즈음, 대부분의 젊은 학생들은 심한 멀미와 구토로 인하여 지칠 대로 지쳐 있었지만, 비목랑의 눈은 호기심으로 반짝였다.

"와! 저기 여인들의 옷차림이 서라벌과 완전히 달라! 머리에 꽃을 단 여자도 있어! 처마가 하늘로 솟은 건물들 좀 봐!"

비목랑 혼자만 새로운 풍경에 신이 나서 말했다. 그러나, 다른 친구들은 그의 행동에 거의 반응하지 않았다.

아직 장안에 닿을 거리가 멀었지만 긴 여정으로 파김치가 된 다른 학생들과 달리 비목랑은 건물의 아름다움으로 유명한 '대당부용원'의 건축을 상상하고 있었다.

장안에 있는 '대당부용원'을 그림으로만 보았던 터라 건축을 구성하는 목재의 짜임새나 조각의 형태가 어떻게 되어 있을까 궁금했다. 산둥성에서 장안까지 가는 길도 젊고 어린 학생들에게는 마치 하나의 전쟁터와 같았다. 그러나, 비목랑에게는 신천지처럼 광활한 세계가 새로운 미의 탐구를 위한 보고 같았다. 사람들의 생활양식과 가옥, 사찰, 자연의 풍광이 그에게는 하나의 교과서였다.

2

당태종은 국자감을 천 이백 칸으로 늘려 지어 삼천 명이 넘는 학생을 받아들였다.

고구려 신라 백제는 물론 토번 돌궐 왜국의 젊은이들도 짐을 싸 들고 모여들었다. 당의 관료체계와 문물을 배우려는 자, 당나라의 과거시험을 보아 당나라의 황제로부터 관직을 얻으려는 자들로 붐볐다. 당시 당나라는 세계의 중심 국가로 대제국을 이루고 있었다. 전 세계 총생산량의 삼 분의 일가량을 차지하고 있었다. 비목랑은 경서 공부엔 별로 흥미가 없었지만, 건축과 예술에 관한 감각은 날로 깊어졌다.

유유상종이라 했던가? 국자감에도 나라는 다르지만, 관심 분야가 같은 젊은이들이 자연스럽게 무리가 형성되었다.

그는 기와 만드는 기술을 배워 기와瓦박사가 되고자 백제에서 온 휼천이라는 학사와 친하게 되었다. 그도 목조건축에 조예가 깊고 불교 미술에 관심이 많았다. 그리고 왜국에서 온 가와바타라는 학사는 토목공사를 연구하기 위하여 왔다고 했다. 장차 장안을 그대로 모방해서 왜국의 헤이안(지금의 교토)에 옮겨 놓을 계획을 말했다. 가와바타는 성격이 내성적이라 언제나 비목랑이 먼저 말을 걸어 대화를 이끌었다. 비목랑도 건축에 조예가 깊어 그가 연구하는 토목에 관해 진지하게 토론하며 서로를 자극했다. 튼튼한 건축물은 잘 다져진 토대 위에 세워져야 함은 당연한 것.

3

외국인 학사 숙소 곁, 부용정 언저리에는 벚꽃이 만개해 바람결에 흩날렸고, 작약 봉오리 위에서는 꿀벌이 바삐 날아들었다. 그 향기 속에 잠긴 비목랑의 마음에는 문득 고향 서라벌의 봄이 젖어들었다.

"휼천, 가와바타를 데리고 장안 뒷골목이나 걸어 봅시다. 바람도 쐴 겸, 기루에서 술 한 잔 어떻소?"

"좋소이다. 나도 사비에 계신 부모님 생각에 오늘따라 마음이 울적하던 참이었소. 가와바타를 데리고 올 테니 같이 갑시다."

비목랑의 백제 친구 휼천이 흔쾌히 대답했다.

"그럼 장안의 동시東市 쪽 평강리에 유명한 기루들이 많이 있다는군."

비목랑은 어디서 들었는지 아는 척을 하며 말했다. 그들은 먼저 동시를 구경하기로 했다. 장안의 거리엔 사람들 눈에 잘 띄는 곳에 벽에 회칠을 하고, 그 위에 자기의 시를 지어 자랑했다. 그것이 유행하게 되자 벽이란 장소가 유한하고 협소하니 결국 생기게 된 것이 시판詩板이었다. 이 시판이란 조그만 목판 위에 시를 적는 것이라 그리 비용도 들지 않았다. 오랫동안 걸려 있던 것은 교체할 수도 있어, 가난한 시인이나 문학을 하는 사람들에게는 재능을 인정받을 수 있는 안성맞춤인 방법이었다.

"비목랑도 시에 능통하다고 들었소. 우리도 시판을 하나 걸어 놓읍시다. 우리가 지은 시가 누구의 마음에 들어 인기 있는 시가 될지 누가 알겠소."라고 흉천이 웃으며 말했다.

"세계를 이끌어 가는 나라답게 문화적 수준도 상상을 초월하는군. 우리 신라에선 몇몇 귀족들이나 즐기는 시문을 일반 대중들도 저렇게 읊어대고 있으니!"

비목랑이 말했다.

"나도 장안에서는 남녀노소가 이 시판에서는 평등하다는 말을 들었소이다."

평소에 별로 객쩍은 소리를 안 하던 왜국에서 온 가와바타가 대화에 끼어들었다. 그 세 사람은 장안에서 제일일지도 모를 시 한 수씩 목판에 새겨 시판을 만들어 동시 입구의 마을 벽에 시판을 걸어 놓았다.

"당나라에서 고급 관리가 되려면 진사과에 급제해야 하는데 진사과는 시의 창의성이 없으면 절대 등용되지 못한다네"라고 비목랑이 말하자 옆에 있던 휼천이 말했다.

"당나라 사람들은 시에 돈 쓰는 것을 아까워하지 않는다는 군. 유명한 시인들은 시만 팔아도 먹고 살 수 있다는군. 이러니 당나라에 각국의 인재들이 모여들지 않겠는가? 국자감에서 황제가 친히 학사들에게 시론을 강론하고 경청하지 않던가! 이것이 이 나라가 번성하는 힘 같소이다."

"시를 얼마나 좋아했으면 시를 몸에 새겨 평생 간직하는 이들도 많다더군. 누구한테 들은 이야기인데, 어느 고을 태수가 죄를 지은 자에게 곤장을 치려고 옷을 벗겼는데 몸에 문신으로 시를 잔뜩 적어 놓은 걸 자세히 보니 자기가 과거시험에 제출한 시가 있어 그를 놓아 주었다는 거야."라고 비목랑이 말했다.

4

세 사람은 시에 관한 이런저런 이야기를 하며 마을로 접어들자 꽃의 왕이라는 모란의 깨끗한 향기가 어느 고관대작의 집 담 넘어 날리고 있었다. 코를 벌름이며 자세히 향을 맡아 보니 여러 종류의 짙은 향이 풍겼다. 그 공기의 달콤함에 모두 취할 듯했다.

"당 황제가 진평왕에게 모란 병풍을 보냈는데 신라의 공주는 그 그림에 나비가 없는 것을 보고, 황제가 태자의 부마가 없는 것을 알고 일부러 향기 없는 모란꽃을 보내 신라 왕을 조롱하였다고 말했는데, 모란꽃이 이렇게 향기가 있다니 놀랍구나"라고 비목랑이 혼잣말처럼 말했다.

이 이야기를 옆에서 듣고 휼천이 말했다.

"나비는 향기로 꽃을 찾는 것이 아니라 꽃에 있는 어떤 빛을 보고 꿀을 찾는다고 들었네."

비목랑은 고개를 주억거렸지만 그 말에 의문을 가졌다.

5

"휼천, 내일은 대당부용원에 함께 가지 않겠소? 내가 가장 보고 싶은 곳이오."

"기와를 자세히 볼 기회라면 나도 마다할 수 없지요."

비목랑은 그림에서만 보고 상상했던 대당부용원을 직접 볼 수 있다는 생각에 잠을 설쳤다. '대당부용원'에 닿기도 전에 비목랑의 가슴은 설렘으로 가득했다. 한눈에 건물이 들어왔을 때 비목랑은 본당과 육각 목탑의 규모와 어마어마함에 압도당했다.

'대당부용원'의 회랑回廊을 따라 천천히 걸을 때 비목랑의 발걸음은 어느새 멈추어 있었다. 하늘을 받드는 듯 솟은 지붕 곡선, 기둥 사이로 비쳐드는 햇살마저도 계산된 듯 보는 이로 하여금 전체의 풍경 속에 빠져 들게 했다.

그는 오래도록 바라보았다. 손끝이 근질거렸다.

'내 손으로도 이런 건물을 지을 수 있을까.'

그 순간 가슴속 깊은 곳에서 무언가가 복받쳐 올랐다. 그것은 감탄이 아니라 열망이었고 경외가 아니라 결의였다. 그는 주머니 속에 꼭 쥐고 다니던 작은 목편 하나를 꺼내 쳐다보았다.

그 조각에는 아버지 순정이 죽기 전 남긴 마지막 말이 새겨져 있었다.

"책도 좋고 배움도 귀하나, 네 손은 늘 나무의 결을 기억한단다. 나무는 네게 거짓말을 하지 않는다. 나무를 믿거라. 비목랑아."

그 말은 마치 살아 있는 유언처럼, 그 순간 그의 귓가에 다시 울렸다. 눈시울이 뜨거워졌다. 비목랑은 그 길에서 돌아가기로 했다. 장인의 길, 아버지의 길, 그리고 자신의 길로….

며칠 뒤, 비목랑은 횰천을 다시 만났다. 장안의 학사촌을 떠나기 전, 마지막 인사를 하러 간 자리였다.

"유학을 접겠다고요? 국자감의 대사부가 알면 무척 아쉬워할 텐데…."

"내게는 그보다 더 큰 스승은… 제 아버지였어요."

비목랑은 담담히 웃었다. 휼천은 잠시 침묵하더니 고개를 끄덕였다.

"당신 같은 사람은 붓보다 대패가 어울리겠군요. 백제에 아비지라는 대목장이 계십니다. 우리나라에서는 최고의 장인으로 모시는 분이오. 소개장을 써 드리겠습니다."

비목랑은 깊이 허리를 숙여 인사했다.

그 순간, 무겁던 마음에 바람이 불었다. 그는 마침내, 건축이라는 자신의 운명에 몸을 던질 준비가 되어 있었다.

스승과 제자

1

아비지는 아들이 둘, 딸 하나 있었다. 큰 아들을 부여조를 책임질 수제자로 만들 생각이었다. 그가 걸음마를 뗄 때부터 아비지가 공사하는 현장에 데리고 가서 놀게 했다. 그의 아들은 늘 동네 꼬마 친구들이 마음대로 지천으로 뛰어다니면서 노는 것이 부러웠다.

"나도 나가서 동무들과 좀 놀면 안 될까요?"라고 하면, 아비지는 엄하게 그를 나무랐다. 천재교육의 일환이었다. 그러나 큰아들은 장성하면서 목수보다 학문에 관심이 더 많았다.

"아버지, 저는 목수보다 관리가 되겠어요."

아비지는 자기 자신이 맏아들로서 가업을 이어 왔듯 맏아들이 당연히 가업을 이을 것으로 생각했다. 그에게 쏟은 정성을 생각하니, 아들의 그 말에 눈물이 나올 지경이었다. 아들은 아들 나름대로 얼마나 마음고생이 심했을까?

"그래 네가 좋을 대로 해라, 첫째가 아니면 둘째다"라고 말했다.

그날부터 밥 먹는 자리도 바뀌었다. 응당 장자가 아버지의 곁에 앉아야 했으나 후계자가 바뀐 날부터 식탁의 위치며 집안의 대소사까지 후계자인 둘째에게 아버지의 권한을 위임했다. 열네 살 된 둘째 아들을 작업장에 데려가 교육하기 시작했다. 그러나 둘째도 목수 일이 적성에 맞지 않았던지 얼마 가지 못하고 중도 하차하고야 말았다.

'조상 대대로 이어 온 후계를 이을 수 없으니 조상에게 면목이 없구나'라고 낙담하고 있었다.

"부인, 이래서는 데릴사위라도 들이는 수밖에 없겠소. 자식들이 다 저 지경이니, 우리가 어찌한단 말이오."

한숨을 내쉬며 아비지가 말했다. 대목장이 못 하나를 박더라도 솜씨 좋은 후계자가 있는 것과 없는 것은 손목에 실리는 힘이 다른 법이었다.

"부인, 아들이 둘이나 있으면서 내 혈육에게 후계를 전해 주지 못한 이 불효를 조상 앞에 무어라 변명해야 할까요?"

"아버지, 부여조扶餘組에는 솜씨 좋은 도편수들이 많이 있잖아요? 그들 중에 후계로 삼으면 되지 않을까요?"

옆에서 어머니와 함께 아버지의 탄식을 듣던 딸 연지가 말

서라벌

했다.

"진정한 기술은 혈통을 타고 내려오는 법이란다. 할아버지에게서 아버지로 그 아버지의 기술을 내가 이어받았지. 걸음마를 떼고 난 후부터 필사적으로 익혀 온 기술과 비법이 자기 대에서 끊어질 줄이야."라고 말하며 아비지는 한동안 상심해 있었다.

비목랑은 국자감에서 알게 된 백제 친구의 소개장을 들고 신라로 돌아가지 않고 곧장 아비지 대목장을 찾아갔다. 그는 백제의 대목장을 찾아가면서도 아버지인 순정 대목장 밑에서 목수 수업을 받던 시절이 떠올랐다. 사고를 당해 숨을 넘기면서도 신라 제일의 목수가 되어 달라는 그 당부의 말을 얼마나 속으로 되뇌었던가?

반백의 머리카락을 묶어 꽈리를 틀어 올린 상투는 아비지 대목장의 이마에 두른 흰 수건 위로 우뚝 솟아 보였다. 눈썹은 초승달같이 둥글고 진했다. 눈동자 안쪽으로 조금 숨겨진 눈매는 쉽게 범접할 수 없을 것 같았지만 온화한 인상을 주었다.

명성만큼이나 차분하면서도 단호한 모습에 비목랑은 처음 그를 보자마자 신뢰감이 생겼다. 스승으로 모셔도 되겠다는 생각을 했다.

아비지 대목장이 운영하는 현장 여기저기 끌로 홈 파는 소리, 나무 자르느라 서걱대는 소리, 대패로 기둥 깎는 분주한 모습에 비목랑이 어리둥절해 있었다.

"젊은이, 여기는 어떻게 오셨소?"

아비지 대목장은 정중하게 비목랑에게 물었다.

"당나라 서안에 있는 대당부용원 같은 건물을 지을 수 있는 목수가 되고 싶어요. 저를 제자로 받아주세요."라고 비목랑이 대답했다.

아비지는 그의 눈빛에서 묘한 기품을 읽었다. 용모는 너그럽고 단정했으며, 범상한 젊은이로는 보이지 않았다. 미지의 세계를 탐구하는 듯한, 뭔가를 이루어 보고자 하는 그런 강렬한 눈빛을 가졌다. 지금껏 그런 청년을 본 적이 없었다.

"부모님은 어떤 분이신가?"

"네, 저의 아버지께서도 목수였습니다. 신라에서 창덕조昌德組라는 회사를 만들어 운영하였습니다. 불행히도 현장에서 불운했는지 어떤 자들의 계략에 의한 것인지 유명을 달리하셨습니다."

"혹시 서라벌에서 방화로 소실된 일정교의 복원공사 때 돌아가신 신라 최고의 목수로 알려진 그 당주님 말씀인가? 그분이 자네의 선친이셨단 말인가?"

"네, 어르신"

'신라 제일의 장인 아들이 이 백제 땅까지 목수 일을 배우러 오다니.' 아비지 대목장은 놀라지 않을 수 없었다. 그도 그 사건에 대해 소문으로 듣고 알고 있었다. 그렇다고 호락호락할 아비지 대목장이 아니었다.

"궁宮목수라는 것이 그리 간단히 될 리 만무하네. 우리 집은 제자를 받아들이지 않소."라고 말했다.

사실은 그도 대를 이을 후계자가 간절했지만, 그간에 일감이 없어 몇 년 동안 놀고 있다가 얼마 전에 현장을 열었다. 그는 국가의 사찰이나 궁궐은 짓지만 아무리 권세가 높은 세도가의 집이라도 개인의 사적인 집을 짓지 않는 궁宮목수임에 늘 자부심을 지니고 있었다. 천 년 가는 건물을 짓는 사람이 백 년 가는 집은 지을 수 없다는 신념을 지금까지 굽힌 적이 없었다.

비목랑의 나이는 벌써 십 대 후반이라 이미 제자로 가르칠 시기가 지난 것도 걸림돌이었다.

그리하여 비목랑은 신라로 돌아와 아버지 순정 대목장이 설립한 창덕조에서 국가의 사찰공사에 참여하여 기술을 익히고 있었다. 그러면서 아비지 대목장과 1년 동안 서신 교환을 하면서 언제든지 제자가 되고 싶다는 심정을 피력했다. 아비지도 비목랑에게 서신을 보내와 둘은 인연의 끈을 놓지 않고 있었다. 비목랑이 아비지를 찾아가 제자 되기를 간청한 지 일 년이 조금 지난 뒤 마침내 그는 백제의 부여조에 입사하여 당주인 아비지 밑에서 일하게 되었다.

"우리 회사는 아무리 학식이 뛰어나고 지체가 높다 해도 3년 동안은 누구나 힘들고, 비천한 곳에서 도구를 갈고 청소하는

243

것부터 시작해야 하네. 견딜 수 있다면 짐을 풀게"라고 말했다.

'이 아이가 과연 내 후계자가 될 수 있을까? 대공大工[15]이 되기 위해 혹독한 시련과 각고의 노력을 견딜 수 있을지?'

아비지 대목장은 비목랑을 바라보며 혼잣말을 했다.

"비목랑, 노파심에서 하는 말이네만, 자네의 출신 문제나 개인 신상에 관해서는 아무에게도 말하지 말게. 모든 것은 내가 책임을 지겠네. 그리고 때가 되면 모두에게 말할 것이고... 알았는가?"

"네, 스승님"

비목랑은 아비지 대목장이 꼭 살아 계신 아버지 같은 느낌을 받았다. 눈물이 왈칵 쏟아질 뻔했다. 아버지 순정에 대한 그리움 때문이었다.

"저기 있는 나무토막을 하나 가져와서 손톱으로 그것을 할퀴어 봐."라고 아비지가 비목랑에게 말했다.

"네에?"

비목랑은 무슨 말인지 몰라 어리둥절하여 멈칫거렸다.

"손톱으로 판자를 대패질하듯 깎아 보란 말이야."

"아, 네."

"손톱으로도 깎을 것을 대패나 끌이 대신 깎아 주니, 도구가 내 몸의 일부라는 게 실감 나는가?" 날카로운 발톱을 가진 맹수

---

15 대공(大工)---백제에서는 집 한 채를 책임지고 지을 수 있는 목수를 대공이라 불렀음

일수록 사냥을 잘하지. 도구를 간수하고 연마하는 것은 목수의 생명임을 명심하게."라고 아비지 대목장은 단호하게 말했다.

그것이 비목랑에게 한 처음이자 마지막 가르침이었다.

아비지는 수년을 함께 일하는 제자들에게도 완벽한 모범을 보일 뿐 이래라저래라 지시하거나 가르치는 일은 없었다.

실질적인 기술은 배우는 이가 시행착오를 거쳐 터득하고 몸에 간직하게 했다. 그렇게 제자를 키우는 것은 본인이 선조로부터 배운 방식이었다.

2

평소 미의식이 강한 비목랑은 완벽한 팔등신에다 얼굴과 어깨선, 가슴과 다리의 완벽한 신체 균형을 가진 절대미의 소유자를 늘 마음속에 품고 있었다.

얼마나 간절한 그리움 있었던가? 마을 어귀의 백목련은 모진 삭풍을 겨우내 삭히다 흰 속살을 드러내 봄의 정령을 맞이한다. 금강의 너울거리는 물결을 타고 정림사의 오층탑 신축 현장은 벚꽃 향으로 가득 찼다. 목수들의 기둥 껍질을 벗기는 자귀질 소리, 보 머리 홈 파내는 소리는 오색딱따구리가 나무를 쪼아 대는 소리보다 크게 들린다.

검은 먹줄을 도편수들이 팽팽하게 활시위처럼 당긴다. 오백 년은 됨직한 대들보에 수직으로 탁 소리가 나도록 때린다. 먹물이 퍼지지 않고, 얇고 선명해야 좋은 마름질이 나온다. 노련한 도편수는 마치 말 잘 듣지 않는 아들의 종아리를 회초리로 때리듯 감칠맛 나게 먹을 놓는다. 먹 놓기의 달인이 아비지 대목장이다. 그의 먹선은 절반만 남아 천 년은 갈 것이다. 이제 그는 도편수들이 놓은 먹줄을 점검하고 있다.

비목랑은 손 도편수의 일을 거들며 그가 가공한 부재들을 정리하고 있었다. 비목랑의 나이는 이제 열일곱이 되었다.

"아버지, 저 왔어요. 어머니가 아버지에게 드릴 참을 만들어 주셨어요."

구슬 구르는 듯한 낭랑한 목소리로 아버지를 부르는 소녀는 아비지의 고명딸 연지였다. 나이는 올해 열아홉이었다.

"아! 이 소나무 향. 아버지, 나는 이 소나무 냄새가 너무 좋아요."

사람 몸통 서너 배나 되는 소나무 재목들이 산더미처럼 쌓여 있다. 목수들은 여기저기서 목재의 껍질을 벗기고 톱으로 썰고 끌과 대패로 가공하면서 나무에서 향을 뽑아낸다. 목수들의 가공 현장에서 나오는 소나무 향은 숲에서 나는 냄새와 차원이 다르다. 사람 사는 냄새와 자연의 냄새랄까?

그녀의 낭랑한 목소리가 현장을 가득 채우자 젊은 목수들의 시선이 일제히 그녀를 향했다. 여기저기서 그녀의 이야기로 술렁거렸다. 그들은 도대체 일이 손에 잡히지 않은 듯했다.

"와~ 연지 아가씨가 왔네."

"왜? 너도 연지를 좋아해?"

"우리 중에 연지를 좋아하지 않는 놈 있어?"

"좋아해 봐야 뭘 해? 연지는 우리에게 눈길 한번 주지 않는데."

젊은 목수들이 여기저기서 구시렁대고 있을 때 심전기 도편수가 젊은 목수들에게 말했다.

"너희들 올라갈 나무가 아니면 쳐다보지도 말어"

그 말을 들은 젊은 목수들은 시큰둥해져 일에 몰두하는 척하지만, 마음은 이미 콩밭에 앉아 있었다.

"아버지 저기 저 총각은 처음 보는 분인데 누구세요?"

연지가 호기심 어린 눈빛으로 물었다.

아비지 대목장은 미소를 지으며 대답했다.

"응. 비목랑 말이냐? 그는 내게 꼭 목수 일을 배우겠다는구나. 멀리 신라에서 왔단다."

"아버지, 신라에서 어떻게 여기까지 목수 일을 배우러 왔죠?"

"당나라에 유학까지 갔다가 당나라의 웅장한 건물들을 보고 그런 건물들을 자기도 지어보고 싶다는구나. 당의 국자감에서 함께 공부한 우리나라의 학사가 나를 소개했다는군. 삼국 중에 건축은 우리나라가 앞서가는 편이지 특히 신라나 왜국에 비하면 말이야."

"그런데 그렇게 먼 길을 어떻게 왔을까요?"

"글쎄. 의지가 대단한 청년이야. 당 황제의 조칙을 가지고 있으니 우리나라에 들어올 수 있었단다."

"다른 목수들에게는 눈길 한번 안 주던 네가 어쩐 일이냐?"

"아무것도 아니에요. 아버지."

"아무것도 아니긴... 녀석!"

그녀는 이상하게 멀리서부터 비목랑에게만은 눈길이 갔다. 그의 지적인 분위기 때문인지 아니면 몽환적 예술가의 풍모가 밖으로 드러나는 것인지 그에게 뭔가 이끌려 말을 걸고 싶은 충동을 느꼈다. 그것은 끌림이었다. 일방적 끌림이 아니었다. 서로에게 호감을 느낀다는 것은 무엇을 더 탐색할 필요성이 없는 것이었다.

"아버지, 비목랑과 말 좀 해도 되죠?"

"불러 줄까?"

"네"

"비목랑! 잠깐 이리 와봐. 우리 고명 따님이 자네하고 말하고 싶어 하신다. 하하"

"네, 스승님"

비목랑은 언제부터인가 아비지를 스승님이라 부르고 있었다. 그는 하고 있던 일을 잠시 내려두고 그녀가 있는 쪽으로 뛰어왔다. 연지는 가만히 비목랑을 바라보며 조용히 미소 지었다. 그녀의 눈길이 닿는 순간, 비목랑은 들킨 듯 당황했고 붉어진 얼굴을 숨기려 시선을 떨구었다. 그러나 이미 늦었다. 그녀의 모습이 눈 속으로 스며들 듯 들어오자, 그는 마치 벼락을 맞은 듯 온몸이 굳어 버렸다.

그 다소곳한 미소에는 거부할 수 없는 매혹이 깃들어 있었다.

그 미소는 그가 오랫동안 불화 속에서 마주하던 수월관음도 속 관음보살의 화신처럼 느껴졌다.

기이하게도 그녀의 자태는 용화향도의 어느 봄날, 덕만이 훈련장 언덕 위에서 바람을 맞으며 웃던 순간과도 겹쳐졌다.

비목랑은 당나라 유학 시절, 사찰의 불화를 그리며 점차 자기만의 절대미絶對美를 구축해 왔던 터였다.

지극한 아름다움이란 무엇인가, 그에게 있어 그것은 단지 곡선이나 황금비의 문제가 아니라, 존재 전체가 빛을 머금은 듯한 경건한 울림이었다.

그리고 지금, 바로 그 빛이 눈앞에 서 있었다. 그녀의 시원한 이마 아래로 가늘고 긴 눈매가 흘러내리고, 긴 머리카락을 조용히 뒤로 넘기는 순간, 비목랑은 숨을 멈췄다.

그리 좁지 않으면서도 부드럽게 떨어지는 어깨선, 작지 않은 머리와 유려하게 이어지는 상체의 곡선, 몸 전체의 비율이 거의 완벽에 가까웠기 때문이었다. 비목랑이 연지를 보자마자 부끄러워 그녀의 얼굴을 똑바로 바라볼 수 없었다. 심장이 마구 방망이질을 했다.

"얘! 나는 연지라고 해. 넌 몇 살이야?"

"저…열…일곱"

그는 말을 더듬으며 대답했다. 그의 목소리에는 어딘가 설렘과 긴장이 뒤섞여 있었다.

그는 지금까지 느껴 보지 못한 감정을 느끼면서 부끄러워 그녀가 묻는 말에만 간신히 대답했다. 그러나 그녀는 고요한 물속에 비친 달처럼 모든 중생의 소리에 자비롭게 응답하는 보살같이 그를 그윽한 눈길로 바라보았다. 비목랑의 그런 모습을 보고 그녀는 조용히 웃었다. 동시에 그를 향한 호기심과 묘한 끌림을 느꼈다.

"아버지, 이분 참 독특하네요. 신라에서 여기까지 오다니, 정말 대단한 용기를 가졌나 봐요."

연지가 말했다.

비목랑은 그녀의 말을 듣고 마음 한구석에 따뜻한 무언가가 차오르는 것을 느꼈다. 연지와의 이 첫 대화는 비목랑에게 새로운 세계의 문을 여는 듯한 느낌이었다.

제자리로 돌아온 비목랑은 가슴이 진정되지 않았다. 밖으로 내색은 하지 않았지만 지금까지 한 번도 여자에게 흥분된 감정을 가져 본 적이 없었다. 그의 가슴 속에 존재하는 이성의 모습은 늘 그림 속에서 절대적 미인의 모습으로만 존재했기 때문이었다. 미에 대한 자의식이 생기고 난 후 당나라든 신라든 어디에도 그런 절대미의 선과 신체 비율을 가진 여자는 본 적이 없었다. 그런데 연지는 그가 평소에 생각하고 만나기를 원했던 여자였다. 아주 오래전부터 잘 알고 있었던 것처럼 낯설지 않았다.

비목랑과 도제 수업 중인 초보 목수 세 명이 자귀질로 기둥을 다듬고 있었다.

"비목랑, 정신 차려! 자귀로 너 발등 찍겠어"

넋을 놓고 일하고 있는 비목랑을 보고 옆에서 함께 자귀질하던 동료가 말했다. 비목랑은 그 소리에 깜짝 놀라 정신을 차렸다.

아비지는 후계를 이을 친자식이 없었다. 연지와 아들 둘이 있었지만, 아버지의 힘든 목수 생활을 보아왔던 터라 그들은 둘 다 목수가 되는 일을 포기했다. 아비지 대목장이 운영하는 부여조扶餘組는 아직 후계자가 정해져 있지 않았다. 후계자가 되면 연지는 그와 결혼할 거라고 목수들은 생각하고 있었다.

부여조의 젊은 실력자인 심전기 도편수가 후계자나 다름없다고 목수들은 생각하고 있었다. 그러나 아비지 대목장의 생각은 그들과 달랐다. 그는 재능뿐만 아니라 전체를 통솔할 수

있는 인격을 갖춘 도편수에게 동량棟樑[16] 자리를 넘겨주고 싶
어 했다.

　심전기 도편수는 일솜씨는 좋으나 동료 목수들을 원만히 이
끌기에는 부족한 점이 많았다. 그는 어제 연지가 비목랑을 불
러 대화하던 장면을 보았다. 그녀가 현장에 나타나기만 해도
젊은 목수들의 마음에 파고를 일으켰다. 그녀는 지금껏 현장
에 있는 그녀 또래 목수들에게 말을 건 적이 없었다. 심전기 도
편수는 까닭 모를 질투심이 생겼다. 저들로서는 도저히 범접할
수 없는 여왕 같았던 연지였는데 그녀가 신라에서 온 애송이 도
제 목수에게 관심을 보였었다.

　"비목랑, 여자에게 인기를 끄는 비결이 뭐야?"

　도제 목수 한 명이 그에게 농담 삼아 말을 툭 던졌다.

　"그래, 뭐니 뭐니 해도 남자는 잘생기고 봐야 해."라고 함께
있던 동료들이 이구동성으로 맞장구를 쳤다.

　"맞아 맞아"

　그러나, 비목랑은 그런 소리가 달갑지는 않았다.

　그는 아직 목수도 아닌 도제의 신분이지 않은가. 그들의 질
투심은 그에게 큰 상처로 돌아올 불길한 예감을 느끼게 했다.

---

16 동량(棟樑)---건물의 뼈대 중 제일 상단부에 있는 대들보를 말하며 용마루
　라고도 한다.
　백제 목공 기술을 전수 받은 일본인들이 현재 사용하고 있는 것으로 추정해
　서 백제시대 현장의 최고 책임 목수를 동량(棟樑)이라고 불렀을 것임.

현장 일을 마치고 숙소에 돌아와 저녁 식사 시간에도 오늘 현장에서 있었던 연지와 비목랑의 만남이 화제였다.

비목랑은 저녁을 먹고 혼자 숙소를 나왔다. 하늘에는 별들이 아슴푸레하게 떠 있다. 만월이 뒷산의 나무숲 우듬지에 걸려 환하게 주위를 밝혔다. 뒤뜰에 돌을 깔아서 만든 오솔길은 달빛을 받으며 희미하게 뻗어 있었으나, 조금 더 안쪽으로 몇 걸음을 더하면 상수리나무 소나무 굴참나무 등 거목들의 그림자가 사방에 드리워져 있다. 오싹한 느낌마저 들었지만, 혼자 명상하며 걷기에 딱 어울리는 분위기였다.

연지와 만났을 때 후끈 달아올랐던 흥분이 완전히 사그라든 것은 아니었다. 심장의 요동은 멈췄지만, 왠지 기분 좋은 끌림의 기분은 아직도 가슴을 죄고 있다.

그녀의 날씬한 몸매와 하늘하늘하게 감겨올 것 같은 분홍색 한복 치맛자락, 가늘고 긴 하얀 손가락이 지금도 비목랑의 뺨을 어루만질 것 같은 착각을 하게 했다. 그러자 그는 왠지 모르게 뜨거운 눈물이 뺨을 타고 흐르고 있음을 깨닫는다. 그 눈물은 잠자리에 들어서도 그치지 않았다. 흘린 눈물에 베개가 젖고 귓구멍이 눈물로 꽉 막히도록 그는 실컷 울었다.

저승에 계신 아버지, 고향에 계시는 어머님과 할아버지에 대한 그리움이 더해졌을 것이다.

3

도제 목수들은 잘 마른 대들보 기둥 서까래용 소나무의 껍질을 자귀나 낫을 이용하여 벗기는 일을 했다. 숙련된 편수들이 창槍대패로 곡선을 따라 나무가 생긴 모양대로 깔끔하게 마름질하고 나면 도편수들은 가공할 부위를 먹줄로 표시한다. 부재에 먹을 놓는 기술이야말로 목수 일 중에 최고급에 속한다. 수치를 잘못 계산하여 기둥의 길이나 보의 길이가 짧아지면, 결구結構가 되지 않을 뿐만 아니라 값비싼 재목을 버릴 수밖에 없었다.

무엇보다 목수는 평면화된 도면을 입체적으로 형상화하는 데 익숙해야 한다. 전통 건축구조는 못을 사용하지 않는 암수의 결합으로 골격이 형성되기 때문이다.

"어이, 목재의 방향을 돌려야 해 이쪽으로 와서 좀 도와 줘"

진철 도편수가 먹 놓기를 끝냈다. 그 부재를 가공하기 위해 김 목수가 비목랑과 다른 도제 목수에게 도움을 요청한다.

"어이"

"네"

"비목랑, 이것도 저쪽으로 옮겨줘"

이번에는 저쪽에서 끌로 주먹장17 이음을 가공하고 있던 다

---

17 주먹장---주먹처럼 끝이 넓고 안으로 갈수록 좁게 된 장부

른 목수가 그를 불렀다.

"똑똑한 조공 한 명이 두 서너 명 목수를 먹여 살리는 거여"

김 목수가 비목랑에게 칭찬인지 질타인지 모를 말을 했다. 그만큼 초보자인 조공의 역할이 중요하다는 말일 것이었다.

장골壯骨 몸통의 서너 배나 큰 목재들을 이리 돌리고 저리 굴려 방향을 바꾸어 주어야 했다.

비목랑은 손마디 관절과 팔목 관절이 아플 정도로 하루 종일 허드렛일을 했다. 잠잘 때 손마디와 팔 관절이 저려 잠을 설치기 일쑤였다. 하체 근육은 화랑의 낭도 시절에 워낙 강도 높은 훈련을 많이 받아서 탄탄한데 목수 일은 주로 손과 상체로 하는 일이 많았다. 이런 힘든 일이 몇 날 며칠이고 지속될 때는 하루에도 몇 번을 그만두고 싶은지 모른다.

그러나, 그는 신라 제일의 목수가 되어 달라던 아버지의 유언을 떠올렸다. 무엇보다 그는 목수 일을 좋아했다. 그리고 연지를 만나고 난 뒤, 일하면서도 그녀를 생각하면 진정되지 않은 울렁거림과 뜨거운 행복감 같은 것이 가슴에 차올랐다.

4

'땅.땅.땅, 땅.땅.땅, 땅.땅.땅'

"이것이 목수의 망치 소리지. 목수의 망치 소리는 끊임이 없는 소리야. 나는 목수의 못 박는 소리만 들어 봐도 그가 목수를 얼마나 했는지 대충 알지. 손은 두 개 잖아. 하나는 쉼 없이 못대가리를 때리고 한 손은 못주머니에서 다음 박을 못을 꺼낼 준비를 하는 것이야. 그리고 자. 잘 봐. 초보는 망치를 팔로 때리기 때문에 못을 몇 개 못 박고 지쳐 버리지. 손목 힘으로 하면, 하루 내내 못질을 해도 힘들지 않는단다."

진철 도편수가 비목랑에게 한 수 가르쳐 줄 요량으로 말했다.

"아, 네."

그렇게 대답했지만, 비목랑은 어릴 때부터 현장에서 늘 보아 왔던 터라 새삼스럽지 않았다.

"그리고 봐. 못은 머리를 숙이고 못대가리가 조금 나무에 묻혀야 이상적이지. 머리를 쳐들고 나온 놈은 언제나 사나운 망치로 욕을 먹으면서 쥐어박힌단다. 마감 일하는 화畵공이나 벽미장공들은 튀어나온 못대가리 하나에 속으로 열 번 이상의 쌍욕을 한단 말이야. 에이 씨라고. 못의 행복이라는 건 언제나 자기의 희생으로 두 개 이상의 물건이 튼튼하게 결합하는 것으로 족해야지 자기가 드러나면 안 되는 것이지."라고 진철 도편수는 말했다.

5

"오늘은 기둥의 대패질을 해야 하니 모두 준비를 잘하고 와."
라고 현장의 책임자인 진철 도편수가 말했다.

"평소 대팻날을 열심히 갈고 닦았으니 비목랑도 오늘 실력 발휘를 한 번 해보게."

평소 아비지 대목장을 대신해서 비목랑을 많이 챙겨 주던 진철 도편수가 말했다. 비목랑은 평소에도 대패질에 관심이 많았다. 대패에 손을 가만히 얹어 대패 자체 무게로만 살며시 잡아 당길 때 투명한 여인의 내의 같은 톱밥이 깎여 나오는 상상을 하곤 했다. 그는 도구 주머니와 대패를 들고 들뜬 마음으로 치목治木장[18]을 향했다.

그는 작업장으로 걸어가면서 아비지 대목장이 도제 목수인 자기에게 한 말이 떠올랐다.

"수업 받는 자는 다른 사람이 시작하기 한 시간 전에, 일을 끝마친 후 한 시간 더 도구를 갈고 다듬어야 한다."

그러나 속으로 그냥 열심히 하라는 소리지 하고 시간을 엄수하지 않고 비목랑이 다른 목수들과 어울려 잡담이나 하고 있을 때는 불호령이 떨어졌다. 그것은 일종의 명령이었다. 그날 이후 비목랑은 손마디 관절이 아플 정도로 끌과 대팻날을 숫돌에

---

18 치목장(治木場)─목재를 재단하거나 가공하는 장소

연마했다. 손톱 밑에 시커멓게 쇳가루가 지워지는 날이 없었다. 3개월 정도 끌과 대팻날을 연마하는 연습을 했더니, 얼마나 평활도가 좋았던지 끌의 날이 숫돌에 붙어 떨어지지 않았다.

비목랑은 연마가 어느 정도 잘되었다 싶으면 손목이나 다리의 털을 면도하듯 조금 깎아보았다. 손에 있는 봉숭아 털이 면도기 처럼 잘 깎이는 걸 확인하고는 한 치[19]짜리 각목을 끌로 내리쳐 잘라 보았다.

"목수의 잘 드는 끌은 한 치짜리 각목은 자를 수 있어야 된다." 라고 스승인 아비지 대목장이 말했었다.

"연마한 끌을 보여줘. 음! 실력이 제법인데. 앞으로 자네가 내 도구도 잘 들도록 갈아놓도록 하게."

"네"

대답은 했지만 여간 어려운 것이 아니었다. 스승의 도구는 끌이며 대패, 자귀, 창槍대패등 가지각색으로 수를 셀 수도 없지만 양이 어마어마했기 때문이었다.

그날 이후 도구를 가는 것만으로 손마디 관절이 저리고 밤에 잠들기 전에 관절 통증에 시달렸다. 그러나 연지를 알기 전에 힘들어 그만두고 싶었던 생각은 이제 사라졌다. 몸은 힘들었지만 하루라도 빨리 그녀에게 목수로 성장한 모습을 보여주고픈 욕심이 더 앞서갔다.

---

19 1치(寸)---가로 3cm, 세로 3cm 크기

일을 마치고 자신의 숙소에 들어와서도 어쩐지 연지 생각으로 머릿속이 가득 찼다. 여태껏 겪어보지 못한 마음이었다. 비목랑은 그녀가 현장에 오는 모습만 떠올랐다.

'내가 왜 이럴까?'

그는 그날 익혔던 내용은 꼭 정리하고 기록해 두는 습관을 지니고 있었지만, 해야 할 일이 도통 손에 잡히지 않았다. 그녀 생각으로 혼자 미소를 지었다. 한동안 황홀한 기분에 감싸였다. 어떻게 하면 연지와 친해질 수 있을까? 하는 생각이 지금은 공부보다 더 소중했다.

"아버지, 비목랑 잘하고 있죠?" 연지가 현장에서 돌아온 아비지 대목장에게 다가가서 애교 섞인 목소리로 말했다.

"왜? 다른 목수들에게는 눈길 한 번 주지 않더니 우리 공주님이 어쩐 일이야? 요즘 비목랑은 젊은 목수들 선망의 대상이 된 것 같기도 하고 질투의 표적이 된 것 같기도 하더라"라고 아비지 대목장은 농담 삼아 말했다.

"안 돼요. 아버지, 나 때문에 비목랑이 곤란해지면 내가 힘들어져요. 아버지."

"연지, 너 비목랑을 좋아하구나. 그래 그 녀석 어디가 그렇게 좋던?"

"에이, 몰라요"라고 하며 그녀는 얼굴이 홍당무가 되어 방 안으로 뛰어가 버린다.

부여조扶餘組 오층탑 현장은 제각기 움직이는 목수들의 발걸음이 바쁘다. 편백 기둥을 하나씩 작업대 위에 올려놓고 목수 여럿이 대패질하여 기둥을 깎고 있다. 대패로 깎이며 내는 사각거리는 소리가 경쾌하고 나무에서 뿜어내는 편백 향은 모두를 기분 좋게 해 준다.

비목랑은 스승 아비지에게 제자 된 기념으로 받은 대패에 열심히 간 날을 끼우고 살짝 편백 기둥을 깎아 본다. 대팻밥이 어미 날과 덧날 사이에 끼여 줄지어 나오지 못한다.

그 옆에서 대패질하던 김 목수는 손바닥 굳은살이 잣나무의 옹이같이 박혀 있고, 손마디는 굵어져 대나무의 마디결 같다.

"처음부터 잘 깎일 일이 없지, 암! 대패 이리 줘 봐."

쩔쩔매고 있던 도제 목수인 비목랑의 대패를 빼앗듯이 가져가 대팻집의 뒷부분을 망치로 탁탁 때려 날을 뺀다.

"어미 날과 덧날을 딱 붙이고 입술로 빨아 봐서 바람이 빠지지 않아야 해, 이 대팻날은 부부나 마찬가지야. 찰싹 닿아야 한다고, 일심동체가 되도록….'

"아! 예 고맙습니다."

근육질에 잘 단련된 몸을 가진 김 목수는 어깨를 으쓱해 보였다. 그가 말한 대로 날을 조정하여 여러 번 편백 기둥을 깎아 보았다. 잘 마른 편백 기둥에 대패를 올려놓고 쓱 잡아당겨 보았다. 여인의 투명한 내의 같은 얇은 대팻밥이 나왔다. 사각거리며 깎이는 소리가 기분 좋았다. 지금까지 열심히 날을 갈았던 보람이 느껴졌다.

손으로 대패질한 부위를 매만져 보았다. 여인의 곱디고운 살결보다 매끄럽고 부드러웠다. 생기가 돌고 광채가 났다. 그렇다고 언제나 잘될 때만 있는 것도 아니었다. 전생의 원한을 갚으려는 듯 나타난 주먹만 한 옹이를 만나면 고전을 겪는다. 목수는 누구나 옹이를 싫어한다. 그래도 유능한 목수의 대패는 거침없이 그 옹이 위를 지나가야 했다.

그런데 아무리 잘 깎이더라도 처음 부위와 다음 깎인 부위의 높낮이가 눈으로 보면 잘 모르지만 손으로 만져보면 금방 느껴져 완벽한 기술을 터득하지 못하고 있었다.

'누구에게 물어봐도 말해 주지 않겠지, 나도 자존심이 있지, 어쨌든 해결하고 말아야지' 하고 비목랑은 속으로 생각하고 있었다. 그러던 어느 날 스승인 아비지의 도구를 갈고 정리하던 중, 대패를 가는 숫돌 중의 하나가 가운데가 파여 있는 것을 보고 대패 가공 시 높낮이가 생기지 않는 원리를 알게 되었다. 그 숫돌에 대팻날을 비스듬히 갈면, 날의 바깥쪽이 살짝 타원형으로 더 많이 갈려 경계 부분의 높낮이가 사라지는 원리를 깨달았다.

"제법 쓸 만하네. 그러면 평평한 유리 위에 저 대팻밥을 붙여놓고 한 번 더 대패질을 해보게"라고 스승인 아비지 대목장이 비목랑이 대패질한 기둥을 만져보고 말했다. 아비지 스승께 받은 평생 처음이자 마지막의 가르침이었다. 그는 늘 모범만 보이지 누구에게 가르치는 일은 없었다.

손바닥은 굳은살이 박이고 손마디는 굵어졌다. 혹한의 겨울을 지나 사르락 진달래꽃 피어나듯 비목랑의 대패질은 경지에 오르기 시작했다. 잘 마른 편백나무 기둥에 대패를 올려놓고 쓱 잡아당기면 여인의 투명한 내의 같은 얇은 대팻밥이 나온다. 사각거리며 깎이는 소리, 뭐라 형용할까? 너무 기분 좋은 소리가 났다.

'시간을 깎아 정제된 인격이 투명한 대팻밥처럼 나오면 얼마나 좋을까?'라고 비목랑은 혼자 되뇐다. 노련한 목수는 그렇게 애쓰지 않아도 광채 나는 목재를 대패질로 만들었다. 매일의 일상도 대패질하듯 다듬어 광채가 나는 시간으로 만들어야지 다짐했다.

'멋진 집을 짓는 목수는 육체적으로 고되기는 하지만 본인이 가공한 부재들이 오차 없이 결부되어 공간을 형성하고 사람이 살기 좋은 집으로 완성될 때, 그게 바로 목수의 최고의 가치가 아닐까? 앞으로 내가 추구해야 할 목수의 가치일 거야' 비목랑은 대패질하며 자신에게 다짐했다.

비목랑은 보통 제자들이 삼 년 이상 수업해야 할 수 있는 기술을 불과 일 년도 되지 않아 터득해 버렸다.

서라벌

6

목수가 된다는 것은 '대공大工'이 된다는 의미와 같다. 음과 양을 잊고, 하늘과 땅을 연결하는 것이 목수의 일이다. 모든 직인의 우두머리를 '대(大=一+人 한사람)'라 하며, 그 중심에 선 이가 바로 목수다. '공부工夫'란, 하늘과 땅을 잇기 위해 스승과 제자가 함께하는 일이다. 가르치는 사람과 배우는 두 사람(夫=二+人)이 있으나, 목수는 가르침이란 것이 없다. 가르침이 필요 없는 경지에 도달한 목수를 동량棟樑이라 부른다.

동량이란, 건물의 뼈대 중 가장 윗부분에 있는 대들보를 가리키며, 흔히 '용마루'라 불린다. 그래서 백제인들은 상량식上梁式을 동량식棟樑式이라 불렀다. 현장의 최고 책임 목수를 이처럼 동량이라 부른다.

비목랑이 유년 시절, 아버지 대목장 순정에게 목수 일이란 무엇인지를 물은 적이 있었다.

"목수 일에는 가르침이란 없는 것이니라. 오직 몸으로 익히는 것이다. 눈으로, 손끝으로 훔쳐 보고, 마음에 새겨 넣는 것이다."라고 그때 순정 대목장이 조용히 대답했다.

어릴 적 아버지에게 받은 영재교육은 비목랑이 보통 목수들이 7년 이상 걸려야 끝낼 도제 과정을 3년 만에 마치게 해 주었다.

대목장 아비지는 비목랑의 천재적 소질을 누구보다 먼저 알아봤다. 그는 겉으로는 말하지 않았지만 이미 오래전부터 비목랑을 자신의 수제자로 마음속에 정하고 누구보다 각별한 애정을 쏟고 있었다.

태자 덕만공주

1

진평왕 시절 법흥왕 이후로 성골만이 왕통을 이을 분위기가 무르익어 왕은 천성이 맑고 지혜로웠던 덕만을 후계로 생각하고 있었다.

덕만이라는 이름도 ≪열반경≫의 '덕만우바이'에서 따왔다. '덕만우바이'는 원래 남자의 몸으로 태어나기로 되어 있었지만, 중생들을 제도하기 위하여 여자의 몸으로 태어났다. 덕만이 비록 여자이지만 원래의 운명은 남자였고, 깨달음을 얻고 중생을 구제할 인물이니 여자가 왕이 되어도 좋다는 명분을 생각해서 붙인 이름이었다.

진평왕은 그녀에게 경서와 고문을 가르쳐 치세 교육을 은밀하게 해 왔다. 또 변복해 김유신의 용화향도에 낭도로 활동하면서 그녀를 충실하게 후원할 세를 모으게 했다.

진지왕은 형인 동윤태자가 일찍 죽자 불과 20대 후반의 나이에 왕이 되었으나, 행실이 좋지 않고 나라를 다스릴 만한 그릇이 되지 못해 쫓겨나 젊은 나이에 죽었다. 그의 아들인 용춘은 덕만의 동생인 천명과 결혼했다.

진평왕은 성골인 용춘이 왕이 될 수 있었지만, 폐위된 왕의 아들이라 용춘이 진골 신분으로 강등되어 덕만을 왕의 후계로 선포했다. 천명공주가 죽자, 그는 후에 선덕여왕의 남편이 된 적이 있지만 물러나 황룡사 9층탑 건립의 총책을 맡게 된다.

어느 날 궁에서 태자 덕만공주는 김유신을 마주했다.

"나는 남자가 아닌데도 하늘이 날 왕으로 이끌고 있다. 내가 이 길을 걷는 이유는 단지 혈통 때문만은 아니다. 내 등에 실린 백성들의 운명 때문이다"라고 그녀는 독백처럼 말했고, 김유신은 말없이 고개를 끄덕였다.

"여자가 왕이 된다니, 천지가 개벽하지 않고서야 어떻게 여자가 왕이 될 수 있단 말이냐? 하지만 덕만공주가 정말로 하늘의 뜻이라면 내가 막을 수 있을까? 아니 내가 이끌어 온 권력을 이렇게 쉽게 내어줄 순 없어."

미실이 병부령인 설원 공에게 인상을 찌푸리며 한탄하듯 말했다. 미실은 진평왕 즉위 초에 사도태후의 섭정 시 이미 새주璽主[20]가 되었으며 왕과 관계를 맺어 우후右后로 봉해진 인

---

20 새주(璽主)---임금의 옥새를 관리하는 직책으로 행정 문서의 결재권을 의미하는 왕 못지않은 권력을 가지고 있었음을 짐작할 수 있음.

서라벌

물로 상대등 세종 공과 병부령인 설원 공을 남편으로 두고 있었다.

"미생 공, 내가 시킨 일 잘 진행하고 있지요? 천관天官의 말로는 사흘 뒤에 일식이 일어난다고 하니 차질이 있어서는 아니 될 것이오."

미실은 친동생인 예부령 미생 공에게 그의 귀 가까이 얼굴을 대고 은밀히 타이르듯 말했다.

"네. 누님 제가 누굽니까? 아찬 칠숙에게도 일식에 맞추어 대사를 도모하도록 잘 타일러 놓았습니다."

예부령 미생은 묘한 미소를 지으며 미실에게 낮은 목소리로 말했다.

"용춘 공, 궁 안이 발칵 뒤집어졌습니다. 궁궐에 새들이 입에 흰 거품을 물고 떼지어 죽어 있사옵고 서라벌 여기저기 변고가 일어났다고 합니다."

비천지도 화랑 알천이 숨을 헐떡이며 급히 보고했다. 화랑 알천은 태자를 보위하는 시위부[21] 화랑의 수장이었다. 알천이 이끄는 비천지도의 낭도는 모두 육백 명이 넘었다. 그들은 모두 궁내에 기거하며 궁의 수비와 태자 호위 임무를 수행했다.

"태자마마, 나정에서 붉은 핏물이 솟구치고 궁궐에 변고가 끊이지 않습니다. 모두 돌아가는 사태에 동요하고 있습니다."

---

21 시위부(侍衛府)---신라시대의 군부대. 궁성에서 국왕을 호위한 군대.

알천이 태자에게 말했다.

"아찬 칠숙과 아찬 석품의 동태가 심상치 않다는 첩보가 올라와 있습니다. 폐하께 보고하여 만반의 준비를 할 수 있도록 해야 합니다. 천관황녀 미실 새주가 개입되어 있다는 말도 있습니다."

비천지도의 낭두[22] 중의 한 명인 용술이 알천에게 말했다.

아찬 칠숙의 아버지는 천문과 지리에 능통해 있었다. 그는 일식과 월식을 관측하고 기록하는 관측소에서 일하고 있었다. 천관황녀인 미실의 수하로 일하면서 아들 칠숙도 자연스럽게 미실을 추종하게 되었다.

칠숙의 검술은 서라벌에서 그를 당할 자가 없을 정도로 뛰어났다. 그의 칼솜씨는 풍월주 문노와 겨루어도 쉬 지지 않았다. 그는 성깔이 더럽고 사교적이지 않아 앞에 나서서 내 보란 듯이 뭘 하는 경우가 드물었다.

칠숙은 평소 여자가 왕이 되는 것에 불만이 많았다. 물론 정치적 이해관계에 얽매여 그렇게 되었을 것이다.

"아버지, 달과 해가 빛을 잃는 것은 무엇에 가려 일어나는 현상인데 늘 어떤 연유인지 궁금했습니다."

"그것은 달은 해에 가리고 해는 달에 가려서 일어나는 현상이다. 아들아, 가리는 부분을 자세히 보거라. 둥글게 가리지 않

---

22 낭두---화랑조직에서 낭도의 우두머리

느냐 분명한 것은 세상에 둥근 것은 해와 달 뿐이다. 내가 하늘
을 관측하고 기록한 숫자들을 보니 일정한 형식과 주기가 있더
구나. 머지않아 서라벌에도 환한 대낮이 밤이 되는 일식이 일
어나겠구나."

"그래요? 아버지, 그날이 언제쯤이 될지 알 수 없을까요?"

"정확한 날짜는 알기가 어려우나 계산해 보아야 알겠구나."

아버지가 그렇게 설명해도 도저히 이해되지 않는 것은 그의
천문에 대한 지식의 한계 때문이었다. 그는 정치인이며 무사였
지 학자가 아니었다.

칠숙은 그 일식을 왕의 실정으로 선전할 참이었다. 여자를
왕으로 세우는 데 대한 하늘의 진노라 하여 민심에 호소하여 왕
실과 척을 지워서 거사를 도모할 계략을 가지고 있었다. 왕을
도륙내고 공주도 주살할 계획을 세웠다.

칠숙은 칼 쓰는 솜씨만큼 평소 권력에 대한 욕망도 강했다.
아직 아찬 자리에 머물러 있는 처지에 불만이 있었다.

덕만공주의 왕위 계승에 불만을 가진 아찬 석품과 반대하
는 귀족 세력의 후원을 등에 업고 난을 일으켰으나, 난을 사전
에 눈치챈 진평왕은 칠숙을 잡아 목을 베고 그 구족을 처형하
였다.

아찬 석품은 백제의 변방까지 달아나다 가족들이 보고 싶어
변복하여 돌아오다 매복해 있던 병사들에게 잡혀 처형되었다.

그들이 난을 일으킬 때 천문에 우매한 백성들에게 일식 계략을 이용하여 왕의 치세가 좋지 않아 태양이 빛을 잃고 밤이 되었다고 선동하였다.

"두려워하지 말라. 어둠이 지나면 다시 빛이 돌아오는 법. 우리가 이 어둠을 지나면 더 강해질 것이다"라고 태자 덕만공주는 신료들을 다독였다.

난은 진압되었다. 덕만공주가 홀로 서재에서 고민하며 창밖을 바라보았다.

'내가 이 자리에 선 이유는 무엇일까? 여자의 몸으로 태어났지만, 하늘이 내게 맡긴 사명이 있다면 기꺼이 받아들려야겠지. 미실의 음모도, 조정의 반발도 내가 넘어야 할 산일 뿐이야. 내가 이 어둠을 밝히는 빛이 될 수 있을까?'라고 덕만은 속으로 중얼거렸다.

미실 새주는 혐의가 입증되지는 않았지만, 천관황녀의 지위는 박탈되고 그 이후로 그녀는 정사에 개입하는 일이 없었다. 태자인 덕만이 그 자리를 가지게 되었다.

덕만공주는 섭정 때부터 국가의 제사를 주관하고 길흉화복을 점치는 천관황녀의 막강한 영향력을 없앨 방법을 고민했다. 천기를 관찰하는 것은 언제든지 왕권을 유린하고 도발할 수 있는 잠재적 불온의 온상이라 생각했다. 그래서 그녀는 국가가 천체를 관측하고 관리하기 위해 원형 탑으로 된 관측소를 구상

하고 있었다. 그것도 왕이 직접 관리할 수 있는 궁궐 내에 직접
설치하고자 하였다. 그래서 해, 달, 별자리의 움직임과 절기와
의 관계를 관찰하고 기록하여 백성들이 농사짓기에 편하고 국
가의 치수에 이용하고자 했다.

2

선덕여왕의 지기삼사知幾三事 중 하나를 말하기 전에 당태
종의『정관정요』를 논하지 않을 수 없다.

그는 수양제 이후 혼란스러운 중원을 평정하고 덕망 있는 인
재를 두루 영입하여 백성들의 삶을 안정시켜 '정관지치貞觀之
治'라는 평판을 얻었다. 그러나 형제들을 죽이고 아버지 이연
으로부터 권력을 빼앗는 '현무문의 변'을 일으켰다. 집권할 때
까지 적지 않은 살생을 저질렀으며, 말년에는 후계자 문제로
일을 그르치기도 했다. 말년에 고구려를 침공하여 안시성 성
주에게 화살을 맞고 한쪽 눈을 잃었다. 그 전쟁의 후유증으로
내부에서 반란이 일어나기도 했고, 자신이 겪었던 굴욕을 사
서에서는 은폐하였으며, 자기 입맛대로 사서를 조작하기도 했
다. 중국의 사서에는 그러한 굴욕적인 내용이 어디에도 보이
지 않았다.

이러한데도 당태종의 어록인『정관정요貞觀政要』가 한자 문화권의 많은 제왕이나 정치가들의 애독서가 되었다고 한다.

당태종은 선덕여왕에게 여자가 왕이라 나라가 힘들고 주변국에게 업신여김을 받는다고 깔보고 모욕을 주었지만, 정작 본인의 후궁인 무측천을 길러낸 장본인이었다.

진평왕이 연로하여 태자인 덕만공주가 섭정을 했다. 그때 당태종이 진평왕에게 홍색, 자색, 백색 모란꽃을 그린 병풍과 그 씨앗 석 되를 선물로 보내왔다. 진평왕이 선물을 덕만공주에게 보이자, 공주는 모란꽃 그림을 보고 왕에게 말했다.

"이 꽃은 틀림없이 향기가 없을 것입니다."

왕이 그 연유를 물었다.

"무릇 여자가 뛰어나게 아름다우면 남자들이 따르고, 꽃에 향기가 있으면 벌과 나비가 있게 마련입니다. 이 꽃은 무척 아름다운데도 벌과 나비가 없으니, 꽃에 향기가 없을 것입니다"라고 덕만공주는 말했다.

'덕만공주는 참으로 지혜롭군. 모란꽃의 향기가 없다는 것을 한눈에 꿰뚫어보다니… 하지만 이 조정에선 지혜만으로는 살아남기 어렵다. 내가 그녀를 돕는다면…'라고 김춘추가 태자궁을 들어가며 혼자 중얼거렸다.

덕만공주는 김춘추를 반갑게 맞이했다.

"전하, 감히 무례를 무릅쓰고 한 말씀 올려도 되겠는지요?"

서라벌

"그럼요, 말해 보세요."

"전하는 이제 일국의 수장이나 다름이 없사옵니다. 모든 행동은 그에 걸맞게 전략적인 사고가 필요합니다."

그러자 공주는 좋은 방법이라도 있는지를 김춘추에게 물어보았다.

"조정의 대소 신료들이 다 모인 자리에서 전하의 지혜가 돋보이도록 해야 훗날 전하의 지도력은 빛이 날 것입니다. 대왕폐하와 상의해서 신중하게 하셔야 합니다. 그렇지 않아도 신라에는 남자의 씨가 말라 여자가 왕이 된다는 말이 떠돌고 있습니다."

김춘추는 공주가 맘 상하지 않게끔 낮은 목소리로 조곤조곤 말했다.

다음 날 조정 신료가 모인 자리에서 진평왕은 태자를 불렀다. 그리고 당태종의 선물을 보이며, 그는 전날 덕만공주가 말한 걸 처음인 양 그대로 발표하게 했다. 그러자 당태종에 대해 무례함을 성토하는 신료들과 공주가 태자이기에 이러한 모욕을 당한다고 생각하는 신료들로 조정은 둘로 나뉘었다.

"어허, 장차 태자마마가 보위를 이어받아 즉위하면 국격이 떨어져서 이웃 백제나 고구려가 얼마나 우리를 얕잡아 보겠어요?"

상대등 숙흘종이 이찬 김후직과 이찬 임종 등을 모아 놓고 이때다 싶어 작당할 요량으로 열변을 토했다.

"그러면 보위를 이어받을 마땅한 성골이 없거늘 대안이라도 있는 것입니까?"

함께 모인 대신들이 의아해서 물어봤다.

"어허, 내가 언제 태자를 폐위시키자고 했습니까? 지금 태자를 끼고 득세하고 있는 알천 공이나 비담 공을 이번 기회에 찍어 눌러 버리자는 것이지요."

그러나 덕만공주도 나름대로 계획이 있었다. 이번 기회를 이용하여 정통성 시비를 잠식시키지 않으면 점점 국론이 분열될 것을 우려했다.

덕만공주는 비담을 은밀히 불렀다.

"이번 모란 병풍 사건으로 나에게 적대적인 인사가 누군지 가려졌소. 비담 공이 나서서 잡음을 좀 잠재워 주시오."

"네, 전하. 제가 본보기를 보여주겠사옵니다."

비담은 속으로 덕만공주의 보기보다 냉혈적인 정치적 판단에 소름이 돋을 뻔했다. 그러면서도 그는 속으로 '나도 이제 중앙 정치에 뛰어들게 되는가?'라고 생각했다. 그는 무력을 동원하여 공주의 반대파 몇몇을 쥐도 새도 모르게 제거했다.

진평왕은 보내온 씨앗을 심게 해서 꽃이 피자, 정말 그 꽃에 향기가 없는 것을 확인하고는 덕만공주의 '지기知幾'에 더욱 놀랐다.

서라벌

수제자

1

부여조扶餘組는 매년 정초를 맞이하기 전에 목수들의 솜씨 겨루기를 했다. 그 시기의 정초는 태양의 고도가 가장 낮은 동짓날이었다. 목수라면 누구나 참가할 수 있었다. 비목랑도 목수의 자격으로 처음으로 참가 신청했다. 아직 목수가 된 지 얼마 되지 않아 망설였지만, 그의 솜씨를 아는 동료들의 극성에 못 이겨 참가하게 되었다.

시합은 전반, 후반 두 번으로 나누어 행해졌다. 전반은 실제 목재의 십분의 일 크기의 부재를 가공하는 것이었다. 배흘림기둥[23] 깎기와 심주心柱 잇기 가공인데 고도로 숙련되지 않고는 완성할 수 없는 기술들이었다. 십분의 일 크기의 부재이지

---

23 배흘림기둥---단면이 원형인 원기둥 중 기둥의 허리 부분을 가장 지름이 크게 하고 기둥 머리와 기둥 뿌리로 갈수록 줄인 항아리 모양의 기둥을 말한다. 서양권에서는 엔타시스(entasis)라고 부른다.

만 사흘에 걸쳐 다듬어야만 완성할 수 있었다. 특히 심주心柱 잇기 가공은 기둥의 하부가 노후화되어 대수선 시에 기둥 일부를 교체할 때 사용하는 공법이었다. 사면 어디에서 보아도 독사의 머리 모양을 한 삼각 장부가 윗부분에 보이는, 언뜻 보아서는 불가사의하게 보이는 기둥 이음 공법이었다. 백제에서 심주 잇기 가공에 정확히 먹을 놓을 수 있는 도편수가 다섯 손가락도 되지 않았다.

비목랑도 시합용 사각 목재를 받아서 먼저 배흘림기둥부터 가공하기 시작했다. 먹통에 먹물을 채우고 실에 먹을 먹여 목재의 양 단면에 수직과 수평으로 먹을 놓았다. 우선 사각을 팔각으로 톱으로 켜내고 다음 십육각은 자귀로 날리고 삼십이각에서는 창대패로 마름질했다. 배흘림기둥은 아래와 윗부분이 중간보다 작아 기둥이 배부른 듯 보이게 만들어야 했다.

사흘 기한을 채워 과제를 제출한 목수는 모두 네 명이었다. 제일 먼저 심전기 도편수가 완성작을 제출했다. 모두 부여조의 후계자로 생각하고 있는 그는 이십대 후반으로 대대로 이어오는 목수 가문의 출신이었다. 그는 연지와 비목랑이 잘 지내는 것을 질투해 비목랑에 대해 좋은 감정이 없었다. 그래도 손재주는 부여조扶餘組에서 그를 따라갈 젊은 목수가 별로 없었다. 완성작을 제출한 네 명 중에 비목랑도 있었다. 그는 사흘을 다 채워서 겨우 작품을 완성했다.

서라벌

아비지 대목장이 배흘림기둥의 정밀도와 마름의 거칠기를 비교했다. 네 명이 제출한 작품을 보니 기둥은 거의 대동소이했다. 심주 잇기에서 비목랑 목수의 것과 심전기 도편수의 것이 합격점을 받았다. 둘 다 아귀가 잘 맞았다.

이제 최종 관문인 제사상에 쓰일 젓가락을 둥글게 깎는 경연이 남아 있었다. 그 두 개의 젓가락을 새해 정초에 조상에게 제사지낼 때 사용해야 한다. 이것은 매해 부여조扶餘組에서 행하는 하나의 의식이었다.

폭 6푼(18밀리미터) 정도 되는 사각봉이 두 개 놓여 있다. 이 '젓가락 깎기 대회'는 부여조扶餘組의 모든 목수가 지켜보는 가운데 행해지는 하나의 축제였다.

비목랑은 차마 심전기 도편수와 눈을 맞추지 못했다. 경력으로 보나 나이로 보나 십 년 가까이 차이가 나는 하늘 같은 선배 목수다. 비목랑과 심전기 도편수가 각각 하나씩 그 사각 나무 토막을 들고 갔다. 모두 숨을 죽이며 둘이 젓가락을 가공하는 순간을 하나도 놓치지 않으려는 듯 집중해서 바라보았다. 물론 아비지 대목장도 함께 보고 있다.

둘 다 손안에 들어오는 조그만 대패로 사면을 깎아 팔면을 만들고 팔면을 깎아 십육 면을 만들면서 점점 원에 가까워졌다. 원에 가까워질수록 대패에 사각거리며 깎이는 소리는 점점 줄어들었다.

이번 경쟁은 진원眞圓에 가깝게 일자로 가공하여 굴릴 때 하나도 마찰 없이 똑바로 굴러가야 승리할 수 있는 경합이었다.

"자, 드디어 오늘의 우승자를 뽑을 차례다."

부여조의 목수 중에 최고 고참인 진 정대공正大工이 큰 소리로 외쳤다. 그리고 원형 젓가락을 굴릴 반듯한 철판을 조금 경사지게 놓고 그것을 굴릴 준비를 했다.

겨울의 야외 공기가 차다. 숨을 들이마시면 가슴 깊은 곳까지 맑게 씻겨 내려가는 느낌이었다.

나무 향이 진하게 배어 있는 부여조 작업장엔 벌써 사람들이 바글바글 모였다. 연지도 부여조의 당주인 아비지 옆 늘 앉던 자리에 말없이 앉았다. 사람들 틈에서 그를 찾았다. 그는 멀리서도 단박에 눈에 띈다. 그윽한 눈매 푸른 비단처럼 차분한 태도 그녀의 마음은 아마 그가 이곳에 발을 디딘 날부터 조용히 그를 향해 기울고 있었던 것 같다.

비목랑은 경쟁 상대인 심전기 도편수를 쳐다볼 수가 없어 고개를 떨구고 있었다.

"심전기 도편수부터 굴립시다."

진 정대공의 목소리가 울렸다. 굽은 철판 위로 하나의 젓가락이 굴러갔다. 무게 중심도, 직선도 어긋남 없이 정확하게 도달했다.

"와! 심전기 도편수 만세."

구경하고 있던 사람들이 두 팔을 들어 환호성을 지르고 손뼉을 쳤다. 연지는 박수를 치지 않았다. 심 도편수의 얼굴에 스친 비목랑을 향한 의도된 승리감이 괜스레 거슬렸다.

이제 비목랑의 차례였다. 그는 천천히 젓가락을 철판 위에 올려놓았다. 그의 손끝이 살짝 떨리는 걸 연지는 보았다. 그 손끝 하나가 얼마나 많은 밤을 대패와 씨름하며 보냈는지 그녀는 안다. 그 손끝이 몇 번이나 피멍이 들도록 대팻날을 갈았는지도.

젓가락은 굴러갔다. 곧게 그리고 아주 미세하게… 왼쪽으로 틀어졌다. 모두가 말없이 그걸 보았다.

"설마, 일부러 그랬냐? 내 모를 줄 알아"

심전기 도편수가 목청을 높였다. 그가 얼굴을 붉히며 들고 있던 손대패를 땅에 내팽개치고 다들 보는 자리에서 종종걸음으로 현장을 떠나가는 동안 비목랑은 아무 말도 하지 않았다. 그저 고개를 조용히 떨군 채 입술을 꼭 다물고 있었다.

연지는 그 순간, 그의 결정을 알았다. 그는 이기지 않기로 한 것이다. 승리하는 기술이 아니라 이기지 말아야 할 이유에 무언으로 답한 것이었다. 그를 가까이에서 지켜본 연지만이 알 수 있는 것이었다.

그는 진 것이 아니었다. 그의 패배는 기술이 아닌, 품격의 선택이었다. 그리고 아비지 대목장은 그 침묵을 읽고 있었다.

아비지 대목장은 비목랑 목수가 왜 일부러 질 수밖에 없었는

지를 잘 알고 있었다. 그것은 아비지 대목장이 파놓은 함정이
기도 했다. 비목랑은 머리가 아닌 본능으로 그것을 알았던 것
이었다.

그의 등을 바라보며 연지는 한 가지 생각밖에 할 수 없었다.

'이 사람이라면… 부여조를 이끌 수 있겠다.'

그녀는 그가 자랑스러웠다. 입술을 깨물고 눈물을 삼키며,
그녀는 혼자 조용히 박수를 쳤다.

2

아비지는 뜻밖의 사건을 통해 여러 사람을 놀라게 했다. 비
목랑은 도제 목수들과 함께 회사의 기숙사에서 지내고 있었다.
그런데 어느 날 비목랑 혼자만 당주인 아비지 대목장의 집으로
식사초대를 받았다.

"비목랑은 내 옆으로 와 앉거라."

아비지 대목장이 부드럽고 인자한 목소리로 말했다.

비목랑뿐만 아니라, 거기에 있던 다른 가족들도 연유를 몰라
의아해했다. 그 집 장남이 앉을 자리에 이제 갓 목수가 된 비목
랑이 앉았으니 모두 어리둥절할 수밖에 없었다.

자식보다 비목랑을 상석에 앉힌 이 자리는 실질적인 후계자

를 공표하는 자리가 되었다. 이는 후계를 정함에 있어 혈족주의보다 기술 전수가 우선됨을 나타내는 상징적인 사건이었다.

비목랑은 한마디로 좌불안석이었다. 어느 집이든 밥상의 법도는 까다롭기 마련이다. 대목장 집 아들로 자란 그는 식사 예절을 누구보다 잘 알고 있었다. 어느 음식부터 손을 대야 할지 몰라 숟가락을 들 수조차 없었다. 그러나 그것보다도 후계자로 지명된 이 상황 자체가 더 큰 충격이었을 것이다.

"비목랑, 너는 이제부터 우리 부여조扶餘組를 이끌고 나갈 후계자이니라. 오늘은 편히 식사하고 지금부터 나와 함께 이 집에서 생활해야 할 것이다."

아비지 대목장이 말했다.

"네, 스승님."

"당분간 집안의 예의범절은 천천히 익혀 가며 편하게 지내거라."

뜻밖의 결정에 가족 모두가 놀랐지만, 딸 연지에게는 그야말로 충격이었다. 미래의 당주가 된다면 데릴사위가 되는 것이나 다름없었기 때문이다.

그녀를 대하는 비목랑의 마음이야 말할 것도 없지만, 연지도 현장에서 그를 몇 번 마주한 뒤로 연모의 정이 깊어지고 있었던 터였다. 한 지붕 아래서 함께 지낸다고 생각하니 얼굴이 붉어지고 가슴이 두근거렸다. 그녀는 감정을 숨겨야 했지만 도무지 숨길 수가 없었다.

비목랑은 부여조扶餘組의 후계자가 된다는 것이 자신에게 얼마나 큰 부담인지 잘 알고 있었다. 백제 출신도 아닌 신라 출신으로서 수많은 젊은 경쟁자들을 품고 이끌어 나가야 할 과제를 안고 있었고, 자신을 깊이 신뢰한 스승의 은덕에도 반드시 보답해야 했다.

그래서일까? 비목랑은 그날 이후 도면 해독법과 그리기뿐 아니라, 동료 목수들에게 인정받기 위해 필사의 노력을 기울였다.

3

"대목장님, 안에 계신가?"

키가 호리호리하고 머리에 두건을 쓴 관원으로 보이는 자가 대목장 아비지를 찾았다.

"내가 아비지인데 어떻게 오셨소?"

"아, 예. 대목장님의 존귀한 명성은 우리 태수님에게서 익히 들어 잘 알고 있습니다. 부여조扶餘組의 목수 중에 신라에서 온 간자間者가 있다는 제보를 듣고 왔습니다."

"비목랑 목수를 말하는군요. 내가 그를 잘 알지만 그는 간자가 아니오. 그가 우리 회사에 들어오기 전, 내가 태수에게 허락을 받았소."

"네. 그래도 우리 관원의 업무는 제보가 들어온 이상 그를 관청으로 데려가 조사해야 하니 대목장님께서 양해해 주시면 고맙겠습니다."

그는 대목장에게 정중히 예를 표하고 비목랑을 데리고 관청으로 돌아갔다.

"신라 제일의 대목장 순정의 아들이고 어린 나이였지만 김유신 밑에서 낭도 생활을 한 2년의 경력이 있군. 자네는 며칠 옥사에 머물면서 우리의 조사를 좀 받아야 하겠네."

비목랑을 취조하던 관원은 그를 혼자 남겨두고 언제 오겠다는 말도 없이 나가 버렸다. 비목랑은 죄수복으로 갈아입고, 두꺼운 통나무로 된 냉골의 감옥에 갇힌 신세가 되었다.

인간사라지만, 아무리 새옹지마塞翁之馬라 해도 아비지 대목장의 후계자가 된 지 얼마나 되었다고 옥중 생활이라니….

가장 마음이 아픈 사람은 아비지 대목장이었다. 아니 아비지보다 더 초조하고 갈팡질팡했던 이는 비목랑을 연모하는 연지였다. 죄 없이 고발당한 비목랑이 가여워 가슴이 찢어질 듯 아팠다. 부여조의 동료 목수들도 감옥에 갇힌 그에게 애정을 보이면 같이 엮일 수 있다고 생각했는지 누구도 그를 찾지 않았다.

"아버지, 비목랑이 잘 견디고 있을까요? 오늘은 제가 관가

에 가서 면회하고 올게요. 아버지는 태수님과 친한 사이잖아
요. 말씀을 잘 드려서 하루라도 빨리 석방될 수 있도록 부탁 좀
해 주세요."

연지는 눈물을 쏟으며 아버지의 소매를 붙잡고 매달렸다.

"그럼, 옥에 사식을 준비해서 갔다 오너라. 나는 태수님을 만
나 그의 무고함을 간청해 보마."

"예, 아버지"

연지는 새벽부터 물을 데웠다. 부엌에서 김 서린 밥을 짓고,
과일을 깎아 찬을 만들며 밥 위에 깨소금을 뿌렸다.

"마음을 담아 준비한 밥은 그 밥알 하나하나가 말을 해"

옆에서 음식을 준비하던 어머니의 말이었다. 그 말이 오늘은
왜 이리 가슴을 후벼 파는 걸까. 관가로 향하는 발걸음은 이상
하리만치 가벼웠다. 마음은 천근 같았지만, 걸음은 떨림 없이
나아갔다. 사랑하는 사람이 아팠다. 그를 향한 이 걸음에는 두
려움이 있어서는 안 됐다.

감옥문은 거칠고 낡아 바람에도 삐걱댔다. 철창 너머에서 그
가 천천히 고개를 들었다. 귀공자 같던 비목랑은 입술이 갈라
지고 얼굴은 초췌했으며 눈은 움푹 들어가 있었다.

연지는 순간 울음을 터뜨릴 뻔했다. 하지만 꾹 참았다.

지금 그녀가 울면 그가 더 아플 테니까. 연지는 손수건을 꺼
내 조심스럽게 그의 손등을 감쌌다. 그 위에 뜨거운 눈물이 뚝

뚝 떨어졌다.

비목랑은 몸은 힘들었지만 연지가 면회하러 오자 육신의 고통 대신 가슴 깊이 뜨거운 환희가 밀려왔다. 그녀를 보자 눈물이 왈칵 쏟아질 것 같았지만 사내다움으로 꾹 눌렀다.

"조금만… 조금만 더 견뎌 줘요. 아버지가 태수님을 만나러 가셨어요. 당신은 잘못한 게 없어요. 모두 곧 알게 될 거예요."

그는 아무 말도 하지 않았다.

다만, 연지가 쥔 손을 아주 살짝 정말 아주 미세하게 움켜쥐었다.

그것만으로 충분했다. 그의 고통이 연지의 심장까지 밀려왔다. 하지만, 그것은 이제 혼자가 아니라는 증거였다.

돌아오는 길 연지는 하늘을 올려다보았다. 해가 지고 있었다. 바람이 불었다. 눈물이 다시 흘렀지만 이번엔 혼자의 눈물이 아니었다. 그가 있다. 그녀가 갈 수 있는 마음의 자리에는 언제나 그가 있었다.

비목랑은 동료 목수의 시기로 인해 무고하게 고문과 감옥살이를 겪었지만, 연지를 향한 사랑과 아름다운 목탑의 꿈을 떠올리며 견뎌냈다. 마침내 아비지 대목장의 탄원으로 그는 석방되었다.

희붐한 어둠이 내려 제법 사람의 윤곽조차 알아보지 못하게 깊어졌다. 늦봄이었지만 사비의 밤은 아직 찬 기운이 감돌았다.

하루의 일이 마무리되고 작업장의 불이 하나둘 꺼졌다. 그러나 아비지 대목장 저택의 뒷마당 작은 초가에는 은은한 불빛 하나가 꺼지지 않고 있었다. 비목랑은 조심스럽게 문을 열고 마루 앞에 앉았다.

석방된 후 사람들은 그를 예전처럼 대했지만 그의 안에는 여전히 옥의 냉기와 망설임이 남아 있었다.

그때였다. 살금살금 다가오는 발소리!

"비목랑"

연지였다. 달빛보다도 부드러운 목소리였다.

그녀는 잠옷 위에 얇은 겉옷을 걸친 채 조심스레 마루에 앉았다. 한동안 말이 없었다.

"그날 감옥에서 본 당신의 손 아직도 기억나. 나는 네가 오지 않았다면 견디지 못했을 거야. 그 손을 쥐고 있었던 순간 살아야겠다고 생각했어."

비목랑이 먼저 입을 열었다. 그 말에 연지는 고개를 떨구었다.

그리고 아주 조심스럽게 그의 손등 위에 자기 손을 올렸다. 그 손 위로 그녀의 체온이 천천히 스며들었다.

비목랑은 그 손을 감싸 쥐며 낮은 목소리로 말했다.

"이 손으로 언젠가 네가 살아갈 집을 지을 수 있다면… 난 그걸로 충분해"

그 순간 눈빛이 마주쳤다. 달빛 아래 두 사람의 그림자가 살짝 겹쳤다. 마치 한 사람이 된 것처럼….

그의 손이 조심스레 그녀의 머리칼을 쓸었다. 그녀는 고개를 살짝 들었고 이마가 그의 어깨에 가닿았다. 기댄 몸이 떨리는 것을 느낀 그는 천천히 그녀를 감싸 안았다.

그의 심장 소리가 마치 집을 짓는 망치 소리처럼 일정하게 울렸다. 도면도 없이 짓는 집처럼 그들은 지금 서로의 마음 위에 처음으로 '함께'라는 지붕을 얹고 있었다. 한참을 그 자세로 머문 뒤 연지가 입을 열었다.

"여기서 오늘 밤 나 그냥 있어도 돼요?"

그는 대답 대신 조용히 그녀의 손을 자신의 가슴 위로 끌어당겼다.

"너의 자리는 본래 여기에 있었어."

밖에선 바람이 잦아들고 창호에 비친 등불이 살랑였다. 그 등불의 흔들림처럼 두 사람은 지금 단단하게 그러나 조용히 서로의 삶 안으로 스며들고 있었다.

비목랑은 타고난 공간지각 능력과 대목장인 아버지 순정의 영향을 받아 아비지 상단에서 재능을 인정받아 당주인 아비지 다음의 최고 도편수인 정대공正大工[24]이 되었다.

---

24 정대공(正大工)---백제의 장인들이 일본으로 가서 만든 금강조(金剛組)라는 1400년 된 회사는 목수를 아직까지 대공(大工)이라고 부르며 대공의 우두머리를 정대공(正大工)이라 부르고 있음.

살아있는 부처

1

여왕으로 등극한 첫해 그녀는 우선 전쟁에서 사망하거나 불구가 된 백성들의 집을 직접 방문하여 그들에게 궁의 재물을 하사하고 친히 위로했다.

"폐하, 오늘은 이만하면 될 듯합니다. 너무 과로하시면 내일의 일과가 힘드실 테니 좀 쉬셔야 합니다. 내일부터는 일일이 각 가정을 방문하지 마시고, 관청에 모이게 하여 그들을 위로하소서."

상사서賞賜署의 책임자인 이찬 김현이 말했다.

"아니오. 짐이 아직 사지가 멀쩡한데, 나라를 위해 희생한 그들을 어떻게 오라 가라 하겠소. 대신, 부모 없는 고아나 돌봐 줄 자식 없이 홀로 사는 노약자들은 관청에 불러 구휼하게 해 주시오."

여왕은 단호하면서도 자비로운 목소리로 답했다.

선덕여왕은 선왕에 대한 삼년상 동안 상복으로 소복을 입고 있었지만, 타고난 미모와 인자한 용안으로 인해 그녀를 보는 백성들의 눈에는 관세음보살의 현신처럼 보였다. 관세음보살은 중생의 소리를 듣고, 어디든지 몸을 나누어 고통 속 중생을 구제해주는 자비의 보살이 아니던가. 여왕은 왕궁보다는 백성의 삶 속으로 들어가, 몸을 낮추어 헌신했다.

가는 곳마다 "살아 있는 부처"라는 소리를 들었다.

"내일은 밭에서 일하는 농부들을 만나고 싶소. 나라의 근간은 뭐니 뭐니 해도, 논밭에서 땀 흘리며 농산물을 생산하는 백성이지 않겠소? 서라벌 근교의 비탈진 마을에 가서, 황무지를 개간하는 곳을 가 보고 싶소."

여왕은 농사 이야기를 할 때면 다른 일과는 달리 조금 흥분되고, 신이 난 듯한 표정을 지었다. 백성이 배부르고 등 따습게 사는 것, 그것이 여왕에게는 운명처럼 주어진 사명이었다.

나라의 근간인 농사에, 그녀는 즉위 초부터 깊은 애정과 관심을 기울였다.

"폐하, 내일 가실 곳의 공봉승사供奉乘師[25]를 미리 불러 놓겠습니다."

함께 대동한 상사서 이찬 김현이 말했다.

---

25 공봉승사(供奉乘師)---농사 및 개간 지도 담당관리 ≪삼국사기 39, 직관지≫

"그래, 마을 사람들을 다 모이게 하되, 짐이 간다는 소리는 하지 마시오."

여왕은 자신이 직접 온다는 사실이 백성들에게 부담이 될 것을 우려하여 조용한 행차를 원했다.

그녀는 모든 백성이 충분한 땅을 갖기를 원했다. 그런 백성이 많아지면, 그들은 지키고자 하는 땅이 생길 것이다. 그들에게 희망과 꿈을 심어주고 싶었다.

충忠도, 희망과 조그마한 꿈이라도 있어야 생기는 법이다. 그 속에서 나라에 대한 애정도 싹이 트리라.

이것이 백성을 대하는 여왕의 기본 정치 철학이었다.

"이 척박한 땅이 저리도 억세니, 고단하진 않으신가요?"

여왕이 땀을 뻘뻘 흘리며 잡초를 제거하고, 땅을 고르고 있는 농부에게 말했다.

여왕이 이 외진 곳까지 왕림하여, 일일이 말을 걸며 위로하는 모습에 백성들은 놀라지 않을 수 없었다. 그들의 눈빛엔 진정한 존경과 감사가 담겨 있었다. 농부들의 거친 손을 직접 잡고 위로할 때, 어떤 이는 엎드려 절하거나 눈물을 흘리기도 했다.

"쟁기를 당기는 일을 사람이 하기보다, 가축을 길들여 대신하게 하면 훨씬 일의 성과가 오르지 않겠소? 짐이 나라에 명하여 밭을 갈 수 있는 쟁기나 곡괭이를 더 많이 만들어 농가에 보급하도록 하겠소. 지증왕 때부터 보급된 우경牛耕을 적극 활용해, 농업 생산력을 높여야겠소."

여왕은 그렇게 말하며, 오늘 이 깊은 산골짜기 마을까지 잘 왔다며 그 지역의 공봉승사에게 고마움을 전했다.

"여러분 중에서도 노는 땅을 개간하여 소출을 높이고, 좋은 논밭을 만드는 사람은 이 공봉승사처럼 지도자가 될 수 있소. 열심히 해 보시오."

관리 중 한 사람이 모인 마을 사람들에게 말했다. 그러자 웅성거리던 마을 사람들이 일제히 두 팔을 들어 외쳤다.

"여왕 폐하 만세"

"만세"

"만세"

"이웃 나라에 땅을 빼앗기지 않기 위해 병장기 만들기에 바쁜 대장간들은 더욱 분주해지겠습니다. 폐하"

동행한 상사서 이찬 김현이 말했다.

2

둘째 해(633년) 그녀는 태자의 섭정 시절에 행하지 못한 일들을 하나씩 차근차근 시행해 나갔다.

"온 나라에 살인죄, 강도죄 같은 악질적인 범죄자를 빼고는 대사면령을 내려주시오. 또 그들에게 농토를 나누어 주고 양민으로 살 수 있는 길을 열어주시오."

여왕은 상대등 을제에게 말했다.

"폐하, 죄수들만 방면해서는 온 백성의 입장에서는 형평성에 맞지 않습니다. 올해 흉년이 들어 조세를 내기 어려운 주州와 군郡이 많이 있사옵니다. 이러한 곳에 1년간 조세를 감면해 주어서 인심을 다독일 필요가 있사옵니다"라고 을제가 말했다.

"좋소이다. 그리고 10등급 이하의 모든 관리에게 봉급을 인상해 주고 장기간 승진을 못한 관리들에게 승진의 기회를 주도록 하지요."

여왕이 을제에게 말했다. 그녀는 민심이 장차 나라를 다스려갈 왕의 힘이 될 것이라고 뼛속 깊이 새기고 있었다.

분황사芬皇寺를 짓기 시작하여 현장에 돌 깎는 석공이며 목수들 그 외 인부들을 위로하고 독려하였다. 호국 영령들을 위로하기 위한 영묘사靈廟寺를 양지 법사를 통해 짓게 했다.

"양지 법사님, 영묘사 금당을 세우기 전에 장륙3존상을 먼저 만들어야 하겠네요?"

여왕이 양지 법사에게 말했다.

"장륙3존상의 크기가 민가 한 채만 하니 완성하기까지 비용이 족히 2만 석은 들 것 같아요."

이 말을 들은 여왕의 용안은 어두워졌다. 분황사芬皇寺도 짓고 있는 마당에 왕실의 재정만으로는 두 절을 동시에 짓기는 힘에 부치기 때문이었다.

"소승의 불력으로 한 번 만들어 보겠습니다. 너무 심려하지 마소서. 폐하"

여왕의 근심을 알아차린 양지는 그녀를 안심시켰다.

선덕여왕이 영묘사에 장륙존상을 만들기 전에, 역대 최고의 호법왕인 아쇼카왕阿育王조차도 만들지 못한 석가 장륙3존상의 주조를 오직 신라만이 성공하여 황룡사의 본당에 안치하였다.

황룡사를 세운 지 오래되지 않았을 때의 이야기다. 신라의 남쪽 바다에 큰 배 한 척이 나타나 하곡 현의 사포에 와 닿았다. 그 배 안을 뒤져보니 한 통의 통첩문이 있었는데 내용은 이러했다.

"서축의 아육왕은 황철 오만 칠천근, 황금 삼만푼을 모아 석가삼존상을 주조하려다 이루지 못하고 배에 실어 바다에 띄워 보내면서 축원한다. 부디 인연 있는 국토에 이르러 장육존상으로 이루어지기를…, 아울러 모형으로써 한 부처와 두 보살의 상을 실어 보낸다."

하곡 현의 관리가 그 사실에 대한 보고서를 작성해 올렸다. 왕은 사자를 시켜 그 고을의 성 동쪽에 높고 습하지 않은 땅을 골라서 동축사를 세우고 그 모형 삼존을 맞아 안치했다. 그리

고 그 황금과 쇠는 서라벌로 실어왔다. 진흥왕 즉위 35년(574)
에 그것으로 장륙존상을 주조했는데 상은 성공적으로 단 한 번
에 만들어졌다. 이듬해 불상에서 눈물이 흘러내려 발꿈치까지
이르러, 그 서 있는 바닥을 한 자가량이나 적셨다. 그것은 진흥
왕이 승하할 징조였다. 위 이야기는 일연 스님이 편찬한 ≪삼
국유사 ≫ 황룡사 장륙 편에서 가져왔다.

양지 법사의 조각 기술도 선대의 기술이 바탕이 되어 계승
되었음이 분명했다. 그는 해 뜰 때 일어나서 해가 지면 잠을 자
며 촌음을 아꼈다. 그는 불법으로 도통한 데다 서예에 능통하
고 조각의 달인이었을 뿐만 아니라 불상의 주조에도 일가견이
있었다.

그가 하는 조각일은 불상을 깎는 것이 아니라, 불성을 깨우
는 하나의 수행으로 여겼다.

"돌이든, 나무든, 진흙이든 그 속에 부처가 잠들어 있고 나는
그것을 꺼내는 것일 뿐"이라고 말했다.

영묘사 내에 안치할 장륙존상은 크기 때문에 완성한 뒤에는
안으로 들여놓을 수 없었다. 나무로 조각하여 불상의 틀을 만
드는 일은 스님을 대신해서 어느 누구도 해 줄 수 없는 예술가
의 일이었다.

양지 법사가 조각에 몰입해 있는 어느 날 조각장 옆에 세워
두었던 스님의 석장錫杖이 저절로 움직였다. 석장의 바리때에

서라벌

시주가 차기 시작하면, 석장의 머리가 흔들려서 '보시'라고 큰 소리로 말했다. 보시라는 그 소리를 듣고 싶어 사람들은 앞다투어 시주해 주었다.

장륙존상의 조각을 끝내고, 그 틀을 만드는 것에 맞추어 쇳물을 만드는 가마를 만들고 진흙을 나르기 위하여 온 성안의 남녀들이 모여들었다. 시주하는 사람들은 곡식이나 돈으로, 농사를 짓는 촌부는 농한기를 이용하여 거들었고 장사치들은 좀 한가한 시간을 내어 도력이 세고 덕이 넘치는 스님의 공덕을 받고자 했다. 그때 모여든 사람들이 부른 노래가 풍요風謠인데 다음과 같았다.

온다, 온다, 온다, 온다, 서러운 이 많구나.
서러운 중생들이 공덕 닦으러 오네.

"양지 법사님, 이제야 법사님의 불력이 얼마나 대단하신지 잘 알겠어요. 서라벌에 불법이 널리 퍼지고 고을마다 일터에 '풍요'가 울려 퍼져 태평성세의 전주곡이 울려 퍼지고 있습니다."

여왕은 감탄하듯이 칭찬의 말을 아끼지 않았다.

대중이 함께 부르는 노래는 놀랄만한 마법이 숨겨져 있었다. 즐거운 사람끼리 부르면 즐거움은 배가되고, 서러운 중생이 함께 부르면 그 서러움이 적어지고 두터운 윤회의 고리가 한 꺼풀

씩 벗겨지는 희망으로 바뀌어 갔다. 영묘사에 안치될 장륙존상을 다 만들었다. 그날은 국가적인 잔칫날이 되었다.

영묘사 금당 안.

연등 수백 개가 불을 밝히고, 천장의 풍경이 작은 진동에도 청명한 울림을 퍼뜨렸다. 장육삼존상은 장대하면서도 자비로운 미소를 머금은 채, 향연 속에 마치 떠 있는 듯 보였다. 석가여래의 눈매는 부드럽고 깊다. 좌우의 문수와 보현은 이 세상의 모든 고통을 내려다보는 듯한 침묵을 머금고 있었다.

그 앞에 여왕이 무릎을 꿇었다. 예복의 옷자락이 바닥에 흐르듯 퍼졌고, 그녀는 정제된 자세로 천천히 이마를 바닥에 닿게 했다. 세 번의 절을 마치고, 마침내 그녀가 몸을 일으켰을 때 법고 소리와 함께, 밖에서 기다리던 수백 명의 백성들이 일제히 외쳤다.

"대왕 폐하 만세"

"만세"

"만세"

사방에서 우레 같은 환호가 터져 나왔다. 여왕의 옆에 서 있던 양지 법사가 한 걸음 앞으로 나왔다. 그의 얼굴엔 조각칼의 세월이 새겨져 있었지만, 그의 눈동자만은 부처의 연못처럼 맑았다.

"삼보께 향을 바치신 폐하의 예경에 천룡팔부가 함께 머리를 숙였습니다. 이 땅의 부처가 마침내 숨을 얻었습니다"라고 양지 법사가 여왕에게 조용히 머리를 숙이며 말했다.

여왕이 미소 지으며 말했다.

"법사님, 나는 오늘 처음으로 부처님이 웃는 것을 본 것 같소. 아니, 저 미소는 백성들의 눈물로 만들어진 것이겠지요?"

양지 법사가 조용히 고개를 숙였다. 그리고 말했다.

"이 조각은 제가 했으되, 숨결은 폐하와 백성들이 불어넣으셨습니다. 부처는 돌 속이 아닌 고통 속에 머무는 중생과 함께 태어납니다."

"이 장륙존상이 진정 살아 있다면 그것은 조형의 기예가 아니라 폐하의 어진 뜻과 백성의 정성 때문입니다. 부처는 돌 속이 아니라, 민심 속에 깃듭니다."

양지 법사가 말했다.

"내가 싸운 적은 병장기를 든 외적이 아니오. 헐벗은 아이의 눈빛, 밭고랑에서 넘어진 노인의 땀이 내 적이었소. 오늘 비로소 그들과 함께 이긴 느낌이 드는군요."

여왕이 삼존상에서 백성들 쪽으로 눈길을 돌리며 말했다.

"폐하께선 부처를 모시는 분이 아니라, 부처의 뜻을 실천하는 분이옵니다. 불상은 여기에 있으나, 살아 있는 부처는⋯ 거기 백성들 속에 계십니다."

양지 법사가 가볍게 웃으며 말했다.

"아닙니다. 법사님, 제가 이 나라를 다스리는 동안 진정 살아 있는 부처는 고통을 껴안고도 희망을 놓지 않는 저 백성들일 것입니다."

양지 법사는 고개를 깊이 숙였고 여왕은 다시금 향연을 바라보며 조용히 속삭였다.

"부처는 돌 속에 조각된 것이 아니라, 사랑 속에서 피어난다. 나는 전장을 누비는 왕은 아닐지라도 저들의 굶주림, 병듦, 외로움과 매일 싸우는 군주가 되고 싶소."

그녀는 그렇게 말하고, 다시 한번 삼존상을 향해 조용히 합장했다. 그 순간 금당 안에는 향내와 함께 바람이 한 줄기 들어와 장륙존상의 법의 자락을 조용히 흔들었다. 그리고 그 바람은 여왕의 어깨 위에도 내려앉았다. 마치 부처가 손을 얹듯이.

양지 법사의 법력에 감동받은 여왕이 그에게 국통의 승직을 권유해 보지만, 그는 현장에서 조소 조각 서예 등의 기예에 몰입하며 민중 속에서 중생 제도의 길을 가기를 원했다.

3

덕만공주가 태자였을 때 당 태종은 모란꽃을 신라 황실에 선물로 보내 왔다. 그 당시 장안 사람들은 모란을 꽃의 황제라 불렀으며 당나라 사람들은 모란을 매우 사랑하였다. 모란꽃 아래서 죽는 것을 풍류로 여겼다.

'당 황제가 신라 황실을 능멸하기 위해 모란꽃을 그린 병풍을 선물했겠어?'라고 김춘추는 혼자 생각했다.

모란꽃 그림에 벌과 나비가 없는 게 향기가 없어서 그런지는 명확하지 않았지만, 김춘추는 덕만공주의 판단을 전략적인 관점에서 보았다. 그러나 태자인 덕만공주는 여자가 왕이 되는 것에 대한 당 태종의 노골적인 업신여김으로 생각했다.

황제로 즉위한 선덕여왕은 여자가 왕이라는 업신여김을 무마하려는 듯 절 이름을 '향기 나는 황제의 절'이라는 분황사芬皇寺로 정했다. 그와 함께 황제의 절답게 거대한 석탑을 동시에 쌓기로 했다. 석탑을 쌓기 전에 조각에 달통한 양지 법사를 초빙하여 물어보았다.

"양지 법사님, 석탑을 정성 들여 쌓으면 얼마나 높이 올릴 수 있을까요?"

여왕은 규모에 대한 욕심을 가지고 있었다. 가능하면 여왕의 권위를 세울 만한 크기로 탑을 세우고 싶었다.

법사는 곰곰이 생각하더니 대답했다.

"중국이나 다른 나라에서는 벽돌을 사각으로 구워 탑을 쌓아 올리지만, 크고 높은 규모로 짓기 위해서는 돌을 일일이 조각하여 보이지 않는 부분을 서로 맞물리도록 하면 얼마든지 높일 수 있습니다."

양지 법사의 석탑 축조 방법을 듣고, 여왕은 그저 고개만 주억거렸지만 내심 기쁘기 그지없었다. 그 방법대로라면 얼마든지 큰 규모로 석탑을 지을 수 있었기 때문이었다.

"대단한 정성과 시간이 필요하겠군요."

"이 탑을 돌며 공덕을 닦고 심신을 위로받고 싶은 수많은 신라 백성들을 생각하면 피눈물 나는 정성과 땀이 필요하겠죠?"

양지 법사가 이렇게 말하자 여왕의 표정도 숙연해졌다.

모전석탑은 9층까지 최대한 높게 쌓기로 결정했다. 분황사의 금당 높이보다 더 높은 66척(약 24미터)이나 되었다.

석양빛이 석산 단면을 핥듯 비추고 있었다. 산은 깨지지 않으려 몸을 비틀었고, 석수는 망치로 그 고집을 꺾었다.

그날도 석수장의 구령이 울렸다.

"하나 둘! 하나 둘! 내리쳐라. 돌의 생명보다 더 큰 힘으로…."

석수장의 목소리는 마른 바람보다 거칠었고 천둥보다 단단했다. 그는 석공장이었다. 망치의 무게와 돌의 저항력을 정확히 구분하는 사내였다.

구령에 맞춰 열심히 망치를 내리치는 젊은 석수가 눈에 띈다. 그는 열아홉 아직 나무결처럼 곱고 여린 손을 가진 막내 석수였다. 그날따라 돌이 말없이 버텼다. 정을 박고 망치를 여러 번 때려도 돌은 울지 않았다. 네 번째, 다섯 번째… 그 순간이었다. 돌이 깨진 것이 아니라, 펑! 손에서 물이 솟았다. 손바닥 한

가운데 굳은살 아래 물집이 터졌다. 얇은 껍질 아래 숨죽이던 뿌연 물이 피를 섞어 망치 손잡이를 타고 흘렀다. 망치를 놓지 않으려 이를 악물었지만 손가락 마디가 비명을 질렀다.

"손에 피 묻은 놈 물러나. 넌 석수를 해서는 안 돼!"

석수장의 외침이 번개처럼 내렸다. 소년 석수는 울컥했지만 아무 말도 하지 않았다. 석수장의 눈은 미움을 말하지 않았고 오히려 '견디라'는 무언의 격려처럼 느껴졌다.

그는 물러서지 않았다. 터진 손에 낡은 광목 조각을 감고 다시 정을 들었다. 뼈에 충격이 올 때마다 온몸이 흔들렸다. 그 흔들림은 점차 고통에서 단단함으로 바뀌기 시작했다. 돌이 깨질 즈음 그의 내면에서 무언가도 깨지고 있었다.

점심은 말없이 흙바닥에 앉아 먹었다. 노인 석수 하나가 그 옆에 물바가지를 놓으며 말했다.

"내 손 마흔 전엔 뼈가 몇 번 부러졌지. 돌은 사람을 거울처럼 만들거든, 부드러운 놈은 깨지고, 단단한 놈은 버티지."

그는 그 말의 뜻을 아직 다 알 수 없었다. 하지만 손가락이 마디마디 붓고 밤마다 쥐가 나고 그 저리는 고통 때문에 잠을 설치고 꿈속에서도 정과 망치가 달그락거릴 때쯤 그는 깨달았다.

돌은 단단한 게 아니다. 진짜 단단한 것은 그 돌을 쪼는 사람의 의지다. 석공장 만파는 어느 날 그를 불러 세웠다. 그의 손을 한참 들여다보더니 이내 말했다.

"넌 이제 돌을 깨는 게 아니라 그 안에 갇힌 하늘을 꺼내려 할 줄 아는 놈이 됐구나."

그 말은 그에게 상을 주는 것보다 컸다. 그는 그날 처음으로 돌에게 고개를 숙였다.

8층을 완성하고 마지막 9층을 쌓아 석탑을 완성하는 그날 아침 석공장 만파는 사람들보다 한참 먼저 탑 아래에 와 있었다.

그는 일일이 손으로 다듬어 놓은 전돌을 자세히 보았다. 못으로 긁힌 흠집, 화살 같은 바람에 닳은 자국, 마치 자기가 살아온 삶의 흔적처럼….

그 돌들에 석공의 이름 한 자 기록되지 않을 것이다. 그러나 저 탑은 석공들의 손은 기억할 것이다. 수백만 장의 전돌, 정과 망치, 그 속에는 나의 허리와 손목, 언제 무너질지 모르는 벽을 조심스레 밟으며 떨리던 그 발자국 그리고 나와 함께 일하다 낙상 사고로 죽어간 동무들의 목숨이 들어있었다.

9층을 완성하고 모전석탑의 낙성식이 있던 날 탑 앞에 여왕이 입장하자 마치 모든 돌이 숨을 멈춘 듯 고요해졌다. 햇살 속에서 그녀가 입은 곤룡포의 용들이 살아 움직이듯 꿈틀거렸다. 그리고 그 옆 회색 법복을 입은 양지 법사가 조용히 서 계셨다.

석공장 만파는 조금 떨어져 서 있었지만, 그들이 탑을 올려다보는 순간, 그도 모르게 숨을 삼켰다. 그 눈빛은… 마치, 그가 처음 돌을 다듬었을 때의 마음과 같았다.

서라벌

"이 탑은 벽돌이 아니라, 백성의 염원과 폐하의 자비로 쌓아 올린 탑이옵니다"라고 석공장 만파가 말했다.

"향기 없는 모란 대신 하늘에 닿는 탑을 세우고 싶었습니다"

여왕이 대답하였다. 그 말을 듣는 순간, 석공장 만파의 두 눈에 맺힌 것은 기쁨도 아니고 눈물도 아니었다. 그건 기억이었다. 손바닥이 터지고 손목 관절이 부어오르며 허리를 쓰지 못해 당한 고통과 땀이 흘러 돌틈으로 배어들던 그 나날이었다.

그는 그날 모전석탑에 향기가 없다고 생각했었다. 그러나 지금 그는 알았다. 이 탑은 향기가 없었다. 하지만, 이 탑 자체가 향기였다. 그 향기는 땀에서 나고 기도에서 나고 슬픔과 사랑에서 났다. 분황사의 종이 울리고 풍경이 울며 사람들의 환호가 바람을 탔다.

"대왕 폐하 만세"

"만세"

"만세"

그는 조용히 망치 하나를 땅에 놓았다. 그리고 그 망치에게 속삭였다.

"우리가 해냈다. 너도 들었지? 탑이 바람 속에서 웃었어."

분황사 마당엔 발 디딜 틈이 없었다. 화려한 제복의 관리들, 향을 들고 묵도하는 승려들, 두 손을 모은 백성들, 그 모두가 하늘을 찌를 듯 높이 솟은 9층 모전석탑을 우러러보고 있었다.

그 무명의 소년 석수도 탑과 가장 먼 담장 아래에 앉았다. 짐
승들이 지나가는 마른 흙길 옆, 탑의 그림자가 드리워진 돌 위
였다. 그는 아무 말도 하지 않았다. 천천히 고개를 들어 탑을
올려다보았다.

그 탑의 아홉 번째 층, 돌로 된 추녀 한 모서리에 아무도 모
르는 흔적이 하나 있다. 정이 미끄러져 흠집처럼 파인 자국, 그
건 그가 손바닥 물집이 터져 망치를 놓치며 박은 상처였다. 그
곳을 바라보며 속으로 중얼거렸다.

"그 자국, 아직도 있구나….."

누군가는 탑이 하늘로 쌓은 여왕의 위엄이라 말했지만 나에
게 이 탑은 벼랑 끝에서 피로 붙잡은 하루하루의 무덤이자 기
도였다.

손바닥을 펼쳐 보니 한때 물집이 터졌던 자리가 단단한 굳은
살로 덮여 있었다. 그 위를 바람이 쓸고 지나갔다. 어디선가 풍
경이 울렸다. 그 소리가 망치보다 가벼웠고, 정보다 깊었다. 그
는 탑에게 마지막으로 말을 걸었다.

"야, 너 참 높이도 올라갔구나. 내가 준 손톱만 한 돌 하나가
거기 있는 건… 알지?

그리고 아무도 듣지 못하게 낮게 덧붙였다.

"잘 서 있거라. 내가 늙고 죽은 뒤에도, 넌 내 이름 대신 나를
기억해 줘야 한다."

서라벌

그렇게 그는 돌아섰다. 사람들은 여전히 여왕을 향해 환호하고 있었고, 그를 한 사람도 알아보지 못한 채, 분황사 담장을 돌아 그는 조용히 집으로 향했다. 돌은 말을 하지 않지만 그날 탑의 그림자가 그의 어깨 위에 가만히 내려앉았다.

전왕인 진평왕은 얼마나 기골이 장대하고 위세가 있던지 내제석궁內帝釋宮[26]의 돌계단을 오를 때 세 개의 댓돌이 한꺼번에 부러졌던 일이 있었다.

"이 돌들을 다른 곳으로 옮기지 말고 그대로 두어, 후세 사람들이 볼 수 있게 하도록 하라"라고 말했다.

그러한 임금을 따르는 군사들은 얼마나 사기가 높았을까? 그는 선왕인 진흥왕이 정복한 땅을 거의 빼앗기지 않고 54년간 신라를 통치했다. 여왕은 진평왕이나 이웃 나라 백제 의자왕처럼 전장에 친정親征 깃발을 세우고 전쟁을 할 수 없는 약점을 가지고 있었다. 그러나 그녀는 부드러움이 결국은 강함을 이긴다는 확신을 가지고 있었다.

'나는 전쟁을 할 수 없는 군주다. 그러나 나는 매일 백성들의 고통과 싸운다'라고 여왕은 혼자 독백하듯 자신을 위로했다.

그녀는 남성의 강인함 대신 따뜻한 모성애와 불심으로 부족함을 극복하려고 노력하였으나 하루아침에 결과가 나타나지는 않았다.

---

26 내제석궁(內帝釋宮)---신라 진평왕 대에 세워진 절로 천주사(天柱寺)라고도 하며, 궐 내에 있었던 제석(帝釋)을 모신 불당이다.

대덕 자장

1

대덕 자장은 성은 김씨요, 신라의 진골인 소판 무림의 아들이었다. 그는 석가모니의 탄생일에 태어났다. 젊은 시절 깊은 산속에서 맹수들을 무서워하지 않고 고골관枯骨觀[27] 수행을 자처했다. 몸을 조금만 움직여도 가시에 찔리게끔 하는 한편, 그는 정신이 흐려질까 두려워 머리를 들보에 매단 채 버텼다. 뼈가 으스러지는 혹독한 육신의 질타를 통해 불심을 키웠다.

마침 조정에 재상의 자리가 비어 왕이 여러 번 그 자리를 청

---

27 고골관(枯骨觀)---백골관(白骨觀), 혹은 부정관(不淨觀)이라고도 한다. 이것은 자신의 본질을 제대로 보아 욕심으로 가득한 탐욕을 제거하려는 것(不淨觀)이며, 육신에 얽매여 있는 자기 집착을 없애기 위함이다.
이것을 제대로 수행하기 위해서는 자기 내면에서 가장 깊은 속을 들여다보아(觀) 나의 본질, 혹은 핵심을 파악해야 한다. 이것을 제대로 수행하면 불(佛)의 세계에 들어갈 수 있다고 생각한다.
신라의 승려로 양산의 통도사를 창건한 자장이 고골관을 수행해서 불성을 깨달았다고 알려져 있다. 여기에서 觀은 본질을 제대로 파악하기 위해서 대상을 꿰뚫어 보다, 뚫어지게 보다 등의 뜻으로 쓰였다.

했으나 응하지 않고 출가하기를 소원하여 왕이 허락했다.

그는 변방의 신라가 아니라 중원에 나아가 그릇을 키우고 신라를 중흥시킬 생각을 하고 있었다. 그리하여 인평仁平 3년 (634년)에 여왕이 당 황제에게 국서를 보냈다. 여왕은 자장이 당나라에서 불법을 공부하도록 당 황제의 조칙을 받아 그의 문인 10명과 함께 당나라의 청량산에 들어가게 했다.

그는 유학길에 오르면 언제 귀국할지 모를 일이고 당나라에 가서 해야 할 일이 꼭 있을 것 같았다. 당나라로 떠나기 전에 그는 여왕을 알현하기를 청하였다.

자장이 조심스럽게 여왕의 집무실 안으로 들어섰다. 삼존불상이 안치된 불단 앞 연등 아래에 여왕이 예불을 드리고 있었다.

여왕의 집무실에는 크고 화려하지는 않았지만 삼존불상이 안치되어 있고 불단에는 꽃과 예물이 올려져 있는 것으로 보아 여왕이 틈만 나면 예불드리는 모양새였다. 가까이서 여왕을 친견한 자장은 여왕이 마치 삼존불 보현보살普賢菩薩[28]의 현신인 듯이 보였다.

"폐하, 신라의 지존께서 이토록 조촐한 불단 앞에서 예불을 드리시는 줄은 미처 몰랐습니다. 소승 자장 폐하를 배알하고자 하옵니다."

---

28 보현보살(普賢菩薩)---문수보살에 비해 석가모니불을 오른편에서 협시해 부처의 행원을 대변하는 보살. 또 문수보살과 함께 일체 보살의 으뜸이 되어서 언제나 여래께서 중생을 제도하는 일을 돕고 널리 선양한다.

자장이 두 손을 모아 합장하며 머리를 조아렸다.

'저토록 고운 자태라니 한 번 보고 짝사랑에 빠져 불귀신이 되다는 말이 빈말은 아니었구나!'

자장 법사는 문득 불귀신이 된 지귀의 이야기가 떠올랐다.

2

활리活利의 하급 역졸 지귀는 누구에게도 눈에 띄지 않는 작은 톱니바퀴였다. 관아의 심부름을 뛰고 해가 지기 전엔 사라지고 마는 그림자 같은 존재. 그러나 그에겐 말 못 할 비밀 하나가 있었다. 한 번만이라도 여왕을 실제로 보는 것이 그의 소원이었다.

그날 영묘사에서는 정월 대보름 탑돌이가 열렸다. 궁중이 아니라도 여왕이 백성과 함께 법회를 행할 가능성이 있는 날. 지귀는 아무 일도 없는 척 사라져 군중 뒤편에 숨어 있었다. 그러던 중 기적처럼 그녀와 눈이 마주쳤다.

팔등신의 신체, 금관을 쓴 창백하고 고요한 얼굴, 황색 곤룡포에 감싸인 자태. 그 순간 세상은 멈추었고 그는 그 눈빛 속에서 떨어져 나오지 못했다. 그것은 사랑이 아니었고 동경이라 부르기도 부족했다. 지귀는 존재 자체가 신성한 무엇에 홀렸다.

그날 이후 지귀의 삶은 오직 여왕만을 중심으로 맴돌았다. 그의 마음은 그녀의 동선을 추적하고 그녀가 영묘사에 불공 드리러 올 날을 기다렸다. 그것이 그의 유일한 살아 있는 이유였다.

며칠 뒤 마침내 여왕이 영묘사에 들어선다는 소문이 들려왔다. 그는 미리 오층탑 아래에 앉아 조용히 기다렸다. 하루해가 지고, 밤바람이 불어도 그는 떠나지 않았다. 그러나 기나긴 기도 속에 그는 결국 스르르 잠에 빠져버렸다.

기도를 마친 여왕은 돌아 나오며 그 잠든 사내를 발견했다. 조용히 그 곁에 다가가던 그녀는 무엇이 그를 이곳에 머물게 했는지 눈치챘다. 순간 그녀는 자신의 팔목에서 금팔지를 풀어 그의 곁에 놓고 돌아섰다. 말도 시선도 남기지 않은 채….

잠에서 깨어난 지귀는 품 안에 놓인 금팔지를 보고 넋을 잃었다. 그것은 은혜였을까 동정이었을까 혹은 비밀스러운 대화의 한 자락이었을까. 그러나 확실한 건 그 순간부터 그의 가슴엔 불이 붙었다는 것이었다.

그는 먹지도 자지도 숨도 쉬지 못할 듯한 날들을 보냈다. 여왕의 그림자가 눈앞에 맴돌았고 금팔지의 온기는 차갑게 식으며 그의 내면을 찢었다. 연정은 연모가 아닌 병이 되었고 병은 불이 되었다.

어느 날 그는 금팔지를 들고 다시 영묘사를 찾았다. 그러나 여왕은 오지 않았다. 오지 않는 그녀를 기다리는 동안 그의 불타는 심장은 이성을 삼켜버렸다.

오층탑 아래에서 그는 불을 질렀다. 화마는 삽시간에 영묘사를 삼켰고, 그는 서서히 불귀신이 되었다.

영묘사를 태운 뒤에도 그의 불은 꺼지지 않았다. 지귀는 이 집 저 집을 돌며 불을 질렀다. 그가 지나간 자리에선 온돌이 터졌고 불씨가 옮겨붙었다. 서라벌 사람들은 '그는 사랑으로 미쳐버린 사내'라며 조용히 뒷담을 흘렸다.

그러나, 아무도 그를 잡지 않았다. 왕의 은밀한 명으로 누구도 그의 이름을 입에 올리지 않았다. 여왕 역시 어느 날 혼자 외롭게 창밖을 바라보다가 중얼거리곤 했기 때문이다.

"어찌하여… 한 사내의 연정이 이토록 맹렬하단 말인가. 사랑이란 그토록 뜨거워야 하는가."

지귀심중화 志鬼心中火 지귀가 마음에 불이 일어나

소신변화신 燒身變火身 몸을 태워 화신이 되었네

유이창해외 流移滄海外 마땅히 창해 밖에 내쫓아

불견불상친 不見不相親 다시는 돌보지 않겠노라

그리하여 여왕이 위와 같은 부적을 만들어 각 집에 붙이게 하니 더 이상 지귀로 인한 화재가 없어졌다고 했다.

3

여왕도 자장에 관해서는 이야기로만 들었을 뿐 이번이 처음으로 직접 대면하는 자리였다. 그의 옆으로 길게 난 눈매는 상대의 속을 꿰뚫어 보는 듯했지만 코와 입술의 부드러운 움직임은 경계심을 풀게 만드는 인자한 인상을 풍겼다.

"자장 법사, 먼 길을 마다하지 않고 와 주셨군요. 과인이 늘 듣던 법사님의 불심과 수행 이야기를 이제야 직접 뵙고 믿게 되었소이다."

여왕은 부드럽게 고개를 끄덕이며 말했다.

"소승은 다만 육신의 허망함을 보려 애썼을 뿐이옵니다. 불탑은 외면을 세우되 저는 내면을 닦고자 했사옵니다."

그러자 여왕이 물었다.

"그 내면의 눈으로 본 이 나라의 오늘은 어떠하오? 신라에 충은 사라지고 백성의 마음은 산란하기만 하오. 그래서 과인은 법사님께 당나라 행을 청한 것이오."

"과분한 은총이옵니다. 당나라에 가면 부처님의 가사와 진신사리를 모셔오겠습니다. 부처의 흔적을 이 땅에 새기고 교계를 정화하며 신라를 불국토로 만들고자 합니다. 다만 떠나기 전 여쭐 말씀이 있어 왔습니다. 폐하께서는 이 나라를 어찌 세우고자 하십니까?"

자장은 문란한 불교계를 바로잡고 신라 땅을 도솔천과 같은 세상으로 만들고자 하는 꿈을 품고 있었다. 그 당시 승단은 문란하여 승려직이 돈에 의해 사고팔릴 만큼 깊이 타락해 있었다.

자장도 황룡사 본당에 걸맞는 탑을 세워야 한다는 생각을 평소에 품고 있었다. 왕실의 권위를 세우고, 대국통으로서 국가적으로 교계를 정화해야 한다는 소명의식을 지니고 있었다.

여왕은 불단 앞의 삼존상을 한참 바라보다가 천천히 입을 열었다.

"법사님, 나는 황룡사에 새로운 탑을 세우고자 합니다. 지금 있는 오층 목탑은 너무도 왜소하여 이 나라의 불심과 왕업을 담아내기 어렵소. 분황사에 세운 모전석탑보다 더 높고 더 장엄한 9층 목탑을 황룡사 금당 앞에 세워 삼한의 불심과 국운을 하나로 모으고자 합니다."

법사가 조용히 숨을 고르며 말했다.

"폐하, 9층까지 된 목탑은 신라에서 한 번도 지어 본 적이 없습니다. 세울 수 있는 기술자들이 있을까요?"

"내가 알기로는 백제의 아비지 상단이 9층 목탑도 세울 기술이 있다 하더이다."

여왕이 말했다.

이웃 나라에서 장인을 데리고 온다는 말을 들은 자장은 머리를 주억거리며 잠시 골똘히 생각하더니, 이내 심각한 표정으로 말했다.

"백제에서 장인을 데리고 오는 일은 국가의 중대사이니, 조정 대신들과 많은 이야기를 나누어야 할 것입니다. 틀림없이 이러쿵저러쿵 자분거리는 말들이 쏟아질 것이옵니다."

"그리 알면서도 나는 뜻을 품었소. 여자라는 이유만으로 조롱받고 의심받는 이 왕권을 부처의 탑으로써 견고히 하고 싶소이다. 탑은 곧 기둥이요, 나라의 중심이 될 것이오."

여왕은 단호한 어조로 말했다.

"폐하, 그러하시면 준비는 은밀히 하셔야 합니다. 이러한 공사는 십 년을 준비해도 쉬이 이루어지지 않사옵니다. 9층 규모의 탑이라면 기둥만 해도 오층의 두 배, 가로세로 여덟 개씩은 있어야 하고 바닥의 크기는 오층의 다섯 배는 되어야 하옵니다. 높이까지 생각하면 전체 규모는 열 배에 달할 것이옵니다. 만일 공사 중 실책이 있다면 나라의 살림살이를 거덜 낼 수도 있사옵니다. 조정의 반대는 불을 보듯 뻔합니다."

"과인은 백제의 아비지 대목장이 이 공사를 맡기에 합당하다고 생각하오. 그에게 탑의 설계를 맡기고 은밀히 기초 공사를 준비하려 하오."

자장은 고개를 끄덕이며 말했다.

"우선 정치적인 대의명분이 필요하옵니다. 또 불탑을 세우는 목적이 부처님의 진신사리를 봉안하는 것이니 소승이 당나라에서 불법을 정진하여 부처님의 진신사리와 가사를 모셔오 겠습니다. 또한 문수보살을 친견하여 황룡사 9층탑 창건의 의 의를 되새기고 돌아오겠습니다. 9층 목탑을 세우려면 목재를 마련하는 데에만 족히 십 년은 걸릴 것입니다. 이는 단순한 공 정이 아니라 세월을 쌓고 자연의 숨결을 기다리는 일입니다."

"법사님, 함께 가시는 스님을 신라로 자주 보내 연락이 끊기 지 않도록 해주세요."

"그리하겠나이다. 폐하"

"법사님 떠나는 길이 멀고도 험하겠지만 그 길 위에 이 나라 의 백 년 뒤가 함께 실려 있을 것이오."

"폐하, 탑은 나무로 세우지만 그 뿌리는 백성의 마음에 내 려야 오래갑니다. 소승 그 마음을 불심으로 이어오겠나이다."

자장은 조용히 합장하며 말했다. 여왕도 그의 말에 깊은 눈 빛으로 응답했고 삼존상 앞에서 두 사람은 말없이 함께 합장 했다.

4

청량산에 눈이 내리던 밤이었다.

산은 적막했고 등짐을 풀어 놓은 자장 법사는 암자 안에 홀

서라벌

로 앉아 있었다. 불빛도 꺼지고 동자승도, 동행한 스님도 모두 잠들었다. 그러나 자장은 잠들 수 없었다.

그날따라 가슴 깊은 곳에서 뜨거운 무언가가 소용돌이쳤다. 그것이 불심인지 사명인지 신국에 대한 그리움인지 그는 분간할 수 없었다. 자장은 다시 불단 앞에 엎드렸다.

"문수보살이시여… 신국의 딸 여왕이 탑을 세우려 합니다. 여인이 왕이 된 시대에 이 나라를 바꾸는 길은 무엇입니까?"

응답을 갈구하는 간절한 마음으로 그는 기도했다.

그때였다.

한 줄기 바람이 암자 문틈을 타고 스며들었다. 그러고는 등불이 꺼졌다. 주변은 갑자기 낯선 침묵에 잠겼고, 사위는 금빛으로 물들었다. 눈을 들자 자장의 눈앞에 휘황한 청색 연꽃이 피어 있었다. 그 연꽃 위에 앉은 이는 인간의 형상을 하고 있었지만, 이승의 기운은 아니었다.

빛이 피부를 뚫고 나오는 듯했고 눈동자는 깊은 호수처럼 맑았다. 그는 바로 문수보살이었다.

"신라의 자장아, 너는 진신眞身을 구하러 왔으나 너 자신이 참된 진실이 되려는가?"

자장은 엎드렸다. 뼛속 깊이 흔들리는 두려움과 감격이 온몸의 기운을 휘감았다.

"저는 아직도 욕망의 언저리를 걷고 있습니다. 그러나 제가

서야 할 탑은 욕망 위가 아니라 공호 위에 있어야 합니다."

자장은 깊이 조아렸다.

문수보살이 조용히 고개를 끄덕였다. 그러고는 손을 들어 허공에 붓으로 한 글자를 그렸다.

"용龍"

그 순간 허공에서 소리가 들려왔다.

마치 목재를 깎는 대패 소리 나무껍질을 벗기는 자귀질 소리 망치 소리 백성들의 기도 소리 여왕의 숨결이 뒤섞인 듯한— 한 나라가 탑을 쌓는 소리였다.

"탑은 나무로 세우지만 나라의 뿌리는 너희의 마음에 닿아야 한다. 황룡사에 세워질 탑은 불심의 기둥이자 왕업의 토대가 될 것이다. 진신사리는 네가 바른 길을 간다면 길 위에서 너를 찾아올 것이다."

그러고는 문수보살의 모습이 서서히 흩어졌다.

금빛 연꽃은 하얀 안개 속으로 스며들었고 자장은 뜨거운 눈물을 흘리며 땅에 엎드렸다. 그가 깨어났을 때 불단 앞에는 그 어떤 꽃도 놓여 있지 않았다. 다만 거룩한 침묵만이 머물고 있었다.

그러나, 자장은 알았다. 그 밤 이후 그는 단지 한 나라의 승려가 아니라 당과 신라를 잇는 사절이 되었으며 황룡사 9층탑을 일으킬 시대의 상징이 되었다.

316

비형랑과 지기삼사 2

1

법흥왕은 이차돈의 순교를 계기로 수구 귀족 세력의 반대를 이겨 내고, 어렵사리 불교를 정식으로 공인했다.

그의 뒤를 이은 진흥왕은 밖으로는 정복 군주로서 용맹을 떨쳤고 안으로는 불법으로 세상을 다스리는 전륜왕을 꿈꾸었다.

전륜왕이 누구인가?

그는 인도의 신화 속에 등장하는 임금이다. 정법正法으로 온 세상을 통치했다고 전해진다. 여래의 32상相을 갖추고, 칠보七寶를 지닌 전륜왕은 하늘로부터 금·은·동·청의 네 윤보輪寶를 얻어 이를 굴리며 사방을 위엄으로 굴복시켰다.

진흥왕 역시 현실에서 전륜왕이 되기를 꿈꾸었다. 그리하여 그의 아들들의 이름을 금륜, 은륜, 동륜, 철륜으로 지었는데 이는 모두 전륜왕의 칭호에서 따온 것이었다.

그러나, 만세의 영웅인들 무엇하랴?

가화만사성, 수신제가치국평천하라 하지 않았던가. 동륜 태자는 아버지 진흥왕의 후궁인 보명 궁주와 사통하였다.

그는 칠흑이 깔린 그믐밤 솟구치는 욕정을 이기지 못하고 담을 넘다가 보명궁에 매어 두었던 키 넉 자에 이르는 사나운 개에게 물려 그 자리에서 숨을 거두었다.

태자 동륜에게 백정이라는 어린 아들이 있었다. 그가 훗날 진평왕이 되는 인물이다. 진흥왕비인 사도태후는 백정을 왕위에 올리고 섭정의 자리에 올라야만 했다.

선덕여왕 곁에 김유신이 있었듯 진흥왕 곁에는 거칠부가 있었다. 거칠부는 진흥왕의 정복 전쟁에서 일등 공신이었을 뿐 아니라, 학자로서 국사國史를 편찬했고 정치가로서 조정을 좌지우지했다.

그는 평소 귀족 세력과 왕권이 균형을 이루어야 한다고 생각하고 있었다. 백제의 신라 침략 야욕이 노골화되는 시기에 어린 왕을 허수아비로 앉혀 놓고 사도부인이 사실상 왕 노릇을 하기에는 시기상조라는 여론이 조성되었다. 동륜 태자의 동생인 금륜 태자가 화백회의를 장악하고 있던 거칠부의 후원을 받아 왕위에 올랐다. 그가 바로 김춘추의 아버지인 용춘과 비형랑의 아버지인 진지왕이다.

진지왕은 거칠부를 상대등으로 임명하였다. 거칠부가 상대등으로 있는 조정 아래에서 진지왕은 백제와 싸워 전공을 세우고 국내외의 정치를 안정적으로 이끌어 가는 듯 보였다.

도성에서는 홍륜사의 진자라는 스님이 미륵선화를 찾아 헤매고 있었다. 그 소식을 들은 진지왕이 그가 미륵 선화를 찾을 방법을 가르쳐 주었다는 일화만 보더라도 진지왕의 세상에 대한 통찰은 남달랐음을 보여준다.

당시 신라 풍습상 왕이 마음에 드는 여인을 취하는 일이 그리 큰 결함으로 여겨지지는 않았다. 그러나, 거칠부가 연로하여 국정에서 손을 떼고 정치적 힘이 약화되자 왕권파인 사도부인과 미실 궁주는 모의를 꾸몄다.

일종의 역모였다.

진지왕이 도화라는 평민의 아내를 탐한 사건을 빌미로 삼았다. 사도태후는 풍월주 문노와 자신의 오라비인 아찬 노리부를 시켜 밤과 여색을 즐긴다는 이유로 진지왕을 폐위시키고 백정을 왕으로 옹립하였다. 결국 진지왕은 폐위되어 궁궐 깊숙한 곳에 유폐되었다.

2

비형랑은 죽은 진지왕의 혼령과 도화녀라는 미인 사이에서 태어난 귀신의 아들로 알려졌다. 사람의 형상을 구분조차 하기 힘든 밤 귀문의 은신처, 촛불 아래 홀로 앉아 있던 비형랑은 자신이 만든 가면을 조용히 어루만졌다.

"내가 처음 도깨비로 불린 날이... 아홉 살이었지."

비형랑은 혼잣말처럼 말했다. 그리고 어린 시절의 기억이 떠올랐다. 한쪽 눈에 멍이 든 채 도성 저잣거리에서 장난감처럼 나무칼을 휘두르고 있었다. 주변에 아이들 몇이 조롱했다.

"야, 저 귀신 새끼 또 혼자 논다! 네 어미는 누구냐? 네 애비는 도깨비지?"

한 아이가 말했다.

"우리 엄마가 그랬어. 진지왕이 귀신한테 홀려 낳은 자식이래. 저런 건 말도 섞지 말래."

또 다른 아이가 말했다.

"그래 나 귀신 자식이다. 그러니까 가까이 오지 마. 너희들 목에 이 칼이 들어갈지도 모르니까."

무표정한 얼굴로 칼을 땅에 박고 말했다.

아무도 다가오지 못했다. 아이들은 슬금슬금 도망갔다. 비형랑의 눈에 눈물 한 줄기 흐르지만 그는 고개를 푹 숙인 채 죄 없는 돌멩이를 냅다 발로 찼다.

"자네는 도깨비를 부린다는 소년에 관한 이야기를 들은 적이 있는가?"

서라벌

"비형랑 말인가?"

"어릴 때부터 재주가 비상하여 진평왕이 궁중에 데려다 길렀다지. 대왕과는 사촌지간이니 피가 당기지 않았겠어"

저잣거리에서 빈번하게 떠도는 대화들이었다.

진평왕은 비형이 도깨비를 부린다는 신하의 말을 듣고 그를 불러 물어보았다.

"네가 도깨비를 부린다는 말이 사실이더냐?"

비형랑은 대답하지 않고 고개만 끄덕여 그렇다고 시인했다.

"그럼 네가 부리는 도깨비들을 데리고 신원사 북쪽 개천에 다리를 놓아 보거라."

비형랑은 다음 날 그가 부리는 도깨비들과 함께 하루 만에 뚝딱 다리를 놓아 버렸다. 사실 비형랑이 부리는 이 도깨비들은 부모가 없거나 직업이 마땅찮아 어디에도 정 붙여 살 곳 없는 천민들이었다. 정착하지 못하고 떠돌던 가야계 유민들보다 더 하층 계급이었다. 그는 이런 오갈 데 없는 천민들을 모아 귀문이라는 조직을 만들어 우두머리 노릇을 했다.

어느 날 진평왕은 비형랑을 불렀다.

"짐은 너에게 집사의 관직을 주겠노라. 그리고 각간 임종이 아들이 없어 양자를 들이려 한다. 비형랑은 가겠느냐?"

"네, 폐하"

진평왕은 귀문 조직을 통하여 전국에 흩어진 크고 작은 일들을 소상히 들을 수 있었다. 아무리 그래도 비형랑은 폐위된 왕의 서출이라 진평왕을 진심으로 섬기지는 않았다. 진평왕과는 처음부터 정치 이념이 같지 않았다.

진평왕이 54년간의 통치를 마치고, 장녀인 덕만공주가 여왕으로 등극했다. 그녀는 태자 시절부터 당숙부 되는 비형랑과 정치적 이상이 많이 근접해 있어 가까이 지내고 있었다.

덕만공주가 태자가 되어 연로한 진평왕의 대리청정을 하고 있을 때 비형랑을 궁으로 정중하게 불렀다. 태자는 비형랑과 독대할 때 그를 당숙이라 불렀다.

"당숙, 우선 칠숙과 석품의 난을 제압하는 과정에서 정적들의 모함으로 귀문의 죄 없는 사람들이 희생된 것에 대하여 사죄드리고 싶어요."

덕만공주는 비형랑의 굳은 표정 앞에 공손한 태도로 말했다.

"말로만 할 것이 아니라, 아무리 천민이라 할지라도 조정에서 공식적으로 희생된 자들을 위로하고 명예를 회복해 주어야 할 것입니다."

"물론입니다. 그렇게 해야 하고 말고요."

"전하, 저는 귀문의 수장으로서 바라는 것이 있다면 천민이 인간답게 사는 세상뿐입니다.

얼마 전에 땅을 많이 가진 귀족 세력의 반대에도 불구하고, 그들에게 착취당하는 가야계 유민들의 사정을 헤아리고 돌보

322   서라벌

는 전하를 보고 많은 생각을 했습니다.”

“당숙, 저는 앞으로도 권력을 가진 지방의 토호들이 힘없는 백성을 억압하고 굶주리게 하는 걸 가만히 놔두질 않을 작정입니다. 그렇게 할 수 있도록 귀문이 저의 귀와 발이 되어 주셨으면 좋겠습니다.”

“네, 전하. 저는 신라 골품의 가치를 인정하지 않는 것 말고는 공주 전하의 치세를 존경합니다. 특히 이 땅 위에 불국정토를 이루시려는 전하의 꿈은 저도 함께 꾸고 싶어요.”

귀문은 장터, 집 짓는 공사장 어디든지 흩어져 천하고 잡스러운 일을 하고 있었다.

오갈 데 없는 사정이 딱한 사람들은 귀문에 모여들었다. 전국적으로 조직화되었다.

3

서라벌 장터에 귀문의 이인자이며 행동대장인 길달이 거적을 덮고 노숙자처럼 앉아 있다. 그의 옆에는 무명옷을 입은 젊은이가 자루를 끌며 지나갔다.

“너희 동래촌에 땅문서 싸움 많다더니, 어떻게 되었노?”

길달이 작은 목소리로 말했다.

"거기 김씨 집안 자제 놈이 나랏돈 받아 대놓고 논밭 다 뺏어 버렸소. 다 그놈의 소작농으로 전락해 버린 거지요. 열심히 일해도 겨우 입에 풀칠할 정도로 살고 있고, 흉년이 들면 쫄쫄 굶고 있어요. 불만이 장난이 아닙니다."

지나가면서 길달에게 젊은이가 말했다.

"지방 토호와 관리가 결탁했다는 말이지. 알겠다. 오늘 중으로 옥문지 근처 사암에게 이 소식을 전해라."

길달이 말했다. 젊은이는 고개를 끄덕이고 사라졌다.

길달이 조용히 자리에서 일어났다. 조금 떨어진 곳에서 굴비 파는 노파가 손가락으로 뭔가를 가리켰다. 그리고 입모양으로 속삭였다.

"여근곡 쪽으로 수상한 장정들 수십 명이 드나들었어. 짐꾼도 없는데 무기 같은 걸 숨겨 가지고 다녔어."

"알겠습니다. 그쪽은 제가 직접 확인하겠습니다."

길달이 대답했다.

여왕이 조정의 대소신료들과 지방의 호족 세력들을 통치할 수 있었던 최고의 수단은 여러 계통으로 연결되어 있는 정보조직이었다. 여왕은 귀문 조직을 통하여 여근곡에 백제 군사들이 숨어 있다는 정보를 입수했다.

"영묘사 옥문지 근처에 가서 너희 동무들과 개구리 소리를 내거라."

여왕은 김춘추의 아들 법민을 은밀히 불러 일러 두고, 누구에게도 이 사실을 말하지 말라고 했다.

여왕은 알천과 필탄을 불렀다.

"여근곡女根谷이라는 골을 찾아가 물어보면 틀림없이 적이 매복해 있을 테니 습격해서 죽이도록 하시오."

여왕이 명했다.

두 각간은 왕명을 받고 각각 군사 1천 명을 데리고 서쪽 교외로 달려가서 수소문하니 부산富山 기슭에 여근곡이라는 골이 있었고, 그곳에 백제군 5백여 명이 잠복해 있기에 모두 잡아 죽였다. 백제의 장군 우소亏召라는 자가 남산령 바위 밑에 숨어 있는 것을 포위하여 참살하고 백제군의 후속 부대 1천 3백여 명도 공격하여 한 사람 남김없이 죽였다.

신하들이 여왕에게 물었다.

"어떻게 여근곡인 줄 아셨습니까?"

"우는 개구리는 그 눈이 불거져 나와 성난 형상으로 생겨 있는데, 그것은 군사를 뜻하고 옥문이 여성의 생식기를 뜻하므로 적군이 여근곡에 숨어 있음을 알았소.

여자는 음과 양 중에 음에 속하고 그 빛깔은 흰 것이며 흰 빛깔은 서쪽을 뜻하지요. 그래서 적의 병사가 서쪽에 있음을 알았고 남근이 여근 속에 들어가면 반드시 죽는 법이라, 이로써 그들을 쉽게 잡을 수 있었소이다."

여왕은 말했다.

실은 여자의 몸으로 정치를 한다는 것은 상대의 동태와 심지어 생각까지도 파악할 수 있을 때 비로소 힘을 발휘한다는 것을 여왕은 잘 알고 있었다.

화랑도의 낭도 시절 속함성 전투에 참전하여 그녀는 전쟁에서 첩보나 정보 싸움이 얼마나 중요한지를 깨닫고 있었다.

"나는 여자라서 전쟁터엔 나가지 못하지만 대신 사람들의 속을 읽는단다." 여왕은 측근인 죽방에게 말했다.

어느 상량식

집을 지을 현장이 아닌 치목장에서 끼워 맞추기만 하면 조립이 되게끔 보머리를 가공한 대들보, 매끈하게 대패질해 천으로 감싼 기둥, 용마루上樑 위에 올라갈 서까래를 한꺼번에 건물을 지을 현장으로 옮겨 놓는다.

사전에 놓아둔 주춧돌 위에 기둥을 세우고 대들보를 서로 못을 박지 않고 결합한다. 대들보와 수직으로 교차하며 결합되는 부재를 도리라고 한다. 도리는 주심도리 중도리 종도리가 있다. 그 중에 제일 높은 종도리를 용마루라고 한다. 그걸 세우는 날에 상량식을 한다.

"떡매질은 이렇게 하는 거야. 잘 봐!"

김필수 목수가 여덟 치(24센치)짜리 넓이의 대들보에 올라서서, 어린아이 몸통만 한 나무망치를 들고 시범을 보일 요량으로 말했다.

"자기의 몸무게가 실린 상태에서 망치를 부드럽게 휘둘러,

내리치는 순간에는 손목의 관절을 이용해서 이렇게 가볍게 내리치는 거야. 알았어?"라고 김필수 목수가 신참 목수에게 울대의 핏줄이 보이도록 큰 소리로 외쳤다.

"호흡을 가다듬고 박자를 맞추어 두들겨야 쑥쑥 들어가지. 그래서 목수 일은 혼자서는 안 되는거. 반대편에 올라가서 힘차게 보머리를 내리쳐 봐."

기둥 위에 대들보가 올려지고 대들보 위에 판대공[29]이 선다. 그 판대공 위에 상량上樑을 올린다.

손 도편수는 내일 있을 상량식 생각에 일이 손에 잡히지 않는다. 손 도편수는 아비지 상단에서 목수가 되었지만, 사찰과 궁궐을 짓는 궁목수宮大工[30]를 그만두었다. 궁목수 생활은 생활고에 쪼들리기 일쑤였다. 일감이 없을 때는 하염없이 기다리기만 했다. 농사를 짓기도 했다. 그는 사가든 장삿집이든 닥치는 대로 일했다.

60평 크기의 건물 두 채를 지어 회랑으로 연결하는 공사라 요즘 보기 힘든 큰 공사였다. 상량비도 여염집 공사보다 너댓 배는 나오리라 생각했다.

"형님, 매번 상량비를 젊은 당주가 어쭙잖게 챙기던데, 뭘 모르고 하는 짓인지는 몰라도 목수인 우리들이 어떻게 해야 하지

---

29 판대공---두꺼운 널빤지로 만든 대공
30 궁목수---궁궐과 절 같은 공공이 사용하는 건물만 짓는 목수

서라벌

않습니까?" 손 도편수보다 경력이 아래인 김필수 목수가 볼멘 소리를 했다.

"상량하는 날은 목수들 잔치 날이라고 하잖아요. 목수들이 떼 먹는 떡과 돈을 왜 당주가 관리하려고 난리인지.

손 도편수님이 이번에 앞장서서 반란을 한 번 주도해 보세요. 형님은 목수 일도 조각 일도 잘하니, 젊은 당주가 형님은 쉽게 어찌 못할 겁니다."

가만히 듣고 있던 손 도편수도 그 말을 거들며 말했다.

"맞아. 나도 상량식 때 젊은 당주가 하는 꼴이 영 맘에 안 들어. 상량장려(마룻대)에 돈을 걸고 상단을 대표해서 제사상에 절하고, 모양새는 저 혼자 내면서 목수들 용돈으로 제사상에 오른 돈을 지가 왜 눈독을 들이느냐 말일세."

제사상 위에는 금방이라도 웃는 얼굴로 깨끗이 씻긴 돼지머리가 입과 귀와 코에 돈을 꽂아달라는 양 꿀꿀거리며 좌정해 있다. 그 주위에 떡을 담은 시루 밤 대추 제철 과일들이 수북이 놓여 있다.

마룻대의 좌우에는 용龍과 귀龜를 적고 중앙에 상량 날짜가 적혀 있다. 그 사이에 가주家主가 평소 집을 지으면 써넣고 싶었던

"적선지가積善之家 필유여경必有餘慶"- 선을 쌓은 집안은 반드시 남는 경사가 있고", 적불선지가積不善之家 필유여앙必有

餘殃"-선을 쌓지 않은 집안은 반드시 재앙이 있다-는 문구였다.

손 도편수는 그 문구를 읽으며 피식 웃었다.

'선을 쌓는다… 맞다. 그게 옳다면 내가 틀리진 않을 거야.'

손 도편수는 눈알이 또렷한 복어 한 마리를 상량장려(마룻대)에 실타래로 꼼꼼히 묶는다. 그 옆에 흰 종이로 떡도 함께 끼워 넣는다. 상량이 끝나고 나면 목수들이 떼어 나누어 먹게 하기 위해서다. 어린애 기저귀를 만드는 긴 광목으로 마룻대 양 끝을 단단히 고정하고 그것을 용마루에 걸친다.

가주家主 부부가 두 손을 모아 지신地神과 택신宅神에 공손히 절을 두 번 하고 묵직한 동전 꾸러미를 마룻대 위에 올려놓는다. 목수 우두머리인 젊은 당주나 가주의 일가친척들도 곡식이나 귀한 물건을 올려놓거나 전표(지금의 화폐)를 똘똘 말아 돼지머리의 입과 귀에 끼워 넣는다.

"손 도편수님, 마룻대가 가벼워 올라가지 않아요"

흰색 광목천은 마치 승천을 준비하는 선녀의 치맛자락처럼 조금 처진 채 용마루에 걸려 있다. 위에서 광목 끈을 당기는 목수가 큰 소리를 외쳤다. 돈을 더 얹으라는 소리다.

"이러다간 오늘 상량을 못 하겠는데요."

가주家主의 귀에 닿을 만한 소리로 목수들이 수군거린다.

돈다발과 상량제물이 어느 정도 모이자

"상량이오."

"상량이오."

대들보에 올라서서 마룻대를 올리는 목수가 찌렁찌렁 실내가 울리도록 외친다. 상량장려(마룻대)가 올려져 용마루 하부에 상량 문구가 아래에서 보이게끔 결구되었다.

"막네"

"네, 손 도편수님"

"마룻대에 붙은 떡과 돈다발을 다 떼어, 떡은 우리가 먹도록 놓아두고 돈은 목수 머릿수로 나누어 균등하게 나누게. 그리고 젊은 당주도 목수니까 한 대가리 드리고. "

'지금 이 말로 내 생계가 끊어질지도 모른다. 하지만, 한 번은 누군가가 말해야 해. 그래 누군가는 바뀌어야 한다. 그것이 내 몫이라면, 기꺼이 짊어질 거야'라고 손 도편수는 생각했다.

잘못된 관행을 바로잡자는 동료들의 요청도 있었지만, 그에게는 하나의 모험이었다. 그 상단에서 그만둘 결심까지 하지 않으면 하기 힘든 일이었다.

막네 목수가 머리수를 세고 상량비를 골고루 나누어 젊은 당주에게도 그것을 내밀자, 그는 기분 나쁘다는 듯 상량비를 채가듯 받아 들고 돌아서 버린다. 그러고는 그것을 현장에 상량식을 구경 나온, 머리가 백발인 가주의 부친에게 떠넘기듯 주어 버린다.

"손 도편수, 네가 뭔데? 상량비를 가지고 장난질을 쳐."

젊은 당주는 분을 못 이겨 얼굴에 잔뜩 화를 품고 손 도편수를 질책했다.

"당주님이 상단의 대표로 봉투에 상량비를 넣어 마룻대에 올리고 절하고 목수들에게 그것을 희사했으면 그 돈은 목수들의 돈이지 어떻게 당주님 것이 됩니까?" 그래서 목수들끼리 상량 비용을 나누어 가진 게 뭐가 잘못된 것인가요? 잘못이라고 생각하면 저를 현장에서 내치세요."

손 도편수도 지지 않고 단호했다.

"너, 다음부터는 절대 그러면 안 돼"라고 젊은 당주는 붉으락푸르락하며 눈을 흘기고 코를 벌름거리며 성질을 냈다.

"다음에 또 그렇게 할 건데요. 이 문제는 내가 아니라 다른 사람이 나서더라도 언젠가는 해결해야 해요. 다른 목수들도 다들 바뀌어야 할 일이라 말하고 있고요"라며 손 도편수는 억센 눈빛으로 또박또박 말대꾸하며 당주에게 대들었다.

당주는 바빠서 집에 올라갔다. 나머지 목수들만 모여 상량식 날 저녁에 술상 자리를 만들었다. 그날 저녁 신참 목수들과 연륜이 오래된 목수까지 손 도편수를 중앙에 앉히고 모두 축하 박수를 쳤다.

"형님은 앞으로 우리 대장입니다."

신참 목수들이 그를 그렇게 칭찬하자 어깨가 으쓱해졌지만, 그는 내심 현장에서 언제 내쳐질지 불안하기 시작했다.

며칠이 지나도 젊은 당주가 아무 말이 없었다. 내심 불안했던 손 도편수는 그의 마음을 슬쩍 떠봤다.

"당주님, 언제 내칠 거요?"

젊은 당주는 말없이 씩 웃더니 이렇게 대답했다.

"손 도편수 같은 사람을 내가 어떻게 잘라. 우리 함께 갑시다. 내가 고칠 테니 대신 상량식마다 내 몫은 꼭 챙겨주소."

그제야 손 도편수는 고개를 끄덕였다. 작은 정의가 때로는 상량장려보다 더 높이 세워진다는 것을, 그는 오늘 실감했다.

비목랑의 독립

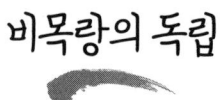

1

비목랑이 부여조에서 일한 세월이 어느덧 5년째이다. 아비지는 비목랑을 불렀다.

"자네가 약사지 5층 목탑을 수하 목수들을 이끌고 한 번 지어 보겠나?"

5층 목탑을 짓는 것은 도편수라고 해서 아무나 쉽게 할 수 있는 일이 아니다. 도편수가 되어도 5층 목탑을 짓는 데 참가하는 것만으로 조상의 공덕이라 여겼다.

비목랑은 스스로 동량棟樑감이 되기엔 아직 멀었다고 생각해 왔다. 5층탑은 살림집처럼 많이 짓지도 않을뿐더러 구조가 복잡하다. 그 때문에 스승인 아비지 대목장의 제안에 한참을 고민하다가 그러하겠다고 말했다. 그는 곧 부동량副棟樑으로 임명되었고, 아비지로부터 약사지 5층탑의 설계 도면을 건네 받았다.

중차대한 현장 일을 처음으로 도맡아 책임지고 완성한다는 것은 도편수 일생일대의 어마어마한 사건이었다. 이제 비목랑은 약 스무 명의 목수를 거느린 대목장이 되었기에 그의 수하 목수 중에는 도편수도 셋이나 있었다.

말이 부동량副棟樑이지 현장의 책임자나 마찬가지였다. 발주자에게 받은 도면을 보고 그는 수하 목수들이 치목治木[31]할 수 있는 전개도를 넓은 판재에 정확하게 그려야 했다. 부재를 가공 후 조립의 통일을 기하기 위해 가로 좌표와 세로 좌표를 표기했다. 그러면 부재의 위치가 정해지고 동서남북의 방향이 정해진다. 이 가공 전개도를 정확하게 그릴 수 있는 능력이 동량棟樑의 첫 번째 자질이었다.

"휴, 이제 다 그려졌군. 이 가공도가 탑 건립의 성패를 좌우한다네. 기둥 대들보 추녀 선자서까래 공포 도리, 그리고 보니 하나도 쉬운 부분이 없네 그려. 부분 가공 도면을 다시 한번 점검해 봐야겠네."

비목랑은 떨리는 마음을 진정시키며 동료 목수들에게 말했다.

"우선 십 분의 일로 축소된 모형을 만들어 봅시다. 한 번 세워지면 천 년은 건재한 건물을 세우고 싶네."

---

31 치목(治木)---못을 사용하지 않고 골격을 결합하기 위해 목재에 홈을 파고 거기에 넣을 부재를 마름질하는 것.

'비목랑은 평소에도 한 번 가공한 부재가 어긋나거나 틀린 적이 없었어. 한 번 마음먹은 일은 기어이 해내고야 말았지. 약사지 5층 목탑의 십 분의 일 규모의 모형을 만들려고 하다니, 각오가 단단하구나'

도편수 석중은 그의 치밀함에 속으로 놀랐다. 하지만 그는 내심을 숨기고 콧구멍을 후벼 파며 건성으로 물었다.

"비목랑 부동량, 현장에서 제일 중요하다고 생각하는 것이 당최 뭐요?"

도편수 석중의 질문을 받고 비목랑이 차분하게 답했다.

"첫째, 책임자는 현장의 귀신이 되어야 합니다. 보이는 것, 보이지 않는 모든 것을 파악하고 있어야만 제대로 된 작품을 만들 수 있겠지요. 도면은 말할 것도 없고 사용되는 자재의 상태며 그 자재가 시기에 맞춰서 수급되는지 적재적소에 사용되고 있는지 그 자재를 사용하는 목수의 일거수일투족까지도 알아야 합니다. 심지어 목수들의 심리 상태까지도 말입니다. 관계되는 협력 상단의 사정이나 동태도 언제나 책임자의 시야에 들어와 있어야 하겠지요. 나에게 현장이란 사랑하는 애인과 같은 존재입니다. 그리고 또요, 더 있습니까?"

'자네도 도편수이니 그 정도는 해야 하지 않겠나?'라고 비목랑은 말하고 싶었지만 말 대신 몸으로 보여 주는 방법을 택했다.

서라벌

"그다음 중요한 것은요?"

도편수 석중이 물었다.

"보이지 않는 곳에 비싼 자재를 쓰는 것입니다. 보이지 않는 곳을 더욱 세밀하고 정밀하게 만들어야 합니다. 우리는 한 번 지으면 천 년이 가는 건물을 지어야 하죠. 그러려면 보이는 곳은 흠결이 있으면 고칠 수 있지만 보이지 않는 부분은 가려져 썩거나 헐거워지기 쉬운 법, 부서지고 넘어지고 나서야 상처를 치유하는 것보다 처음부터 확실히 하는 편이 낫죠. 마지막으로 제겐 현장은 미적 삶을 짓는 공간입니다. 그곳에 사랑이 있고, 성장과 치유가 있습니다."

"사랑 성장 치유란 좀 어려운 말입니다. 구체적으로 어떤 것인가요?"

비목랑은 지그시 눈을 감았다가 입가에 서글서글한 미소를 지어 보이며 그의 호기심 어린 눈을 응시하면서 말했다.

"천 년을 지탱할 건물의 기둥을 가공하는 내 손길이 천 년의 사랑을 주지 않고서야 어떻게 그 기둥이 천 년을 버텨 주겠어요? 내가 사랑하는 만큼 그도 힘을 낼 것입니다. 우리의 혼魂과 신神을 나무에 바치는 것이지요. 그 사랑은 자손 대대로 그 건물을 사용할 사람들에게 나타날 것입니다.

그런 사랑으로 허허벌판에 멋진 불탑이 세워지고 그 탑을 세우는 우리는 조금씩 성장해 나가는 것입니다.

손마디가 저리고 관절에 멍이 들어 잠자기가 어려울 정도로, 손바닥 한 곳 성한 데 없이 물집이 터져 고통스러운 시간을 보내지 않고 성장하는 목수를 보았나요?

쉬운 말로 고통 속에 지혜가 함께 하죠. 근육의 고행 속에 목수의 기技는 무럭무럭 자라나죠. 그리하여 진정한 목수의 기는 나와 이웃을 치유하는 수단이 되는 것이죠. 지금까지 말한 내용을 여러분도 마음에 새겨야 합니다. 현장을 대하는 우리들의 통일된 자세 우리를 하나로 만드는 규범이 돼야 합니다."

비목랑 대목장은 차분하고도 단호하게 말했다.

약사지 5층 목탑의 완성을 앞두고 그는 마음이 편치 않았다. 최상층의 지붕 처마의 선이 제대로 형성되지 않았다고 생각했다. 그날 저녁 만월이 자작나무 우듬지에 걸렸다. 비목랑은 조금 멀리 떨어져 그 지붕 선을 바라봤다. 투명한 만월에 비친 5층 목탑의 처마 선이 하늘을 담을 수 있을 만큼 여유롭고 넉넉했다.

"역시 진묵이야. 글도 모르는 문맹인 주제에 선자서까래(扇子)[32]를 다듬고 맞추는 기술은 신기神技에 가까워!"라고 함께 있는 목수들이 들을 수 있게 큰 소리로 비목랑이 말했다.

그는 아비지 상단에서 익힌 대로 그의 수하들에게 하나하나씩 세세하게 이래라저래라 말하지 않는다. 가만히 놔두면 생각

---

32 선자서까래---서까래를 부챗살 모양으로 댄 추녀. 서까래를 안목들을 점점 가늘게 다듬어서 끝은 벌어지고 안쪽은 한데 붙어 부챗살 모양을 이룬다.

하고 연구해서 어떻게 해서라도 해냈다.

그는 약 스무 명 되는 수하 목수들에게 늘 눈에 보이지 않는 것을 가르치려고 노력했다. 방법이 아니라 방향을 가리켜서 이끌어 갔다.

2

목수 진묵이는 오늘 군역을 마치고 돌아와 자기의 목수 스승인 비목랑에게 인사하러 왔다.

"힘든 군역을 아무 탈 없이 마쳤군."

그는 비목랑의 애제자다. 그의 아버지는 목재 조각가의 달인이자 문짝을 전문적으로 만드는 소목장小木匠이다.

"아버님도 잘 계신가? 지금껏 바빠서 인사 한 번 못 했네."

그는 유아 시절부터 아버지의 공방에서 보고 들은 것이 조각이고, 조각하는 도구들이어서 도면의 그림을 보면 틀림없이 만들어 비목랑을 놀라게 했다. 그때마다 비목랑은 속으로 '목재를 다루는 재능이 비범하군. 나를 많이 닮아 있네'라고 생각했다.

"문인들은 시 한 수로 서로의 생각과 사상을 주고 받지만, 목수의 세계에서는 손끝으로 대화가 가능하지. 자네의 재능은 부친인 김 소목장님으로부터 물려받은 것이네 그려."

비목랑은 제자 진묵에게 말했다.

"하하! 과찬입니다."

"목수의 세계에서는 가르침이란 없네. 스승은 오직 모범만 보일 뿐이네. 제자 된 자는 두 눈으로 그것을 훔쳐서 손끝으로, 몸으로 연마해야 기술이 전수되는 것이네. 몸으로 익히지 않는 기술은 금방 잊히지. 그래서 건물은 이론으로는 지을 수가 없네."

기술을 가진 사람이 심정적으로 연대하는 방식은 단순하다.

서로의 재능을 발견하고 인정하고 일감에 대한 책임을 지는 것이다.

"우리 목수만큼 개성이 강하고 독립적인 사람도 없지. 현장에서는 자기가 다 잘났다고 생각하지. 나무는 그 비틀림이 강하면 강할수록 단단하고 수명이 오래간다네. 목수 한 사람을 강한 비틀림을 가지고 있는 한 그루 소나무로 비유한다네.

몇백 년 된 소나무를 기둥으로 세운다고 상상해 보세. 동으로 뒤틀림이 있는 기둥을 세웠다면, 반대편에는 서쪽으로 뒤틀림이 있는 기둥을 세워야 하네. 잘은 알지 못하지만 정치도 마찬가지일걸세.

어떤 정책을 실현하면 어떤 이는 손해를, 어떤 이는 이득을 보게 될 때 그것을 조정하고 타협점을 끌어내는 기술이 정치이

듯 말이야"라고 비목랑이 말했다.

"그래서 목수들은 다들 자기가 제일이라고 생각하는군요."

"스승님은 아집이 세고 거친 목수들을 능수능란하게 요리를 잘하시니 더욱 존경합니다."

"그것이 현장에서 동량棟樑의 존재감이라네. 그들이 인정하는 재능을 가져야지 심정적인 복종이 가능하지."

비목랑 대목장의 수하 세 명 중에 이영훈은 나이도 부여조에 도제로 들어와 목수 기술을 연마한 시기도 비목랑과 비슷했다. 그는 성격이 차분하고 온화하여 그의 수하 목수들이 그를 좋아했다. 그는 공간을 분석하여 치밀히 계산하는 능력이 뛰어났다. 목수들이 비목랑에게 의논하기 어려운 일들은 이영훈 도편수에게 상의했다.

"이 도편수님, 집성集成할 찰주刹柱의 가공은 순조롭게 되어가나요?"

"찰주는 탑의 심초석心楚石 위에 세워질 심주心柱이니 탑 전체를 지탱한다고 생각하고 혼신의 정성을 기울여 가공합시다."

"찰주는 일본에서 비싼 가격으로 수입하는 고재古材 편백으로 만들어야 하니 신경이 많이 쓰일 겁니다."

비목랑은 그를 부를 때 같은 또래이지만 늘 존칭을 사용하여 그의 재능을 존중하고, 다른 수하 목수들이 그를 존경하게 해주었다. 진묵 목수는 그의 애제자로서 역할을 잘해 주었고 이영훈 도편수는 현장의 부관처럼 비목랑을 잘 보필하고 있어 환상의 궁합이었다.

"우리가 같은 현장을 들어갈 때는 동고동락을 넘어 심정心情적으로 한 몸이 되어야 하네. 국가적 큰 건물은 개인 가정집과는 달리 조정의 정치와 관련이 있기 마련이지. 그렇지 않으면 공사를 방해할 온갖 계략과 음모에 휘말릴 수 있네.

사소한 일이라도 서로 보고, 연락, 상담하는 일을 일상화해야 할 것이네.

앞으로 이러한 우리만의 조직 체계를 보고, 연락, 상담의 앞 글자를 따서 '보연상'이라 부르자꾸나"라고 비목랑은 수하 목수들에게 목에 핏대를 세우며 진지하게 말했다.

비목랑은 국가적 도급 공사까지도 염두에 두었다. 내 가족은 내가 보호하겠다는 의무감이 있었다. 그는 자기 수하 목수들을 가족이라 생각했다. 세상 물정에 백지 같았던 어린 시절, 사랑하는 아버지를 얼마나 허망하게 저세상으로 보내었던가?

그는 일감을 놓고 경쟁하는 냉혹한 현실을 아버지의 죽음으로 깨닫게 되었다. 그 당시 대목장 순정은 아무 죄 없이 죽임을 당했다. 그의 눈앞에서 벌어진 사건이었지만 아무것도 할 수 없었다. 평생의 한으로 남아 있었다.

콘고구미金剛組 사람들

1

여명이 어둠을 몰아내기도 전 지축은 벌써 숨죽인 짐승처럼 떨고 있었다. 집채라도 삼킬 듯한 음산함이 동네 구석구석까지 감돈다. 땅속 깊은 곳의 열기가 대지 위로 스멀스멀 기어오르고 있었다. 정월 중순인데 대기의 기온은 평년보다 훨씬 높다.

밤새 울어대던 고양이 소리도 쥐죽은 듯 잠잠하다. 때이른 시각 까마귀가 무리 지어 하늘을 뒤덮고 있다. 골목 여기저기 쥐떼가 몰려다닌다. 먼 데서부터 사자의 표효인 양 땅이 으르렁댄다.

효고현 이타미에 있는 성불사의 대웅전에 뿌연 안개가 서린다. 짚과 해초 섬유, 조개의 껍질을 갈아서 만든 회반죽을 오랫동안 숙성시켜, 대나무를 엮어서 양쪽에 바른 회벽이 지반의 흔들림으로 미세한 먼지를 뿜는다. 회반죽에 묻어 있던 장인의

숨결은 땅의 울림과 함께 갈라졌다

 "앗 지진이다"라고 외칠 새도 없이 전신에 힘이 빠지고 어지러워 바닥에 주저앉는다. 정신을 차려 집을 벗어나야 한다는 생각으로 정원에 있는 감나무 밑으로 뛰어갔다. 땅이 갈라지면서 감나무도 비스듬히 넘어졌다. 감나무 뿌리 때문에 전체가 함몰되지 않았다. 가까스로 큰 가지를 잡고 운 좋게도 목숨을 부지했다. 평지로 뛰어갔던 사람들은 의지할 데가 없어 일어나지 못했다.

 갈라진 땅속으로 미끄러져 들어간 사람도 있었다. 땅이 갈라질 때 진흙과 모래가 뿜어져 나왔다. 살아남은 사람들도 온통 진흙투성이가 되었다. 땅이 좌우로 흔들려 정신을 차리지 못했다. 흡사 귀신에 홀린 듯 술에 취한 듯했다.

 기둥은 기울고 대들보의 한쪽은 바닥에 닿아 있고 대들보 위의 용마루를 받치는 판대공(동자기둥)도 지붕의 하중을 견디지 못하고 와르르 무너져 내리며 넘어갔다. 살아생전 무슨 업보를 저질렀길래 자다가 일어나 보니 무간지옥無間地獄행 열차를 타라고 하는 건가?

 건물이 무너지는 소리보다 살려 달라는 아우성이 더 크게 들렸다. 오래된 목조가옥은 고스란히 바닥으로 주저앉았다.

 "이럴 줄 알았다면 마지막 대패질은 조금 더 곱게 했을 텐데… 건물은 무너져도 나무는 기억한다."

그 건물을 지었던 콘고구미의 목수 한 사람이 중얼거렸다.

그러나 오사카 시내에 있는 사천왕사 내에 금강조金剛組가 1400년 전에 세운 5층 목탑은 진도 8에도 파손된 자리가 보이지 않았다.

2

아비지 대목장은 왜국의 성덕태자에게 초대되어 나라현에 있는 호류지 창건의 감수의 한 사람으로 참가했다. 수제자인 비목랑도 동행했다. 그들은 왜국에서 생활하던 중에 심한 지진을 경험했다.

성덕태자가 오사카에 일본 최초의 관립 사찰인 사천왕사를 짓기 위하여 백제에서 부여의 정림사를 지은 경험 있는 대목장 네 사람, 유중광, 다문, 지국, 증장을 오사카로 초청했다. 그들은 모두 아비지 대목장과 함께 백제 최고의 건축회사인 부여조扶餘組에서 일했던 목수들이었다. 사천왕사를 완공하고 난 뒤 유중광은 금강이란 성을 하사받고 사천왕사를 보수 관리하는 회사를 운영하게 되었다. 그는 세계에서 가장 오랜 수명을 유지한 회사로 유명한 금강조金剛組의 초대 당주가 되었다. 그의 이름은 콘고시게미쯔金剛重光였다.

금강조는 1400년에 걸친 시간 동안 수많은 전란 속에서도 꺾이지 않았다. 백제에서 전해진 목수의 혼은 왜국 전역에 집을 세우고 사찰을 일으키며 그 정신을 이어왔다.

그러나 제2차 세계대전은 달랐다. 전쟁은 기술을 짓밟고 예술을 잊게 만들었다. 금강조 37대 당주 금강치일은 전사한 병사들을 위해 관을 짜는 것 외엔 아무것도 할 수 없었다. 급료는 커녕 먹을 곡식조차 부족해지자, 금강조의 수백 명의 목수들은 떠나갔고, 남은 건 치일 혼자뿐이었다.

그는 제사를 지낼 때 입는 소복을 입고 부인인 요시에와 아들에게도 흰 제복祭服을 입혔다. 금강조가 백제에서 건너와 왜국에 정착하며 버리지 않았던 것 중 하나가 조상에게 제사 지내는 방식이었다. 제사에 참여하는 제주祭主나 식솔들에게 흰 옷을 입게 하는 것은 변하지 않은 전통 중 하나였다.

회사에서 채 이백 걸음도 떨어지지 않은 콘고가金剛家의 납골당. 비바람에 마모된 평비석은 1300년을 버틴 역사의 무게를 묵묵히 품고 있었다. 그 위에 금강치일은 조심스럽게 술잔을 올렸다. 뚜껑을 열자 향기보다 더 먼저 퍼져 나간 것은 묵은 죄책이었다.

그는 무릎을 꿇었다. 바지의 무릎께가 젖었는지조차 모른 채, 이마를 조상의 이름 앞에 조아렸다.

"백제에서 건너온 조상님의 피가 제 몸에도 흐르고 있습니다. 1300년을 이어온 장인의 긍지, 저는 단 하루도 그 명예를 욕되게 하지 않으려 버텼습니다. 그러나, 이제는… 목수들이 떠났고 현장은 멈췄으며 더는 식솔에게 일감을 물려줄 수도 없습니다."

말이 다 끝나기도 전에 그의 목소리는 흔들렸다.

이내 그는 하늘을 향해 마지막 청을 올리듯 중얼거렸다.

"목숨을 바쳐 사죄드립니다."

천천히 품을 열어 꺼낸 것은 백제계 장인들이 늘 허리에 차고 다니던 단도, 도포 안에 조심스레 감추어 온 은빛 칼날이었다.

치일은 한순간도 망설이지 않았다. 떨림 없는 손으로 목의 동맥을 찔렀고, 붉은 피가 그의 곧은 척추를 따라 옷섶을 적셨다.

마치 그 순간, 무너진 시간들이 칼끝으로 피로 응축되어 흘러나오는 듯했다.

그는 고꾸라지며 조상의 평비석에 이마를 마지막으로 부딪쳤고, 그것은 아비지 대목장이 백제 궁궐에서 대들보를 올릴 때 마지막 망치를 두드리던 순간처럼 장중한 종결이었다.

그의 아내 콘고 요시에는 슬퍼할 틈도 없이 정신을 붙들었다.

피 묻은 옷을 갈아입을 새도 없이 그녀는 곧장 사천왕사의 관륵 주지를 찾아갔다.

그녀의 걸음은 절박했다.

옛 성덕태자가 사천왕사를 창건하며 백제 장인들을 불러들였던 그 자리에 이제는 백제 후손, 장인의 피가 다시 흘린 것이다.

"주지 스님…."

요시에는 바닥에 무릎을 꿇었다. 그녀의 손은 거칠게 떨렸지만, 눈빛만은 불타고 있었다.

"저희는 성덕태자가 백제에서 불러들인 목수의 후손입니다. 저희 가문은 사천왕사에서 탑을 세우고, 금당을 보수하며 1300년을 살아왔습니다. 그런데 지금은 목수들에게 줄 급료가 없습니다. 그들은 모두 떠났고, 남편은 조상에게 면목이 없다며… 죽음을 택했습니다."

관륵은 놀란 듯 잠시 말을 잃었다.

이것 아니면 자기도 죽을 수밖에 없다는 간절한 심정으로 주지 스님의 장삼 자락을 붙잡고 하소연했다.

"이 절의 탑이 무너졌습니다. 지금 저희는 아무것도 없지만, 탑 하나 세울 일감만 있다면… 먹을 양식만 주십시오. 인건비는 훗날 받겠습니다. 부디 남편의 마지막 유지를 생각하여, 저희에게 다시 일할 수 있게 해주십시오."

마지막 말이 끝나기도 전에, 그녀의 눈에서 눈물이 쏟아졌다.

그것은 단순한 슬픔이 아니라, 천 년의 업을 이은 자가 감히 무너질 수 없다는 운명의 절규였다.

서라벌

"지금은 전쟁 중이라 어렵기는 모두가 마찬가지입니다. 그렇게 간절하시니 어렵더라도 함께 길을 열어봅시다."라고 주지 스님은 말했다.

선대 당주 치일은 경영인이라기보다 뛰어난 대목장이었다. 당주는 한 현장의 도편수일 뿐만 아니라 여기저기 늘여있는 현장을 완벽히 관리하고 통제할 수 있어야 했다. 일감은 목수에게 있어 신이나 마찬가지다. 당주는 일감이 없으면 만들어야 했다. 선대 당주였던 금강치일은 남에게 부탁하거나 신세지는 일을 체질적으로 하지 못했다.

사천왕사 뒤편, 작고 오래된 회합실은 5층탑 복원의 사무실 겸 금강조金剛組의 본사가 되었다. 남은 목수들과 직원들이 하나둘 모였다.

치일의 부고가 전해졌고, 그러나 장례는 없었다. 그는 죽음으로 조상께 절했고 가족은 이미 흰옷을 입었다. 목수들의 눈빛은 붉고 허망했다. 누군가는 외면했고 누군가는 마룻대를 매만지며 아무 말도 하지 않았다.

그 모두의 앞에 소복 차림의 요시에가 섰다. 그녀는 말없이 제복祭服의 고름을 고쳐 매고, 한 치의 흔들림 없이 회합실 중앙으로 나섰다.

"여러분, 금강조를 제 남편이 무너뜨린 것이 아닙니다. 무너진 건 이 전쟁의 시대입니다. 저희는 그 폐허 위에 다시 서야 합니다."

누군가 훌쩍이며 시선을 피했고 누군가는 고개를 든 채 숨을 삼켰다.

"제가 금강조의 38대 당주를 잇겠습니다."

말이 끝나자 주변의 공기는 묵직한 적막으로 굳었다.

여인, 그것도 목수의 피를 잇지 않은 이가 당주를 잇겠다고 선포한 것은 전례가 없던 일이었다. 그러나 요시에는 뒤로 물러서지 않았다.

"저는 대패질도 못 하고 직각도 못 잡습니다. 하지만 저는 남편의 눈을 그의 어깨를 그의 고통을 10년 넘게 옆에서 보았습니다. 지진으로 탑이 무너졌을 때 그가 얼마나 많은 밤을 종이에 선을 그으며 울었는지 저는 다 알고 있습니다."

그녀는 한 발 앞으로 나서며, 손에 들고 있던 백지 한 장을 펼쳤다. 그 위엔 사천왕사의 탑 평면도와 함께 남편이 손수 남긴 오중탑 구조 보완 설계도가 얇은 먹선으로 살아 숨 쉬고 있었다.

"이 도면을 끝까지 완성하지 못하고 떠났습니다. 이 탑은 이제 제가 끝내겠습니다."

그녀는 마룻대 모형을 가리키며 말했다.

"나는 5층탑이 완성되기 전까지 소복을 벗지 않겠습니다."

가슴을 짓누르던 침묵이 흘렀고, 몇몇 목수의 고개가 끄덕여졌다. 누군가는 팔뚝을 걷어붙였고, 누군가는 슬며시 대패를 들었다.

그날 저녁, 금강조의 작은 사무실 벽면에는 요시에의 손글씨로 쓴 현장의 행동 강령이 붙었다.

금강조는 해체되지 않는다.

금강의 이름은 다시 지어진다.

우리는 무너진 나무의 생을 잇는 자들이다.

며칠 뒤, 요시에는 단아한 소복 차림으로 5층탑 건축 현장에 모습을 드러냈다. 현장을 지휘할 동량棟梁 가네다 히로세도 그 모습을 보고 조용히 허리를 굽혔다.

요시에는 밥솥을 이고 와서 직접 목수들에게 주먹밥을 쥐어 주며 말했다.

"손이 미끄러지지 않게 고기 반찬은 조금만요. 대신 이 탑은 아주 오래 갈 테니까요."

가네다 히로세는 잠시 그녀를 바라보다 물었다.

"당주님, 오늘은 탑 기초부터 시작인데, 무얼 바르시겠습니까?"

그녀는 미소도 없이 말했다.

"신의 혼이 깃든 흙을 바르겠습니다. 땅은 기억합니다. 우리도 기억하는 자로 살아야 합니다."

그날 백제에서 온 장인의 후예와 왜국의 목수들이 함께 모여 진흙을 반죽하고, 기초 바닥에 흙을 발랐다. 지진으로 무너진 탑은 한 여인의 의지로 다시 세워지기 시작했다.

그녀의 당찬 기개는 전쟁의 암울함을 벗어 던지고 실의에 빠져 있던 목수들과 직원들에게 용기와 힘을 주었다. 5층탑은 성공적으로 예전의 자태를 뽐내며 오사카 시내의 사천왕사에 우뚝 섰다.

3

기후현 북쪽 깊은 산자락, 비목랑은 마른 겨울바람 속에서 말없이 산등성을 오르고 있었다. 눈발은 없었으나 공기는 살을 에듯 찼고 뿌리 깊은 삼나무와 편백나무 사이로 검푸른 기운이 어른거렸다.

그는 발밑에 놓인 낙엽을 밟지 않으려 애썼다. 나무를 찾는 길은 소란스러워서는 안 된다는 것이 스승 아비지의 가르침이었다.

"편백나무의 뿌리는 말하지 않는다. 재목은 묵묵히 자신을 알아보는 자를 기다린다."

산줄기 끝자락 남향의 구릉지에 서 있는 한 그루, 수령이 이천 년은 족히 되어 보이는 거대한 편백나무 한 그루가 눈에 들어왔다. 밑동 지름만도 여덟 자(2.5미터), 나무껍질은 오래된 토굴처럼 거칠고 둔중했으며 기세는 마치 하늘을 받드는 기둥 같았다. 비목랑은 걸음을 멈추었다. 그리고 곧 무릎을 꿇었다.

"저 나무는 아직 깨어 있습니다."

그의 말에 수행 중인 일본 현지 목수들은 이상하다는 듯 눈을 흘겼다. 그러나 그는 나무를 보는 것이 아니라 나무에 깃든 시간을 봤다. 그의 눈빛은 한 점 흐트러짐 없이 맑고 단단했다.

잠시 뒤 현지 영주가 수행원을 대동하고 나타났다. 백제에서 온 젊은 목수라는 소문을 듣고 호기심을 품은 듯 비목랑의 행색을 살폈다.

"히노키는 천 년을 넘기면 신목神木이라 합니다. 무너진 절을 다시 짓겠다지만 이 나무는 함부로 넘길 수 있는 물건이 아닙니다."

영주가 말했다. 비목랑은 고개를 들어 그를 마주보았다. 눈에 담긴 맑은 울림은 오만하지도, 비굴하지도 않았다.

"신목을 쓰지 않고 어찌 가람의 심초석을 받칠 수 있겠습니까?"

현지의 영주는 잠시 눈썹을 찌푸렸다.

"그대들은 백제에서 왔다 하였지요. 대체 이 나무를 어떻게 다룰 수 있다고 생각합니까?"

비목랑은 조용히 허리춤에서 두루마리를 꺼내 펼쳤다. 거기에는 부여 정림사, 미륵사지, 황룡사 9층탑의 구조도가 그려져 있었다. 심주의 재재(나무를 용도에 맞게 쪼개는 것) 방법까지도 백제식 구조로 정연하게 그려져 있었다.

"이 나무는 우리 백제식 치목治木으로 가르면 틀어지지 않고 순하게 사용할 수 있습니다. 칼을 대는 방향, 건물의 방향에 맞추어 나이테를 배치하고 심초석과의 궁합까지 다 읽어야 쓸 수 있는 나무입니다. 저희는 나무를 자르는 자가 아니라 나무의 운명을 읽는 사람들입니다."

영주는 그제야 자세를 고쳐 앉았다. 그는 비목랑의 말이 단순한 설득이 아니라, 한 장인 공동체의 윤리와 철학, 나아가 천년 가람을 짓는 태도라는 것을 알아차린 듯 했다. 비목랑은 말없이 오른손을 들어 나무의 줄기를 살짝 어루만졌다.

"이 나무는 이미 오래전부터 기다리고 있었습니다. 단 한 번 신에게 바쳐질 탑의 기둥으로 쓰일 때를…."

영주는 조용히 입을 다물고 고개를 끄덕였다. 잠시 뒤 그는 수행원에게 말했다.

"기록을 남기고 계약서를 쓰도록 하라. 이 나무는 신라의 황룡사 9층탑 심주心柱를 세우는 데 쓰일 것이다."

그제야 비목랑은 깊이 절을 올렸다. 상대에게 바치는 예가 아니라 나무에게 바치는 마지막 인사였다.

"이제 당신은 다시 태어날 것입니다. 땅 아래서 이천 년을 버텼으니, 하늘 위에서 또 이천 년을 살게 되리라."

그 순간 바람이 나무의 꼭대기를 스치고 지나갔다. 눈에 보이지 않은 듯 가는 가지 하나가 아래로 떨어졌다. 그것은 마치 나무 스스로 내린 허락처럼 느껴졌다.

1

"춘추 공, 백제의 의자왕은 작년에 태자 섭정을 마치고 왕위에 오른 뒤 아주 작심을 한 모양입니다. 옛날 성왕의 원한을 모조리 갚겠다고 말입니다."

여왕은 심각한 표정으로 김춘추에게 말했다.

90여 년 전 백제 성왕은 웅진(지금의 공주)에서 국가 제도의 정비와 왕권 강화가 이루어지면서 사비(지금의 부여)로 천도遷都를 했다. 사비 천도를 통해 나라의 힘이 불어나자, 고구려에 빼앗긴 아리수(한강) 유역을 찾고자 했다.

백제는 신라와 동맹을 맺고 고구려가 내분이 일어난 틈을 타 고구려에게 빼앗긴 한강 하류의 6군을 회복했다. 신라는 상류의 죽령 이북에서 고현(지금의 철령) 이남의 10군을 점령했다.

그러나 한강 상류 지역을 차지한 신라의 진흥왕은 553년에 동맹을 파기하고 백제를 공격하여 백제가 차지하고 있던 한강 하류 지역마저 점령하여 신주新州를 설치하였다.

이것이 바로 관산성 전투를 촉발한 직접적인 동기가 되었다. 그 당시 고구려는 북방에서 신흥 돌궐족의 남하 압력을 받고 있었다. 그래서 신라가 힘을 발휘할 수 있었다. 고구려는 백제와 신라의 동맹을 와해시키고자 신라와 비밀리에 밀약을 맺고 있었다.

이로써 신라는 위로는 고구려의 남진과 백제의 북진을 막으면서 중국에 나아갈 수 있는 통로를 확보할 수 있었다.

관산성이 신라와 백제의 결전장이 되었던 것은 이 지역이 신라에게 있어 새롭게 점령한 한강 하류의 전략 요충지였기 때문이었다.

이 전투 초기에는 백제가 우세했다. 그러나 신라의 신주군주新州軍主 김무력[33]이 원군을 이끌고 와서 대접전이 벌어졌다. 이때 전쟁을 지휘하고 있던 백제의 왕자, 여창(위덕왕)을 위문하러 오던 성왕은 보병과 호위병 50기만 거느린 일생일대의 패착을 저지른다. 첩보망을 통해 성왕의 동선을 파악한 김무력은 매복하여 있다가 기습공격으로 성왕을 죽였다. 성왕의 뒤를 이어 위덕왕이 왕위에 오른다. 그는 아버지의 시신을 신

---

33 김무력---가락국의 왕족이자 금관가야의 왕자였다. 김유신의 조부이며 가락국 마지막 제10대 왕인 구형왕의 삼남 중 둘째 아들이다. 그의 첫 부인 박씨는 법흥왕비 보도부인의 동생으로 법흥왕의 동서였다.

라로부터 돌려받기 위해 협상을 하는데, 진흥왕은 그의 머리는 신라 북청 계단 밑에 묻고, 몸만 예를 갖춰 돌려보냈다.

이로써 백제와 신라의 웅숭깊고 처절한 원한의 흑역사가 시작되었다. 백제인들에게 성왕聖王이 누구였던가? 성왕은 전륜성왕轉輪聖王의 줄인 이름으로 그는 왕이며 곧 부처임을 자처하였다. 왜에 불경과 불상을 전해 준 인물이기도 했다.

그때부터 백제인들은 신라 이야기만 꺼냈다 하면 입에 게거품을 물고 부르르 떨었다. 동서의 원한 관계가 이로써 시작된 것인지도 모르겠다.

고구려의 남진을 막기 위해 맺었던 동맹은 산산조각 나 버렸고 그 뒤 양국의 적대 관계는 백제가 멸망할 때까지 지속되었다.

2

신라의 각 지방 성들이 백제 의자왕의 친정親征 군에 속수무책으로 무너져 서쪽의 40개 성이 함락되었다. 각 성의 군주들은 성민의 어버이로서 책임지는 자가 없고, 조정에 출사할 재물을 축적하기에 급급하니 언제 성민을 독려하여 성을 쌓고 군대를 조련하였겠는가? 기회주의는 눈에 보이지는 않지만 그 전

염성이 가히 역병보다 무서웠다. 우두머리가 권력이나 제물에 몰두하면 말단의 관리까지 책임지는 행정은 기대하기 힘들었다. 관리가 무사안일해서야 민초들만 힘들지 않았겠는가?

순효는 초계 관할 대정隊正[34]이었다. 그는 홀아비지만 그의 딸 화시는 남정네들이 얼핏 보기만 해도 탐낼 만한 빼어난 미모를 지니고 있었다. 여색을 밝히는 남자들이 보기에는 야살스럽고 요염하기 그지없었다. 그녀는 순효의 친딸이 아니라 어려서 업둥이로 들인 양녀였다. 사실 그녀의 부모는 신라와 백제의 전쟁 통에 사망한 백제인이었다.

'나는 신라 사람이 아니다. 내 부모는 백제의 칼날에 죽지 않았다. 신라의 불꽃에 타 죽었다. 나는 순효의 양녀가 된 뒤, '화시'라는 이름을 받았다. 향기로운 시간이란 뜻이겠지. 그러나 나는 향기가 아니라, 불이다. 남자의 심장을 태우는 불, 권력의 심장을 뒤흔드는 불'이라고 평소에 그녀는 생각하고 있었다.

순효는 상관인 사지舍知[35] 검일의 사람 됨됨이를 늘 보아 오던 중에 딸 화시를 그와 맺어주고 싶었다.

"누추한 곳까지 발걸음하셨군요."라고 말하며 순효는 검일을 공손히 방안으로 모셨다.

검일도 순효의 딸에 대해 평소 소문으로 듣고 있던 터라 그

---

34 대정(隊正)---신라시대 실전에서 병사들을 지휘하는 하급 지휘관으로, 중대장 역할을 수행했다.

35 사지(舍知)---군사 훈련 및 보급 담당

녀를 한번 보고 싶었다.

"화시라 하옵니다."

그녀는 부친 순효의 뒤에 조용히 앉아 있었다. 햇살은 창문 너머로 스며들며 그녀의 옥같이 맑은 살결에 금빛을 얹었다.

갸름한 턱선, 물오른 복숭아빛 뺨, 마주친 눈빛엔 열기마저 감돌았다. 그녀의 입꼬리는 항상 조금 위로 올라가 있었다. 누가 봐도 잘 웃는 여자였지만 그 웃음은 정직하지 않았다. 그녀는 늘 웃되 속을 드러낸 적이 없었다.

검일은 첫눈에 그녀에게 사로잡혔다. 눈은 그녀의 외모에서 떨어지지 못했고 입술은 말없이 마르기만 했다. 그녀는 그의 눈을 피하지 않았다.

"공께서도 말을 아끼는 분이시군요. 그럼 제가 좀 더 가까이 가 볼까요?"

한 발, 단지 한 발, 그녀가 다가왔을 뿐인데 그의 목줄기는 화끈해졌고 가슴 속 피돌이 뛰기 시작했다. 그의 내의 속에 숨겨진 남근이 부풀어 오름을 느끼고 상대에게 들키지 않으려고 애를 썼다.

검일이 그녀에게 청혼하여 부부가 되었다. 그는 화시에게 푹 빠져 버렸다. 잠이 채 가시지 않은 화시의 매혹적인 눈매를 보기라도 할 때면 그녀를 채근하여 관아에 출근하기 전에 사랑을 나눌 정도로 잉꼬부부였다. 마을 사람들은 그들 부부를 보며 부러워했다.

화시는 단순히 예뻤던 것이 아니었다. 그녀의 미모는 훈련된 정적미靜寂美였고 움직임 하나하나가 설계된 유혹의 언어였다.

그녀는 상대의 계급 습관 취향까지 파악해 맞춤형 색기를 발산할 줄 알았다. 검일 앞에서는 평소에 소박한 모시 치마와 엷은 웃음으로 순결한 척했다.

그녀는 남자의 눈이 어디에 머무는지 몇 초간 시선을 피하면 다시 돌아오는지를 계산했고 한 번의 웃음에도 여운을 남겼다.

대야성 성주 비담이 서라벌의 궁으로 인사 발령이 나서 공석이던 자리에 김춘추의 사위인 김품석이 그의 아내 고타소를 데리고 성주로 부임했다. 도독이란 자리는 아무나 앉을 자리가 아니거늘 그는 인품도 그릇도 한참 모자랐다. 그는 미색을 밝혔고 맘에 드는 여인을 보면 참지 못했다. 지피지기면 백전불태라 이 부분을 백제의 첩자들은 간과하지 않았다.

그 당시 진골 간의 혼인이란 그 인물 됨됨이로만 이루어지지 않았다. 아무리 천하의 김춘추라고 하지만, 정략결혼은 그 자신이 스스로 결정할 수 없는 노릇이었다. 대야성 성주는 대량주大良州 도독부의 군주軍主가 되는 막강한 권력자였다.

사지 검일은 직책상 성주와 자주 대면하는 일이 많았다. 성주 김품석은 사지 검일의 부인이 천하일색 미인이라는 소문을 듣고 얼굴을 한번 보고 싶었다.

"검일 공, 시간이 되면 공의 집에서 차 한 잔 합시다."

업무보고를 다 받은 뒤에 성주 김품석이 말했다.

검일은 속으로 기분이 좋았다. 아내인 화시도 시간이 되면 성주를 집으로 초대했으면 좋겠다는 말을 한 적이 있었던 터였다.

"어서 오세요. 성주님"

야들한 여주인장의 목소리에 성주 김품석은 벌써 술맛이 당겼다.

향긋한 여인의 체취만으로 남심이 흔들릴 판에 화시는 성주에게 잘 보이려는 듯 도화 같은 화사한 화장을 하고 있었다. 그녀도 분명 성주에게 은근한 색기를 흘리며 꼬리를 쳤을 것이다.

현모양처의 절제된 욕망이 끈이 풀린 듯 보일 때 그 유혹의 손길은 성주로서의 체면과 자제력은 아무 소용없게 만들었다.

성주 김품석이 그녀의 집을 방문했을 때, 화시는 고운 자태로 검은 비단 저고리를 입고 있었다. 백옥같은 피부에 검정 저고리는 묘하게 남심을 자극했다.

검은 비단 옷이 그녀의 몸을 감쌌음에도 은은히 드러나는 어깨선과 매끈한 허리선이 더 큰 유혹으로 다가왔다.

저녁 식사 중 고의로 젓가락을 떨어뜨렸고 다시 그것을 줍기 위해 상 밑으로 고개를 숙였다. 그 순간, 뒷목에서 느껴지는 성주의 숨소리를 그녀는 놓치지 않았다. 그녀는 옆에 앉은 성주의 술잔에 손을 뻗으며 손등을 살짝 스치듯 올렸다.

"차가운 분이신 줄 알았는데 이렇게 따뜻하시다니…."

성주는 두 눈을 감고 그 순간을 음미했다.

그녀는 이미 그의 시야를 훔쳤고 그의 자제력을 꺾었다.

"성주님, 이 비단… 저도 처음 입어보는 옷이에요. 잘… 어울리나요?"

그 말에 김품석은 벌써 숨을 삼키고 있었고, 그날 밤 그는 이불 속으로 아내 고타소가 아니라 화시를 그리며 들어갔다.

화시는 단순한 유혹을 넘어 정보를 빨아들이는 나비였다. 김품석의 습관, 비서의 이름, 야간 순찰의 순번, 창고 열쇠의 위치….

그녀는 검일의 업무를 은근히 파고들며 정보를 흘러듣고 빼내고 넘겼다.

"여보, 요즘 성문 열쇠는 누구에게 맡기셨어요?"

"왜 묻느냐고요? 그냥, 혹시 밤에 불안할까 봐요."

검일은 그녀가 자신을 걱정해 묻는 줄 알았다.

그러나, 그녀의 입술은 이미 백제의 간자와 교신 중인 새벽의 봉화 속으로 실어 보낸 뒤였다. 그날 이후 김품석은 고타소를 옆에 두고도 늘 화시를 품는 생각만 했다.

어느 날 사지 검일이 성의 중요한 물건의 도난 사건을 책임지고 감옥에 갇히게 되었다. 누군가가 누명을 씌운 것이 틀림없었다. 그는 심한 고문으로 몰골이 말이 아니었다. 마지막으로 성주가 그를 두 손을 묶고 매단 후 매를 쳤다. 그래도 그는 실토하지 않았다. 그는 너무 억울했다. 성주란 자가 무고를 확인도 하기 전에 아무리 품계가 낮다 하더라도 부하 장수에게 직접 태형을 가하는 것은 있을 수 없는 일이라고 생각했다.

화시가 성주에게 직접 남편 검일이 죄가 없으니 풀어 달라고 간청했다. 그날 저녁 그녀는 그를 풀어주는 조건으로 성주의 수청을 들어주어야 했다.

그날 밤 그녀는 성주의 팔에 안기면서 눈물을 흘렸다. 눈은 검일을 향하고 가슴은 품석의 품에 파묻혔다.

"성주님, 검일은 죄가 없습니다. 오늘 밤 제가 성주님 시중을 들 테니 내일 그를 풀어주셔야 해요."

그녀는 성주의 침상 위에서 그의 귓불을 물며 속삭였다.

"검일은… 무능하지만 충직한 남자예요. 그런 자는 신라에는 넘쳐요. 하지만, 성주님 같은 분은 단 한 명뿐이죠."

그녀는 마치 거문고의 두 줄을 동시에 퉁기듯 품석의 자존심과 권력욕을 한꺼번에 울려 댔다.

그 밤 그녀는 그의 위에서 울며 속으로는 웃었다.

김품석은 짐승처럼 무너졌으며 그 밤 이후 그녀를 생각하지 않은 날이 없었다. 그녀는 다음날 새벽 검은 천을 얼굴에 가리고 조용히 검일을 마중 나갔다.

사지 검일은 죄없이 풀려났지만 성주에 대한 원한은 뼛속에 사무치게 되었다. 육체적인 고문이나 태형이야 몸이 나아지면 잊혀지는 일이겠지만 사랑하는 부인 화시를 성주가 범한 것은 용서가 되지 않았다.

이런 비슷한 사건이 모척이란 자에게도 일어났다.

의자왕은 윤충 장군을 앞세워 신라의 40여 성을 공략하고 지금까지 한 번도 깨진 적이 없는 대야성을 1만의 군사로 공격하기 시작했다.

"윤충 장군, 이 대야성은 고구려의 안시성만큼 튼튼한 철옹성이라고 들었소. 승리할 자신이 있소이까?"

"폐하, 안심하시옵소서. 소장이 벌써 손을 다 써놓았습니다. 성을 쳐부수는 것은 시간문제이옵니다."

그는 자신 있게 말했다.

그는 황강의 상류에 좁고 물이 낮은 곳을 막아 대야성의 방패막이 같은 황강의 물을 말렸다.

의자왕은 백제와 고구려가 연합하여 당항성을 칠 것이라는 정보를 흘리고 성동격서聲東擊西의 전략을 구사했다. 그리고 그는 신라의 조정 상황을 잘 파악하고 있었다. 이찬 비담이 사령부의 수장이 된 뒤로 조정의 신료들은 그의 눈치 보기에 급급해 있었다.

"폐하, 김유신의 철기병이 대야성으로 지원해 올 것이란 소문이 있습니다."

윤충이 심어 놓은 간자가 의자왕에게 보고했다. 그 간자는 놀랍게도 대야성의 사지 검일의 부인인 화시였다. 성주 김품석과 사지 검일을 이간질한 것도 화시가 꾸며낸 계략이었다. 그녀는 백제의 이중 첩자였다.

"김유신의 부대가 대야성에 닿기 전에 성을 공략하는 것이 어떻겠습니까?"

윤충이 의자왕에게 말했다.

"윤충 장군, 걱정할 필요 없네. 비담이 권력의 맛을 본 이상 김유신이 대야성에서 전공을 세우게 내버려 두지 않을 것이네."라고 의자왕은 말했다.

선덕여왕은 노심초사했다. 당항성을 지키는 김유신을 불러 내려 대야성으로 보내면 그의 철기병 1만은 능히 백제군을 물리칠 수 있었다. 그러나 당항성은 누가 지킬 것인가?

"지금 백제왕이 군사 1만 명을 이끌고 대야성을 향해 진격해 오고 있소이다. 이 일을 어쩌면 좋을지 말을 해보시오."

조정에 대신들을 모아 놓고 여왕은 근심 어린 표정으로 말했다.

"폐하, 대야성은 황강을 방패막이 삼은 천혜의 요새 같은 난공불락의 철옹성입니다. 적군이 1만 명이라고 해도 우리의 정규군에 부곡군部曲軍[36]을 모집하여 단결해서 싸우면 능히 1만의 정규군은 물리칠 수 있습니다. 김유신이 당항성을 비우면 백제와 고구려의 연합군이 당장에 당항성을 점령할 것입니다."

사령부령 비담이 목청을 높이며 말했다.

윤충 장군이 이끄는 백제의 1만 대군이 대야성 코앞까지 진격해 왔다.

대야성 성주 김품석은 장수를 모아놓고 성의 방비를 위한 작전회의를 소집했다. 백제의 침공 소식을 들은 김춘추의 아들 범민과 인문, 그리고 고타소의 할아버지인 용춘 공도 서라벌에서 사병들을 이끌고 지원하기 위하여 와 있었다.

"우리가 단결하여 지형지물을 이용하여 최대한 버티고 있으면 김유신 장군의 철기군 1만의 구원병이 올 것이오."

대야성 성주의 처남인 법민이 앞장서 열변을 토했다. 그리고 성주와 장수 죽죽, 장수 용석, 성주의 측근 아찬 서천, 예하 장수들이 작전 회의를 진행했는데 사지 검일과 모척도 참석해 있었다.

김유신이 대야성으로 급파되기 3일 전 서라벌에서 올라오던 전령이 당항성 15리 앞에서 백제 첩자에게 목이 잘렸다. 그의 허리춤에는 여왕의 인장이 담긴 밀서가 묶여 있었다. 그 편지는 끝내 펼쳐지지 못한 채 적군의 손에 넘어갔다. 내부에서 전

---

36 부곡군(部曲軍)---농민 출신으로 구성된 보조 병력으로, 필요할 때 동원되었다.

략적으로 정보를 흘리지 않고는 전령의 방향이나 시간을 상대가 예측하기 힘든 일이었다.

"믿을 만한 수하 한두 명만 데리고 자시에 식량 창고에 불을 지르시오. 그 불길을 보고 윤충이 공격해 올 것이오. 나는 그때 성문을 열 것이오."

장수들의 작전 회의를 마치고 사지 검일이 모척을 은밀히 불러 말했다. 모척은 야밤을 이용해 대야성에 있는 식량 창고에 모조리 불을 질렀다. 검일은 성문이 열리는 순간 모든 것이 끝났음을 알았다. 그는 성 밖을 보며 되뇌었다.

"저 불길은… 화시의 눈동자였다. 저 불은 창고의 곡식을 태운 것이 아니라 신라를 태웠다"라고 검일은 말했다.

화시는 붉은 비단 끈을 팔목에 감은 채 성벽 위에 올랐다. 그 끈은 오늘 밤 대야성의 숨통이 끊어질 신호였다. 그녀는 성벽 너머 어둠 속에서 자신을 올려다보는 눈을 알았다. 윤충의 눈이었다. 그들은 말이 필요 없었다. 숨결처럼 작전은 이미 오래전에 짜여 있었다.

'오늘 밤, 윤충이 승리하고, 나는 새로운 신분으로 태어날 것이다'라고 화시는 중얼거렸다.

불길이 타오를 때 백제군이 남문으로 쳐들어왔다. 그러나 대야성 병사들은 사력을 다하여 싸웠다. 생각보다 거센 저항에 부딪혀 백제군은 1차 공격을 한 뒤 일단 물러났다.

군량미가 바닥이 난 상황을 깨달은 아찬 서천이 윤충을 만나 항복할 테니 성주와 가족들을 죽이지만 말아 달라고 하자 윤충은 흔쾌히 그렇게 하겠다고 했다.

성문을 열고 성주 김품석과 고타소 아찬 서천은 백기를 들고 투항했지만 윤충은 그들을 모조리 목을 베어 버렸다. 사지 검일이 협조해 주는 조건은 항복하는 김품석과 그의 가족, 측근들을 죽이는 것이었다.

그러나 사지 죽죽과 용석은 처음부터 항복하면 살려준다는 말을 믿지 않았다. 그들은 끝까지 성을 지키다가 전사했다.

성주 김품석과 고타소의 시체를 신라에 돌려주지 않고 백제의 저잣거리에 매달았다. 그리고 그 시체를 백제의 감옥 바닥에 매장해 죄수들이 밟고 다니도록 했다. 백제 성왕을 신라의 궁궐 계단 밑에 매장했던 복수였다. 그러나 복수는 또 다른 복수를 낳는 법, 그것은 후에 백제가 김춘추에 의해 멸망하는 결정적인 원인을 제공했다.

대야성이 백제의 윤충 장군에게 함락된 결정적인 원인도 성주 김품석에 대한 원망이 계기였다. 요새와 같았던 대야성은 외부의 백제군이 문제가 아니었다. 단단한 성의 균열은 내부에서 생겼다. 기회주의가 만연한 조직은 내 탓이 '남 탓'으로 변했다.

서로 이간질이 생기고 원망이 늘어났다. 그 원망은 적군의 화살촉에 독으로 묻혀 아군에게로 돌아왔다. 성문을 연 것은 백제군이 아니라 성주에게 등을 돌린 대야성의 장수였다.

서라벌

자장의 귀국

1

신라의 위기는 김춘추가 자초한 결과일 수 있다. 그는 사위인 김품석의 됨됨이를 잘 알지도 못했다. 그는 전략적 요충지인 대야성 성주로는 턱없이 부족한 인물이었다. 대야성이 백제의 손에 넘어간 사건은 신라의 위기였지만 김춘추 자신에게도 위기였다. 김춘추를 중용하는 여왕의 입김도 줄어들 수밖에 없었다.

여왕의 입지가 좁아지는 만큼 비담과 수구 대신들의 목소리는 조정에서 힘을 얻기 시작했다.

김춘추가 여왕에게 알현하기를 청했다.

"폐하, 신이 고구려에 사신으로 갈 것을 허락하소서. 구원병을 청하여 백제의 저 잔악무도한 자들을 신라 땅에서 몰아내고 원수를 갚게 해 주시옵소서."

김춘추가 간절히 애원하듯 말했다.

"알았소. 내 숙고해 보리다."

여왕은 답답한 심사를 달래기 위해 시녀들과 함께 궁 앞뜰을 거닐었다. 밤하늘은 맑고 투명하여, 머리 위로 펼쳐진 별들이 마치 정제되지 않은 보석처럼 총총히 박혀 있었다. 초승달은 은은한 빛으로 대지를 감쌌고, 그 사이를 가로지르는 은하수는 마치 신라를 지키기 위해 늘어진 하늘의 병영 같았다.

그녀는 별을 보며 중얼거렸다.

"신라의 별들은 밤마다 더 많이 지고 있구나… 나는 이 어둠 속에서 무슨 등불이 되어야 한단 말인가."

'만약에 고구려와 손을 다시 잡을 수만 있다면 백제가 당항성을 공격하는 것은 충분히 막을 수 있을 것이야. 멀리 있는 당나라에 손을 벌리는 것보다 손쉬운 방법이지. 당나라에 구원병을 요청하기에는 내주어야 할 것이 너무 많아.'

여왕은 밤새 한숨도 못 자고 혼자서 고민했다.

다음 날 여왕은 피곤한 기색을 보이며 편전 회의를 소집했다.

"김춘추를 고구려에 보내 구원병을 청하고자 하오. 대신들의 의견을 듣고 싶소. 기탄없이 말해주시오."

"예부령 사진이옵니다. 춘추 공이 고구려에 갔다가 포로가 되면 이 또한 대야성을 잃은 것에 못지않게 우리 신라에 손실이 될 것입니다. 그를 구하기 위해 전쟁도 불사해야 하지 않겠습니까?"

"이번 대야성 전투의 패배는 내부적인 우리의 문제라고 생각합니다. 이제 신라는 외부의 구원요청보다는 자주적으로 내부의 역량을 다져야 할 때라고 생각됩니다."

사령부령인 비담이 목소리 높여 말했다.

그가 그렇게 말하는 것은 당나라와 손을 잡고자 하는 외세파인 김춘추와 신흥 진골 세력의 기를 꺾어 선수를 치겠다는 의도가 깔려 있었다.

여왕은 김춘추를 고구려에 사신으로 보내는 일로 다음 날도 잠이 오지 않았다.

연개소문은 대당 화친책을 추진하던 영류왕과 백여 명의 대신들을 숙청하고 왕의 조카인 보장왕을 허수아비 군주로 옹립한 뒤, 그 위에 군림하며 절대 무신정권을 수립하였다. 그는 독립 자주의 정신과 대외경쟁의 담략을 지닌 자였다.

백제는 서라벌이 코앞인 대야성에 진을 치고 고구려와 연합하여 자기들의 옛 고토라고 생각하는 당항성을 치기 위해 호시탐탐 노리고 있지 않은가?

여왕은 대신들의 반대에도 불구하고 김춘추를 고구려에 사신으로 보낼 결심을 했다.

"춘추 공, 60일이 지나도 공이 돌아오지 못하면 김유신 장군을 고구려로 보낼 것이니 서로 긴밀히 내통하여 무사히 돌아오시오.”

김춘추는 죽음을 각오하고 고구려에 원병을 청하러 갔다.

“대막리지시여, 지금 백제는 긴 뱀과 큰 돼지처럼 신라의 영토를 짓밟고 있습니다. 부디 대국의 군사를 빌려 치욕을 씻고자 하옵니다. 허락해 주시옵소서”라고 김춘추가 간청했다.

“죽령 이북은 원래 우리의 땅이니, 죽령 서북의 땅을 돌려 준다면 군사를 보내 주겠다.”

막리지인 연개소문이 말했다.

“막리지 전하, 그럴 수는 없사옵니다. 지금 신라인으로 편히 살고 있는 백성과 땅을 돌려주라고 하는 말을 신하 된 도리로 제 나라 군주에게 어찌 간언할 수 있겠사옵니까?”

김춘추의 대답에 격노한 연개소문은 그를 감옥에 감금해 버렸다.

춘추는 바닥에 썩은 짚더미에 기대 앉아 한밤의 적막 속에서 독백했다.

“신라는 나를 잊었을까. 고구려는 날 삼키고 여왕도 날 버렸을까…?”

그때 선도해라는 자가 옥에 갇힌 그를 찾아와 낮은 목소리로 속삭였다.

“귀토지설(歸土之說)… 죽령을 넘기겠다는 말만 해 보게. 그대는 살 수 있을 것이네.”

김춘추는 막리지인 연개소문에게 잡혀 감옥에 갇혀 있다가 탈출하여 신라에 돌아왔다. 궁에 당도하자마자 그는 여왕 알현하기를 청했다. 김춘추는 여왕을 만나자 독대하기를 원했다.

"춘추 공, 얼마나 고생이 많으셨오?"

먼 길을 여행하며 잘 먹지 못하고 심적 고생이 심해서 그런지 평소 볼에 살이 있고 풍성하던 얼굴이 광대뼈가 툭 불거지고, 입술은 갈라져 몰골이 형편없을 정도로 초췌해 보였다. 당나라에 사신으로 가 있을 때 당 황제는 그의 풍채를 보고 신성한 사람神聖之人이라 하며 곁에 머물러 주기를 원했던 그였다. 여왕이 보기에도 눈에 띄게 수척해 보였지만 눈빛만은 예리한 섬광을 뿜어내듯 힘이 있었다.

"고구려에 들어갈 때 왕이 총애하는 선도해라는 자에게 청포 삼백 보를 선물로 주었지요. 그런데 그자가 옥에 갇혀있는 저에게 귀토지설을 귀띔해 주어서 살아올 수 있었습니다. 그의 계략대로 연개소문을 만나 죽령 서북의 땅을 넘겨줄 것을 주청해 보겠다고 해서 풀려났습니다.

그러나 소신은 국경을 넘어와서 함께 대동한 고구려 관리에게는 분명히 죽령 이북 땅은 넘겨줄 수 없다고 말했습니다. 연개소문은 신라에서 활동하는 간자間者에게 김유신이 고구려 국경까지 만 명의 대군을 이끌고 왔다는 보고를 받았고, 그는 명분도 없는 전쟁에 부담을 느꼈을 것이옵니다.

폐하의 지원이 없었더라면 소신은 살아 돌아오지 못했을 것이옵니다."

김춘추가 말했다.

"정말 다행입니다."

2

"춘추공, 이찬 비담이 사령부령이 된 이후로 조정 분위기가 심상치 않습니다. 진골 귀족들 대부분이 그의 눈치를 보며 말을 아끼고, 점차 기회만 엿보는 자들로 변해 가고 있습니다."

"폐하, 소신이 한 말씀 올려도 될는지요."

"네, 말씀해 보세요."

"폐하께서 즉위하신 이래 수많은 불사를 건립하고 불법을 널리 전파하여 민심을 하나로 만들려고 애썼습니다. 그런데 나라에서 계율을 받은 스님이나 사가에서 출가한 스님들이 계율을 무시하여 사찰의 질서가 무너지고 있습니다. 하루라도 빨리 황룡사를 중심으로 질서를 엄하게 세워야 합니다."

"춘추 공, 어떻게 하면 좋을까요? 이렇게 어려운 시절 자장과 같은 고승이 있다면 많이 힘이 될 텐데요"라고 여왕이 말했다.

"폐하, 당 황제에게 친서를 보내 자장법사를 귀국시켜 달라

청해 보시죠."

여왕은 당 태종에게 서신을 보내어 자장을 신라에 보내 줄 것을 요청했다. 자장은 이미 문수보살을 친견하여 가사와 사리를 받았으며 자신이 장차 부처의 제자로 성불할 것을 자각하고 있었다. 그리고 그가 당나라 장안으로 갔을 때 황제는 칙서를 보내 그를 승광별원에 머물게 했다. 그는 국자감에서 불경을 강론할 만큼 덕이 높고 학사들에게 숭앙받았다. 그래도 그는 거기에 머물지 않고 종남산 운제사 가까운 산으로 들어가서 바위틈에 집을 짓고 법력을 쌓기에 진력했다.

당 태종은 선덕여왕의 귀국 요청 서신을 받고 자장법사를 불러 연회를 베풀어 주었다.

녹색 장삼 위에 붉은 가사를 두른 자장은 여느 스님들이 넘볼 수 없는 위엄이 있었다. 눈빛은 온화하면서도 자신감이 넘쳤고 얼굴에는 평상심이 드리워져 상대를 편안하게 하는 기운이 넘쳤다. 태종은 그에게 명주 일령과 잡채 오백 단을 하사했다. 태자도 잡채 이백 단을 선물했다.

"법사, 신라에서 귀히 쓰일 물건이 있으면 말씀해 보시오."

"네, 폐하. 불경이며 불상들은 신라에서 요긴하게 사용할 수 있을 것이옵니다."

본국에 돌아가면 꼭 필요하기도 하였지만, 당나라 황제에게 융숭하게 대접받았다는 것을 대외적으로 보이는 것도 매우 중요했다.

여왕도 자장법사 일행이 오는 시각에 맞추어 서라벌에서 대대적으로 환영할 수 있도록 하였다. 특히 전국에 흩어져 있는 비형랑 귀문의 조직원들이 자장 법사의 귀국 소식을 알렸다.

어린아이 하나가 외쳤다.

"어머니, 저 사람은 왜 저렇게 빛나요?"

자장의 장삼자락이 바람에 날리며 황금빛 풍모가 번졌다.

행렬을 따라 걷던 어느 노승이 고개를 숙이며 중얼거렸다.

"성불하지 않아도 이미 부처가 된 사람이지…"

"당나라에서도 명성을 떨쳐 유명해졌다던데"

"황제로부터 받은 선물 좀 봐! 줄지어 수레에 실려 오네"

구경꾼들은 자장 법사 일행의 행차를 보기 위해 길거리 주위에 줄지어 서 있었고, 궁에서 마중 나온 고관대작처럼 보이는 인물들이 자장 법사 일행을 반기고 있었다.

여왕은 그를 분황사의 주지로 임명하고 당분간 전국에 흩어져 있는 불사들의 사정을 살피게 하였다. 때때로 그는 황룡사로 초청받아 섭대승론 법화경 화엄경 등을 강의하였다.

그는 이틀 밤낮을 설했고, 셋째 날 새벽 한 마리 흰 까마귀가 법당 지붕 위에 앉았다.

자장은 이를 보고 조용히 합장하며 말했다.

"이제 탑을 세울 때입니다. 하늘이 자리를 내어 주었습니다."

진평왕은 반세기에 가까운 치세를 통해 신라 전역에 '왕즉불王卽佛'의 사상을 깊이 심어 놓았다. 왕은 곧 부처라는 믿음 그 위엄과 자비가 나라를 다스리는 근본이 되었다.

그러나, 선덕여왕은 여인이라는 이유로 권위가 가벼이 여겨지는 시대를 살고 있었다. 그녀는 흔들리는 왕권을 바로 세우고 분열된 민심을 하나로 모을 수 있는 강력한 상징이 필요했다. 그리하여 택한 것이 황룡사 9층탑 이었다. 하늘을 찌를 듯한 높이로 삼국의 정신을 하나로 묶을 눈에 보이는 절대성의 구현이었다.

하지만, 탑은 껍질일 뿐 그 안을 채울 진신眞身, 곧 부처의 사리舍利가 없다면 아무런 의미가 없었다. 신라에는 그 진귀한 사리를 구할 길이 없었고 여왕의 깊은 시름은 날로 짙어져 갔다.

그러던 때 당나라로 유학을 떠났던 자장 법사가 귀국했다. 손에는 진신사리와 불경을 품고 있었고 마음에는 중생을 구제할 큰 뜻이 담겨 있었다. 그의 귀환은 여왕의 오랜 기도에 대한 응답이었고, 탑의 심장을 채우는 순간이었다. 이제 신라의 하늘 아래, 부처의 뼈와 왕의 뜻이 하나로 숨 쉬게 되었다.

비담의 별체에 먼저 와 있던 을제, 사진, 백언이 차를 마시며 환담을 나누고 있었다.

"다들 와 주셨군. 자장이라는 자, 귀국하자마자 분황사 주지를 꿰차고 황룡사까지 손을 뻗치려는군요."

비담이 문을 닫고 앉으며 말했다.

"그의 발걸음마다 향이 나고 그의 말마다 하늘이 대답하는 것 같더군. 폐하께서도 눈이 휘둥그레지셨어."

을제가 잔을 비우며 말했다.

"분명히 당나라 황제의 은총을 등에 업고 들어온 자입니다. 신라의 국정에 당의 냄새가 배는 것이 두렵습니다."

사진도 입술을 비쭉거리며 빈정대듯이 말했다.

"그보다 더 두려운 건 자장이 여왕의 곁에서 김춘추와 한패가 된다는 것이죠. 이미 춘추 공은 그와 내통하고 있다는 소문이… 예, 돌고 있습니다."

나이도 어리고 품계가 제일 낮은 아찬 백언이 말꼬리를 흐리며 말했다.

"자장, 자장, 불법을 핑계 삼아 조정의 살림까지 들쑤실 심산이야. 내가 사령부령이 되고부터 조정이 조금 정돈되려 하니 이번엔 법사라니."

비담이 이를 지그시 깨물며 탁자를 탕탕 치며 말했다.

"게다가 그 탑. 황룡사 9층탑. 전륜성왕 운운하며 신라의 명맥을 하늘과 통하게 하겠답니다. 불탑 하나에 나라를 걸겠다는 발상 아닙니까."

사진도 황당하다는 듯 장단을 맞추었다.

서라벌

"그 탑을 세우면 백성들이 여왕을 부처라 부를 것이고, 나는 조정의 도깨비가 되겠지. 그놈의 왕즉불王卽佛… 백성을 향한 미혹이지 정치는 아니오."

비담이 비웃듯 말했다.

"하지만 폐하는 그것에 마음을 주고 계시니… 문제는 여왕입니다. 자장을 믿고 춘추를 끌어안고 우리를 멀리합니다"라고 을제가 말했다.

"폐하께서 믿는 것은 자장의 불심이 아니라 자장의 상징성이오. 백성들이 자장을 부처의 대행이라 여기는 한, 그 곁에 있는 자는 반쯤 신이 되는 것이지, 쯧쯧"

비담이 혀를 차며 말했다.

"그 연결을 끊어야 합니다. 지금 자장을 흔들 수 없다면 탑이 세워지기 전에 손을 써야 합니다."

아찬 백언이 조용히 말했다.

"분황사도 불쌍한 절이지. 오래지 않아 그 위에 그림자가 드리울 것이오. 이 나라는 부처가 아니라 검과 피로 다스려야 할 때가 오고 있소."

비담이 천천히 잔을 들며 말했다.

3

자장이 귀국한 뒤 처음으로 열리는 편전 회의였다.

사령부령인 비담이 조용히 여왕에게 발언을 청했다.

"자장 법사께 한 말씀 여쭙고 싶사옵니다. 지금 이 나라에 탑을 세우고 불경을 강론하며 법회를 열 여유가 있습니까? 대야성이 무너졌고 백제는 당항성까지 넘보고 있습니다. 그런데 왜하필 지금 황룡사에 9층탑 입니까?"

"탑은 위로 세우는 것이지만 그 뿌리는 민심 아래에 있습니다."

자장이 온화하게 미소를 지으며 말했다.

"탑을 세운다는 것은 하늘을 향하는 것이 아니라 백성의 두려움을 다독이는 일입니다. 무너진 땅엔 기둥을 박아야 하고 흩어진 사람들에게는 믿음을 세워야 하옵니다."

"법사께선 당나라 황제의 덕을 입고 오셨으니 저 탑도 대당의 그늘 아래에서 세워질 거요. 신라의 힘으로 세우는 탑입니까, 아니면 외세의 시혜입니까?"

비담이 비웃듯이 말했다.

"신라는 땅으로 싸우고 탑은 하늘로 싸웁니다. 전쟁은 칼로이기고 나라는 뜻으로 지켜야 하옵니다. 당나라의 가호를 받는 것보다 무서운 것은 신라 안에서 마음이 먼저 무너지는 것이옵니다."

자장은 시선을 흐트러뜨리지 않고 평정심을 가지고 고요히 말했다.

"그 무너진 마음을 바로잡는 것은 스님이 아니라 무장과 대신의 일입니다. 법사께서 조정의 일을 자주 논하시는 건 수행자의 길에서 벗어난 일 아닙니까?"

비담이 목소리를 높이며 언짢은 목소리로 말했다.

"저는 조정의 정사를 논한 것이 아니라 백성이 기대어 울 수 있는 기둥 하나 세워드리고자 하였습니다. 무장이란 백성이 운다는 사실을 모르는 자이기도 하옵니다."

잠시 정적이 흘렀다. 김춘추가 입꼬리를 약간 올리며 자장을 향해 고개를 끄덕였다. 자장이 눈빛을 거두지 않고 천천히 음을 다듬으며 말하자 비담이 고성을 질렀다.

"그 말씀은 변방에서 나라를 지키는 신라의 장수들을 모독하는 말씀이오. 저 탑을 세우는 일 끝내 하시겠다는 겁니까?"

"신라가 아직도 사람의 나라라면 반드시 세울 것이옵니다. 그 탑은 권력의 첨탑이 아니라 신라가 부끄러워지지 않게 하려는 마음의 등불이옵니다."

자장은 부드럽지만 단호하게 말했다.

4

밤이 깊고, 달빛이 후원의 연못에 잔잔하게 비쳤다. 자장은 정좌하여 작은 등잔불 아래 묵언에 잠겨 있었다. 김춘추가 조심스레 다가왔다.

"법사님, 주무셨습니까?"

"잠은 들었으나 몸만 쉬었을 뿐 마음은 깨어 있었습니다. 춘추 공, 이 밤에 무슨 일로…"

자장이 눈을 뜨며 부드럽게 말했다.

"법사님께 여쭙고 싶은 것이 있어 찾아왔습니다. 왠지 요즘 마음이 어지럽습니다. 백제를 치려면 칼을 들어야 하고 고구려와 담판을 짓자니 나를 믿는 자들이 물러섭니다. 이 나라는 도대체 어떻게 다스려야 하는 겁니까?"

김춘추가 머뭇거리며 말했다.

"춘추 공은 다스리는 것이 무엇이라 생각하십니까?"

자장이 김춘추를 한참 응시하다, 조용히 물었다.

"법과 벌로 질서를 세우고 백성을 살피는 것이라 배웠습니다. 하지만 지금은 사람도 법도 믿기 어려운 세상입니다."

"그래요? 그래서 공께 드릴 이야기가 있소. 내가 당나라에서 문수보살을 친견했을 때 그분은 말씀하셨지요. '진정한 임금은 검을 드는 자가 아니라 그림자를 다스릴 줄 아는 자'라고 하셨습니다."

"…그림자요? 백성들의 두려움 불안 고통 욕망 이런 것들을 말씀하시는지요?"라고 김춘추가 물었다.

"사람의 그림자는 늘 뒤에 따릅니다. 어둠이 드리워질수록 더 길게 더 선명하게, 정치는 태양이 아니라 그림자 속에서 행해야 할 일이 많습니다. 무지한 백성들은 그 그림자를 쉽게 벗어나지 못합니다. 그림자를 두려워하지 말고 품으십시오. 그 속에서 진실된 것을 찾는 자가 다음 시대의 임금이 될 것입니다."

자장이 말했다.

"법사님, 저는 아직 그 경지에 미치지 못했습니다. 어찌하면… 제가 그림자를 이길 수 있을까요?"

김춘추가 물었다.

"이기는 것이 목적이 아닙니다. 그림자는 지는 해를 따라 더 길게 움직이지요. 공이 해같이 투명해질 수만 있다면 그림자조차도 생기지 않을 것입니다. 능력이 없는 정치가일수록 숨기고 싶은 것이 많은 법이지요. 그러니 그림자는 더 짙게 드리우고 패가망신으로 달려가죠. 역사상 왕후의 그림자를 덮기 위해 본인마저 그 그림자에 함몰되어 축출된 왕들도 허다하지요."

자장이 대답했다.

잠시 침묵이 흘렀다. 대나무 잎이 바람에 흔들렸다.

"춘추 공, 지금은 길을 닦는 시기입니다. 지혜와 힘이 아직 모이지 않고 흩어져 있지요. 허나 그 둘을 함께 품을 수 있는 이는 춘추 공 외 신라에 둘도 없습니다."

"명심하겠습니다. 법사님"

김춘추는 고개를 깊이 숙이며 자장 법사에게 감사의 예를 표했다.

염종의 모의

선덕여왕 12년에 당나라는 고구려를 치기 위해 준비를 하고 있었다. 그래서 신라는 고구려의 위협으로부터 조금 자유로워진 상태였으나, 당과 고구려의 전쟁을 틈타서 백제는 신라가 당나라로 나가는 통로인 당항성을 치기 위해 군사력을 모으고 있었다.

비담을 중심으로 한 진골 귀족 세력은 자주적으로 신라의 힘만으로 국가를 운영하기를 원했다. 그러나 여왕을 중심으로 김춘추 김유신 같은 신흥 진골 귀족들은 외교를 통해 외세와 힘을 합쳐 나라를 이끌어 나가고자 했다. 그 중심에는 자장 법사가 있었다. 그는 철저한 모화[37]주의자였다. 그가 여왕에게 간청했다.

"폐하, 황룡사 9층탑을 하루빨리 창건하여 안으로 불심을 모으고 왕실의 권위를 높여야 합니다. 나아가 당나라와 동맹을

---

37 모화(慕華)---중국의 문물이나 사상을 우러러 사모함

맺고, 고구려와 백제의 침략을 막아야 합니다."

"짐도 잘 알고 있지만 약소국이 대국과 동맹을 맺으려면 그것으로 상대방도 이익이 있어야 선뜻 응하지 않겠소? 그런데 저들은 지금 크게 바쁠 것이 없으니…"

"폐하, 이번 사신을 통하여 국가의 율령이며 조정의 의관과 당나라의 연호를 삼국 가운데 제일 먼저 사용할 것을 천명하시옵소서. 하나를 얻으려면 하나는 내어 주어야 하는 것이 천지의 도리입니다. 당나라의 군사를 빌리려면 당 황제의 환심을 사게 하시옵소서."

여왕은 자장의 말을 듣고 고개를 가로저었다.

"그것은 지금껏 내부적으로 논의되어 왔지만 한 번도 공론화된 적이 없는 민감한 사안이오."

"폐하, 거듭 아룁니다. 당항성을 빼앗기면 나라의 존망을 장담할 수 없을 것입니다. 의복이며 연호 같은 형식이 뭐가 그리 귀중합니까?"

"백성이 신라인이라는 자부심이 없으면 나라에 대한 충정이 어찌 생기겠습니까? 우리의 복식도 자랑스럽지만 선대왕께서 쓰시던 연호에 이어 '인평仁平'이라는 연호를 짐은 꼭 지키고 싶소이다. 이를 바꾸는 것도 조정의 신료들과 의논해 볼 일입니다"라고 여왕이 말하며 자장의 건의를 보류했다.

여왕은 당나라에 사신을 보내 구원병을 요청하기로 했다.

서라벌

서불한 선품이 선덕여왕의 친서를 가지고 사신단을 꾸렸다.

이번에 당나라에 구원을 요청하러 가는 서불한 선품은 비담의 수하와 같은 인물이었다.

"당나라 사람들이 좋아하는 물목들이니 가져갈 수 있는 만큼 최대한 많이 준비하도록 해라."

서불한 선품은 식솔들에게 말했다.

"네, 대감마님, 그런데 저 두발은 어디에 쓰일 물건인지요?"

"그건 불에 태워 재를 만들어 지혈제로 사용하는 것이야."

먼 길이었다. 그것도 한시가 급한 구원병을 청하러 떠나는 여정이었다. 보통이라면 짐을 줄이고 몸을 가볍게 하는 것이 상식일 터였다. 하지만 그는 달랐다. 짐을 꾸리는 그의 손끝에는 말 못할 속내가 숨어 있었다. 하나하나 다 이유가 있었다. 겉으론 급한 행차였지만, 그 안엔 다른 꿍꿍이가 있었다.

"당나라에 조공할 물건을 왜 이리 많이 챙겨 가시는지요?

사신 일행 중 한 사람이 선품의 측근에게 물어보았다.

"우리나라뿐만 아니라 이웃 나라인 백제나 고구려도 우리와 같이 경쟁이나 하듯 봄 가을에 조공을 바치고 있다네. 그러면 그들은 책봉호를 던져주고 나라님들은 그것의 권위를 가지고 통치 수단으로 삼는 거지."

"그런데 한꺼번에 저렇게 많은 진상품을 바쳐야 하나요?"

의문이 해소되지 않았는지 그는 재차 물어보았다.

“우리가 그들의 속국이라서 매번 이렇게 많은 물건을 가져다주는 것이 아니라네. 조공이라 하지만 그들이 필요한 물건을 주면 회사품(回賜品, 조공의 답례품)이라고 우리나라에 없는 서적이나 비단과 도자기 같은 진귀한 물건들을 우리가 가져간 물건값의 다섯 배에서 열 배가 넘는 것을 돌려준다네. 심지어 우리가 필요한 기술자나 학자들도 있고...”

“아하! 이제야 왜 이렇게 많은 물건들을 악착같이 가져가려고 하는지 알겠군요.”

서불한 선품이 사신으로 떠나기 전 비담에게 목숨을 바쳐 충성을 맹세한 대아찬 염종이 선품을 은밀히 만났다.

대아찬 염종이 선품에게 낮지만 단호한 목소리로 말했다.

“대감, 지금 조정을 한 번 보세요. 여왕은 매번 김춘추와 김유신 장군을 감싸고 돌고 병부령인 알천 공까지 저렇게 여왕의 입장을 옹호하고 있으니 우리 귀족 세력들이 설 자리가 없소이다. 이번 당나라에 가는 길은 우리 조정이 여왕과 대등한 힘을 가질 절호의 기회로 만들어야 합니다.”

“어떻게 말이오.”

선품이 말했다.

“대감, 목소리를 낮추고 잘 들어 보세요.”

“제가 당 황제께 보내는 비밀 서신 하나 드릴 테니 이것을 대감이 황제를 알현하기 전에 당 황제나 그의 측근이 먼저 볼 수 있도록 해야만 합니다." 선품은 사태의 심각성을 깨닫고 낮은 목소리로 염종에게 물었다.

"그것을 어떻게 은밀히 전달할 수 있겠소?"

"사신단의 호위무사 속에 나의 심복인 추울이라는 자가 몸이 민첩하고 믿을 만합니다. 대감께서 궁에 당도하기 전에 서신을 먼저 황제께 보내야 합니다."

"알았소. 한데 그 서신의 내용을 내가 좀 알면 안 되겠소."

"네, 어차피 나중에 대감께서도 알면 대처하기 좋을 것이니 말씀드리리다."

"말씀해 주세요, 궁금하오이다."

"여왕이 나라를 다스리기 때문에 신라는 곤경에 처해있다는 말을 황제의 입에서 나오도록 하는 것입니다."

'아무리 권력 다툼이 필요해도 국가의 존망이 달린 시국에 이렇게까지 해야 하다니!' 선품은 이 이야기를 듣고 난 뒤 속으로 소름이 돋았다. 신라 사신단은 마침내 긴 여정을 마치고 당나라의 도성에 당도하였다.

"와! 왕경이다."

사신단 일행 중 누군가가 외쳤다. 멀리서 본 도성은 그 거대한 권력과 운명의 무대라는 사실이 무색할 만큼 낮고 넓은 들판 위에 펼쳐진 한 폭의 바둑판처럼 평온하고 차분해 보였다. 그러나, 아직 황제가 살만한 왕궁 같은 건물은 보이지 않았다.

도성 한가운데 백오십 미터 정도 넓이의 주작대로가 어림잡아 십여 리 정도는 뻗어있는 듯 보였다.

"도성제의 규모는 동서로 이십오 리, 남북으로 이십 리가 조금 넘으며 동서남북으로 잇는 오십 미터가 되는 도로가 백 개가 넘는 행정구역을 감싸고 있습니다. 왕궁은 주작 대로가 끝나는 맨 안쪽에 있습니다."

사신단을 안내하는 당나라 관리가 친절하게 말했다.

주작대로를 절반 정도 지나오니 안쪽에 큰 궁궐이 보이기 시작했다. 건물이 겹겹이 쌓여 있어 여러 겹으로 된 산처럼 웅장했다. 가까이서 고개를 쳐들지 않고는 궁의 용마루 치미가 보이지 않았다.

뉘엿뉘엿 해가 지고, 남시 골목마다 구운 고기 냄새며 재스민 향, 숯불과 먼지의 냄새가 뒤섞여 장안의 저녁 공기를 가만히 적셔 갔다.

사신단 숙소를 빠져나온 추울은 진한 흑포에 짧은 도포를 걸치고, 눈썹까지 눌러 쓴 모자로 얼굴을 반쯤 가렸다. 품 안에는 염종이 건넨 밀서 한 통.

"귀국의 왕은 여인이므로 정치적 결단력과 무력의 소양이 부족하여 자주 나라의 기강이 흔들리고 신료들이 제 마음대로 국정을 농단하니…"로 시작되는 문장이 뇌리에 떠올랐다.

그가 도착한 곳은 중서성의 승선承宣, 곽전郭佺의 사가였다.

서라벌

그는 황제의 조칙을 전달하고 외국 사신을 접견하는 관리로 막후 실세였다.

대문 앞 등롱 아래 노복처럼 꾸민 사내가 조용히 문을 두드렸다. 문이 열리고 한 사내가 그의 얼굴을 자세히 들여다보았다.

"신라 사신단의 호위무사 추울입니다. 곽전 승선께 꼭 전해드려야 할 것이 있습니다. 황제 폐하께 드릴 밀서 한 통을 가지고 왔습니다."

조용히 고개를 끄덕인 문지기가 안으로 그를 들였다.

곽전은 마침 외빈을 맞을 준비 중이었으나 추울이 염종의 밀서를 꺼내 보이자 곧 그의 태도를 달리했다.

"황제께서 읽으시기 전에 먼저 제가 살펴봐도 되겠지요?"

"승선의 판단에 맡기겠습니다."

추울은 고개를 깊이 숙였다.

밀서의 봉함을 조심스레 뜯고 펼친 곽전은 촛불 아래서 몇 줄을 읽었다. 문장은 정중했으나 그 속뜻은 노골적이었다.

"신라의 위기는 여왕이 국정을 맡고 있기 때문입니다. 조정에서 충성을 잃었고 군무와 기강은 날로 무너지고 있습니다. 이를 바로잡을 방법은 외부에서 강한 임자가 개입하여…"

곽전은 입꼬리를 비죽 올리며 속을 알 수 없는 웃음을 흘렸다.

그날 밤, 곽전은 장건長健(황제의 외교담당 내관)에게 이 밀서를 넘겼다. 장건은 이를 가지고 다음 날 비밀리에 황제에게 보고하였다.

태종 이세민은 밀서를 천천히 읽은 뒤 두 손으로 서류를 탁자 위에 툭 놓으며 말했다.

"신라라… 여인이 나라를 다스리면 그 꼴이 나는 것이지. 국운이 다한 나라의 모습이로다."

장건이 조심스럽게 입을 열었다.

"허나 폐하, 그 여왕이 지은 분황사와 황룡사 9층탑 창건 계획은 신라의 정신을 하나로 모으려는 방략方略이라 들었습니다."

태종은 잠시 침묵했다.

"내일 조정에 신라의 사신들을 들도록 하라."

장건이 고개를 깊이 숙였다.

모욕

서불한 선품과 일행 두 사람이 황실 내관에게 안내를 받아 당 태종, 즉 친형제를 죽이고 황제가 된 이세민을 알현했다.

그는 머리에 연각 복두를 쓰고 황색 곤룡포를 입고 있었다. 당당한 체구에 부리부리한 눈과 짙은 눈썹, 잘 정돈된 팔자수염과 턱수염을 보노라면 황제라기보다 전장을 호령하는 대장군 같은 인상을 풍겼다.

신라 사신들의 눈에는 궁궐의 장대한 위용과 빽빽이 늘어선 대신들의 숫자가 생경하고도 위압적으로 다가왔다. 신라 조정에서 본 적 없는 광경이었다.

"먼 길 오느라 수고하셨소. 이번에는 어떤 일로 왔는지 말해 보시오."

당 황제가 말했다.

서불한 선품은 황제의 질문에 정중히 조아리며 신라의 처지를 담담히 설명하였다. 그러나 황제 이세민의 반응은 냉소 그 자체였다.

"그대 나라는 여인을 임금으로 삼았기에 이웃나라에 업신여김을 받고, 해마다 편안할 날이 없다는 것을 어찌 모르는가?"

그는 한 손으로 무릎을 탁 쳤다.

"내가 왕족 중의 한 사람을 보내어 임금으로 삼고, 군사를 붙여 도와준다면, 너희 나라가 비로소 안정을 찾을 것이다. 하여, 여인을 물리고 남군을 세움이 어떠하냐?"

사신단 안에 있던 젊은 자문관 하나는 입술을 깨물며 주먹을 꽉 쥐었다. 선품은 고개를 깊이 숙인 채 아무 말도 하지 못했다. 그것이 조공 외교의 현실이었다. 그러나 이 굴욕은 오롯이 선덕여왕에게 전해져야 할 치욕이었다.

"여왕을 뵐 면목이 없구려. 폐하께 무어라 말씀드리겠어요. 그래도 그렇지, 당나라에서는 성군이라 칭송받는 황제의 입에서 한 나라의 왕을 여자라 업신여기고 조롱하는 말을 하다니!"

서불한 선품은 궁궐을 나서며 한숨을 내쉬었다.

"황제가 말한 대책이란 것도 누구나 알고 있는 터무니없는 말 아니었소. 제국을 호령하는 황제의 입에서 그런 말이 나오다니!"

함께 입궐했던 사신이 선품의 말에 맞장구를 쳤다. 그러나 서불한 선품은 어느 정도 당 황제의 대답을 예상은 했지만 여왕을 그렇게 능멸하는 말을 하리라고 생각하지도 못했다.

사신단이 귀국하자마자 조정에는 급히 어전회의가 소집되었다. 서불한 선품은 당 태종의 답변을 숨김없이 보고했다.

구원을 요청하러 간 사신들이 돌아와 당 태종의 말을 전하자, 조정 신료들은 웅성거리기 시작했다.

"…그리고, 황제께서는 폐하가 여인이기에 신라가 침탈당한다고 말하셨습니다. 그리하여 남군을 대신 보내겠다는 제안까지 하셨습니다…"

조정 안은 순간 무겁고도 냉랭한 침묵에 휩싸였다. 대신들의 시선이 여왕의 안색을 살폈다. 비담은 이 기회를 놓치지 않았다.

"폐하, 이것이 외세가 보는 신라의 모습입니다. 여인이 통치하는 한, 타국은 우리가 주권국이라 믿지 않습니다. 당장 외세의존 외교를 철회하셔야 합니다!"

"폐하, 당나라는 신라를 도울 생각이 하나도 없는 나라입니다. 고구려를 정벌하고 차례차례 한 나라씩 정벌한 다음 결국 삼국을 삼킬 것입니다. 당나라에 너무 의존해서는 안 됩니다. 타국의 힘을 빌려 일시적으로 우리의 땅을 지킬 수 있으나 결국은 그들의 노예국가가 될 것입니다."

예부령 사진이 비담의 주장에 맞장구를 쳤다.

"고구려나 백제에 빼앗긴 땅은 언제든지 우리의 국력을 키워되찾을 기회라도 있지만 당나라에 예속되면 나라 전체가 없어질 수도 있습니다.”

사신으로 갔다 온 서불한 선품이 말했다.

“외교란 머리를 조아리는 일입니다. 그러나 이 모욕은 폐하의 인내를 넘어선 모욕입니다”라고 서불한 선품이 말을 이었다.

그날 밤 여왕은 아무 말 없이 홀로 궁을 나섰다. 황룡사로 가는 가마 안, 그녀는 아무런 말도 하지 않았다. 아무리 애를 써도 당 황제에게 당한 모욕감과 우울함을 떨칠 수 없었다.

황룡사 금당 앞에 붉게 물든 단풍잎들이 바람을 따라 흩날리다 발 아래 모여 깊은 침묵처럼 쌓여 있었다.

남문을 지나 중문을 거쳐 마침내 5층 목탑의 윤곽이 드러나고 그 너머로 장엄한 금당이 모습을 드러냈다. 여왕은 천천히 시선을 들어 올렸다. 금당 위, 하늘을 향해 우뚝 솟은 두 개의 치미鴟尾[38]는 마치 도리천 제석천왕이 아수라의 무리를 정벌할 때 쓰던 투구의 뿔처럼 힘차고 매서운 기세를 뿜내고 있었다.

그제야 여왕의 눈빛이 희미하게 떨렸다. 가슴 깊은 곳에 응어리졌던 분노가 서서히 풀려나가기 시작했다.

“그래, 내가 여인이기에 능욕당한 것이겠지. 그러나 선대가 세우고 선대가 올린 이 황룡사의 치미는 그 어떤 장수의 투구

---

38 치미(鴟尾)---전각(殿閣), 문루(門樓) 따위 전통 건물의 용마루 양쪽 끝머리에 얹는 장식 기와. 매의 머리처럼 쑥 불거지고 모가 난 두 뺨에 눈알과 깃 모양의 선과 점을 새겼다.

보다도 높고 날카롭고 꺾이지 않도다."

그녀는 그날 밤 자장 법사를 찾았다.

황룡사 9층탑의 비밀

1

자장 법사가 금당 앞에서 합장하고 여왕을 맞이하였다.

"폐하, 먼 길까지 어인 행차시옵니까?"

자장법사가 말했다.

"오늘 짐의 마음이 허허로워 법사님과 긴히 나눌 말씀이 있어 왔습니다"라고 여왕이 말하자 자장법사는 그녀를 금당의 대불전으로 모셨다. 법사는 여왕이 부처님께 예를 올린 뒤 탑돌이를 같이 하자고 했다.

"법사님, 당나라에 구원병을 청하러 사신들이 갔다 온 뒤 조정이 어수선합니다. 저는 서둘러 이 5층 목탑을 허물고 불심으로 우리 신라를 하나로 묶을 9층탑을 지었으면 합니다. 이미 백제의 아비지 상단의 젊은 도편수가 설계를 완성했다고 합니다."

서라벌

여왕은 초조한 듯 말했다.

"탑을 지을 목재는 준비가 되어 있는지요?"

자장이 물었다.

"법사님이 당나라에 수행을 떠나고 난 뒤부터 황실의 재물을 풀어 꾸준히 9층탑을 지을 목재를 준비했습니다. 특히 심주心柱[39]는 왜국에서 고대 히노키를 비싼 값으로 구해 놓았죠. 수령樹齡이 이천 년이 넘는다고 하더군요."

여왕이 대답했다.

"목재는 오랜 시간 잘 말려야 건물을 지어 놓고도 뒤틀리거나 갈라지지 않으니 꼭 그렇게 해야겠지요"라고 자장이 응수했다.

"법사님, 황룡사 9층탑의 불교적 의의가 없을까요?"

여왕이 말했다.

"경전 중에 《대운경大雲經》[40]이 있습니다. 원래의 이름은《대방등무상대운경大方等無想大雲經》입니다. 이 경전에는 부처님이 천녀 정광에게 '여자의 몸으로 변하여 나라를 통치하라'는 기록이 있습니다. 여인으로 변신하여 일국을 다스리고 부처로 환생하라는 내용입니다. 폐하께서 황룡사 9층탑의 건립을 통해

---

39 심주(心柱)---탑의 중심에 세우는 기둥, 탑의 몸체 부분과 독립적으로 서 있는 기둥

40 대운경(大雲經)---689년에 중국 당나라의 설회의, 법랑 등이 측천무후가 천명을 받아 통치한다는 내용으로 지었다는 위경(僞經)

불경의 말씀을 이루셔야 합니다."

자장이 말했다.

자장이 당나라에서 불법을 공부하고 있을 때였다.

신라가 이웃나라의 침탈로 많이 힘들다는 소식이 귀에 들려왔다. 원향 선사를 찾아가 고국에 도움 되는 방법을 물었다.

"신라에 돌아가 9층 목탑을 세우면 이웃 나라가 항복하고 아홉 오랑캐가 귀한 선물을 바치고 나라가 평안할 것이다" 라고 원향 선사는 대답했다.

"선사님, 9라는 수에 숨은 의미가 있는지요?"

자장 법사가 물었다.

"《주역》에 홀수는 양이요, 짝수는 음. 9는 홀수 중에 으뜸가는 수죠 여왕께서 9층의 목탑을 지으면 천인감응天人感應 하는 결과를 낳아 인간 세상에 부처의 법이 펼쳐지겠지요."

원향 선사는 9층의 의의를 말했었다.

"여기서 원향 선사가 말씀한 천인감응天人感應이라 함은 우주와 일체 만물의 궁극적 기원을 하나의 기로 설정하는군요. 하나의 기가 있어 천지天地가 생성되고, 음양이 분화되며 다시 춘하추동의 4시를 낳고 일체 만물을 생성한다고 보았습니다. 나아가 우주와 인간은 하나의 기로부터 파생되었으므로 다시 기로 환원될 수 있으며 기는 우주와 인간을 포함한 만물 공통의 기초적 근원이 되었으며, 이처럼 결과적으로 '기'라는 기초

위에서 보면 우주와 인간은 동질성을 지니기에 기라는 연결점을 통하여 합일한다는 것이겠죠."라고 여왕이 알기 쉽게 말을 한 뒤 자장법사는 황룡사에 9층 목탑을 짓자고 했다.

"신라 주변에는 9개의 나라가 있사옵니다. 고구려 백제 당과 왜 그리고 여진 거란 말갈 오월 탐라. 탑의 9층은 이 아홉 나라를 상징합니다. 이 9층탑을 중심으로 신라가 주변의 9개국을 제압하고 다스릴 명목으로 황룡사 9층탑을 창건해야 할 것입니다."

자장이 말했다.

"이것은 백성들의 뜻을 한곳에 모을 수 있는 대의명분이 되겠군요"라고 여왕이 말했다.

"불교를 중심으로 왕권 강화와 흔들리지 않는 중앙집권의 계기도 마련할 수 있는 신의 한 수입니다."

자장이 여왕에게 말했다.

"짐은 황룡사 9층탑에 선대왕의 제석 신앙의 핵심인 33천을 연결할 생각이오. 김유신 장군도 33천 중의 한 사람으로 태어났다고 들었소. 9층 목탑의 제일 바깥쪽 외진주外陣柱 안쪽 두 줄이 32천주天柱죠. 5층 목탑은 1층이 3칸이라 심주와 사천주 측주(외진주)로만 되어 있어 33천주가 나올 수 없지만, 9층 목탑은 칸이 일곱이나 되니 그것이 가능하죠. 9층 목탑의 심주心柱야 물론 짐을 상징하겠지만, 33천주天柱 중의 하나는 김유신 장군을 상징하는 기둥이 생길 것입니다. 용화향도의 미륵하생 사상과도 닿아 있죠. 나는 전장에서 김유신이 백전불패하도록 황룡사 9층탑에 33천 사상을 심으려 계획하고 있소이다."

여왕은 심각한 표정으로 지금까지 누구에게도 하지 않은 말을 자장 법사에게 했다.

"폐하, 이런 비밀스러운 내용은 9층 목탑이 완공될 때까지 대소신료들이 알아서는 아니 될 것이옵니다"라고 자장이 여왕에게 조심스레 당부하듯 말했다.

"우선 조정 신료들이 이 거대한 불탑 건립에 찬동해야 할 텐데요."

자장이 걱정스러운 듯 여왕에게 덧붙여 말했다.

"선왕께서는 궁내에 천주사天柱寺라는 절을 지어 내제석궁이라 이름 짓고 제석신을 받들었습니다. 잘 아시다시피 제석은 33천의 천주로 수미산 꼭대기 도리천 선견성善見城에 살면서 4천왕과 32천을 거느리고 불법을 수호하는 호법신입니다. 선왕의 이름을 부처님의 아버지 이름인 백정으로, 황후의 이름을 부처님의 어머니 이름인 마야로, 짐의 이름을 덕만이라 지은 것도 부처의 혈통을 이어받은 찰제리 종으로 '왕은 곧 부처'라는 생각으로 치세하셨고 백성들도 그렇게 믿고 따르고 있습니다."

여왕이 자장에게 말했다.

"법사님, 이제는 황룡사 9층탑을 통해 백성 모두가 그 이념이 눈에 보이고 느낄 수 있도록 해야 할 때가 되었습니다"라고 여왕이 말했다.

"황룡사의 9층탑은 부처님의 무덤입니다. 탑의 중앙 심초석[41] 밑에 소승이 당나라에서 수행 중에 문수보살을 친견하여 받아 온 부처님의 진신사리를 봉안해야 합니다. 그 위에 세우는 심주는 부처님을 상징하기도 하고 33천의 천주天主를 상징합니다. 즉 용의 기상과 위엄을 상징하는 심주를 중앙에 탑신과 독립적으로 하나 세워야 합니다. 심주를 호위하는 4천주를 세우고 4천주를 호위하는 32천주를 세워 불법을 수호하여 측주側柱[42] (세상을 상징)의 구원을 상징하는 탑을 만들어야 합니다.

이 탑의 완성이야말로 신라 중심의 세계관과 신라 불국토 사상이 완벽하게 자리 잡을 수 있게 하는 것입니다. 결국 삼국통일은 완력으로 이루어지지 않습니다. 하나 된 이념으로 똘똘 뭉친 나라가 결국 천하를 평정할 것입니다."

여왕이 다시 한번 더 불교적 이념과 상징성을 말했다.

---

41 심초석(心礎石) 목탑의 중앙에 전체 기둥과 탑신등 일체 연결되지 않는 심주(心柱)를 세우기 위한 주춧돌, 약 30톤 크기의 평평한 돌
42 측주(側柱) 황룡사 9층목탑과 5층 목탑의 제일 바깥에 세운 기둥

2

"삼국통일의 원천은 화랑도의 세속 5계와 황룡사 9층탑으로 상징되는 불국토 사상이겠군요. 소승도 김유신 장군이 등에 북두칠성이 새겨져 33천 중의 한 분으로 태어났다는 소리를 들었습니다."라고 자장은 말했다.

자장은 여왕의 생각이 자신이 수행한 불법의 경지를 넘은 듯하여 경외심마저 들었다.

황룡사 9층탑의 33천 사상은 그 상징성이 멀리 당나라까지 알려진 것은 다음 내용으로 잘 알 수 있다.

김춘추가 왕으로 즉위하여 태종대왕이라 하였다. 그러자 당의 고종은 신라에 사신을 보내 다음과 같이 말했다.

'나의 아버님께서 천하를 하나로 통합한 공훈이 있기에 태종 황제라 한 것이다. 그러나, 너희 신라는 소국으로 태종이란 칭호를 사용하여 천자의 명호를 함부로 범함은 도리에 어긋나니 빨리 그 칭호를 고치도록 하라.'

신라의 왕은 이에 답했다.

"신라가 비록 작은 나라이긴 하나 성신聖臣 김유신을 얻어 삼국을 하나로 통합했기에 태종이라 한 것이다."

신라왕의 글을 보고 당 고종은 자신이 태자 시절에 책에 적어 두었던 기억을 떠올렸다. 즉 어느 날 하늘에서 외침이 있었다.

서라벌

'33천의 한 사람이 신라에 탄강하여 유신이 되었다'는 내용이었다.

당 고종은 그 기록을 찾아보고 매우 놀라고 두려워했다. 그래서 다시 사신을 신라에 보내어 태종이란 칭호를 고치지 않아도 좋다고 했다. 김유신이 계백의 5천 결사대를 무찌르고 당군과 합세하여 도성으로 들어오는 강가에 주둔하고 있었다.

그때 홀연히 새 한 마리가 소정방의 병영 위를 선회하고 있었다. 정방은 그것이 못내 꺼림칙하여 점쟁이에게 점을 쳐 보게 했다.

"필시 당군에게 나쁜 징조입니다"라고 말했다.

그 말을 들은 정방은 군사를 퇴각시키려고 했다. 이러한 낌새를 알아차리고 유신이 말했다.

"어찌 나는 새 한 마리 따위를 보고 천시天時를 놓칠 수 있겠소. 천명에 응하고 인심에 순하여 불인자不仁者를 치는 이 마당에 무슨 상서롭지 못한 일이 있겠소?"

그리고 신검神劍을 빼어 그 새를 겨누자, 새는 갈가리 찢어져 그 자리에 떨어졌다. 그제야 정방은 백강의 기슭으로 나와 산을 등지고 진을 치고 싸워 이겼다. 33천天의 한 사람으로 행한 김유신의 일화를 하나 더 보자.

당나라 군사가 백제를 평정하고 돌아간 뒤, 신라왕은 백제의 잔적들을 토벌하라고 명하였다. 그러나 신라군은 고구려와 말갈 두 나라 군사에 포위되었다. 40일간 공방을 했는데 포위가 풀리지 않았다. 신라군이 위기에 처했다.

왕이 이 소식을 듣고 신하들에게 대책을 물었으나 누구도 대답하지 못하였다. 그때 김유신이 궁중에 달려와 아뢰었다.

"일이 급박하옵니다. 사람의 힘으로는 미칠 수 없고, 오직 신술神術로나 구원할 수 있습니다."

유신은 곧 성부산에 재단을 꾸미고 신술을 베풀었다. 그러자 독만 한 광채가 단 위로부터 나타나더니 별이 날듯 북쪽을 향해 날아갔다.

한산성 안에 포위당해 있는 군졸들은 지원병이 오지 않음을 원망하며 서로 바라보면서 울고 있을 뿐이었다. 적들이 공격을 서두르고 있는데 홀연히 한 광채가 남쪽 하늘로부터 날아와서 벼락불이 되어 30여 개의 적의 포차를 단번에 부숴 버렸다. 그뿐만 아니라 적군의 활이며 화살이며 창 따위가 깡그리 부서지고 적군은 모두 땅바닥에 쓰러졌다. 얼마 뒤에 적군들은 깨어나 황황히 흩어져 달아나 버리고 신라군은 돌아왔다.

위의 이 두 가지 이야기는 삼국유사의 태종춘추공 편에 나오는 이야기다.

그 후로 선덕여왕과 그 지지 세력인 김유신과 김춘추에게는 황룡사 9층탑의 창건은 피할 수 없는 숙제였다. 그들은 그 탑이 삼국 통일의 대업을 이룰 토대가 될 것을 잘 알고 있었다.

서라벌

탁란지계 托卵之計

1

이찬 비담이 불탑 건립 건에 대한 화백회의의 의중을 묻기 위해서 대등인 을제와 사지를 은밀히 불렀다.

"불탑 건립에 대해 경들의 의견은 어떠하시오?"

비담이 화백회의 대등인 을제와 사지에게 조심스레 물어본다.

"여왕이 첨성대를 성공적으로 세워, 우리 권문 귀족들의 전유물이었던 천문에 관한 것도, 백성들에게 공개하여 천하에 왕즉불王卽佛 노릇을 하고 계시는데 서라벌 어디에서나 보이는 거대한 목탑이 건립되면, 여왕의 위세에 눌려 조정이 제대로 힘을 발휘하지 못하고 여왕의 꼭두각시로 전락할 것이오"라고 사지 가 격앙된 목소리로 말했다.

"사지 공, 꼭 그렇게만 볼 수 없습니다."

을제가 사지의 의견에 토를 달며 말했다.

"우리 신라에는 아직 9층이나 되는 목탑은 지을 기술이 없습니다. 아비지라는 백제의 대목장을 초빙하여 설계도를 만들고 계획은 다 세워놓았더군요. 그나마 다행히도 아비지 대목장의 수제자가 우리 신라인이랍니다."

"을제 공의 말씀은 불탑 건립이 실패할 수도 있고 성공한들 백제 기술자가 세운 불탑이란 의미군요"라고 염종이 말했다.

"허허… 쯧쯧."

비담이 탁자를 두드리고 입에 게거품을 부걱대며 언성을 높였다.

"그럼 적국의 기술자를 데려와 불탑을 세운다는 것이오? 의자왕이 그것을 용인하겠소?"

"그것은 미묘한 문제가 있습니다"라고 고개를 주억거리고 있던 사지 공이 적극적인 의견을 내놓았다.

"백제왕의 처지에서 생각해 보세요. 불탑을 세울 비용으로 병장기를 만들어 그 날카로운 날이 탑의 목재가 아닌 백제 병사들의 얼굴로 향한다고 생각하면 용인하지 않을 이유가 없을 것이오. 또 백제 건축 기술을 은근히 자랑하여 자기 백성에게 자긍심을 심어 줄 수 있어서 정치에도 도움이 될 것이고요. 그리고 목탑 건립이 잘못되어 국고라도 바닥이 드러나고 민심이 돌아서면, 여왕은 책임을 져야 하고 신라는 자중지란에 빠질 수 있으니 백제왕의 처지에서는 싸우지 않고 이기는 꼴이 되지 않겠습니까?"

"그렇습니다. 선왕인 진평대왕께서는 백제 무왕이 신라의 황룡사와 같은 미륵사를 세울 때 신라의 온갖 장인들을 보내어 후원해 준 적이 있었습니다."

을제가 말했다.

삼국이 아무리 싸우는 관계라고 하지만 전시가 아닐 때는 스님과 장인들은 서로 교류하는 것을 나라에서 허락했다.

2

비담의 책사인 염종이 대등들의 이야기를 옆에서 듣고 있다가 비담에게 말했다.

"여왕이 자장을 대국통으로 임명하여 불탑 건립을 저렇게 밀어붙이는데 반대만 하였다가는 민심의 역풍을 우리가 맞을 수도 있습니다."

"그러면 어떻게 하면 좋겠소? 좋은 계책이라도 있소? 비담이 염종에게 물었다.

"주군은 탁란이란 말을 들어 보신 적이 있으신지요?"

"아니, 처음 들어보는구먼"

"뻐꾸기는 부화할 알을 뱁새의 둥지에 넣어 뱁새가 부화하게 놔두지요. 부화한 뻐꾸기 새끼는 눈도 뜨기 전에 뱁새의 알과 새끼들을 본능적으로 날개를 이용하여 둥지 밖으로 밀쳐 버리지요. 그래도 뱁새 어미는 자기의 몸뚱이보다 서너 배나 큰, 새끼가 먹이를 달라고 입을 벌리고 입속의 붉은색을 보이면 본능적으로 육아를 한다고 합니다."

이 말을 들은 비담은 재미있다는 듯 아무나 쉽게 할 수 없는 이야기를 거리낌 없이 했다.

"결국 여왕은 알을 부화시키고 새끼를 양육한다는 말이군요. 하하하~"

"주군, 화백회의에서 찬성은 하지만 정치적으로 많은 것을 얻어 내야만 합니다. 이번 결의로 비담 공이 조정의 제일 우두머리인 상대등 자리를 가져와야 합니다."

"그러기 위해서는 처음에는 목탑 건립을 맹렬하게 반대해야 하겠군요."

"그렇습니다, 사지 공"이라고 염종이 말했다.

"반대만 하겠습니까? 방해 공작도 해서 여왕이 백기를 들도록 사방에서 압력을 가해야지요."

비담이 입술을 실룩거리며 불만이 하나둘 아닌 듯 말했다.

"여왕은 만장일치의 의견을 모으는 화백회의의 결의가 필요합니다. 대의명분이 중요하니까요. 분열된 조정을 하나로 뭉치

412   서라벌

게 하고 전란으로 할퀴고 찢어진 민심을 다독이고 불심으로 희
망과 위안을 줄 수 있는 상징적인 거대한 탑이 여왕에게는 절
실하겠죠"라고 염종이 말했다.

"왕실에서 탑의 목재 구입 비용으로 거금을 내놓겠지만, 운
용의 묘는 조정에서 쥐락펴락하는 꼴이 되어 탁란에 비유되겠
군요"라고 말하며 비담은 눈가에 여왕에 대한 야릇한 비웃음의
여운을 남겼다.

이찬 비담은 호족들의 여론을 주도하고 있기에 여왕에 버금
가는 힘을 갖고 있었다.

"불경의 이름으로 또다시 궁궐이 아닌 절을 지으시려고 하다
니!"라고 동행한 대신들에게 비담이 말했다.

그는 여왕 앞에서 노골적으로 황룡사 9층탑의 건설을 반대
했다.

3

이번 화백회의는 9층탑이 지어질 본당 서쪽에 있는 익랑 회
의실에서 열렸다. 여왕과 자장, 이찬 비담을 비롯한 6부의 대등
과 김춘추, 김유신 외 대소 신료 30여 명이 모였다. 황룡사에서
화백회의가 열리는 것은 여왕의 요청으로 성사되었다.

화백회의 직전에 자장은 여왕을 만났다.

"폐하, 귀문 쪽에서 들려온 소식입니다. 을제 공은 탑 건립에 표면상 반대하나 염종이 그를 움직이고 있습니다. 반대파는 비담을 정점으로 의견을 모으고 있지만 일부는 내심 여왕 폐하께 기울었습니다."

"모두가 말하진 않지만, 마음은 드러나는 법이지요. 조정은 말을 듣되 민심의 기운을 느끼는 것이지요. 오늘은 내가 고요히 그들의 마음을 이끌어내겠소."

여왕이 자장에게 말했다. 여왕의 차림은 단정했다. 왕관만 없다면, 여느 귀족의 평상복 차림에 가까웠다. 여왕이 입장할 때 모두가 예를 갖추자 여왕은 조용히 미소로 화답했다.

"이 자리에 모인 이유는 하나 황룡사 9층탑 건립에 대한 경들의 뜻을 듣기 위함이오."

여왕이 말했다. 순간, 비담이 자리에서 일어났다. 그는 사려 깊은 표정을 짓되 목소리는 칼날처럼 날카로웠다.

"폐하, 감히 여쭙습니다. 왜 지금입니까? 국고는 고갈되었고 백성은 대야성 전투의 참상 속에 있습니다. 그럼에도 거대한 불탑을 세운다는 것이 시의적절한 일일까요?"

"혼란한 때일수록 민심을 하나로 모을 상징이 필요하오. 불탑은 단지 돌과 목재로 쌓은 건축이 아니오. 그것은 신라의 정신이요 백성을 위한 기둥이오"라고 여왕이 답했다.

서라벌

"하지만, 폐하, 설계는 백제 장인의 손에, 재정은 왕실이 댄다지만 공사는 결국 백성이 하는 것 아닙니까? 탑이 아니라 백성을 먼저 일으켜 세워야 할 때입니다"라고 하며 예부령 사진이 비담의 말을 거들었다.

"신라의 혼란은 외침에서 비롯된 것이 아니라, 안팎의 의지 결핍에서 비롯된 것입니다. 불탑은 다툼의 상징이 아니라 통합의 구심점입니다. 삼보의 힘을 빌어 조화를 이루고자 하는 뜻입니다"라고 자장법사가 말했다.

그 순간, 비담이 그 자리에서 목소리를 높였다.

"법사께서 말씀하신 통합이란 실은 폐하의 권력을 신격화하려는 의도 아닙니까? 백성 위에 탑을 쌓고 조정 위에 불심을 얹으려는 권모술수가 아니고 무엇이겠습니까!"

비담의 반대 발언으로 술렁이던 회의장은 잠시 침묵 속에 잠겼다. 회의장의 공기는 칼날처럼 팽팽했고 숨소리조차 무겁게 들릴 수 있었다. 김유신이 자리에서 조용히 일어나 마치 검을 뽑듯 입을 열었다.

"그렇다면 그 권모權謀의 이름으로, 나 유신은 천하를 통일할 것입니다. 백성은 무력으로만 모이는 것이 아닙니다. 탑은 불심의 깃발이며 통합의 구심점이 될 것입니다. 나는 창칼로 나라를 지켜 왔습니다. 하지만, 지금껏 싸워온 어떤 전쟁보다 이 탑 하나를 세우는 일이 어렵고 숭고합니다. 나라의 외곽은

군이 나라의 중심은 탑이 지킵니다. 나는 앞으로 모든 전장에서 백전불패할 것을 맹세하겠습니다. 그 조건으로 이 탑을 세워주십시오. 내가 이 나라의 방패가 되어드리겠습니다."

"고구려와 백제는 강하나 이념이 없습니다. 우리는 뜻이 있고 여왕께서는 그 뜻을 모으고자 하십니다. 이 불탑은 군주의 허영이 아니라 신라의 사상 그 자체입니다. 지금 우리가 고민하는 것은 목재와 비용이 아닙니다. 마음입니다. 백성이 우리에게 묻고 있습니다. '무엇을 믿고 살아야 하느냐?'고 그에 대한 답이 곧 이 탑입니다. 그것은 곧 민심이오 미래입니다."

병부령인 알천이 말했다. 그의 시선이 정면의 비담을 향했다.

"이 전쟁의 시대에 고구려와 백제는 창을 들었고 우리는 마음을 들었습니다. 우리만이 탑을 생각하고, 우리만이 내일을 세웁니다. 탑이 크다 말하십니까? 우리 뜻이 그보다 작습니까?"

이찬 김춘추도 알천의 말에 힘을 보탰다.

여왕이 자리에서 일어나 단호한 눈빛으로 회의를 정리했다.

"내 손으로 백성을 다스린 것은 한낱 권력이 아니오. 이 탑은 나의 탑이 아니라 신라의 것이오. 나는 정녕 그리하고자 하오. 내 몸을 지켜줄 장수는 유신 공이오. 내 이름을 남길 역사서는 자장법사께서 쓰실 것이며, 내 마음을 함께 세워 줄 경들이 있기에 나는 이 탑을 반드시 세울 것이오. 이 탑은 나의 불탑이 아니라, 신라가 하나 되자는 간절한 기도요. 흩어진 마음들을 잇는 기둥이오."

여왕이 말을 마치자 잠시 정적이 흘렀다.

상대등이 화백회의의 뜻을 구했다.

"찬 반을 표하시지요."

첫 번째 깃발이 찬성 쪽에 꽂힌다. 이어 둘, 셋… 결국 모두 찬성, 비담은 끝내 입술을 깨물며 자리에 앉는다. 그러나 그의 눈빛은 패배의 것이 아니라 또 다른 계략의 서막이었다.

재회

1

여왕은 부드러운 미소로 백제에서 온 아비지 대목장을 맞이했다. 그녀의 이름은 덕만, 이름처럼 온화했지만 그 속엔 품격과 위엄이 단단히 배어 있었다.

짧은 인사만으로도 사람을 편안하게 만들고 저절로 마음을 열게 하는 사람이었다. 눈빛은 매섭지만 그 안에 깃든 따뜻함은 상대를 경계 대신 신뢰로 이끌었다.

빈틈없는 태도, 넘치는 자신감, 그녀와 함께라면 어떤 일이든 거침없이 풀려나갈 것만 같은 착각이 들 정도였다.

요즘의 덕만은 바쁜 국정 속에서도 무언가에 취한 듯한 열정을 숨기지 못했다. 그것은 아마도 천년왕국의 기틀을 세우겠다는 오랜 꿈이 그녀 안에서 불꽃처럼 타오르고 있었기 때문일 것이다.

서라벌

"아비지 대목장 먼 길 오시느라 수고 많으셨습니다."

아비지는 조심스럽게 황룡사 9층탑의 설계도를 여왕 앞에 펼쳤다.

"이 설계도는 저희 상단의 도편수인 비목랑이 주도하여 그린 것입니다."

제자에게 공을 돌리는 그의 말은 그의 너그러운 마음에서 비롯된 것이었다.

"비목랑이라 하셨습니까? 제가 알기로 그 사람, 신라인이라 들었는데… 맞습니까?"

"예, 폐하. 신라 출신입니다."

여왕의 눈에 잠깐 빛이 스쳤다.

"짐이 어릴 적 알고 지내던 인물의 이름이오. 혹시… 그 비목랑이 맞을지도 모르겠군요."

"그도 이 자리에 와 있습니다. 폐하께서 원하신다면 지금 불러오겠습니다."

여왕의 허락과 함께, 잠시 뒤 조성전의 문이 열리고 비목랑이 조심스레 입장했다.

정중히 예를 올리는 순간, 그의 눈이 여왕을 향했다.

매처럼 날카로운 그 눈빛은 한 번도 대상을 헛짚은 적이 없었다.

'…덕만…?'

비목랑의 가슴이 움찔했다.

화랑도 낭도 시절 함께 수련하던 동무. 그때 그녀는 남장을 한 소녀였다. 활쏘기에 능했고 경서에 밝았으나 궁중 사람이라는 내색은 없었다. 그저 조용히, 그러나 뚜렷한 인상을 남긴 이였다. 그리고 지금 그 소녀가 신라의 여왕이 되어 눈앞에 서 있다니….

여왕 역시 곧 비목랑을 알아보았다.

오래 전 조심스럽고 내면이 섬세하던 그 소년, 그녀는 자신도 모르게 마음을 빼앗겼던 그 시절의 설렘이 되살아났다.

"비목랑… 어쩌다 여기까지 왔소? 이게 꿈이오, 생시요?"라고 그녀가 말하며 비목랑의 손을 덥석 잡았다. 여왕의 얼굴에는 미소가 넘쳤고 목소리는 놀라움과 반가움이 뒤섞인 감정으로 떨렸다.

그를 처음 낭도로 만났을 때, 덕만은 사춘기 소녀였다. 한참 동안 몰래 가슴앓이만 하며 감정을 감췄던 그때의 설렘이… 지금 심장 깊은 곳에서 다시 뛰고 있었다.

비목랑 역시 말을 잃었다.

금관을 얹은 그녀는 더 이상 한 사람의 여인이 아니었다.

위엄과 아름다움, 권력과 생명이 겹쳐져 그의 눈앞에 선 것은 그가 이제껏 단 한 번도 마주한 적 없는, 절대미 그 자체였다.

"비목랑 대목장, 지금까지 어떻게 지내왔는지 듣고 싶습니다."

"예, 폐하"

비목랑은 짧게 고개를 숙인 뒤, 담담히 그의 이야기를 전했다.

그의 할아버지는 가야 출신으로 신라에 귀화한 학자였고 당나라 유학을 다녀온 당대 최고의 유학자였다. 아버지는 학문보다는 건축에 열정을 지닌 대목장이었으며 김서현 장군과는 막역한 사이였다. 그는 사찰과 궁궐을 짓는 공역을 이끌며 젊은 목수들을 양성하는 학교까지 운영하고 있었다.

비목랑은 조부의 학문과 아버지의 건축 사이에서 자라났고, 어린 시절부터 건축을 삶으로 삼게 되었다. 걸음마를 떼자마자 공사 현장을 누비며 나무 냄새를 맡았고, 도면과 연장을 장난감처럼 만졌다.

그의 공간 감각은 타고난 것이 아니라, 어린 시절부터 체득한 감각이자 운명이었다.

청년이 되어서는 당나라로 유학을 떠나 불교와 건축 미학을 익혔고, 다시 백제로 건너가 목조건축의 본산이라 할 부여조의 아비지 상단에 입문하였다.

그곳에서 그는 실력으로 인정을 받았고 마침내 부여조의 대목장이 되어 아비지와 함께 황룡사 9층탑의 건립을 위해 서라벌에 들어오게 된 것이다.

2

사적인 이야기가 끝나자 다시 목탑 건립 이야기로 돌아갔다.

"우선, 실제 탑의 1/10 크기 모형을 제작하고, 그 하단에는 활차(滑車)를 설치할 생각입니다. 활차란 바퀴에 홈을 파고 줄을 걸어 물체를 움직이는 장치로, 고정 도르레와 움직이는 도르레가 있으며 기중기나 두레박 등에 흔히 사용됩니다. 이 장치에 말들을 연결해 좌우로 달리게 함으로써, 지진과 같은 극심한 진동에도 구조가 얼마나 견딜 수 있는지를 시험해보려 합니다. 그때는 부디 폐하께서도 왕림하시어 직접 관람해 주시옵소서."

아비지 대목장이 몸을 낮추며 말했다.

"다른 모든 일을 미루고 꼭 참관하리다. 날짜가 정해지면 꼭 불러주시오. 아비지 대목장, 지진이라면 땅이 좌우로 흔들리는 경우뿐 아니라 상하로도 움직인다고 들었는데, 그럴 때는 어떻게 되겠소?"

"그 점은 크게 우려하지 않으셔도 됩니다. 폐하, 목탑의 부재 자체가 중량을 갖고 있어 기둥을 단단히 누르고 있으므로, 대들보와 기둥이 벌어지거나 이탈되는 불상사는 없을 것입니다."

여왕은 9층 목탑의 설계도를 바라보며 황룡사의 금당과 조화를 이룰 모습에 내심 흐뭇해졌다. 단순한 건축을 넘어 완공 이후에 품게 될 상징성과 미학을 상상하니 가슴이 벅차올랐다.

"아비지 대목장, 비목랑 도편수, 참으로 수고 많으셨소. 이 탑이 세워지면 '여자가 왕이라서 나라가 위태롭다'는 조롱도, 천한 업신여김도 잠재울 수 있겠지요. 백성들의 불심을 깨우고 왕권은 그 불심 위에 더욱 굳건해질 것입니다. 나아가 이 탑은 삼국을 하나로 묶는 초석이 될 것이오. 지금까지 이처럼 높은 목조탑을 감히 세운 이도, 존재한 적도 없습니다. 단 하나 걱정인 것은, 이 서라벌이 지진이 잦은 땅인데, 과연 225척(80미터)에 달하는 이 탑이 무사히 버틸 수 있겠느냐는 것이지요."

여왕의 목소리에는 기대와 걱정이 섞여 있었다.

"비목랑은 예나 지금이나 크게 달라진 게 없구려."

여왕이 미소 지으며 말했다.

"폐하야말로 여전히 온화한 미소와 미모를 간직하고 계십니다."

비목랑도 예를 갖추며 응수했다.

낭도 시절, 비목랑은 어리고 내성적인 편이었다. 그러나 지금은 짙은 눈썹 아래 쌍꺼풀 없이 또렷한 눈매가 인상적이었다. 지적이고 빈틈없는 태도, 조용한 결단력은 여왕에게 깊은 신뢰를 안겨주었다. 무엇보다도 따뜻하고 담대한 눈빛은 예전부터 그녀의 마음을 움직였던 그 무엇이었다.

덕만은 낭도 시절부터 정치적으로는 김유신과 정적들 사이에서 부딪치며 고된 성장을 겪어야 했다. 같은 용화향도에 속해 있었지만 비목랑은 그 시절 눈에 띄는 존재는 아니었다. 덕만보다 몇 살 어린 그는 사춘기였던 덕만의 가슴속에 살며시 들어왔던 유일한 사람. 그러나, 그는 끝내 낭도 생활이 맞지 않아 2년의 기본 훈련을 마치고 화랑도를 떠났다.

이후 생사를 몰랐던 그가, 지금 이렇게 당당한 장인으로 여왕 앞에 다시 나타날 줄 누가 알았겠는가. 여왕은 운명처럼 다가온 재회에 크나큰 원군을 얻은 듯한 기분이 들었다.

황룡사 9층탑의 창건은 단순한 토목공사가 아니었다. 그것은 하늘에 닿는 정신의 기둥을 세우는 일이었다.

"비목랑, 나는 이 탑을 단순히 정치적 혹은 종교적 상징물로만 세우고 싶진 않소."

여왕은 천천히 말을 꺼냈다.

"그렇다면, 폐하께서 생각하시는 이 탑의 참된 의미는 무엇입니까?"

비목랑이 정중히 되물었다.

"사랑이지요."

여왕의 눈동자가 먼 곳을 응시했다.

"들에 핀 꽃들도 그냥 피는 것이 아닙니다. 모두 사랑으로 피어나고, 저마다 예술의 시간을 살다 지지요. 이 탑도 그렇습니다. 서라벌이라는 집의 추녀 끝에 달린 풍경처럼, 백성들에게 같은 종소리를 울리며 그들이 한 마음이 되어 불국토로 향하게

서라벌

할 것입니다.

이 탑은 위로이며 용기입니다. 전장에서 죽어간 이들에게는 위안이 되고 남은 자들에게는 살아갈 힘을 주게 될 것입니다.

그리고 이 탑은 북극성과 같은 존재가 될 것입니다. 누구의 마음이 길을 잃을 때마다 변치 않는 그 자리에 있어 양심의 종소리를 울릴 것이지요. 화랑들이 세속오계를 가슴에 품듯이 우리 백성들도 이 탑을 마음 깊이 품게 될 것입니다."

여왕은 꿈꾸듯 말하며 마치 선견성(善見城)의 제석천이 된 듯한 기분으로 비목랑을 바라보았다.

"비목랑과 사춘기 시절 이루지 못한 사랑도… 이 9층탑으로 함께 이루어야겠지요."

그 말은 농이었지만 비목랑의 두 뺨은 서서히 붉어졌다. 나긋한 자태로 얼굴을 살짝 붉히며 웃는 여왕의 눈웃음은 참으로 따뜻하고 인간적이었다.

하지만, 현실은 차가웠다. 황룡사 9층탑을 세우기 위해서는 왕실의 재정만으로는 턱없이 부족했다. 탑을 세우는 이상은 누구나 이해할 수 있었지만, 지방 호족들을 설득하여 실질적인 재정을 끌어오지 못한다면 이 꿈은 허상이 되고 말 것이다.

결국 여왕은 화백회의 수장들을 설득해야 했다. 하루하루 골머리를 앓으며 정치력을 발휘해 재원을 마련하는 일에 몰두했지만, 오랜만에 만난 옛 정인과의 재회는 그녀의 마음을 잠시

나마 따뜻하게 데워주었다.

3

달빛이 고요히 궁궐 지붕 위로 흘러내렸다. 여왕은 저녁 회합을 마친 뒤 조성전 뒤편의 고요한 연못가 정자에 비목랑을 따로 불렀다. 정자에는 등불조차 없었다. 오직 달빛과 바람 그리고 그들 둘만의 침묵만이 있었다.

"그곳을 기억하시오? 낭도 시절 우리가 별을 헤며 세속오계를 읊던 그 밤…"

여왕이 조용히 물었다.

"기억하고 있사옵니다. 폐하께선 늘 북극성을 좋아하셨지요. 중심은 움직이지 않는다… 그렇게 말씀하셨던가요."

비목랑은 고개를 끄덕이며 담담히 대답했다.

"그땐… 내 마음도 흔들렸소. 여인으로 태어나 왕이 되기 위해 걸어야 했던 길은 생각보다 훨씬 외로운 길이었소."

"하지만 폐하께선 해내셨습니다. 누구보다 곧게 누구보다 외롭게 그리고 누구보다 당당하게."

여왕은 비목랑을 바라보다가 눈을 살며시 떨구었다.

"그 곧음 속에… 그대의 얼굴도 있었습니다. 내 마음을 북극성처럼 이끈 사람 중 하나였지요."

비목랑은 한참 침묵한 후 입을 열었다.

"그때의 저는… 아무것도 몰랐습니다. 미련하고 겁이 많았고… 다만, 폐하께서 저에게는 특별한 존재였을 뿐…."

그는 조심스럽게 여왕과 눈을 맞추었다.

"그런 그대가 지금은 나라의 기둥을 세우는 자로 돌아왔군요. 내가 그대에게 함께 탑을 세워 달라 부탁드릴 때, 내 마음도 흔들렸습니다."

"하지만, 폐하"

비목랑은 낮고 단호한 목소리로 말했다.

"그 탑에… 제 마음은 얹지 않겠습니다."

여왕은 잠시 그를 바라보다 조용히 물었다.

"왜지요? 내가 부담스럽소?"

"폐하께선 하늘을 향해 걷는 분이십니다. 저는 땅을 만지고 기둥과 나무를 다루는 자입니다. 폐하께 제 마음을 드리는 순간, 그 탑이 무너질까 두렵습니다."

그의 말에 여왕은 천천히 고개를 끄덕였다.

"나 역시 두렵습니다. 이 마음이 사사로움으로 흐를까, 탑이 우리의 감정을 무덤처럼 가두는 무서운 공간이 될까…."

두 사람 사이에 바람만이 스쳤다.

"그럼, 우리는 탑의 심초석 위에 세운 심주心柱처럼 서로를 지탱하되 올라서지 않고 눈길은 주되 손은 내밀지 않는 그런 관계로 남겠군요."

비목랑이 담담히 말했다.

여왕은 오래도록 그를 바라보다가 조용히 입을 열었다.

"그래도… 탑이 완성되면, 그대와 다시 마주 보고 싶소.

그때 내가 더 이상 여왕이 아니고 그대도 도편수가 아니라면…."

비목랑은 살짝 웃었다. 수줍은 그러나, 따뜻한 미소였다.

"그때는… 폐하의 손을 꼭 잡을 수 있기를…."

여왕은 그의 능력을 믿고 있었다. 하지만, 그보다도 이지적이면서도 불꽃처럼 타오르는 그 자신감에 끌리고 있었다.

짧은 작별이었지만 여왕은 그와 함께 세워갈 탑을 떠올리며 오래도록 마음 깊은 곳에서 잔잔한 위로와 힘을 얻었다.

서라벌

심주心柱

1

황룡사 9층탑 창건의 총책을 맡은 김용춘은 기초 공사에 앞서 대지의 안녕과 공사의 성공을 기원하며 개토제開土祭[43]를 올렸다.

그는 조심스럽게 축문을 펼쳐 들고 바람 속에 울리는 목소리로 읽어 나갔다.

"땅속 깊이 박힌 뿌리들, 서로를 의지하며 얽히고 설킨 대나무의 뿌리에서 삼국통일의 꿈 하나, 용트림처럼 솟아오른다.

굵기 한 척에 달하는 죽순 하나가 하늘 끝까지 뻗는다. 그 주위로 예순네 개의 대나무가 숲을 이루며 위로 치솟는다.

남쪽에서 몰아친 태풍은 동으로, 북으로 거대한 원을 그리며 달려온다.

---

43 개토제(開土祭)---묘를 만들거나 건물을 짓기 위해 땅을 팔 때 지내는 제사.

그 바람이 대숲을 훑을 때마다 댓잎이 서걱이며 내는 수런거림은, 천지의 함성처럼 용오름이 되어 지축을 흔든다.

그 기세, 저 당나라 천자에게도 닿으리라.

설혹 땅이 갈라지고 흔들릴지언정 이 대숲은 꺾이지 않으리.

우리의 뜻은 뿌리 깊은 대나무처럼, 그 어떤 변고에도 흔들리지 않으리."

김용춘은 축문을 천천히 접고 손끝으로 땅을 눌렀다. 그리고 중얼듯 말했다.

"그래 우리의 꿈은 천 년을 이어야 한다. 이 나라가 천년 왕국이 되는 날까지…."

왕실에서 건립하는 국가사찰의 대공사, 성전成典 소속 금하신, 상당, 적위, 청위의 관료들이 참관하고 아비지 대목장과 비목랑 도편수, 토목 감독들도 자리를 함께 했다.

김용춘이 아비지에게 물었다.

"이처럼 거대한 탑이 지진과 태풍을 견딜 수 있으려면 기초공사를 어찌 해야 한단 말이오?"

"이곳은 원래 늪지입니다. 물이 흐르고 숨 쉬는 땅이지요. 배수를 위해 자갈을 한 자 두껍게 깔고, 그 위에 진흙을 두 자 높이로 덮는 과정을 네 차례나 반복해야 합니다."

아비지의 목소리는 나무결처럼 단단하고 깊었다.

용춘이 눈살을 찌푸렸다.

"그렇게까지? 백성들의 원성도 심각하오. 염종의 무리들은 이미 '무너질 탑에 나라의 곡간을 비운다'며, 장터마다 풍문을 퍼뜨리고 있소."

그때 조용히 서 있던 비목랑이 한 걸음 나섰다. 그의 눈은 젖은 흙보다 깊었고 목소리는 젊지만 단단했다.

"지반은 숨을 쉽니다."

"숨을 쉰다고…?" 용춘이 눈을 가늘게 뜨며 되물었다.

"예, 늪지는 살아 있는 땅입니다. 겉은 평평하나 안은 물과 진흙이 마치 폐처럼 들숨과 날숨을 반복합니다. 그대로 위에 짓는다면 1층이 아닌 9층의 높이에서는 매년 중심이 기울게 됩니다.

그래서 진흙과 자갈을 교대로 눌러 땅이 숨을 쉬지 못하도록 다져야 합니다. 땅의 호흡을 잠재워 탑을 품게 만들어야 합니다."

아비지가 고개를 끄덕이며 덧붙였다.

"그것은 숨을 막는 것이 아닙니다. 숨을 가라앉히는 것이지, 그 숨 위에 건축을 올리기 위해서…."

김용춘은 비목랑을 새삼스레 바라보았다.

"젊은데도… 보는 눈이 깊구려."

비목랑은 고개를 숙였다. 그러나, 그의 목소리는 더 낮고 깊었다.

"그러나, 저 위에 올라설 탑은…, 천 년을 버텨야 합니다. 무너지지 않게 만드는 것만으로는 부족합니다. 저는 그 탑이 사람들의 마음까지 붙잡게 만들고 싶습니다."

그의 말에는 젊은이의 열망, 그리고 사랑처럼 아린 슬픔이 얽혀 있었다.

정적이 흘렀고 먼지 바람이 자갈 위를 조용히 스치고 지나갔다. 김용춘이 마음을 가라앉히고 차분히 말했다.

"당신이 말하는 그 탑은 기술이 아니라… 마음이군요."

비목랑은 천천히 손바닥을 펼쳤다. 그 안에는 새벽부터 쥐고 있던 흙 한 줌이 담겨 있었다.

"이 흙 안에도 숨이 있습니다. 다만 그 숨결을 읽을 수 있는 눈… 그 눈이 제게는 아직 부족합니다."

아비지가 그의 어깨에 조용히 손을 얹었다.

"기술은 손이 익히는 것이고, 탑은 마음이 짓는 거다. 네가 담으려는 그 마음… 나는 믿는다."

2

비목랑은 황룡사 9층탑의 본공사를 시작하기에 앞서, 1/10 크기의 정밀한 모형을 제작해 지진에 대한 내진 성능을 시험하고자 하였다. 이는 단순한 모형이 아닌 탑의 생사를 가를 예행 연습이자 반드시 통과해야 할 관문이었다.

"심주를 세우기 전, 탑의 혼을 시험하리다."

비목랑은 상단의 당주들을 불러 모아 치밀하게 설계된 도면을 하나씩 나누어 주었다. 공방마다 연장 소리가 끊이지 않았고 각 조는 도면을 따라 정교한 분업을 수행하였다.

무려 120인의 목수들이 혼신을 다한 끝에 두 달도 되지 않아 모형탑은 위용을 드러냈다.

비록 1/10 크기일지라도 그 탑은 하나의 독립된 걸작이었다. 단청은 생략되었지만, 각 층의 비례와 구조는 정교했으며 지붕엔 실제보다 더 무거운 돌판을 얹어 극한의 상황을 가정하였다.

9층탑을 지지하는 고정 구조물은 촘촘히 놓인 일정한 원형 나무 위를 달리게끔 장치를 하였다.

여왕은 붉은 용포를 걸치고 황룡사에 도착했다. 용춘, 유신을 비롯한 대소 신료들과 성전의 감독들이 잇달아 도착했다. 햇살이 탑의 끝을 쓸고 지나가는 순간 여왕은 조용히 탄식처럼 속삭였다.

"이 탑이 우리 백성의 마음이 되어 흔들리되 쓰러지지 않기를 바란다. 부처의 손바닥 위에 놓인 듯한 그 안온함을 이 민초들이 느끼게 해주게."

곁에 선 김용춘 공이 고개를 끄덕이며 말했다.

"나라의 운명을 짊어진 탑입니다. 오늘 이 모형이 견딘다면, 신라는 탑과 함께 천 년을 버틸 것이옵니다."

모두가 일제히 숨을 죽이며 눈길은 모형탑에 얼어붙은 듯 멈춰 있었다. 비목랑은 탑의 좌우에 모두 마흔 필의 말을 네 마리씩 다섯 줄로 배치하였다. 줄마다 말들은 40척(14미터)씩 간격을 두고 정렬되었다.

비목랑은 수신호를 보냈다.

첫 번째 줄의 말이 달렸고 탑이 미세하게 흔들리기 시작했다.

사람들의 숨이 끊긴 듯 고요해졌다.

둘째 줄, 셋째 줄…

점차 흔들림은 커졌고 탑은 위태로울 듯 미묘하게 떨렸다. 그러나 그 떨림은 곧 리듬이 되었고, 각 층이 한 방향으로 움직이는 듯하면서도 서로 어긋나며 충격을 흡수하고 있었다.

누군가 속삭였다.

"탑이 살아… 움직이고 있어…."

각 층은 방향을 달리하며 미묘하게 어긋나게 흔들렸고 탑신의 흔들림보다 심주의 움직임은 작고도 중심을 지켰다.

심주는 위로 올라갈수록 흔들림은 더 컸으나, 그것은 탑신과 반대 방향으로 움직이는 것이 포착되었다. 심주가 탑 전체의 충격을 흡수하고 있다는 증거였다.

이는 단순한 구조물이 아니라 하나의 생명체처럼 충격을 받아들이고 되돌리는, 살아 있는 건축이었다. 사람들은 눈앞에서 벌어지는 광경에 숨을 삼켰고 마침내 마지막 줄의 말이 지나가며 흔들림이 멎었다.

"와아!"

"짝짝짝짝!"

군중 속에서 터져 나온 환희는 일제히 하늘로 솟구쳤다.

늙은 목수는 눈물을 삼켰고 어느 승려는 탑 앞에 무릎을 꿇고 염불을 외웠다. 여왕은 감정에 복받친 듯 천천히 말을 꺼냈다.

"이 탑은 흔들리되 무너지지 않는 백성의 마음이며 흔들림 속에서도 중심을 잃지 않아야 할 왕의 길이요. 오늘 나는 진정 하늘이 우리를 버리지 않았음을 느꼈도다."

비목랑은 사람들의 환호와 박수 속에서도 묵묵히 하늘을 올려다보았다. 그의 내면엔 말할 수 없는 벅참과 두려움이 교차했다.

'아버지, 이 탑이 보이십니까. 당신이 남긴 끌 자국 하나하나가 오늘 이 지진을 견딘 구조가 되었고, 내 속에 든 아버지의 혼령이 오늘 나를 견디게 했습니다. 내게 탑은 국가의 운명이자 내 마지막 사랑이 될지도 모릅니다.'

탑의 그림자가 오후의 햇살 아래 길게 드리웠다.

여왕은 조칙을 내려 선포하였다.

9층탑의 본공사가 이제 진정으로 시작되는 순간이었다.

3

용춘은 대공大工 비계공飛階工 제재공製材工 와공瓦工 미장공 화공畫工의 각 우두머리를 불러 모았다. 그곳에 아비지 대목장과 비복랑 도편수도 보였다. 그리고, 신라 제일의 상단 대영조大榮組 후계자인 설복겸 도편수도 참석해 있었다. 그 외 각 상단 도편수 한 사람씩 참석했다.

"지금까지 우리 신라에서는 지어 보지 못한 역사적인 9층탑을 지을 것입니다. 이웃 나라에서 온 아비지 대목장에게 현장 총감독을 맡길 것입니다. 여러분은 이비지 대목장의 말을 왕명같이 받들어 일사천리로 탑이 세워질 수 있도록 해 주세요"라고 용춘이 말했다.

"네"

참석한 우두머리들은 하나같이 대답했다.

"아비지 대목장님은 하실 말씀이 많으실 것입니다. 앞으로의 일의 진행 방향이나 방법 등을 구체적으로 말씀해 주시죠."

용춘이 말했다.

"내가 이 9층탑 건립의 동량棟樑이지만, 이 탑을 설계했고 우리 상단 후계자인 비목랑 도편수를 부동량副棟樑으로 임명하겠소. 그에게 실무를 맡겨 전체 진행을 주도할 것입니다. 나는 이제 다리에 힘도 빠져 지붕에 올라서면 다리가 부들부들 떨립니다. 목수 일의 전체 감독권을 비목랑 도편수에게 맡기겠소. 좋다면 박수 한 번 쳐주시오."

아비지 대목장이 말했다.

'짝짝짝…'

"우리 상단 목수는 30명, 신라 목수는 90명이 넘습니다. 통상의 5층 목탑보다 공사 규모가 10배 정도 되는 이 전대미문의 거대한 탑은 서로 한마음이 되지 않으면 2년이라는 기간에 세우는 것은 거의 불가능합니다"라고 비목랑이 말했다.

"그러면 앞으로 일을 어떻게 진행할 것이오?"

덩치가 크고 짙은 콧수염을 한 대영조大榮組의 설복겸 도편수가 말했다.

"철저하게 분업화하고 전문화해야 합니다. 기둥을 가공하는 상단은 9층이 끝날 때까지 기둥만 가공하고 세울 것입니다. 서까래와 공포의 조각, 횡부재橫部材 대들보, 도리[44], 창방, 장여, 인방[45] 등도 마찬가지로 처음부터 끝까지 한 분야에 한 상단이

---

44 도리---서까래를 받치기 위하여 기둥 위에 건너지르는 나무, 장여와 창방이
    그 밑에 깔린다. 그 종류로는 주심도리, 중도리, 종도리, 출목도리가 있다.
45 인방---기둥과 기둥 사이, 문틀의 상하를 가로지르는 나무

맡아서 만들고 조립하는 방식으로 하겠습니다."

비목랑이 말했다.

"효율적인 방식이기는 한데 일이 겹치는 부분은 서로 상의를 해야겠군요."

설복겸 도편수가 말했다.

"설복겸 도편수가 좋은 의견을 내주셨네요. 한 가지 더 중요한 말을 하겠습니다. 아무리 전문화되고 독점적으로 일한다고 하더라도 상단을 바꿀 필요가 있다면 바꿀 것입니다. 각 상단의 기술자는 타 상단에 들어가서 돌아가며 여러 가지 일을 할 것입니다. 모든 상단은 탑 전체의 목공 기술을 공유하는 것입니다. 그것은 한 상단에 문제가 생길 때를 대비하기 위한 것입니다."

비목랑이 결의에 찬 어투로 말했다.

상단은 이익 관계에 민감한 집단이기 때문에 전체를 배신하거나 협동심을 해하려 할 수 있다. 그것은 개인이나 상단의 사심이 생길 때를 대비한 장치였다. 목수 한 명은 흔히 산에 비뚤어진 한 그루 소나무에 비유했다. 어떤 직공보다 개성이 강하여 다루기 힘든 장인임이 그 비유 속에 들어있었다.

목수 열두 명도 다루기 힘든데 백 명이 넘는 목수를 한마음으로 이끌어 가는 기술은 목재를 다루는 뛰어난 손재주보다 말할 수 없을 만큼 어려운 기술이다.

"그리고 무엇보다 자재의 원활한 수급과 목공사가 진행되기 전에 튼튼한 비계(작업 발판)가 준비되어 있어야 다음에 공사를 진행할 수 있습니다. 비계공 대장님, 잘 부탁합니다"라고 비목랑이 공손하게 말했다.

"네"

"그렇지 않아도 성전成典의 상당上堂[46] 어른께서 목수 일에 지장이 없게 발판 설치를 미리 해달라고 우리에게 독려했습죠."

비계공의 대장이 말했다.

"우리 상단은 서로 합심 일체가 되어 순조롭게 일이 진행될 것으로 생각합니다만, 다수의 장인이 신라의 기술을 가지고 있어 짧은 시간 안에 화합이 잘 될지가 걱정이구려."

아비지가 말했다.

"걱정하지 않아도 됩니다. 아비지 대목장님의 명은 여왕의 명이나 마찬가지라는 말을 궁에서도 전달받았습니다."

참석한 각 상단의 대표들이 한결같이 말했다.

"황룡사 9층탑은 부처님이 거처하는 집입니다. 누구 한 사람의 통솔력으로 지을 수 있는 건물이 아니라고 생각합니다. 우리는 부처님을 통해 하나 된 마음을 가져야 합니다."

비목랑이 말했다.

---

46 상당(上堂)---사원의 관리 기구인 성전(成典)에서 두 번 째로 높은 직책

"그러면 우리 목수들을 하나로 만들 수 있는 행동 양식 같은 것이 있으면 말해주시죠."

아비지 상단의 이영훈 도편수가 말했다.

"이것은 행동 양식이라기보다 나 자신에게 다짐하는 말입니다. 나는 일과 사람에 대하여 진솔하고 거짓말을 하지 않을 것입니다. 또 내 일생일대 최고의 작품을 만든다는 긍지를 가지고 품위를 지킬 것입니다. 도면 이외의 사소한 공법 차이 때문에 다투는 일이 종종 생길 수 있습니다. 이때는 상대의 말을 들어줄 여유를 가져야 합니다. 상대를 한 번만 배려하면 안 될 일이 없습니다.

마지막으로 이 현장에서는 어떠한 것도 숨겨서는 안 됩니다. 현장에 관한 모든 정보는 공유되어야 합니다.

우리가 천 년 이상을 유지해야 하는 부처님의 처소를 지으면서 눈속임이나 거짓된 시공은 있어서는 안 됩니다. 방금 말씀드린 내용을 요약하면 충직 품위 배려 개방입니다."

비목랑이 결연한 어투로 말했다.

'짝짝짝…'

박수가 터져 나왔다.

4

황룡사 9층탑 터에서 내려와 저녁이 깊어질 무렵 비목랑은 조용히 궁성 동편의 작은 누각으로 향했다. 그곳은 여왕이 은밀한 회담을 여는 장소였다. 달빛이 장지문을 얇게 비추고 있었고 안에서는 이미 여왕이 기다리고 있었다.

"비목랑, 오늘은 땅의 숨결에 귀 기울였다고 들었습니다."

여왕은 향을 피우고 있었고 그 곁엔 조용한 시문(詩文)이 놓여 있었다. 비목랑은 허리 숙여 인사한 뒤 문득 눈길을 들었다.

"폐하께선… 저 땅 밑에서 무슨 소리를 들으셨습니까?"

여왕은 미소 지으며 대답했다.

"나는 그 심주의 자리에서 인간의 기도를 들었습니다. 무너져도 다시 세우겠다는 각오, 비바람 속에서도 꺼지지 않는 불씨 말이지요. 그런데 말이오. 지금 이 탑은 단순한 건축물이 아니라…."

"정치의 상징이 되어 가고 있습니다."

비목랑이 그녀의 말을 끊고 덧붙였다.

여왕은 놀라지 않았다. 오히려 조용히 고개를 끄덕였다.

"맞소. 염종과 그의 무리는 그 상징을 두려워합니다. 그들은 지금 황룡사 9층탑을 '권력의 누각'이라 부르고 있소. 내 이름으로 세운다는 이유만으로 지방 세력들은 들끓고 있고…. 자장

441

도, 김춘추도 외교와 불심으로 버티고 있으나 당신의 그 정직한 손끝만큼 단단한 믿음을 갖고 있는 자는 드뭅니다."

비목랑은 잠시 말이 없었다. 그는 그 손끝으로 나무를 다뤘지만, 지금은 정치와 신념 사이의 나뭇결을 느끼고 있었다.

"폐하, 저 탑은… 저는 사람이 위를 올려다보게 하려고 짓는 것이라고 믿습니다. 누군가의 이름이나 권세 때문이 아니라 저마다 마음속에 북극성을 하나 품도록 말입니다."

"그렇소. 그래서 내가 당신을 부른 것이오."

여왕은 그의 손에 병풍 한 조각을 내밀었다. 펼쳐 보니 그 안에는 '심心' 자 하나가 붓끝으로 굳세게 새겨져 있었다.

"이 탑의 심주에는 이름도 없고 관직도 없소. 단 한 줄의 글만 새기게 하려 하오. 그 글을 당신이 써주시오. 백 년 뒤 천 년 뒤라도… 누군가가 그 탑을 해체할 때 이 탑을 짓던 이들의 마음이 무엇이었는지 그들이 읽을 수 있도록…."

비목랑의 눈에 뜨거운 것이 차올랐다. 그는 아무 말 없이 머리를 깊이 숙였다.

다음 날 새벽 건축 현장 부근의 연못가, 갈대 숲 뒤에서 염종의 수하 중 하나가 소곤댔다.

"비목랑이 여왕을 만났다고 합니다. 기술자가 아니라… 이제는 여왕의 입이 되었단 소문이…."

염종은 낡은 도포를 툭툭 털었다.

"탑이 아니라 마음을 세운다 했다지. 말은 그럴듯하다만…, 그 마음이 곧 권력이라면 꺾어야겠지. 심주는 곧 잘라야 할 심장일지도 모르니까."

염종이 수하들과 평소에 비밀스러운 회담 장소로 쓰고 있는 일월루에, 신라에서 이름을 떨치는 상단의 대목장과 그를 따르는 목수 한 명 도합 세 명이 모였다.

염종이 누추한 옷차림으로 어두운 등불 아래 술잔을 기울이며 앉아 있다. 상단의 대목장이 술잔을 비우며 말을 꺼냈다.

"그 젊은 도편수… 지나치게 도덕적이오. 이상주의는 공사판에선 금방 상처를 입지요."

"그 이상이 문제요. 여왕의 입이 되고 있소. 탑 하나로 백성을 모으려는 속셈이야말로 위험하지"라고 염종이 말했다.

"비목랑이 우리 사람들에게 기술 공유를 강요하기 시작했습니다. 대들보 공법은 상단의 밥줄인데, 그걸 서로 나누라니…."

상단의 대목장을 따라온 목수가 말했다.

"균열은 안에서부터 시작되는 법. 탑을 무너뜨릴 이유는 천 가지가 될 수 있소. 단, 그 손으로 탑을 짓게 해야지. 그래야 비난도 책임도 그에게 가는 법이지요."

염종이 실눈을 뜨고 간사하게 말했다.

9층탑의 공사 현장에 미세한 불협화음이 들리기 시작했다.

1층 기둥 조립 직전, 상단 간 기술적 오차가 발생했다. 각 상단마다 가공하는 방식이 조금씩 다를 수밖에 없다. 그것은 목수들 사이에 하나의 불문율과 같다.

"이 도면은 주심도리 각도를 지나치게 날렵하게 잡았소. 우리가 쓰는 방식대로면 처짐이 심할 텐데…"

설복겸이 먼저 시비를 걸었다.

"그러면 대들보 각도를 다 바꿔야 합니다. 자재 절단도 다시 해야 하고요."

비목랑을 따르는 장유라는 목수가 말했다.

"지금 문제는 각도 차가 아니라 신뢰 차이 입니다. 오차는 조정하면 되지만 불신은 못 잡습니다."

긴장이 흘렀다. 비목랑이 조용히 상단들의 의견을 듣고 조율했다. 그러나, 설복겸은 말없이 뒤돌아섰다. 모두 현장을 떠난 뒤 비목랑은 혼자 현장에 남아 심주를 바라보며 깊은 시름에 잠기었다.

'이 탑은 건물 이상의 것이다. 백 명의 손으로 짓지만 한 사람의 마음이라도 어그러지면 그 탑은 속부터 무너질 것이다. 탑을 세우는 것은 목수가 아니라 그들의 양심이다.'

밤늦은 비목랑의 현장 사무실에서 그는 일지를 쓰며 혼잣말로 말했다. 깊은 밤 인부들이 모두 숙소로 돌아간 시간, 달빛 아래 목재들이 고요히 누워 있다.

심초석 위에 세울 심주가 신주단지 모시듯 자재 보관 창고의 중앙에 자리 잡고 누워 있다. 비목랑은 한밤중에도 공사장을 떠나지 못했다. 심주의 밑동에 앉아 도면도 아닌 빈 한지를 바라보고 있었다.

"심주에는 무얼 새기시렵니까?"

그는 놀라 뒤를 돌아보았다.

은은한 등불 하나, 그리고 그 곁에 흰 비단을 두른 인물.

"폐하…"

여왕이었다.

그녀는 간소한 관복에 겉치레 하나 없이 현장을 찾은 것이 분명했다.

"어찌 여기까지 오셨습니까. 먼지와 톱밥뿐인 이곳에….'

비목랑이 머리를 조아리며 말했다.

"먼지를 싫어한다면 어찌 이 나라를 다스리겠습니까."

여왕이 조용히 미소 지으며 말했다.

여왕은 심주의 하단을 쓰다듬는다.

"나는 매일 궁에서 기도합니다. 이 탑이 천년을 버티길…, 내 이름보다 오래 남길… 그러나 이제는 달라졌습니다."

그녀는 고개를 돌려 비목랑을 응시했다.

"이 탑은 내 이름이 아니라 당신 같은 사람의 마음이 담겨야 합니다. 나는 정치로 사람을 다스립니다. 당신은 손으로 사람의 마음을 세우지요. 그러니 당신의 말로 이 탑의 심장을 새겨

주십시오."

비목랑은 침묵했다. 손끝은 떨리고 눈동자는 깊어만 갔다. 그는 심주의 중심에 조용히 한 문장을 써내려갔다.

"무너지되 다시 세우는 마음, 그것이 천 년을 버틴다."

5

황룡사의 우뚝 솟은 치미鴟尾 사이로 석양이 먹구름 속으로 떨어지며 용광로 같은 뜨거움을 토해내었다. 내일 다시 밝게 떠오르리라고 약속하는 듯했다.

비목랑은 여왕과의 조우가 꿈만 같았다. 아직도 그녀의 얼굴이 눈앞에 선하다. 그의 손을 어루만지던 그녀의 가냘프고 매끈한 손가락의 감촉들이 고스란히 그의 손에 남아 있는 것 같다.

백제에 있는 연지의 모습을 상상하며 9층탑 절대미의 비밀, 1층과 9층 사이의 비례감, 그리고 탑신塔身[47]과 상륜相輪[48] 사이 조화를 알았다고 생각했는데 여왕을 만나고 보니 더욱 뚜렷해졌다. 그러고 보니 역시 황룡사 9층탑의 주인은 여왕이었다.

기둥 배열의 비밀도 여왕을 알현하면서 알게 되었다. 알면

---

47 탑신(塔身)---탑기단과 상륜(相輪) 사이의 탑의 몸
48 상륜(相輪)---불탑의 꼭대기에 있는, 쇠붙이로 된 원기둥 모양의 장식

서라벌

알수록 소름이 돋았다. 탑 정중앙에 있는 심주心柱는 부처이며 수미산 꼭대기에 있는 33천天의 제석帝釋이며 선덕여왕이었다. 사천주四天柱가 심주를 호위하지 않은가?

심주心柱는 32천주天柱를 거느리고 아수라阿修羅[49]를 다스리는 제석과 여왕임을 그는 깨닫는다.

5층탑과 9층탑의 심주가 왜 탑신과 가로로 연결되지 않고 심초석에서 꼭대기까지 한 봉으로 홀로 서 있는지 어렴풋이 알았다. 탑신이 지진과 강풍에 쓰러질 때 용수철처럼 힘을 줄여 주고 완충 역할을 했다. 부처와 왕의 역할이었다.

"심초석 위에 놓을 심주의 재목을 보러 가세."

비목랑은 수제자인 이영훈 도편수에게 말했다.

"심주는 왜국에서 값비싸게 들여왔다고 들었습니다."

이영훈 도편수가 말했다.

"고대 히노키인데 나이가 이천 년이 넘는다는군. 25척 길이로 스무 봉인데 그 중에서도 1층에 쓰일 것은 남쪽에서 천천히 자란 것으로 잘 선별해야 하네. 남쪽에서 오래 자란 나무일수록 결이 곱고 뒤틀림도 없는 법이지."

비목랑이 말했다.

"네, 그런데 열 봉은 심주로 사용하고 나머지 열 봉은 어떻게 쓰실 생각인지요?"

---

49 아수라(阿修羅)---팔부중의 하나, 싸우기를 좋아하는 귀신으로, 항상 제석천과 싸움을 벌인다.

이영훈 도편수가 물었다.

"그것의 단면을 네 등분하여 네 개의 기둥으로 만들 생각입니다. 그러면서 나무의 수심樹心 부분을 제거해야 합니다."

비목랑이 말했다.

"수심樹心이 없는 기둥이 네 개가 만들어지겠군요"라고 이영훈 도편수가 말했다.

"그렇습니다. 수심樹心이 있는 기둥은 세월이 흐르면 심하게 뒤틀리기 때문에 독립된 심주를 제외한 기둥들은 수심樹心이 없어야 합니다. 대들보와 도리로 구성된 횡부재橫部材로 서로 맞물려 있는 기둥은 하나가 움직이면 전체가 뒤틀립니다."

비목랑이 말했다.

"네 개의 기둥은 어디에 쓰실 생각입니까?"

이영훈 도편수가 물었다.

"사천주로 사용할 것입니다. 사천주는 '조개입결구貝口結構' 방식으로 심주와 같이 통으로 9층까지 하나의 기둥으로 만들어 올라갈 것입니다. 네 개의 기둥이 횡부재와 일체가 되어 힘을 발휘하면 아무리 심한 지진이나 강풍에도 탑신이 부러지거나 넘어지지 않을 것입니다. 줄기가 크고 튼튼한 나무는 가지가 아무리 많아도 심한 태풍에도 견디는 원리를 이용하는 것이죠."

비목랑이 말했다.

서라벌

6

구름 한 점 없는 창공 위로 솔개 한 마리가 유장하게 원을 그리며 '끼이 끼이' 울음을 터뜨린다. 마치 부처님의 파수꾼이라도 되는 듯 황룡사 금당 위를 선회하며 목수들의 발걸음을 재촉했다. 문라건文羅巾을 쓴 부여조의 목수들이 도구 자루를 둘러메고 치목장으로 향한다. 자루 안에는 자귀와 대패 그리고 연마석이 빠지지 않는다. 연장은 늘 면도날처럼 날카로워야 한다. 발톱이 날 선 맹수가 사냥에 능하듯 연장이 예리해야 나무와의 싸움에서 뒤지지 않는다. 허공에 칼을 세우고 종이를 던지면 쓱 갈라져야 진짜다. 그래서 목수는 여섯 시간을 나무에 붙어 있되, 그중 네 시간은 날을 가는 데 쓴다. 제재공들이 가져온 고대 히노키 한 봉은 수심을 제거하고 팔각으로 제재해 온 것이다. 최종적으로는 원형 기둥으로 다듬어질 예정이었다.

'탕 탕 탕 탕!'

청량하게 솟구치는 소리, 자귀가 내려칠 때마다 울리는 맑은 타격음은 하늘을 가르며 솔개의 귀를 지나 부처님께 전해지는 듯했다. 이영훈 도편수는 팔각으로 다듬어진 기둥 위에 올라 두 손으로 자귀를 들고 힘껏 내리쳤다. 자귀날이 닿는 곳마다 나무결이 뜯기고 파편이 튀었다. 그가 세 번 다섯 번 열 번 내리칠수록 팔각의 기둥은 16각 32각으로 정밀하게 다듬어져 갔다. 그리하여 마침내 원형에 가까운 완벽한 곡면이 드러났다. 이영훈 도편수는 오늘의 작업을 단순한 치목이 아닌 화합의 시범으로 삼고자 했다.

"이제 우린 한솥밥을 먹는 식구야! 자! 이 사천주를 함께 깎으면서 숨결을 맞춰보세."

그는 스무 개의 팔각 기둥을 일렬로 세우게 한 뒤, 각 기둥 위에 목수 한 명씩 배치했다. 마치 전장에 선 병사들이 긴 창을 쥐고 적을 향해 일제히 돌진하는 듯한 모습이었다. 목수들은 구령에 맞춰 자귀를 내리쳤다. 스무 개의 자귀질 소리가 하나의 물결처럼 융합되어 장터 너머까지 출렁이듯 번져갔다.

"자, 방향을 바꿔라. 호흡이 생명이야. 나를 내려놓고 전체라는 흐름 속에 들어와야 해. 우리가 오늘 진짜로 맞춰야 할 건 나무가 아니라… 서로야."

그의 목에 핏줄이 솟고 소리는 현장을 울렸다.

옆에서는 원형 심주를 마무리 가공하는 장인이 창대패를 쥐고 있었다.

창槍대패[50]의 날이 햇빛을 받아 번쩍이며 섬광을 내고 그 아래에서 얇게 벗겨지는 대팻밥은 마치 관음보살의 속옷처럼 투명하고 가볍다. 바람이 지나가며 그것을 툭 툭 떨구고 간다.

표면은 여인의 속살보다 부드러워졌다. 그 위에 '조개입결

---

50 창槍대패---전쟁 무기로 사용되는 창처럼 생긴, 날이 길죽한 대패

구貝口結構'를 맞추기 위해선 정확한 먹선이 요구된다. 이 거대한 심주는 총 길이 183척(약 65.2미터), 여섯 봉의 나무를 정밀하게 잇대어 하나의 봉으로 만드는 작업이다.

이영훈 도편수는 먹실을 놓기 전 작은 의식처럼 조용히 고사를 지냈다. 그에게 그 심주는 하나의 신이었다.

제물은 없었으나 마음의 예는 한결같았다. 세 번 고개를 숙여 절을 올린 뒤 그는 도면과 기역자 먹통 먹연필을 하나 하나 정성스레 펼쳐 놓았다. 그 순간 그 자리마저도 성소聖所 같았다. 먹줄을 길게 뽑아 먹이 실에 고루 묻었는지 살핀다. 시험 삼아 다른 나무에 먹이 잘 찍히는지 확인한 후, 심주의 윗면에 정중히 먹을 놓는다. 그렇게 정성을 다한 뒤에야, 아비지 대목장의 검수를 거쳐 홈을 파는 작업에 들어갈 수 있었다.

7

황룡사 9층탑의 찰주刹柱[51]를 세우던 날 아비지 대목장은 깊은 잠에서 일찍이 깨지 못했다. 밤새 그의 꿈은 혼돈이었다.

서쪽 하늘로부터 검은 강물을 가르며 들사슴만큼 큰 개 한 마리가 물결을 헤치고 나타났다. 그 짐승은 사비성을 향해 미

---

51 찰주(刹柱)---탑의 중앙에 있는 심초석(心礎石) 위에 세우는 독립된 기둥으로 다른 기둥보다 둘레의 크기가 배 이상 큰 기둥, 심주(心柱)라고도 함.

친 듯 짖었다. 이윽고 수십 마리 개떼가 좁은 골목마다 출몰하며 울부짖었고, 하얀 소복을 입은 한 여귀女鬼가 왕궁 마당을 떠돌며 외쳤다.

"백제가 망한다! 백제는 보름달 신라는 초승달이니라!"

그 목소리는 성벽을 흔들고 땅속 깊이 스며든 뒤 사라졌다. 놀라 잠에서 깨어난 아비지는 새벽의 냉기를 들이켜며 몸을 떨었다. 그날 그는 공사를 멈추고 찢긴 국혼을 지닌 자로서 남의 나라 불탑을 세워야 하는지 스스로를 묻고 또 물었다. 그러나 그 다음 밤 다시 꿈은 찾아왔다.

온 천지가 진동하였고 하늘은 칠흑 같은 먹장구름으로 뒤덮였다. 그리고 그 암흑을 찢으며 눈부신 황금빛이 일었다. 한 마리 황룡이 그 빛을 뚫고 내려왔다. 그 등에는 길고 묵직한 나무 기둥 하나가 실려 있었다. 아비지는 자신이 탑의 심초석 위에 무거운 찰주를 올려놓고 있는 것을 보았다.

그 순간 황룡은 등에 지고 온 기둥을 아비지의 손에 건네주었다. 두 기둥은 마치 한 몸이었던 듯 '조개입결구⁵²貝口結構'로 정교하게 맞물리며 결합되었다.

황룡은 고개를 끄덕이고 구름 사이로 다시 사라졌다. 그리고 아비지는 그 순간 깨어났다. 땀에 젖은 그의 손바닥엔 아직도 나무의 결이 남아 있는 듯했다. 심장 속에서 무언가 두드리

---

52 조개입결구(貝口結構)---고층 탑의 심주를 수직으로 연결하는 공법

서라벌

고 있었다. 그는 천천히 자리에서 일어났다.

묵직한 침묵을 뚫고 황룡사의 아침 종소리가 들려왔다.

이제 그에게 주어진 일은 단순한 건축이 아니었다.

이 탑은 무너지는 나라의 죽음을 딛고 새 시대의 혼을 세우는 하늘의 명이리라. 선왕인 백제의 우왕 시절 신라 진평왕이 미륵사 9층 목탑 창건 공사에 수많은 신라 사람과 재물로 도와주었던 일을 떠올렸다.

황룡사에서 그리 멀지 않은 종루鐘樓에서 33천을 상징하는 33번의 타종 소리가 파루罷漏(오전 4시 30분)를 알렸다. 저녁에는 별자리 28수를 본떠 28번을 쳐서 인정人定(오후 8시)을 알릴 것이다. 납덩이처럼 무거운 종소리가 원을 그리며 아비지의 방안으로 내려앉는다. 아득히 먼 고향의 소리로 착각하고 잠에서 깨어났다.

깊은 생각에 잠겼다가 비로소 현실로 돌아온 듯, 아비지 대목장의 얼굴에는 침묵의 무게가 서려 있었다. 뺨과 눈가를 파고든 깊은 주름이 그 세월을 말해주는 듯, 늙음은 더 이상 숨길 수 없는 그림자처럼 드러나 있었다. 오늘은 탑의 제일 중심이 되는 심주를 세우고, 사천주도 세워야 했다.

이영훈 도편수가 지름이 삼척(약 1미터), 길이가 22척(약 6.6미터)이나 되는 심주를 굵은 밧줄 네 개로 꼬아 묶어 매고 있었다. 양 사방에서 한쪽으로 넘어가지 못하도록 잡아당겨야 한다. 일단 세워서 심초석에 올려놓아야 한다. 이것은 누워 있던 기둥을 일으키는 일보다 어려운 공정이다. 그나마 1층의 일이라 쉬운 편이지만, 9층까지의 모든 공사 중에 제일 난해한 공정이다.

기둥 하부와 심초석이 만나는 부분을 틈 없이 만드는 그랭이[53] 작업이 남아 있기 때문이다.

"심초석心礎石 밑에 무엇이 들어있는지 알지?"

옆에서 함께 밧줄을 기둥에 묶고 있는 목수들에게 이영훈 도편수가 말했다.

"부처님의 사리지."

목수 한 명이 말했다.

"그럼 사리가 뭔데?"

이영훈 도편수가 되물었다.

"사리는 사리지, 뭐"라고 다른 목수가 말했다.

"사리는 부처님의 혼이야 혼. 이 심주心柱는 부처님의 몸이고. 알겠냐? 알고나 일해. 신라에서는 여왕을 상징한다고 하니 기둥이 다치지 않도록 조심해야 해"라고 이영훈 도편수가 농담삼아 말했다. 가볍게 한 이야기이지만 이 말속에는 9층탑의 의의가 녹아 있는 말이었다. 심주와 사천주가 세워졌다. 서쪽 하늘의 낙조에 물든 심주와 사천주가 목수들의 창槍대패에 매끈

---

53 그랭이---나무기둥, 돌 따위가 울퉁불퉁한 주춧돌의 모양에 맞게 다듬어져 기둥과 주춧돌이 톱니처럼 맞물린 듯 밀착되는 일

서라벌

해진 면으로 부처님의 후광을 발사하는 듯 황룡사를 밝혔다.

신라 전역에서 베어온 칠백 년 이상 된 소나무들을 바닷물에 삼 년을 담아 놨다가 끄집어내기를 서너 번 반복했다. 껍질을 벗기고 그늘에 세워서 말렸다. 기둥만 9층까지 사백 개 가까이 소요된다. 1층에 심주와 사천주를 제외하고 육십 개 기둥을 더 세워야 했다.

"전 상단의 목수들을 다 동원하여 한꺼번에 나머지 기둥을 세우세"라고 비목랑이 이영훈 도편수에게 말했다.

"기둥을 세우기 전에 주춧돌의 모양에 맞추어 그랭이 작업을 미리 해 놓아야 할걸세. 기둥과 주춧돌 사이에 틈이 생기면 안 되네."

심주를 제외한 64개의 기둥은 주춧돌 위에 기둥을 얹어놓고 그랭이 작업을 했다. 그런데 심주는 기둥의 크기와 무게가 보통이 아니어서, 진흙을 주춧돌에 놓아 본을 떠서 생긴 모양의 반대로 기둥 밑부분을 조각했다.

아비지 대목장이 말했다.

"심주와 사천주를 합쳐 65개의 기둥을 세우고 나니 마치 껍질 벗긴 소나무 숲 같구나."

아비지 대목장이 비목랑에게 말했다.

"9층을 받쳐낼 기둥들이 모두 하늘을 향해 꼿꼿이 서 있는 것을 보니 지상의 온갖 씨름 다 녹아 없어지는 느낌이 드네요"라고 비목랑이 말했다.

"상륜부의 쇳덩이와 목재의 무게를 합쳐 대략 오십팔만 근 (약 3500톤)은 족히 되겠구나. 기와와 흙 삼십사만 근(약 2000톤)을 합치면 구십이만 근(약 5500톤)의 힘을 저 예순 네 개의 기둥이 받쳐주어야 하는데 천 년을 버틸 수 있을까?"

아비지가 독백하듯이 말했다.

"기둥 하나에 일만오천 근(약 90톤)의 무게라!"

비목랑도 조용히 말했다.

기둥 상부의 사개맞춤 홈에 장여長欐와 창방을 반턱으로 결부하고 그 위에 평방을 얹어 기둥과 직각 방향으로 연결하여 전체가 사각의 한 덩어리 얼개를 만든다. 기둥머리 위에 주두를 고정하고 첨차와 살미를 놓고 소로를 만들어 공포拱抱[54]를 만든다. 신라의 건축에는 없었으나 백제의 지붕 얼개 기술에는 하앙식의 특수한 구조가 있었다. 지붕의 처마를 밖으로 많이 빼내기 위하여 대들보에 얹어 하앙이라는 긴 부재를 서까래 방향으로 설치하여 출목도리를 더 바깥으로 설치하는 기술이었다. 백제에서 건너간 왜국의 5층탑 서까래의 설치 방식은 하앙下昂[55]식이 많았다.

---

54 공포(拱抱)---처마 밑에 나무 장식물을 두어 지붕의 무게를 기둥이나 벽으로 전달하도록 기둥머리에 짜맞추어 댄 부재

55 하앙식(下昂式)---처마 무게를 받치는 부재를 바깥쪽에 하나 더 설치해 일반 건물보다 처마를 더 길게 내밀 수 있도록 한 것

서라벌

8

진묵 목수는 입을 크게 벌리고 청명한 이른 봄 하늘로 입김을 한 번 내뿜고 크게 들숨을 삼켰다. 황룡사 남문을 통과해서 중문으로 느릿느릿 걷고 있었다. 그는 도구를 현장에 보관해 놓지 않는다. 언제나 도구를 주루망(자루)에 넣어 들고 다니는 버릇이 있다. 특히 그의 아버지로부터 물려받은 기역자는 그가 애지중지하는 도구 중 하나였다. 그의 아버지는 사비[56]에서 제일가는 조각의 명인이었다. 그러나, 진묵은 성격이 호방해서 소목小木은 적성에 맞지 않는다며 아버지에게 조각 기술을 전수받지 않고 비목랑의 제자가 되어 대공大工[57]이 되었다.

그는 키가 크고 몸집은 또래에 비해 한 배 반은 되었다. 군역을 마칠 때쯤 벌써 대머리가 되어 애어른 소리를 들었다. 술은 좋아하지 않아도 노래 하나는 악사를 능가할 정도로 뛰어났다.

그는 게을러서 한자를 익히지 않았다. 목수로서 최대의 약점이었다. 고대 중국에 공수工倕라는 전설적인 목수가 있었다.”

그가 선을 그리면 컴퍼스와 곱자에 맞았고 그의 손가락은 사물에 따라 변할 뿐 마음으로 헤아리지 않았다”고 했다.

‘헤아리지 않았다’는 것은 잊는듯 것이다. 계산하지 않는다

---

56 사비(泗沘)---백제의 수도
57 대공(大工)---백제에서 목수를 대공이라 했음

는 것이다. 목탑의 추녀 서까래 가공에서는 특히 계산보다 공간에 대한 이해가 우선이었다. 진묵 목수는 문맹이었지만 기역자 사용의 달인이었다. 기역자 사용 기술은 규規(원을 그리는 법)와 구矩(네모를 그리는 법)이다. 규구술規矩術이라 불리었다.

그는 π나 √2의 개념을 누구보다 빨리 깨달았다. 선자서까래는 45도로 내려온 추녀에 양쪽으로 붙는다. 추녀도 다시 기울기가 있기 때문에 정확한 가공을 위해서는 √2의 공간 개념이 필요했다.

"너같이 게으른 놈은 뒷면의 눈금을 읽을 줄 알아야 해. 1.414배의 눈금을 이용만 잘하면 되는 거야. 그게 규구술規矩術이야."

비목랑이 말했다.

"네"

진묵이 힘없이 말하고 고개를 주억거렸다.

"추녀의 양쪽으로 붙는 선자扇子의 초장 이장 삼장 사장…막장에 이르기까지 현척도現尺圖를 만들고, 9층까지의 본은 네가 책임지고 만들어 놓아라. 그리고 직접 1층의 한 곳을 맡아 선자를 걸어보렴."

비목랑이 말했다.

진묵은 오늘 갈모삼방[58]을 넣고 선자서까래를 멋지게 맞추어 볼 생각으로 가슴이 벅차오른다. 갈모삼방으로 추녀를 중심으로 좌측과 우측의 서까래가 하늘 높이 올라갔다.

"와! 멋지다. 마치 새가 도약할 때 펼치는 날갯짓 같다."

진묵 목수가 시공해 놓은 선자서까래를 보고 목수 한 명이 감탄사를 내뱉었다. 그 소리를 들은 진묵 목수의 눈에는 공포 위의 출목出目도리에 서까래가 배열된 모습은 마치 정교한 음표처럼 보였다. 처마 전체가 기와만 없을 뿐 활시위 같아 보였다. 한쪽은 지붕이 다 되어갔다.

"탑의 지붕이 마치 우주를 담는 그릇 같지 않아?"

진묵 목수가 말했다.

"탑은 사람이 짓지만 탑은 우주를 품고 사람을 완성하는 그릇이 되어 준다. 우리의 시야에 보이는 하늘은 이 산과 저 산의 끝자락 사이에 있다. 그 두 끝자락에서 실을 잡고 늘어 뜨린 선이 이상적인 목탑의 처마 선이 될 거야.

자연과 하나 되어 영원을 추구하며 신선이 되고자 하는 의지가 처마의 서까래에 녹아 있지. 우리의 복식에도 섶코나 심지어 걸음걸이에 이용되는 신발의 버선코, 옷깃, 소맷부리에도 그 곡선이 나타나 있지.

목탑 서까래의 끝부분을 자세히 봐. 한복 소매의 둥근 곡선

---

58 갈모삼방---추녀 쪽으로 갈수록 서까래를 올리기 위해 삼각형의 받침목을 걸게 되는데 이를 갈모삼방이라 한다.

인 배래를 빌려 끝부분을 살짝 깎아 올렸잖아. 그래서 서까래 끝부분 가공을 '소매접이'라고 하잖아."

비목랑이 말했다.

"미적인 효과 때문에 소매접이를 하나요?

진묵 목수가 물었다.

"느슨하게 처지는 것을 방지하고 긴장감을 줌으로써 탑에 생동감과 활력을 넣어주기 위함일세. 인간은 자연의 심성을 닮게 되어 있지. 의복이 사람을 입고 집이 사람을 짓는다고나 할까."

비목랑이 말했다.

유신과 재회

1

황룡사 9층탑의 1층은 뼈대 공사가 마무리되었다. 비계 공飛階工들이 2층의 공사를 할 수 있도록 외진주外陣柱[59] 주위를 튼튼한 작업장으로 만들어야 했다. 활차滑車[60]도 만들어야 했다.

그들이 작업할 때 목공 일과 일정이 겹쳐서 비목랑과 목수들은 며칠의 쉴 겨를이 생겼다.

"활리역 뒤편에 목수 도구를 만드는 대장간 거리가 있네. 내가 어릴 때 아버지가 자주 가던 대장간에 함께 가보지 않겠나?"

비목랑이 말했다. 이영훈 도편수와 진묵 목수도 마땅히 할 일이 없던 차에 좋아했다.

---

59 외진주(外陣柱)---탑의 제일 바깥에 세우는 기둥, 측주(側柱)의 다른 말.

60 활차(滑車)---밧줄을 걸어서 회전할 수 있게 만든 바퀴를 이용하여 들어 올리는데 사용되는 도르래의 일종

"창槍대패와 톱 몇 자루를 구해야 했는데 잘 됐습니다."

진묵 목수가 말했다.

대장간마다 출입구 쪽에 전시용 진열대를 차려 놓았다. 대장간의 상호가 새겨진 끌, 자귀, 톱 등 목수 도구들을 팔고 있었다.

골목 안쪽에 '각리角利'라는 간판을 건 대장간이 나왔다.

"여기야."

비목랑이 말했다.

입구로 들어가자 풀무에서 쇠를 달구는 시뻘건 불 때문에 실내가 열기로 가득했다. 달구어진 쇳덩이를 담금질하던 장인의 이마에서는 땀방울이 줄줄 흐르고 있었다.

"여기 주인어른을 뵙고 싶은데 계신지요?"

비목랑이 먼저 들어가 주인장을 찾았다.

"누구신지?"

"순정 대목장의 아들이라고 하면 아실 것입니다."

백발에다 얼굴의 주름이 깊게 접힌 노인이 머리에 시커먼 문라건을 쓴 채 실눈을 뜨고 비목랑을 바라보았다.

"옛날에 자주 왔던 그 아이가 이렇게 장성하였다니 놀랍고 반갑습니다."

"아저씨 안녕하셨어요?"

비목랑이 반가워 그의 손을 덥석 잡았다.

"대목장님께서 후학을 아끼셨고 목수 기술도 정말 뛰어난 대목장님이셨는데 대영조의 그놈들 때문에 돌아가셨지요."

대장간 주인은 말했다.

"어르신 그 당시 저는 너무 어려서 사정을 잘 몰랐어요. 짐작은 하고 있었지만 증좌가 없었으니 어쩔 도리가 없었지요. 어르신, 알고 계신 대로 좀 더 자세히 말씀 좀 해 주세요. 우리 아버지가 어떻게 그 서까래 더미에 깔렸는지요."

비목랑이 애원하듯 말했다.

"나도 현장에서 목격한 바는 아니고 소문으로 들은 이야기입니다. 매번 나라의 큰 공사가 순정 대목장의 창덕조에 배정되니 거기에 앙심을 품고 경쟁 회사였던 대영조의 설웅모 대목장이 순정 대목장을 죽이려고 작정하고 벌인 일이라고 소문이 났죠. 그는 이제 나이가 들어 은퇴했고, 그 아들이 대영조의 당주가 되어 있습니다."

"네, 그의 아들 설복겸 도편수도 목수 상단의 책임자 중 한 명으로 제가 감독하고 있는 황룡사 9층탑의 공사에 참여하고 있습니다"라고 비목랑이 말했다.

"대영조의 젊은 당주가 말이오?"

"네"

"비목랑, 그 양반 조심하시는 게 좋겠습니다. 거간꾼들과도 손을 잡았다는 둥, 투전판과 기루의 기녀들에 빠져 수하 목수들에게 품삯도 못 주고 있다는 소문이 자자합니다."

대장간 주인은 말했다.

"어르신, 있는 그대로 말씀해 주셔서 고맙습니다."

2

'오후에 김유신 장군이 백제군을 크게 물리치고 서라벌로 오신다지. 이번에는 꼭 한 번 만날 수 있었으면 좋으련만….'

비목랑은 혼자 속으로 중얼거렸다.

작년 9월에 김유신은 상장군으로 임명되어 백제의 가혜성加兮城, 성열성省熱城, 동화성同火城등 7개 성을 빼앗았다. 이로 말미암아 가혜진加兮津을 열 수 있었다. 올 정월에 전장에서 여왕을 뵙기 위해 돌아오는 중에 백제가 황산강 상류에 있는 메포리성(거창군)을 공격한다는 전갈이 있었다.

여왕은 칙서를 보내 김유신에게 다시 출정하라는 명을 내렸다. 김유신 장군은 집에 들르지도 못하고 전장에 나가 크게 승리하였다.

비목랑은 애제자 진묵 목수와 이영훈 도편수와 함께 9층탑의 목재 가공에 필요한 도구를 구해서 숙소에 돌아와 쉬고 있었다.

그는 신라인이지만 그의 제자들은 백제인이었다. 그들이 황룡사 9층탑을 짓고 있는 순간에도 양국은 피비린내 나는 살육을 자행하지 않을 수 없었다. 그것은 현실이었다. 비목랑은 그들 앞에서 차마 김유신 장군이 전쟁에서 이겼다는 이야기는 할 수 없었다.

　"이 망할 놈의 세상, 당최 이 지긋지긋한 전쟁은 언제 끝이 날지 원!"

　진묵 목수가 입술을 실룩거리며 말했다.

　"우리가 부여에 있는 가족의 얼굴을 보지 못한지 벌써 두 해째가 되어 가네그려."

　이영훈 도편수도 불만에 가세했다. 제자들의 가슴 아픈 이야기를 듣고 있는 비목랑의 마음은 찢어질 듯 아팠다. 멀리 이국에서 가족과 생이별하고도 묵묵히 자기를 믿고 따라주니 고맙기 그지없었다.

　"맘 편히 삼국을 다니면서 탑을 세우고 부처님의 사찰을 지으면 얼마나 좋겠나. 우리가 황룡사 9층탑을 짓고 나면 그런 세상이 반드시 올 거야."

　비목랑이 그들의 맘을 위로할 요량으로 말했다.

　궁에서 여왕의 시위부 무사가 숨을 헐떡거리며 비목랑에게 전갈을 가지고 왔다.

　"폐하께서 비목랑 대목장님을 궁으로 급히 모시고 오라 하셨습니다."

"그러시죠. 함께 갑시다."

시위부 무사와 함께 비목랑이 내전에 닿았을 때 아직 갑옷도 벗지 않은 김유신 장군이 여왕과 대화하고 있었다. 비목랑은 김유신 장군을 금방 알아보았지만 장군은 그를 알아보지 못하였다.

"비목랑 대목장, 김유신 장군입니다. 알아보시겠어요?"

여왕은 들뜬 얼굴로 말했다.

"저야 장군님의 얼굴을 잊어버릴 수가 없습니다."

"용화향도에서 낭도로 생사고락을 함께했던 비목랑입니다. 백제로 건너가 아비지 대목장의 수제자가 되어 황룡사 9층탑을 설계했고 지금은 현장의 총감독으로 맹활약 중이지요."

김유신이 보기에 여왕은 나이가 부쩍 든 것 같아도 얼굴이 깨끗하고 맵시가 있어 보였다. 비목랑이 있어 그런지 얼굴에 생기를 띠고 여왕은 조금 들뜬 듯 자랑스럽게 비목랑을 소개했다.

"그러고 보니 어렴풋이 생각이 나네요. 자연 풍경에 감탄하면서 늘 꽃을 좋아했던 샌님 같던 어린 소년이 이렇게 훌륭하게 장성하였다니, 비목랑 대목장! 반갑소이다."

"언젠가 꼭 한번 뵙고 싶었습니다. 드릴 말씀도 있고요."

비목랑도 흥분을 가라앉히지 못하고 김유신 장군에게 말

했다.

"내게 할 말이오? 무슨 말인지 해 보시오."

"종교적인 이야기라 쉽게 이해되지 않으시겠지만 황룡사 9 층탑은 상징하는 것이 많습니다. 부처님 사리함 위에 서 있는 심주心柱는 부처님과 제석帝釋이기도 하고 여왕 폐하이기도 합니다.

그 주위에 사천주四天柱가 있고 또 도리천의 32천주가 있는데 장군님은 제석과 함께 아리수를 평정하는 32천주의 한 분입니다. 장군님이 표방했던 용화향도의 미륵하생사상彌勒下生思想[61]과 결을 같이 하고 있죠"라고 비목랑이 9층탑의 의의를 말했다.

"듣고 보니 의미가 깊군요. 집으로 가는 길에 황룡사에 같이 가서 건립 현장을 보고 싶구려. 황룡사 9 층탑은 불심으로 여왕 폐하를 모시게 하고 삼국을 통일하는 정신적 지주가 되겠습니다"라고 김유신이 말했다.

"분명, 그렇게 될 것입니다."

"비목랑, 나도 이제 전장에 나가는 것이 지긋지긋합니다. 전장에서 죽은 병졸들의 귀신이 매일 밤 내게 달라붙는 꿈을 꾸어요. 객귀로 선망귀로 아귀로 몽달귀신으로, 잡귀신인 두억시니로 나타나 꿈속에서 나를 괴롭힌답니다. 싸우지 않고 평화롭

---

61 미륵하생사상(彌勒下生思想)---미래세에 미륵불이 하생(下生)하여 용화수 아래에서 성도한다는 사상

게 사는 방법이 없을까요? 나도 비목랑 대목장처럼 부처님의 집이나 지으면서 살면 좋겠소. 하하.”

김유신 장군은 말에 올라 가볍게 고삐를 당겼다. 황룡사를 들러 집으로 가고 있었다. 장군의 식솔들은 집 앞에 나와 장군을 기다리고 있었다. 백성들이 장군의 개선 행렬을 보기 위해 거리를 가득 메우고 기다리고 있었다. 그런데 또 급보가 날아왔다. 백제군이 다시 서쪽 국경을 침범했다는 것이다.

“청컨대 공은 수고로움을 꺼리지 말고, 급히 가서 그들이 닿기 전에 전선을 대비해 주시오”라는 여왕의 칙서가 그에게 전달되었다.

“이번에 또 집에 들르지 못하고 전장으로 가신단 말이냐?”

김유신 부인은 안타까워 발을 굴렀다.

김유신이 자기 집에서 50보 정도 떨어진 곳에 닿았을 때 장군은 잠시 멈추더니 옆에 있는 부하에게 말했다.

“목이 마르니, 우리 집에 가서 마실 물을 한 잔 갖다 주게나.”

잠시 행렬을 멈추고 병사 한 명이 집으로 뛰어가 물을 가지고 왔다.

“우리 집 우물물은 옛날 맛 그대로구나”라고 가져온 물을 마시고 장군이 말했다. 그 짧은 한 모금의 물에도 집과 가족이 있었다. 그 말을 듣고 병사들이 술렁거렸고 눈물을 흘리는 이도 있었다.

서라벌

"장군님도 이리 떠나시거늘 우리가 어찌 피붙이와의 이별을 한탄하랴!"라고 말했다.

비목랑은 그 이야기를 전해 듣고 눈물이 하염없이 흘렀다. 나라를 지키려고 몇 발걸음도 안되는 식구조차도 만나지 않고 전장으로 돌아간 장군을 생각하면 가슴이 아팠다.

용화향도 시절 솔선수범하고 낭도들과 늘 같은 자리에서 몸을 섞던 일을 생각하면 특별히 달라진 것은 아니지만, 평생 변하지 않는 그의 행동은 이 하생下生의 세계에 살아 있는 미륵으로 보이게 했다.

비목랑의 활약

황룡사 9층탑, 여왕은 도면을 보고 상상했다. 완성된다면 그 높이는 하늘에 닿을 듯했고 그 위엄은 황실의 꿈과 같을 것이다. 그러나, 그 위태로운 아름다움은 동시에 여왕의 마음을 흔들고 있었다.

"비목랑, 사람들이 말합니다. 그렇게 높은 탑이 어찌 백 년을 가겠느냐고…. 무너진다면 서라벌도 함께 무너질 거라 합니다."

여왕의 말은 다정하면서도 단호했다. 그녀는 단순한 호기심이 아니라 한 나라의 운명을 건 질문을 던졌다. 비목랑은 조용히 고개를 들었다. 그의 눈동자엔 흔들림이 없었고 숨결에는 바람의 속삭임이 스며 있었다.

"폐하, 이제부터 제가 설계한 모든 비밀을 말씀드리겠습니다."

그는 주변의 내관들을 물리고 탑의 기단 앞에 자신이 그려 온 도면을 펼쳤다.

여왕은 조용히 그 옆에 앉았다.

바람에 도면의 종이 끝이 부르르 떨렸고 여왕의 옷자락이 그 것을 눌렀다.

"첫째는 지반입니다. 서라벌은 지진이 잦은 곳이니 흔들림을 흡수하는 늪지 지반을 택했습니다. 물렁한 땅이 오히려 충격을 흡수합니다."

"둘째는 심주心柱, 곧 탑의 중심 기둥입니다. 지름 3척, 길이 183척(61미터)에 달하는 하나의 기둥이 탑의 심장을 이룹니다."

여왕은 놀라움에 눈을 크게 떴다.

"그 거대한 기둥을… 하나로 어떻게 세운단 말입니까?"

비목랑은 손을 뻗어 여왕의 가는 손가락을 위아래로 끼워 맞췄다.

"이렇게요. 암수 맞춤, 층마다의 상하 기둥을 톱니처럼 가공하여 끼우는 방식. 저는 이것을 '조개입결구貝口結構'라 이름 붙였습니다. 조개껍데기처럼 정밀하게 맞물려 흔들림을 흡수합니다."

그는 손바닥에 깎아 온 모형 목재를 올려 보여주며 설명을 이어갔다.

"심주는 독립되어 서 있기에 지진이 와도 탑신과 따로 흔들립니다. 충격이 흘러갈 곳이 생기는 것이죠. 탑 전체가 흔들리는 것이 아니라 심주가 먼저 받아내는 겁니다."

여왕은 숨을 들이쉬었다.

설계자의 자신감, 대목장의 내공, 무엇보다 비목랑이라는 인간의 깊이에 가슴이 저려왔다.

"그 기술이… 돌에도 적용될 수 있습니까?"

"물론입니다. 폐하, 맞물림 구조는 목재나 석재 모두 적용 가능합니다. 목재는 수축 팽창하는 과정에서 오차가 좀 있죠. 돌은 도리어 오차가 없기에 더욱 정교하게 맞물릴 수 있지요."

그의 대답에 여왕은 조용히 시선을 멀리 첨성대 공사 부지로 돌렸다.

"그럼… 그 방식으로 첨성대 상부에 올릴 정자석井字石도 만들 수 있겠군요."

비목랑은 놀란 듯 그녀를 바라보았다.

"폐하, 그 뜻은 첨성대를 단순한 돌탑이 아닌, 하늘을 지지하는 장치로 삼고자 하시는 뜻이옵니까?"라고 비목랑이 말했다.

"그렇소. 황룡사 9층탑은 나라의 기둥이요, 첨성대는 하늘의 눈이지. 하나는 중심을 지탱하고 다른 하나는 미래를 바라봐야 하지 않겠소?"

잠시 바람이 불어와, 도면 위를 살짝 스쳤다.

서라벌

여왕의 눈은 빛났고 비목랑은 미소를 머금은 채 도면을 접었다.

"그리하겠습니다. 폐하"

황룡사 9층탑은 땅을, 첨성대는 하늘을….

첨성대-천년 왕경 계획도

1

하늘은 마치 칼로 벼린 듯 푸르고 서늘했다.

신라 궁궐의 편전, 기둥 사이로 스며든 햇살이 회의장을 비추고 있었다.

"이번 일식은 백성들 마음에 큰 혼란을 주었습니다. 하늘이 어두워지자 거리엔 흉흉한 말이 돌았고, 어느새 또다시 일개 천관녀가 미래를 점친다는 소문까지 퍼졌지요"라고 여왕이 말했다.

모두 숨을 죽였다.

그녀의 음성은 낮고 담담했으나 엄중한 뜻이 스며 있었다.

이어 여왕이 말했다.

"그때, 칠숙과 석품이 미실의 야심을 따라 일식을 빌미로 반란을 꾀했습니다. 하늘을 보며 왕을 의심하는 나라라면 그 나라는 금세 무너질 것입니다.”

자장 법사가 두 손을 합장하며 말했다.

“폐하, 하늘은 어지럽지 않사오나 그것을 읽는 사람이 어지러우면, 민심도 어지럽사옵니다. 하늘의 이치를 국가가 직접 관장하지 않으면, 정사正史와 이단이 뒤섞일 것입니다.”

여왕은 천천히 자리에서 일어섰다. 그날 그녀는 준비된 듯 손에 작은 두루마리 하나를 들고 있었다.

“나는 오래전부터 구상해 왔습니다. 해의 그림자를 측정하고 땅의 숨결을 기록하며 별의 노래를 들을 수 있는 ‘비두比斗’를 세우는 것. 별은 단지 보는 것이 아니라, 국가의 중심을 비추는 나침반이 되어야 합니다.”

여왕이 말했다. 김용춘이 조심스럽게 여쭈었다.

“그 탑의 이름을 ‘첨성대瞻星臺’라 하신다 들었습니다. 하늘을 우르러 본다는 뜻, 거기에 어떤 내력을 더하고자 하시는지요?”

여왕의 눈빛이 깊어졌다. 그녀는 천천히 비목랑을 바라보았다.

“비목랑, 이번엔 당신의 손으로 지어 주시겠소. 이 탑은 높지 않아도 되고 웅장할 필요도 없습니다. 다만 천년을 버틸 수 있는, 하늘과 맞닿는 바위 같아야 합니다.”

비목랑이 고개를 숙였다.

“돌은 석공이 다루지만, 먼저 구체적인 시공 계획을 설계하여 폐하께 보여드리겠습니다. 탑의 중심에는 우물정자를 숨기고 상단에는 그 우물정자를 두 겹으로 겹쳐 원통 구조가 뒤틀림을 방지할 수 있도록 고안하겠습니다. 신국의 조상이 우물에서 태어났으니 그 비두는 우물과 하늘이 통하여 신국의 정통성을 잇는 거울이 되겠지요."

숙흘종이 무겁게 입을 열었다.

"폐하, 그 탑은 정치적 상징이 될 것입니다. 천문을 다룬다는 것은 왕권이 하늘을 대표한다는 뜻입니다. 그 책임은…"

그러자 여왕이 말했다.

"무겁지요. 그래서 나는 탑의 방향을 정했습니다."

여왕은 탁자 위에 놓인 종이 위에 붓을 들어 낭산과 첨성대, 그리고 동짓날 태양이 떠오르는 방향을 일직선으로 이었다.

여왕이 말했다.

"이 탑은 동짓날의 태양을 따라 내 무덤과 일직선으로 이어질 것입니다. 나는 죽어서도 하늘을 보며 이 나라를 지킬 것입니다."

모두 숨을 죽였다.

그 순간 여왕의 그림자가 천천히 햇살 위에 길게 드리워졌다.

여왕이 덧붙여 말했다.

"우리에겐 천상열차분야지도, 즉 천문도가 있지요. 삼릉과 오릉 안압지 왕릉들의 배치는 별자리의 반영입니다. 첨성대는 그 별의 중심에 놓일 겁니다. 이제 우리가 해야 할 일은 하늘을 기억하는 나라를 세우는 것입니다."

2

비목랑은 하늘의 질서와 땅의 이치 그리고 지진에 견디는 구조적 원리를 생각하며 도면을 그리는 준비를 마쳤다.

겨울 바람이 언 손등을 스쳐 지나갔다. 그는 황룡사 9층탑 공사장에서 잠시 물러나 조용한 별궁 후원에 마련된 '천년왕경 설계소'라 불리는 방에서 도면을 그리고 있었다.

책상 앞에는 자장법사가 당나라에서 가져온 천문도와 신라고유의 별자리 도해가 펼쳐져 있었고, 그 옆엔 지진과 지반에 관한 고문서와 장대석 배열도가 겹쳐져 있었다. 그는 붓을 들어 우물정井자형, 장대석의 대각선 방향으로 중심축軸을 하나 긋는다. 정확히 동지의 해가 떠오르는 날, 낭산의 능묘 방향과 일직선으로 이어지도록….

"폐하의 무덤이 이 탑의 그림자를 동짓날 맞이하게 하라. 폐하께선 죽음조차 나라의 기둥으로 삼고자 하시다니…."

붓이 멈추자 옆에서 도편수 이영훈이 조용히 물었다.

"대목장님, 이 우물정자형, 장대석 구조는 건물의 견고성을 해하지 않겠습니까?"

비목랑은 미소를 머금은 채 도면 위의 장대석 배치도를 가리키며 입꼬리에 미소를 머금은 채 말했다.

"원형의 탑은 하늘을 상징하고 기단과 상부의 장대석은 땅을 상징하지 땅이 굳건해야 하늘을 받칠 수 있는 걸세. 원형구조가 흔들릴 때 사방으로 힘이 퍼지지만 장대석은 대각선 방향으로 뒤틀림을 잡아주어 원형의 비두比斗를 안정시키는 역할을 한다네"라고 비목랑이 말했다.

그리고 장대석 구조를 배치한 단면도를 보여 주었다.

그 순간 문이 열리며 대아찬 사량이 들어섰다.

"비목랑 대목장님, 절기에 따라 달과 별을 기록할 천문박사의 관측 창도 이 구조 안에 들어가 있습니까?"

비목랑은 그가 묻기 전부터 이미 해답을 준비한 듯 한 장의 설계 보조 도면을 내보였다.

"보시오. 상부의 장대석에 필기도구를 놓고 일주일마다 변화하는 북극성 주위를 도는 북두칠성의 이동 궤도나 태양의 고도를 측정하도록 설계했소. 이 탑은 하늘의 기록이자 그 기억을 담은 돌이 될 것이오."

사량이 감탄하며 고개를 숙인다. 비목랑은 조용히 말한다.

"폐하께서 말씀하셨소. 이 땅에서 하늘을 가장 정확히 재는 자가 왕이 되어야 한다고. 나는 다만 그분이 오래오래 나라를 지켜볼 수 있는, 견고한 눈을 하나 세우고자 하는 것 뿐이오."

3

상대등 수품이 말했다.

"천문관측소는 밤에 계절마다 바뀌는 달과 별자리뿐만 아니라 일정한 길이의 막대로 해의 그림자를 재어 24절기마다 바뀌는 태양의 고도를 측정할 수 있습니다. 그것으로 농경에 유익한 정보를 제공할 수 있사옵니다."

"나라는 백성이 받들고 있거늘 다시는 하늘의 변고가 일개 권력자의 소유가 되어서는 안 될 것이오"라고 여왕이 말했다.

"예, 폐하"

여왕은 대아찬 사량을 초대 천문박사로 임명하여 매일 매 절기마다 변화되는 기상을 기록하고 천체 움직임의 제반 사항을 왕실에서 통제할 수 있게 하였다.

"궁 안에 천전天田을 만들어 서라벌 백성들과 똑같이 농사를 지어 모범을 보인다면 왕실을 더욱 신뢰하고 우르러 볼 것이오."

며칠 뒤 여왕은 분황사芬皇寺 모전석탑을 축조했던 석공장石工匠 만파, 첨성대를 직접 설계한 비목랑을 불렀다.

"비목랑 대목장, 비두가 미적으로 아름답기 그지없소이다."

"구조적으로 안정되고 아름답게 만드는 것이 건축예술의 생명입니다. 폐하"

"그거야 그렇죠. 그런데 중간이 단지처럼 배가 부르지 않고 홀쭉하니 날렵하고 더 멋있는데요."

"폐하, 불경스러운 말이오나 누가 되지 않는다면…"라고 말하며 잠시 머뭇거리다 "폐하의 멋진 옥체를 닮도록 하였사옵니다."라고 비목랑이 말했다.

"하 하, 비목랑 대목장은 탑만 잘 짓는 줄 알았는데 농담도 잘하시오."

여왕은 듣기에 기분 좋았는지 모처럼 환한 모습으로 말했다.

"실은 태양이 원을 그리며 도는 궤적을 황도黃道라고 합니다. 동지에서 춘분을 지나 하지를 정점으로 하는 태양의 그림자를 관측하여 그리는 과학적인 곡선이옵니다."

"그렇군요. 자연이 만들어 내는 곡선이야말로 비목랑 대목장이 추구하는 절대미絶對美가 아니오?"

여왕은 그를 대견하다는 듯 바라보며 말했다.

"실은 황룡사 9층탑의 1층부터 9층까지의 비례를 찾을 때도 백제에서 본 어느 여인의 체형을 보고 그 비례를 찾았사옵니다."

"그래요. 그 여인이 누군지 참 궁금해지는군요"라고 여왕이 말했다.

"그런데 폐하를 뵙고 더욱 완벽한 비례를 발견했다고 확신이 생겼사옵니다."

"어째서 그런가요？"

"황룡사 9층탑의 주인은 폐하이옵니다."

"9층탑의 주인이 짐이라고요?"

"폐하의 절대 미적인 옥체의 비례보다 세상에 나은 것을 보지 못했사옵니다. 9층 목탑의 탑신은 폐하의 옥체요. 탑의 상륜은 폐하의 용안과 금관이옵니다. 금빛 찬란한 폐하의 금관과 서라벌을 밝히는 9층 목탑의 금색 상륜相輪이 너무 닮아있는 것을 발견하고 저 스스로 깜짝 놀랐습니다."

비목랑은 여왕에게 아부 아닌 아부를 했다.

"비목랑은 어쩔 수 없는 예술가군요. 그런 말을 해주니 과인도 마음이 흡족하오이다."

사실이 그랬다 9층탑이 완성되면 서라벌 어디에서나 볼 수 있는 탑신과 금색으로 찬란히 빛을 발하는 상륜을 볼 수 있을 것이다. 그것을 보고 백성들은 여왕을 생각할 것이다. 서로 하나 되어 있는 연대와 위로는 자긍심을 갖게 될 것이다.

4

"비두에 대한 말입니다만, 설계를 하면서 이 비두를 구성하는 돌의 계수와 층수의 의미가 무엇인지 알고 싶었사옵니다."

"본체 원형부의 돌 개수는 일 년 362[62]을 상징했고, 기단석 위부터 12단은 1년 12달을, 창 위로 12단을 더하여 24절기를, 창 부분의 3단을 더하여 27단을 만들어 27대 왕이 만든 것을 후대가 기억할 수 있도록 한 것입니다. 그리고 기단부 2단과 상부 정자석 2단을 합하여 모두 31단을 만들었죠. 거기에 눈에 보이지 않지만, 하늘 한 단과 땅 한 단을 더해 33단이 됩니다."

"폐하, 33단으로 만들어야만 하는 뜻이 있으신지요?"

"이 첨성대는 33천 가운데 도리천을 상징하게 될 것이오. 짐은 도리천의 제석장으로 하늘과 하나 되어 우리나라가 부처님이 함께하는 나라임을 만백성이 알 수 있게 하는 상징으로 비두를 만드는 것이오."

여왕은 잠시 눈을 감고 생각하다 다시 입을 연다.

"그런데, 만파 공" 여왕이 석공장 만파를 공으로 존대하여 불러 만파는 속으로 적잖이 놀랐다.

"늘 의문을 가지고 있었소만 지진이 심하게 건물을 흔들면 돌로 쌓은 건물은 쉽게 무너질 듯한데, 그렇지 않은 연유가 무

---

62 362일---362일은 별자리로 계산된 전통 천문력 기준의 일 년

서라벌

엇이오?"

"그것은 돌 하나하나를 쌓을 때 무게 중심을 건물 안쪽으로 유도하면, 흔들림이 클수록 오히려 중심으로 힘이 응축되어 더욱 단단해집니다. 비두比斗의 원형부 안쪽에는 흙과 돌을 가득 채워서 돌의 중심이 흙무덤 쪽으로 쏠리게 만드는 것이죠. 가운데 흙은 중앙으로 쏠리는 무게를 완충해 주는 역할을 합니다. 밑부분만 흙을 채우면 건물 전체 무게 중심이 아래로 모이게 되어 오뚝이처럼 아무리 흔들어도 넘어지지 않습니다. 지반만 튼튼하면 아무리 흔들어도 건물은 끄떡없지요.

또 하나는 그랭이 공법이라는 건데요. 폐하, 우리나라에만 있다고 들었습니다. 오목하고 볼록한 돌이 있으면 그 돌 위에 놓일 돌도 볼록하고 오목하게 아귀가 맞게 파내어 맞추어 놓으면 지반이 아무리 흔들려도 돌의 무게로 서로 견고히 버티게 되는 것이죠. 사람에 비유하자면 완벽한 두 사람이 모이면 엇박자를 내기 쉽지만 조금 부족한 두 사람이 모여 서로 의지하면 더 큰 힘이 나는 것과 비슷하다고나 할까요."

5

첨성대가 마침내 완공되었다. 탑은 높지 않았으나 그 돌 하나하나에는 하늘의 궤도와 천지의 원리와 왕의 뜻이 새겨져 있었다. 그날 밤 서라벌의 하늘은 별들로 가득했고 선명했던 북두칠성이 남천을 가로지르며 낭산 너머로 기울고 있었다.

다음 날 아침 비목랑은 홀로 첨성대 꼭대기에서 아래를 내려다보았다. 한 줄기 햇빛이 낭산 언덕 위 곧 여왕이 장차 누울 자리를 은은히 비추고 있었다. 비목랑은 해가 기울고 달이 뜨는 시간에 맞추어 첨성대를 다시 찾아갔다. 그때였다.

조용히 다가온 여왕의 가마가 첨성대 아래에 멈추었다. 그녀는 가마에서 조용히 내렸다. 병색이 있었지만, 백옥 같은 피부는 눈부셨고 눈빛은 별처럼 또렷했다. 비목랑이 무릎을 꿇고 말했다.

"폐하, 오늘 밤 하늘은 탑을 축복하고 있습니다."

그녀는 천천히 탑 꼭대기를 올려다보았다. 그리고 멀리 낭산을 향해 한 손을 뻗었다.

"내 무덤이 있을 저 언덕 이 탑의 그림자와 별빛이 동시에 닿는 자리. 나는 죽어서도 이 하늘을 굽어보고 이 나라를 품으리라."

잠시 침묵하다가, 그녀는 비목랑에게 조용히 다가와 눈을 맞추고 말했다.

"기억하거라. 왕은 살아 있는 별이 아니니 스스로 빛날 수 없다. 별을 읽을 줄 아는 지혜를 가져야 한다. 그 별은 백성의 마

서라벌

음과 같은 것이니라. 나는 네가 지은 이 탑을 통해 다음 왕이 별을 잊지 않기를 바란다. 하늘은 언제나 이 땅 위에 내려와 있다. 땅 위에 그 별을 새기는 이가 있어야 천년의 나라가 시작된다."

그녀는 북두칠성이 수평선 너머로 기울어 가는 하늘을 물끄러미 바라보다가, 이내 속삭이듯 입을 열었다.

"이 몸은 북두칠성의 쌍성雙星에서 온 딸이니라. 이제는 하늘 아래, 그 별이 누울 자리를 찾으리라."

그리고 여왕은 등을 돌렸다. 첨성대는 바람에 무언가 속삭이듯 떨고 있었다. 그 순간 탑의 석벽에 새겨진 자미궁의 별무리가 희미하게 빛을 반사하며 여왕의 발길을 따라 움직였다.

밀애

1

여왕은 달빛이 고요히 스며든 궁의 뒷뜰에 조용히 서 있었다. 장막처럼 내려앉은 침묵 속, 그녀의 옷자락이 살짝 흔들렸다.

잠시 뒤, 비목랑이 발소리를 죽인 채 다가왔다. 불러낸 이는 단 한 사람, 호위도 시녀도 없이 오직 그녀뿐이었다.

"비목랑"

여왕의 음성은 은은한 물결처럼 부드럽게 퍼졌다.

"오늘 밤 나와 함께 저잣거리를 걸어주시겠소?"

그녀는 살며시 고개를 들어 그를 바라보았다. 그리고 조용히 말했다.

"사람들이 우리를 알아채지 못하게 부부지간처럼 말이오."

비목랑은 놀란 듯 눈을 들어 곧 말없이 그 시선을 받아냈다. 잠깐의 침묵이 흘렀다.

서라벌

"폐하"

그는 낮게 속삭이다가 이내 말을 멈췄다.

여왕은 살짝 웃으며 한 걸음 다가섰다.

"지금 이 순간만은 폐하가 아니오. 그저 덕만이요. 그대와 함께 바람을 쐬고 싶은 한 사람의 여인일 뿐이오."

"그 명을 거역할 수 없습니다. 아니, 거역하고 싶지 않습니다."

비목랑이 고개를 숙이며 말했다. 여왕도 그런 말을 하고는 자신의 얼굴에 발그레 홍조가 묻어남을 스스로 느꼈다.

여왕과는 용화향도의 낭도 시절, 변복한 공주인지 모르고 동고동락했던 비목랑은 여왕의 제안에 가슴이 두근거리고 설레기 시작했다.

신라의 뭇 사내들은 멀리서나마 그녀의 모습을 한 번 보고 싶어 했다. 활리역 역졸 지귀는 그녀를 한 번 보고 얼마나 사모하였으면 불귀신이 되지 않았던가. 그러한 여인이 비목랑에게 구애의 손길을 내밀고 있었다.

활리역과 얼마 떨어지지 않은 곳에 동시東市가 열리고 있었다. 시장통에는 좌우로 식료품이며 직물, 도자기 등 가지각색의 물건들이 진열되어 있다. 상인이 물건을 하나라도 더 팔려고 지나가는 사람들을 불러 세워 흥정하는 모습을 여왕은 재미있는 듯 쳐다보았다.

농민들이 직접 길러 가져온 과일이며 채소를 팔기도 하고 닭이나 토끼 같은 산 가축을 파는 광경도 재미있다. 사람들의 웃음소리와 서로 싸움하듯 큰 소리로 떠드는 소리조차 생생한 백성들의 삶의 일부분이라 그녀의 귀에는 감미로운 음악처럼 들렸다. 여왕은 여염집 부인 복장을 해도 황금 왕관을 쓰고 곤룡포를 두른 절대 미모는 아니었지만, 비목랑의 눈에 그녀는 아름답기 그지없었다. 평소에 그녀를 얼마나 여인으로 사모했던가? 그의 가슴속에 솟구치는 사랑의 감정을 주체하지 못했지만 그는 쉽게 밖으로 내색하지 못했다.

못 사내들이 여왕에게 힐긋힐긋 눈길을 던졌다. 비목랑의 옷깃에서도 은은한 새물 내가 풍겼다. 그녀는 왕실에서는 느끼지 못하는 기분에 휩싸였다. 비목랑은 목수이지만 언뜻 보아서는 왕궁에 거하는 왕자와 같이 얼굴은 백옥같고 입술은 연지로 새긴 듯하고 맑은 눈동자와 가지런한 잇바디를 가지고 있었다.

오늘만큼은 그의 품 안에서 봄날의 새처럼 쉬고 싶었다. 고단한 여왕이 아니라 한 사람의 여인으로 그의 품속에 녹아들고 싶었다. 그것은 여왕 이전 여자의 본능이었다. 마음이 들떴다. 가슴은 터질 듯 충만하였다. 이런저런 것을 비목랑과 함께 할 생각에 그녀의 귀뿌리가 뜨거워짐을 느꼈다. 연정이 점차 뜨겁게 달아올랐다. 여왕은 비목랑의 손을 꼭 잡고 채근했다. 그녀는 신이 나 있었다. 그녀의 귀를 덮고 있는 자분치가 미풍에 부드럽게 날렸다. 순진한 어린아이 같은 여왕의 모습이 너무 사랑스러웠다. 비목랑은 그녀와 함께 저잣거리의 이곳저곳을 누비고 싶었다.

좌우로 포목점이 즐비해 있었다. 점주들은 알록달록한 비단천들을 수북이 쌓아 놓고 손님들을 맞고 있었다.

둘은 비단 옷감을 파는 가게에 들렀다.

이것저것 고르다가 마음에 드는 비단 옷감을 골랐다.

"이런 색, 어떠하오? 너무 화려한가?"

비목랑이 웃으며 대답했다.

"부인의 몸에는 어떤 색이든 빛이 납니다."

여왕이 살짝 얼굴을 붉히며 말했다.

"그렇게 말하면, 내가 참… 여염집 여인이라도 된 듯하오."

포목점 상인은 다른 비단 옷감을 만지작거리며 말했다.

"부부 두 분이 잘 어울리십니다. 이 옷감을 걸치시면, 남편분이 더 반하실 겁니다."

여왕이 얼굴이 화끈해지며 작게 웃었다.

"남편이라…"

비목랑이 여왕의 눈을 피하며 작게 말했다.

"폐… 부인"

여왕이 작게 속삭였다.

"자꾸 폐하라 부르면 들킬지도 모르오. 나를… 부인이라 불러주오. 오늘만큼은…"

"이 비단은 서라벌에서 짠 것인가요?"

여왕이 가게 주인에게 물어봤다.

"이 비단은 부부가 입으면 금슬이 더 좋아진다 하옵니다. (비목랑을 가리키며) 저기 계신 분과 잘 어울리네요"라고 가게 주인이 호들갑을 떨면서 말했다.

여왕의 뺨이 달아오른다. 비목랑은 살짝 미소 짓는다.

잘 어울린다는 소리를 듣고 여왕은 조용히 고개를 끄덕인다. 한숨 뒤, 비목랑의 손을 꼭 잡는다.

"이 손이 참 따뜻하군요. 난 오늘 하루 참 좋은 꿈을 꾸는 것 같소."

여왕이 말했다.

"주인장, 요즘 황룡사 9층탑을 세우는 것 때문에 장사하는 데 어려움이 없나요?" 여왕이 가게 주인에게 슬쩍 물어보았다.

"아이고 부인, 우리 남편은 요즘 탑 짓는다고 징발돼 매일 밤 늦게 들어와요. 몸은 고달파도 탑이 세워지면 우리 아이들도 더 나은 세상 살게 되겠지요."

여왕은 조용히 고개를 끄덕였다.

"우리들은 돈이 잘 돌아 장사는 잘되지만 백성들의 세금으로 지어지다 보니 고통을 느끼는 사람도 많습죠."

가게 주인은 주문한 비단을 개어 가며 말했다.

"황룡사 9층탑이 꼭 필요하기는 할까요?"

서라벌

주인장에게 비목랑이 물어본다.

"필요하죠. 당나라나 이웃 나라들이 여왕이 나라를 다스린다고 얼마나 업신여기겠어요? 또 어느 나라에도 없는 멋지고 웅장한 탑이 세워지면 신국의 자랑이요 긍지가 될 것입니다. 불심으로 나라를 다스리려고 하는 여왕을 칭송하는 소리가 멀리 이웃 나라까지 퍼질 것입니다."

가게 주인이 하는 말을 듣고 답답한 왕궁을 벗어나 정말 잘 나왔다고 생각했다. 여왕은 평소 연모하던 비목랑과 함께할 생각에 달뜬 마음을 억제하지 못했다.

2

"폐하, 서라벌 외곽에 은거 중인 유학자 한 분이 계십니다. 호는 추연, 이름은 김용현이라 합니다. 민간에선 '은거지사隱居志士'라 부르며 그를 따르는 이가 많습니다."

비목랑이 말했다.

"은거지사라…숨어서 뜻을 구한다…. 듣기만 해도 뜻이 굳은 분이군요. 어떤 분이오?"

여왕이 호기심 어린 눈으로 비목랑에게 물었다.

"그는 열 살에 통감과 사략, 사서를 통달하고 시문은 모조리 외웠답니다. 천재 중의 천재라 불릴 만합니다. 현재는 제자를 키우고, 세상에 본인을 내세우길 좋아하지 않고 학문과 도를 닦고 있사옵니다."

여왕이 눈을 반짝이며 말했다.

"그런 분이라면, 이 어지러운 세상에 등불이 되어줄 수 있겠군요. 그 제자라 하신 분은 누구입니까?"

"덕민이라 하는 젊은 승려입니다. 본인도 젊지만 홍륜사에서 어린 학승들에게 시문과 불경을 강설하던 이였으나 고전을 깊이 익히려 추연 선생을 찾아갔다고 합니다."

비목랑이 대답했다.

황혼이 물든 가을날 덕민이 추연을 만나기 위해 그의 서사書숨에 찾아갔다.

"어찌 이리 먼지투성이 입니까? 공부하는 분의 공간이라기엔 너무... 더럽습니다"라고 추연의 서실에 들어서며 덕민이 찌푸린 얼굴로 말했다.

추연이 낡은 두루마기를 털며 짐짓 시큰둥하게 말했다.

"처염상정處染常淨[63]이라 했거늘 자네는 더러움만 보고 깨끗함은 보지 못하였는가?"

그 소리에 덕민은 멈칫하며 말했다.

"…법화경의 구절 같습니다."

---

63 처염상정(處染常淨)---불교의 대표적인 사자성어로, "더러운 곳에 머물러도
   늘 맑고 깨끗하다"는 의미

추연이 콧잔등을 쓰다듬으며 미소 지었다.

"유학이건 불교건, 마음 하나 닦는 일이오. 바깥 먼지보다 안의 먼지가 더 무겁지 않겠소?"

덕민은 깊은 절을 하며 말했다.

"가르침을 청합니다."

그 후로 벌써 15년째, 덕민은 그를 떠나지 않았다. 추연秋淵은 그의 이름처럼 가을 연못 위에 유유히 떠다니는 한 장의 낙엽과 같았다. 한마디로 말하면 그는 자유인이었다. 구순을 앞둔 그의 표정은 해맑은 어린아이였다. 사욕이 보이지 않고 함께 있으면 편하고 좋은 사람이었다. 그러면서 그는 중후했고 중국의 고서적은 머릿속에 다 들어 있는지 제자들을 가르치는 데 책을 손에 드는 것을 본 사람이 없었다. 그러나, 제자들이 무엇을 질문하면 막힌 적이 한 번도 없었다. 그러고도 평생 잘난 척을 하지 않았다. 사소한 질문을 하면 '허허' 너털웃음으로 넘겼다. 어린 제자의 학문적 성취를 본인의 것처럼 기뻐했다. 글 짓기와 제자 가르침이 그의 일상이었다.

추연의 학문의 깊이는 잔잔한 가을 연못의 심연처럼 깊어 파고 또 파도 보이지 않았다. 그에게 글은 글 자체가 아니라, 곧 삶이었고 그 삶은 인격으로 드러났다. 그리하니 거침이 없고 자연스러움이 일상이 된 해탈의 삶을 살고 있었다.

"세상과 담을 쌓았으나, 세상을 잊지 않았고, 사욕이 없으나 세상을 보는 눈은 명료합니다"라고 비목랑이 말했다.

"비목랑은 어떻게 그분을 그리 잘 아시오?"

"네, 폐하, 저의 할아버지와는 둘도 없는 친구 사이였습니다.

"지금 나에게 필요한 분이군요. 조용히 그를 뵙고 싶습니다. 유학의 눈으로 세상의 바람을 읽어내고자 합니다. 조정의 시비를 떠나 한 사유가의 말에서 정치를 묻고 싶군요"라고 여왕이 말했다.

3

태동 서사 늦은 오후, 추연의 서실書室. 바람에 서책이 들썩이고, 은은한 먹 향이 감돈다. 문이 열리고, 변복한 여왕과 비목랑이 들어섰다. 추연이 눈을 찌푸리며 살피다 이내 예를 갖춘다.

"폐하께서 이 누추한 서실까지 왕림하시다니요. 어리석은 선비 몸 둘 바를 모르겠습니다."

선덕여왕이 작은 미소로 화답했다.

"김 공의 학덕은 서라벌에도 울려 퍼지고 있소. 뜻을 숨긴다 하나, 빛나는 별은 이불로 덮을 수 없지 않겠습니까?"

"폐하께서야말로 하늘이 내리신 덕왕이십니다. 불심을 널리

펴시고, 백성의 마음을 알아주시는 임금이십니다."

추연이 겸연쩍은 듯 고개를 숙이며 말했다.

"선생, 덕은 크되 세상은 어지럽습니다. 조정은 당파와 이익에 매몰되고, 진실은 누군가의 음모로 가려지기 일쑤입니다. 나 또한 때로 흔들립니다. 북극성을 흠모하지만 나는 그 빛에 닿지 못하는 초라한 별일지도 모르지요."

여왕은 목소리에 힘을 담아 말했다.

추연이 조용히 눈을 들고 말했다.

"폐하, 공자께서 이르셨습니다.

子曰 爲政以德 譬如北辰 居其所 而衆星 共之 -

'정치는 덕으로 하는 것, 북극성이 제자리에 있으니 무수한 별이 스스로 그를 공경하도다.'

덕이란 억지로 움직이는 것이 아닙니다. 무위無爲의 중심입니다. 북극성은 제자리를 떠나지 않되, 모든 별을 품습니다. 그 자리가 흔들리지 않고도 세상이 돌아갑니다."

여왕이 조용히 되뇌이며 말했다.

"무위… 북극성… 마음이 머무는 말이로군요."

비목랑이 옆에서 조심스레 말을 잇는다.

"그러니 황룡사 9층탑도… 그런 북극성과 같아야 하겠지요? 폐하의 덕을 세우는 상징으로…."

"그렇습니다. 황룡사 9층탑은 그 자체로 여왕의 뜻을 드러냅니다. 높고 크고 흔들리지 않는 것, 그것이 탑의 힘입니다. 왕의 권위란 금관이 아니라 백성을 품는 사랑에서 비롯되는 법이지요. 백성은 그 탑을 바라보며 밤하늘을 읽고, 여왕을 떠올리며 위안을 얻을 것입니다."

추연이 미소를 지으며 말했다.

"그 말씀 내 가슴에 새기겠소. 세상과 백성이 탑을 보며 평안을 얻는다면 그 공사는 결코 허황되지 않겠지요."

여왕이 감정이 담긴 목소리로 말했다. 구석에서 듣고 있던 덕민이 조용히 다가와, 놀란 눈빛으로 추연을 바라본다.

"스승께서 저리 장황하게 말씀하신 적이 한 번도 없었는데…."

덕민이 작게 중얼거리듯 말했다.

"사람의 말을 이끄는 것은 사물의 이치가 아니라 듣는 이의 마음이오. 여왕의 마음은 이미 별을 품고 있소."

추연이 빙그레 웃으며 말했다.

"오늘 내가 길을 잘 나섰습니다. 오랜만에 사람다운 대화를 나누었고, 마음의 길도 찾은 듯하오."

여왕은 감사하다는 듯 고개 숙이며 말했다.

"이 밤은 오래도록 기억에 남을 것 같습니다."

비목랑이 조용한 목소리로 말했다.

"그래요. 오늘은… 단지 여왕이 아니라 한 사람으로서 북극성을 배우러 온 밤이었습니다."

여왕이 비목랑을 바라보며 말했다.

4

추연 선생의 서실을 나와 돌아가는 길에 달빛은 희미하고 바람에는 묵향과 가을 이슬이 감돌았다.

"비목랑, 오늘… 참 이상한 하루였소."

여왕이 걷다가 말을 건넸다.

"어떤 점이 이상하셨습니까?"

비목랑이 고개를 돌리지 않고 물었다.

"누군가의 말에서 마음이 흔들린 건… 오랜만이었소. 권좌에 앉으면 듣는 말들은 다 무겁고 말하는 입은 다 둔해지는데, 오늘은 그저 사람이 사람에게 건네는 말 같았소."

달빛이 두 사람을 감싼다. 여왕이 잠시 침묵하다가 말했다.

"나… 때로는 모든 것이 두렵습니다. 탑을 세우는 것도 백성을 다스리는 것도 이 사랑마저… 내게 허락된 것인가 늘 묻게 되오. 내가 감히 이 모든 것을 품어도 되는 걸까… 자주 흔들립니다."

비목랑은 그녀 옆에 서서 발걸음을 맞춘다.

"폐하는… 북극성과 같으십니다. 움직이지 않아도 세상을 비추고 말을 아껴도 사람들이 따르게 합니다. 그런 분에게 허락되지 않은 감정이란 세상에 없을 것입니다."

여왕은 고개를 돌려 비목랑을 바라보았다.

"그래도… 폐하라는 이름이 너무 크고 무거워서 나는 자주 내 이름조차 잊곤 하지요. 덕만이라 불리던 시절처럼 그저 들길을 걷고 바람 냄새를 맡고 누군가와 마음을 주고받는 일이 얼마나 귀했던가."

비목랑은 말없이 자신의 도포를 벗어 여왕 어깨에 살며시 덮어 준다. 비목랑은 조용히 그녀와 눈을 마주친다. 여왕이 달빛을 바라보며 조용히 속삭인다.

"덕만, 오늘은 그 이름으로 돌아가고 싶소. 그리고 그대 곁에, 아주 잠시… 머물고 싶소. 여왕이 아닌, 한 여인으로서…."

비목랑은 숨을 깊게 들이쉬며 따뜻하게 대답했다.

"오늘 이 길, 덕만의 길이 되기를 바랍니다. 그대가 여왕이든 아니든, 제 마음에는 언제나 같은 별 하나가 빛나고 있습니다."

여왕은 그 말에 조용히 눈을 감는다. 바람이 지나간다. 두 사람의 걸음은 다시 이어진다.

"함께 걷는 이 길… 오래 기억하고 싶소. 아무도 몰랐던 그 밤길이, 나에겐 가장 밝았던 길이었소."

서라벌

5

여왕은 얼마 전에 용한 사주쟁이에게 사주를 봐 달라고 했는데 올해는 그녀에게 연인이 생길 거라고 이야기했다. 그 남자가 비목랑일 줄이야!

그녀는 궁궐을 벗어나 밤을 지새운 적이, 어릴 적 낭도 시절과 선왕 서거 후 3년 상을 치른 것 외에는 거의 기억나지 않았다. 모든 움직임이 조심스러워야 할 자리인데도 이상하리만큼 마음이 편했다.

밖은 바람에 낙엽이 바스락거리고 별빛이 간간이 어둠을 가르고 있었다. 문은 굳게 닫혔다. 작은 등불 아래 앉아 여왕이 속삭였다.

"오늘은… 별이 어둡구려."

잠시 침묵 후, 비목랑이 조용히 다가와 앉는다.

"별은 숨었을 뿐입니다, 폐하, 늘 그 자리에 있지요."

여왕이 그를 향해 돌아보았다.

"나는 별을 보며 이 나라를 생각합니다. 그런데… 요즘은 자꾸 그대 얼굴이 떠오릅니다. 그것이 옳은 일일까요?"

비목랑이 고개를 숙이며 말했다.

"옳고 그름보다… 살아 있는 마음이 있을 뿐입니다."

"그 말이… 얼마나 나를 흔드는지 아시오? 나는 이 나라의 어머니가 되어야 합니다. 그런 내가… 한 남자를 기다리는 밤을 맞는다는 것이… 얼마나 약점이 되고 백성에겐 허망한 이야기로 남을까 두렵습니다"라고 여왕이 속삭이듯 말했다.

비목랑도 목소리를 낮추어 말했다.

"그래서 저는 폐하 곁에 있어도… 감히 한 걸음 더 다가서지 못했습니다."

여왕이 가만히 그를 응시하며 말했다.

"내 곁에 있는 것이 고통이오?"

비목랑이 살며시 고개를 젓는다.

"고통이자 축복입니다. 매일 다짐합니다.

'오늘은 눈빛을 건네지 말자.'

'오늘은 말끝에 마음을 싣지 말자.'

그런데 어느 순간 폐하의 손끝을 따라가고 있습니다."

덕만이 눈을 감으며 말했다.

"우리가 만약… 탑을 세우고 나라가 평안해지고… 그 후에 다시 만난다면… 그땐 어떤 표정으로 그대를 마주할 수 있을까요?"

비목랑이 천천히 말했다.

"그땐… 폐하의 눈물이 아닌 웃음을 보고 싶습니다. 아무런 무게도 책임도 없이 그냥 한 사람으로서…."

덕만이 숨을 내쉬었다.

"비목랑, 이 탑이 세워지면 나는 홀로여야 합니다. 그 탑은 백성의 것이고 나라의 것이며 신화가 되어야 하오. 그런데 그 탑의 그림자 안에… 한 남자를 감추고 있다는 소문이 돌게 해서는 안 됩니다."

비목랑이 고개를 숙이지만, 진심을 억누를 수 없어 말했다.

"그림자라도 좋습니다. 폐하가 등을 돌릴 때마다 그 빛의 반대편에 서 있겠습니다."

여왕이 그의 말을 듣고 오래도록 조용히 있다가 말했다.

"내가 무너질까 두렵소. 한 번이라도 그대 손을 잡으면… 나는 여왕이 아닌 여인이 될까 두렵습니다."

여왕이 작게 떨리는 목소리로 다시 말했다.

"나는… 그대의 이름을 부르고 싶소. 왕이 아닌 덕만으로… 한 번만…."

비목랑이 입술을 떼려다… 다시 다문다. 그리고 천천히 고개를 끄덕이며 말했다.

"그 이름은… 내 가슴 속에만 남기겠습니다. 세상은 모르게, 오직 나만이 아는 불씨로"

여왕은 눈을 감는다. 등불이 살랑인다. 비목랑이 여왕을 다정하게 바라보았다. 비목랑은 조심스레 그녀의 손등을 감싸며 눈을 맞췄다. 여왕은 아무 말 없이 그 손을 놓지 않았다. 작은 숨결이 포개졌고, 이내 조심스러운 입맞춤이 다가왔다.

그녀는 그에게 마음을 내어주었다. 모든 무게와 책임을 벗어두고, 오직 한 사람의 여인으로서, 그 순간 정무에 찌든 피로가 녹아내리고 홀로 견뎌온 시간들이 위로받는 듯했다.

짧은 밤이었지만 두 사람은 말없이 서로를 이해했고 말보다 깊은 약속이 눈빛에 머물렀다.

그 사랑은 드러나지 않되 깊고 단단했다. 불빛은 흔들렸지만 두 사람의 마음은 더없이 고요했다.

서라벌

9층탑의 붕괴 위기

1

1층의 윤곽이 드러나자 서라벌은 황룡사 9층탑 이야기로 들 끓기 시작했다. 누구를 만나든 입에 오르내리는 것은 목탑 이 야기뿐이었다. 활리역活里驛 마당 한켠 역졸 둘이 말을 돌보며 한창 수군거렸다.

"9층 목탑의 1층이 완성됐다던데, 너 가서 본 적 있어?"

"아니. 난 아직"

"기둥이랑 대들보가 어마어마하대, 9층까지 올라가면 꼭대 기에서 서라벌이 다 내려다보인대"

"그래, 나도 들었어. 신라뿐 아니라 다른 나라도 못 지은 규 모라더라. 여왕 폐하의 불심으로 가능한 일이래"

"우리도 시간 날 때 한번 구경 가자."

키가 훤칠한 떠꺼머리 역졸이 눈을 반짝이며 말했다.

"여왕 폐하께서 첨성대를 만들어 주신 덕에 우리 아버지 농사짓는 데 큰 도움이 됐어. 옛날엔 미실이라는 천신황녀가 천문을 독점해 권력으로 휘둘렀다더라."

다른 역졸이 고개를 끄덕이며 덧붙였다.

"그러니 여왕을 살아 있는 부처라 부르지."

"응, 맞아"

황룡사 9층탑의 창건과 첨성대의 완공은 곧바로 권력의 기울기를 바꾸었다. 조정에서는 자연스레 여왕의 입지가 커졌다. 이찬 비담 주위로 뭉친 귀족 세력은 그 변화에 위기감을 느꼈다.

"탑이 9층까지 올라간다 한들 지진이 잦은 서라벌에서 얼마나 버티겠나?"

사령부령 이찬 비담은 입꼬리를 씰룩이며 냉소를 흘렸다.

곁에 앉은 염종이 조심스레 속삭였다.

"주군, 지금 조정은 군사는 알천과 임종, 행정은 술종, 재정은 염장, 불교는 호림, 선도는 보종, 그리고 유신이 칠성우七星友[64]를 결성하여 여왕 곁을 지키고 있습니다. 그 중심에 김춘추가 있지요.

그를 포섭하든 날개를 꺾든 어느 쪽이든 취해야 우리 일이 풀릴 것입니다."

---

64 칠성우(七星友)---≪화랑세기≫ 14세 풍월주 호림공 편에 나온다.

비담은 이마를 짚으며 중얼거렸다.

"김춘추… 반드시 넘어야 할 산이긴 하지. 하지만, 호락호락하지 않아. 그가 말하는 그 '대의'라는 게 도대체 뭔지 모르겠단 말이야.

'결국엔 통일이니 명분이니 하면서 군인도 대신도 왕도 저마다의 대의를 떠들지만… 여자가 왕인 나라에서 무슨 정통이 있느냐고. 쯧쯧… 저들이 입에 담는 대의란 결국 제 잇속과 권력을 감추는 가면일 뿐이지.'

비담은 입술을 씹으며 고개를 절레절레 저었다.

"여왕은 이 전란 중에도 백성을 위한다며 나라 국고를 쏟아부어 거대한 목탑을 세운다고 하고 김춘추와 김유신은 거기 또 적극 동조하고 있으니, 대체 이를 어쩌면 좋겠는가. 염종 공!"

염종은 얼굴을 바짝 들이밀며 속삭였다.

"주군, 걱정 마십시오. 제가 여왕을 아사 직전까지 몰아갈 방도를 마련해두었습니다."

비담이 한숨을 내쉬며 되물었다.

"염종, 자네의 수라면 믿어보겠네."

염종은 무릎을 꿇으며 말했다.

"지금은 김춘추 하나 찍어낸다고 끝날 일이 아닙니다. 여왕을 찬양하는 민심도 잠재워야 하고 조정에서 여왕을 옹호하는 대신들의 입도 막아야 합니다. 말하자면, 사방에서 여왕의 숨통을 죄어야 할 때입니다.

부디 저에게 전권을 맡겨주십시오. 반드시 그 뜻을 이루게 하겠습니다."

비담은 눈을 가늘게 뜨며 대답했다.

"좋소. 염종, 그대에게 맡기리다."

2

사위는 적막한데 상대등 알천의 턱수염만 어둠 속에서 희끗 희끗한 광채를 내며 바람에 흔들리고 있었다.

여왕은 기력이 점점 쇠하여 예전처럼 정무를 의욕적으로 챙기지 못하고 있었다.

조정의 대소신료들은 사령부령 비담의 눈에 들기 위해 앞다투어 아첨하고 뇌물을 바쳤으며 그 행태는 시정잡배보다도 추하였다. 나라의 대소사마다 감 놔라 배 놔라 간섭하는 비담 일당을 보며, 상대등 알천은 치밀어 오르는 분노를 눌러야 했다.

'하루라도 빨리 여왕께 태자 책봉을 간청드려야 하는데… 김춘추 말고는 대안이 없구나.'

알천은 그렇게 마음을 다잡으며 밀담 장소로 정한 정자의 계단을 오르고 있었다.

506   서라벌

'무슨 일로 이런 으슥한 곳에서 나를 보자 하셨을까?'

김춘추는 주위를 두리번거리며 정자의 그늘로 걸음을 옮겼다. 비담의 눈이 사방에서 희번덕이고 있을 상황인데 경계심이 드는 것은 당연했다. 당 태종이 고구려의 후방을 공격하라 명한 바 있으며, 이에 따라 알천이 대장군으로 출정 준비 중임을 김춘추는 익히 알고 있었다.

'그 바쁜 분이 왜 하필 지금 나를…?'

알천이 먼저 입을 열었다.

"춘추 공, 조정 내에서 비담의 준동이 심상치 않소. 이번 고구려 원정으로 내가 자리를 비우게 되면, 저들이 폐하께 무슨 위해라도 가할까 심히 염려되오. 이럴 때 태자라도 계셔서 대왕 폐하를 굳건히 보필하신다면 얼마나 든든하겠소? 우리 칠성우가 존재하는 이유 또한 공을 태자로 옹립하고자 함이 크외다."

알천의 목소리는 낮았으나 단호했다.

김춘추는 누가 듣기라도 할까 조심스럽게 허공에 손을 저었다.

"알천 공, 본인을 믿어주시는 마음은 감사하지만 지금은 때가 아니옵니다. 우선 전란을 수습하고 혼란한 조정을 안정시키기 위해 폐하를 보필하는 것이 급선무라 생각합니다."

그러는 사이, 어두운 숲 뒤에서 그들의 만남을 지켜보는 두 눈동자가 살쾡이처럼 번뜩이고 있었다. 서라벌 서시西市에서는 상인들이 새벽 가게 문을 열며 낮은 목소리로 불만을 나누고 있었다.

"조정에서 권력 잡은 자들은 참말로 정보 하나는 빠르게 알아채더군. 그 재주로 적의 침입을 막고 여왕의 눈과 귀가 되어 준다면 나라가 얼마나 든든하겠나? 하루가 멀다 하고 이 좁은 서라벌에서 싸움질이나 하니 백성들만 고달프지."

옆 가게 사람이 주변을 살피며 말했다.

"이 사람아 말조심하게. 비담 무리 귀에라도 들어가면 쥐도 새도 모르게 끌려가게 생겼어."

"세상 살기가 이렇게 고달퍼서야 되겠나 말일세…."

또 다른 이가 고개를 끄덕이며 말을 이었다.

"조정에서는 사령부 중심으로 귀족들이 똘똘 뭉쳐서 비담 말발이 여왕 폐하보다 더 세다지 뭐야. 김유신 장군은 당항성 방비하느라 멀리 나가 있으니 궁궐에서는 호랑이 대신 여우가 왕 노릇 한다는 말까지 돌아."

"여왕의 명령으로 출정하는 대장군 알천을 김춘추와 함께 엮어서 역모죄라며 잡아들이다니… 해도 해도 너무하지."

"황룡사 9층탑이 이제 겨우 1층을 올렸을 뿐인데, 김춘추와 김유신이 나서기도 전에 비담이 상대등 자리를 놓고 여왕과 권력 다툼을 벌이고 있다 하오. 그렇게 조정에서 조직적으로 방해하면 이 탑이 과연 끝까지 제대로 세워질 수나 있겠나 말일세."

3

9층탑 현장, 서쪽 하늘은 아직 푸른데 도톰하게 생긴 초승달이 떠 있다. 공사장의 뒷마당에 있는 땔감 창고 안에서 은밀한 모임이 열리고 있었다.

"심주는 마음이라 했지요. 그 마음이 흔들리면… 탑도 흔들립니다."

비단 관복 대신 머리에 목수 문라건을 쓴 염종이 말했다.

"그 젊은 대목장 비목랑 말이오. 여러분을 땔감처럼 쓰고는 연대란 말로 꾸밉니다."

"하지만, 이 탑이 무너지면 우리 이름도 함께 무너지오."

대영조의 목수 황지가 불안한 기색을 내비치며 말했다.

"탑은 무너지지 않습니다. 무너지는 건 그자 하나의 신념뿐이오. 내가 말하는 건 균열입니다. 눈에 보이지 않는, 하지만 내부부터 썩게 만드는 금, 그 금 하나 살짝만 넣으면 됩니다. 탑은 겉으론 그대로 서 있을 테니"라고 염종이 목수들이 잘 알아듣지도 못하는 말을 했다.

그의 손엔 정체불명의 목심 절단용 끌이 들려 있었다. 그는 대영조의 목수 서너 명을 매수하여 보아지[65]를 받치는 기둥에 홈을 삼각으로 파서 시간이 지나고 상층의 무게가 많아지면, 보가 내려 앉아 건물이 한쪽으로 기울어지게 하는 무시무시한 계획을 꾸몄다.

교묘하게 외관은 멀쩡하지만 내부는 텅 비어 있어 사전에 발견하지 못하면 건물 전체가 무너질 수 있는 치명적인 결함이었다.

다음 날 아침, 백제의 부여조 상단 이영훈 도편수가 비목랑에게 다가왔다.

"대목장님, 이상한 기운이 감지됩니다. 어젯밤 일부 목재 정렬이 어긋나 있었고, 야간 작업자는 명부에 없던 자였습니다. 도면대로라면 그 기둥… 사천주 주위에 세워지는 32천주天柱의 서너 개 위치가 바뀌어 있었습니다."

"누군가 일부러 손을 댔다는 뜻입니까?"

"사람들은 말하더이다. 비목랑 대목장이 너무 이상을 말한다고… 마음은 좋지만 그 마음 하나로는 백 명의 기술자를 못 막는다"라고 이영훈 부여조의 도편수가 말했다.

그날 오후 비목랑은 아비지 대목장과 함께 문제의 기둥을 직접 조사했다. 나무의 표면은 멀쩡했지만 작은 망치로 두드리자

---

65 보아지---기둥과 보가 서로 연결되는 부분을 보강해 주는 건축 부재

속이 빈, 텅~ 하는 소리가 울렸다.

아비지 대목장이 낮은 목소리로 말했다.

"이건 기술자의 손이 아니다. 이건… 파괴자의 손이야."

비목랑이 입술을 살짝 깨물며 말했다.

"신념만으로는 탑을 못 짓는다는 말… 그 말이 옳았을지도 모르겠습니다. 하지만 그 말이 옳아지게 둘 수는 없습니다."

그날 밤 여왕의 시종이 비밀리에 비목랑을 찾아왔다.

여왕의 시종이 말했다.

"폐하께서 전하십니다. '탑이 무너지기 전에 사람의 마음부터 지키시오.' 그리고… 이 문장을 심주에 새기라 하셨습니다."

'진심은 무너질 수 없다.'

비목랑은 문장을 받아들이며 조용히 중얼거린다.

'무너뜨리는 자가 있어도 무너지지 않는 탑을 지어보겠습니다.'

4

"9층탑의 자재 수급에 심각한 문제가 생긴 것 같아요."

긴 문라건을 쓰고 수척해진 얼굴로 아비지 대목장이 탑의 총책을 맡고 있는 용춘에게 말했다.

"제가 조사한 바로는 서라벌뿐 아니라 인근 지역에서도 9층 탑에 드는 자재들의 품귀 현상이 생겨나고 있습니다. 권문 귀족들은 9층 목탑의 완성이 자기들의 입지를 흔든다고 생각하는 듯합니다. 신속한 조처를 해야 합니다. 여왕 폐하께 고하여 이 시각 이후라도 매점매석은 엄하게 다스리겠다는 칙령을 공표하도록 하겠습니다"라고 용춘이 말했다.

"그리 크게 걱정할 것은 없습니다. 제게도 시간이 좀 걸리겠지만 좋은 방법이 있습니다"라고 비목랑이 말했다.

"비목랑 대목장, 어떻게 하면 좋겠소?"

"목재는 산주들이 궁에 기부하여 준비가 다 되어 있습니다.

나머지는 건축 공정을 좀 바꾸어 뼈대인 목공사 위주로 시공을 할 것입니다. 목공사로 시간을 끌면 돈이 필요하거나 자리만 차지하고 있는 자재가 부담스러워 매점매석한 부자재들을 되팔게 되어 값은 곤두박질칠 것입니다. 지붕에 올라갈 기와나 목재 창호는 가격이 안정될 때 구매하여 시공하면 큰 탈이 없을 것입니다."

비목랑이 자신 있게 말했다.

"그런데 조부에서 나오는 품삯이 말단의 기술자들과 인부들에게 제대로 지급이 안 되고 있다는 보고를 들었습니다. 특히 잡부들의 품삯으로 나가는 곡물에 알맹이는 얼마 없고 쭉정이만 가득 넣어준다고 합니다. 그것이 궁에 대한 불만으로 이어

서라벌

져 폭동이 일어날 지경이랍니다. 조부에 영향력을 행사하는 검은 손이 있음이 명백합니다. 폐하의 위신과 권위를 훼손시키려는 것이죠."

아비지 대목장이 용춘에게 한숨을 쉬며 말했다.

"대영조의 설복겸 도편수가 수하 목수들의 품삯을 주지 않고 빼돌리고 있다는 소문이 현장 내에 자자합니다. 이 일은 제가 뒷조사하여 해결해 보도록 하겠습니다."

비목랑이 앞으로 나서서 말했다.

"아니오, 이것은 성전成典의 관리들이 철저하게 조사할 테니 비목랑 대목장은 전체 목수들이 일에 전념하도록 해 주시오"라고 용춘이 말했다.

7월의 지루한 장마는 황룡사 9층탑 현장에서 일하는 목수들과 인부들의 인내심을 시험이라도 하는 듯 쉬 그치지 않았다. 잠깐씩 하늘이 맑아 내리쬐는 태양의 열기는 인부들의 살갗을 지지는 듯 뜨겁다.

갈증으로 물을 목에 부어 넣지만 마치 갈라 터진 논바닥에 바가지로 물을 대는 듯 빗물같이 흐르는 땀방울을 대신하지 못했다. 일사병에 쓰러지는 인부들이 속출했다.

마귀는 항시 때를 기다리는 법, 기회가 왔다는 듯 땅을 가르고, 심주를 불태웠다. 쌀가마니가 땅에 엎어지자 먼지가 일고 인부들의 외침이 얽혔다.

"이게 쌀이야? 모래와 쭉정이가 태반이잖아!"

"우리를 사람으로 보긴 하는 거냐!"

"아무도 책임지지 않아! 이 나라가 우리 목숨을 뭐라 생각하는 건데?"

어떤 이는 곡괭이를 어떤 이는 톱을 들고 작업대 위로 올라섰다. 뒤엉킨 욕설과 땀, 분노는 순식간에 불이 되어 타올랐다. 공사장 북쪽에선 장작더미에 불이 피어오르고 작업장 안쪽 창고에선 소동이 벌어졌다.

비목랑은 인부들 사이를 밀치며 달려 나왔다.

"멈추시오!"

그의 외침은 한순간 소동을 멈칫하게 했지만 인부 한 명이 앞에서 외쳤다.

"네가 그 비목랑이지? 백제 출신이라더군. 이게 다 너랑 너희 관리들이 다 헤쳐 먹은 거 아니야?"

그 말에 일부가 동조했고 몇몇은 도끼자루에 손이 가 있었다.

비목랑은 그 사람들 앞에 가서 무릎을 꿇었다.

"그래, 내가 잘못했소. 내가 제대로 보지 못했소. 하지만… 우리가 부처님의 집을 짓는 이 자리에서 서로의 목을 겨눈다면 이 탑은 처음부터 무너진 것이오."

그 말에 몇몇은 손을 떨었다.

그때 아비지 대목장이 나타났다. 그는 오른손에 물병을 들고 조용히 한마디 했다.

"일하던 손으로 쥔 도끼는 사람 목을 벨 수 없습니다. 자네들 오늘 들은 거짓말의 씨앗을… 누구에게 받았는가?"

그날 밤 용춘과 성전의 상급 관리들이 긴급 회합을 열었다.

"곡물 납품 경로를 조사했더니, 대영조가 아닌 제3상단을 통해 돌아 들어왔습니다. 그 상단은… 염종의 사촌이 관장하고 있더군요. 말단 인부들 품삯을 조작해 민심을 이반시키고 인부들 간에 비목랑을 의심하게 만든 뒤 공사장 자체를 붕괴시키려는 수작이었습니다."

성전의 관리가 말했다.

"탑을 부수는 것이 아니라, 마음을 부숴버리겠다는 전략이군…!"

용춘이 분개하여 잔을 내려치며 말했다.

다음 날 아침, 궁에서 칙령이 내려왔다.

첫째, 매점매석 금지 및 물자 전용 적발 시 군형벌로 처벌.

둘째, 공사장 내 곡물 배급은 성전이 직할 지휘.

셋째, 폭동을 일으킨 인부들을 사면하는 대신 각 상단은 진심으로 선언문을 낭독하라.

그리고 마지막 여왕은 비목랑의 손에 칙서를 하나 더 쥐어 주었다.

"심주는 눈에 보이지 않소. 심주는 사람과 사람 사이에 놓이는 다리요. 그 다리를 다시 지으시오. 백성의 마음을 이어야 탑도 완성됩니다."

비목랑은 인부들과 다시 마주했다. 그 자리엔 어제 곡물을 쏟은 이도, 도끼를 든 이도, 모두 서 있었다.

"나 비목랑, 이제부터는 자재보다 사람을 먼저 살피겠습니다. 쭉정이가 아니라… 사람을 품겠습니다."

탑을 짓는 것은 나무를 짜맞추는 것, 나무의 성질을 짜맞추는 것은 사람을 맞추는 것, 사람을 맞추는 것은 마음을 맞추는 것임을 다시 한번 절감했다.

그가 첫 도면을 찢고 다시 펴 들었다. 그 위엔 '사람의 이름'이 적혀 있었다. 설계도에 부재의 크기 대신 책임자의 이름을 넣기 시작한 것이다.

그렇게 다시 탑은 올라가기 시작했다.

5

"털어서 먼지 안 나는 놈이 있겠습니까?"

염종과 조부령 사진은 머리를 맞대고 귓속말을 주고받았다. 그들의 눈빛에는, 독사가 개구리를 삼키기 직전의 섬뜩한 기운이 번뜩였다.

"실례지만 비목랑 대목장이 누구시오?"

사령부의 표찰이 붙은 복두幞頭를 쓴 관원으로 보이는 자가 9층 목탑의 지휘부에 들어와 말했다.

"내가 비목랑입니다만 무슨 일이오?"

"아, 네 비목랑 대목장님을 사령부로 모셔 오라는 명을 받들고 왔습니다."

"무슨 일로…? 사령부에서 바쁘게 일하고 있는 사람을 오라 가라 하는지 이유나 알고 갑시다."

"뇌물 수수 혐의로 고변이 들어왔습니다. 순순히 사령부까지 동행해 주시면 그 이유를 알게 될 것입니다"라고 말하고 관원 두 명이 양쪽에서 비목랑의 팔을 하나씩 잡고 그를 연행해 갔다. 비목랑은 두 손이 묶인 채 무릎을 꿇고 있었다. 어두워지기 전까지 아무도 취조실에는 들어오지 않았다. 심리적 공포감을 조성하려 일부러 고신 아닌 고신을 하고 있다고 느꼈다.

어두운 감옥 안의 공기는 축축하고 답답하여 숨을 쉬기도 힘들었다. 그의 눈빛은 두려움 속에서 희망을 찾으려 애쓰지만 그 희망은 점점 사라졌다.

취조실의 문이 열리자 강압적인 목소리와 함께 사령부의 관리 둘이 들어와 그를 문초하기 시작했다. 비목랑의 심장은 빠르게 뛰었다. 사령부에서도 비목랑이 여왕과 각별한 사이임을 모를 리 없었다. 그럼에도 이런 몰상식하고 무례한 행위가 공공연히 벌어진다는 건 분명한 의도가 있다는 뜻이었다.

그는 직감했다. 이것은 여왕에게 그리고 비목랑에게 '보란 듯이' 저질러지고 있는 것이었다.

"저는 죄가 없습니다."

비목랑이 목소리를 높여 말했지만 그 소리는 차가운 벽에 흡수되어 버렸다. 그는 아무리 생각해도 범죄를 저지를 만한 일이 생각나지 않았다.

"고변한 사람이 있고 명백한 증거가 있어요."

"무슨 일인지나 알아야 대답을 할 수 있지 않겠소?"

"대남大南에서 고대 편백을 들여올 때 운반 상단에 준 전표錢票에 비목랑의 수결手決이 확인되었어요. 지급해야 할 금액 이상으로 수결이 되어 있더군요. 어떤 대가를 받았는지 토설하지 않으면 여기를 나갈 수 없을 거요."

광대뼈가 툭 튀어나오고 입술이 두툼한 사령부의 중간 책임자인 외사정外司正 김헌이 강압적인 태도를 보이며 비목랑을 말로 위협했다.

"수결을 하고 뒷 돈을 받은 증거를 보여주시오. 억울합니다. 이 일을 용춘 공도 알고 계시나요?"

"나는 상부의 지시를 받은 대로 심문을 하는 것이니 오해하지 마시오"라고 사령부 외사정外司正 김헌이 말했다.

"9층탑의 공사 현장에서 일어나는 일은 성전成典의 최고 책

서라벌

임자인 금하신衿荷臣 직책의 김용춘 공을 통해서 관리하라는 대왕 폐하의 칙령이 있는 줄 알고 있소이다"라고, 비목랑이 당당하게 말했다.

"이렇게 죄 없는 사람을 마구잡이로 잡아 족쳐도 되는지, 되묻고 싶구려."

얼굴에는 피곤함이 가득했지만 그의 눈빛은 여전히 빛나고 있었다. 그의 그러한 태도에 사령부 관리들은 불쾌감을 느꼈다.

그들은 사령부령에게 보고하고 비목랑을 풀어주었다.

비목랑이 풀려난 밤 여왕은 비밀리에 그를 불렀다.

"내가 명한 탑을 짓는 너를, 누군가는 내 대신 잡아가더구나.

그건… 탑을 흔든 것이 아니라, 나를 시험한 것이다"라고 여왕이 말했다.

"폐하께서 명하신 그 탑은 바람보다 사람을 견뎌야 할 것 같습니다. 바람은 막을 수 있어도, 사람의 마음은….."

"그 마음을 막는 것이 아니라 이을 자가 너이니라."

여왕은 고요한 음성으로 말했다.

그날 밤 여왕은 비목랑에게 공사 현장 권한을 왕명으로 재임명하고 비밀리에 염종의 실체를 조사할 권한까지 내렸다.

다음 날 비목랑이 다시 공사장에 나타나자 목수들은 한순간 말없이 그를 바라본다. 그중 늙수그레한 목수가 말했다.

"누가 자네를 죄인이라 했소?"

"우린 자네가 없는 사이에… 탑이 비틀리는 꿈을 꾸었소."

비목랑은 말없이 망치 하나를 들어 기둥을 두드린다.

목수들은 하나둘 도면을 펼치고 연장함을 열었다. 다시 탑이 세워지기 시작했다.

6

"도편수님, 오늘 무슨 일이라도 있어요? 영 진도가 나지 않네요. 먹선이 뚜렷하지도 않고 오타가 있는 것이…."

같은 조에서 출목도리[66]를 가공하는 대영조의 김 편수가 설복겸이 일에 집중하지 못하는 모양새를 보고 말했다. 9층 목탑의 출목도리 홈 가공을 하면서도 대영조大榮組 설복겸 도편수는 염종이 기루에서 보자고 한 것 때문에 일이 손에 잡히지 않았다.

염종은 그의 아버지인 설웅모 대목장이 대영조의 당주로 있을 때부터 깊은 관계를 맺고 있는 귀족 세력의 실세였다. 설웅모 대목장 시절의 대영조는 귀족 세력의 뒷배로 인해 비목랑의

---

66 출목도리(出目道理)---도리는 놓이는 위치에 따라서 구분하여 부른다. 건물의 단면을 잘라서 보면 제일 높은 곳에 용마루가 있다. 그것을 종도리(宗道理)라고 부른다. 건물 외곽의 기둥 위에 놓이는 도리를 처마도리 혹은 주심도리라고 한다.
처마를 웅장하고 밖으로 길게 빼기 위해 공포를 만들어 기둥으로 도리를 받치지 않고 공포로 도리를 받쳐 밖으로 빼내는 도리를 출목도리라고 한다.

아버지 순정이 이끌었던 창덕조를 밟고 신라 제일의 건축 상단이 되었다.

아비지 대목장의 부여조 상단이 황룡사 9층탑을 세우기 시작하자 대영조의 설복겸 도편수는 신라 제일이라 자부했지만 우물 안의 개구리였음을 실감했다. 설계부터 시공, 목수들을 관리하는 기술까지 비목랑이 이끌어가는 부여조의 발밑에도 미치지 못함을 실감했다.

설복겸을 따르던 도편수들과 목수들도 이제는 부여조의 비목랑 대목장의 수하가 된 듯이 모두 그를 우러러보고 있었다. 그도 그럴 것이 현장의 실질적 책임자이자 건물을 세우는 기술이 그들을 압도하니 어쩔 수 없는 현상이었다. 그래도 아직 그들은 대영조에 얽히고설킨 유착 관계를 완전히 청산하기에는 거리가 멀었다.

"형님, 지금 우리 대영조는 무너지기 직전입니다. 염종 공을 만나면 이야기를 잘해서 회생 방안을 마련해야 합니다."

설복겸의 심복이며 대영조의 이인자인 김 편수가 말했다.

설복겸이 투전판과 기루를 드나들 때 그도 늘 동행했다. 그들은 과거 염종과 전 당주와의 관계를 생각하며 저녁에 그를 만나면 좋은 일이 있을 것이란 기대를 했다.

그러나, 설복겸이 기루에 드나들 때 예쁜 기녀가 그를 유혹하고 그가 돈을 물 쓰듯 하게 만든 것도 염종의 계략이었음을 그들은 꿈에도 생각하지 못했다.

염종은 설복겸을 통해 황룡사 9층탑에서 일하는 대다수의 신라 목수를 뒤에서 조종할 생각이었다. 백제에서 온 목수들과 신라 목수들 사이를 이간시켜 분란을 만들어 비목랑을 중심으로 일사천리로 달리는 현장을 망치게 하려고 안간힘을 다했다.

으슥한 기루의 구석진 자리에 설복겸은 가서 앉았다. 오른쪽 뺨에 칼자국이 선명한 흉터를 가진 한 명의 젊은 남자가 먼저 들어왔다. 그의 옆구리에는 서너 척 되어 보이는 칼을 차고 있었다. 설복겸은 불안한 맘으로 벌써 가슴이 뛰기 시작했다. 그 무사의 뒤를 따라 한 눈으로 봐도 고관대작임을 알 수 있는 복장을 한 남자가 들어왔다.

"염종 공이네. 예를 갖춰"

짧고 단호하게 낮은 목소리로 염종의 호위무사가 말했다.

"자네가 대영조의 당주인가?"

"네"

"난 자네 선친과는 오래전부터 서로 도와가며 잘 지냈다네. 황룡사 9층탑에서 일하는 대부분이 신라 사람이지 않은가? 이번에는 날 도와주게. 지금처럼 이렇게 일이 순풍에 돛 단 듯이 잘 진행되어서야 여왕의 힘만 커지는 것이지, 우리 비담 공의 자리가 좁아진다 이 말씀이야. 무슨 뜻인지 알겠는가?"

"네. 시키는 일은 무엇이든 하겠습니다."

7

설복겸은 다음 날부터 슬그머니 작업지시서에 수정사항을 반영했다. 그것은 대영조를 비롯한 신라 목수들이 평소에 즐겨 사용하던 방식이었다.

"출목도리 돌출 치수 변경"

"기둥 간의 간격 오차 허용폭 확대"

"정선자 서까래 조립 방식 변경"

"설복겸 도편수, 이건 현장 설계 원안과 다릅니다. 누구의 지시입니까?"

비목랑이 이를 확인하곤 따지듯이 물었다.

비목랑의 손을 거치지 않고서는 누구도 도면에 손댈 수 없었다. 현장에 있는 목수들은 다 알고 있었다. 목수의 일은 누구의 주장이 들어가면 배가 산으로 가기 마련이었다.

"상단에서 그리고 목수들 사이의 의견을 반영한 안건의 수정입니다. 원도면은 이상적이나, 현실적 시공엔 무리가 있다고들 하더군요."

대영조 당주인 설복겸은 의연하게 답했다.

염종의 지시를 받은 설복겸은 다음과 같은 말들을 신라 목수들 사이에 퍼뜨리기 시작했다. 숫자로 주류를 이루는 신라 목수들과 기술을 주도하는 소수의 백제 목수들의 불균형을 파고

들었다. 이간질과 반목을 조장하는 전략이었다.

"백제 놈들이 중심 부재는 전부 맡아가고 우린 허드렛일이나 하게 생겼다더군."

"비목랑은 겉으론 신라 이름을 쓰지만, 속은 백제의 혈통을 가지고 있어."

그 혈통이란 백제 대목장 아비지로 이어받은 기술적 혈통을 빗대어 말하는 것이었다. 어느 날 작업장에서 신라 목수들이 백제 상단 목수를 몰래 폭행하는 일이 벌어졌다. 공사장은 한 순간 얼어붙고 비목랑은 양측을 분리해야 하는 극단적 조치를 취하게 되었다.

"눈에는 안 보여도 균열은 이미 시작됐네."

현장을 잠시 멈추고, 현장의 지휘소인 사무실에 홀로 앉아 있는 비목랑에게 아비지가 말했다.

"기루의 냄새가 현장까지 스며들었군. 설복겸은 기술자가 아니라, 악의 사슬이야. 염종의 말발굽이 그 고리를 지나고 있어."

말없이 손바닥을 들여다 본 비목랑은 한 줄기 손금 위에 조심스레 손끝을 그었다. 그 작디작은 어긋남이 곧 거대한 탑의 균열로 번져가리라는 예감을 그는 떨칠 수 없었다.

신라 목수와 백제 목수 사이에 폭행 사건이 발생한 직후에 비목랑은 결단을 내렸다. 이제 1층을 마무리하고 공사 진행이 순조롭게 완성을 향하여 나아가는 듯했는데 이 무슨 날벼락인지?

비목랑은 아직 채 다듬어지지 않은 망치 자국이 선명한 1층 주심도리 앞에 섰다. 그의 얼굴은 햇살보다 단호했고 목소리는 바람보다 무거웠다.

"지금 이 시각을 기해 황룡사 9층탑 공사를 전면 중단합니다."

현장은 정적에 잠겼다.

나무를 다듬던 자귀질 대패질 기둥을 옮기던 어깨들 먹줄을 당기던 손… 모두 멎었다.

"중단이요? 무슨 말씀이십니까?"

"지금까지 모든 것이 잘 되어 오던 터인데 어찌하여 돌연 이런 일이 일어나는가?"

"우리를 버리는 겁니까. 대목장님?"

거칠고 억눌린 목소리들이 일제히 쏟아졌다.

백제 상단의 목수 하나가 신라 상단 목수에게 집단 폭행을 당한 사건도 이유는 사소했다. 기둥 조립을 도우려 손을 댄 것이 "우리 일에 끼어들었다"는 이유로 시비가 된 것이다.

그러나 비목랑은 알았다.

그 사소한 불씨 뒤엔 염종의 독기가 숨어 있다는 것을….

"우리는 지금… 부처님의 처소를 짓고 있습니다. 하지만 오늘 서로의 몸에 피를 묻힌 채 무슨 자격으로 그분의 집을 지을 수 있습니까?"

비목랑이 양손을 펼치고 떨리는 음성으로 말했다. 잠시 말이

끊겼다. 비목랑은 눈을 감고 숨을 들이켰다.

"내가 여러분에게 너무 많은 이상을 말했는지도 모릅니다.

'심주心柱'라는 말을… 나만 믿고 있었는지도 모릅니다. 하지만 이제 묻겠습니다."

그는 무릎을 꿇고, 망치를 바닥에 내려놓으면서 말했다.

"우리는 서로를 믿지 못한 채 이 탑을 완성할 수 있겠습니까?

지금 이 상태로 9층을 올린다면 탑이 아니라 무덤이 될 것입니다.

비목랑은 길게 숨을 들이쉰 뒤 담담히 선언했다.

"자존심도, 출신도 과거도 모두 내려놓고 진심으로 함께 지을 수 있는 날이 올 때까지…공사를 멈춥니다."

그 말이 허공에 퍼지자 장내는 바람이 멎은 듯 정적에 잠겼다. 누구도 입을 열지 못한 채 고개를 떨궜다.

신라 상단의 설복겸조차 손톱을 깨물며 시선을 피했다.

백제 상단의 한 목수는 말없이 눈시울을 훔쳤다.

이영훈 도편수가 조용히 앞으로 걸어 나왔다.

"…내 먹줄이 신라 목수들의 것보다 곧다고, 믿었던 적이 있습니다. 하지만 오늘, 그 믿음마저… 내려놓습니다."

그의 목소리는 망치보다 굵고, 먹줄보다 곧게 울려 퍼졌다. 비목랑은 말없이 고개를 숙였다. 이영훈 도편수의 말이 칼날처럼 비목랑의 가슴을 스치고 지나갔다. 그것은 아픔이 아니라

서라벌

속 깊이 스며드는 깨달음이었다. 그날 이후 그는 공정을 전면 중단하고 상단별 작업 구역을 새로이 재편했다.

도면과 공법만이 아니라 사람의 품성과 태도 그리고 마음까지 함께 나누는 연수회를 제안했고 그 누구도 이의를 달지 않았다.

이제 이곳은 더 이상 자존심과 의심이 얽혀 있던 싸움터가 아니라, 하나의 신념이 자라나는 진정한 건축의 현장이 되어가고 있었다.

모든 작업에는 '서명 책임제'가 도입되었다. 기둥 하나 조각 하나마다 그걸 만든 목수의 이름이 작은 글씨로 새겨졌다.

"이건 탑이 아니라, 우리가 함께 지어 올린 마음입니다."

며칠 뒤 비목랑은 공사 재개를 선언했다. 그날 그는 심주에 쓸 글귀를 묻는 목수들의 요청에 조용히 한마디만 남겼다.

"무너지지 않는 것은, 서로의 믿음이다."

8

조정에 칠성우가 건재해 있었지만 귀족 세력을 아우르는 비담의 술수랄가 재능에는 미치지 못했다. 여왕은 비담을 믿고 오랫동안 사령부령을 맡긴 잘못을 깨닫기 시작했을 때 이미 그는 조정을 휘어잡고 있었다. 여왕이 믿을 만한 곳은 김유신뿐이었다. 그러나 그를 조정으로 불러들일 만큼 변방이 튼튼하지 않았다.

조성전 정원에는 무지개색으로 활짝 핀 꽃과 향기로 여름을 자랑하던 자귀나무도 잎새는 초록의 싱싱한 젊음은 사라지고 노랑과 주황빛으로 물든 낙엽이 춤추듯 떨어져 내리고 있었다.

여왕은 어젯밤 사위어 가는 촛불을 붙들고 한숨도 자지 못했다. 결국 이찬 비담을 조성전으로 불러 독대하였다.

"비담 공"

"네. 폐하"

"짐은 비담 공을 이 나라의 상대등으로 임명할까 하오. 대신 황룡사 9층탑을 완성하는 데 앞장서 주시오. 이 점은 내일 조정에서 직접 대소신료들에게 천명해 주시구려."

"네 폐하, 신국을 위해 분골쇄신하겠나이다."

일인지하 만인지상一人之下 萬人之上은 '위로는 단 한 사람만 섬기면 되고 아래로는 온 백성을 다스린다'는 뜻이다. 상대등의 자리다. 그 자리는 자칫 교만하기 쉽고 독단에 빠지면 패가망신하기 쉬운 자리이다. 병약한 여왕을 보필하여 변방의 나라들이 '신라는 여왕이 다스리기에 위태롭다'고 여기는 인식을 단호히 불식시킬 필요가 있었다.

서라벌

절대미의 완성

1

설복겸은 황룡사 9층탑 현장에서 추락했다. 누구도 그를 밀지 않았지만 그날 새벽 그는 술에 취해 있었다. 그가 만든 구조물의 결함 때문이라는 소문이 돌았다. 구순의 설웅모는 그 아들의 시신 앞에서 무너져 내렸고 이후 스스로 대목장직을 나라에 반납했다.

비목랑은 조용히 눈을 감았다. 누구보다 비목랑은 잘 알고 있었다. 악의 탑은 결국 그 자신을 무너뜨린다는 것을….

대영조의 설복겸을 따르던 김 편수와 일당은 횡령과 수하 목수들의 임금 착복 혐의로 지방 관아의 노비 신세가 되었다.

비목랑은 대영조의 목수들이 당주로부터 받지 못한 품삯을 성전 책임자인 용춘에게 사실대로 알리고 품삯의 절반 정도는 보전받게 해 주었다.

"진묵 목수"

"네"

"손정운 도편수와 이영훈 도편수를 불러서 내 사무실로 오세요."

부여조에서 진묵 목수는 비목랑과는 눈만 마주쳐도 마음이 통할 정도로 흉금을 터놓고 지내는 사이였다. 말하자면 그의 애제자였다.

"이제 황룡사 9층탑의 1층이 완성 되었건만 무슨 분란이 이리도 많은지!"라고 손정운 도편수가 객쩍은 듯 말했다.

"비목랑 대목장님, 열심히 일하고 있는 대영조의 수하 목수들을 우리가 품고 함께 나가야 하지 않겠어요?"라고 이영훈 도편수가 말했다.

"이 도편수의 말이 맞아요. 목수는 혼자서 집을 지을 수가 없죠. 우리 부여조에서 중요시하는 강령이 이런 것 아닙니까? 나무를 조립하는 것, 나무의 성질을 맞추는 것, 그것을 맞추는 것은 사람, 사람을 맞추는 것은 마음을 맞추는 것….."

비목랑이 말했다.

"우리 부여조에서 저 웬수 같은 대영조 목수들 밀린 품삯 기금 마련을 위해 십시일반 기부하여 서로의 마음을 하나로 만들어 봅시다."

손정운 도편수가 선뜻 나서서 말했다.

"한 현장에서 일하는 목수는 한 식구나 다름없당께로, 성님 안 그런가요 잉?"

서라벌

조용히 듣고만 있던 진묵 목수도 백제 말로 한마디 거들었다.

이영훈 도편수가 각 상단의 당주들을 1층의 심초석 위에 세워진 심주가 보이는 곳에 불러 모았다.

"알고 있는 바와 같이 우리는 보름 후에 9층탑 공사에서 가장 어려운 심주 잇기를 할 예정입니다"라고 비목랑이 말했다. 그곳에 모인 각 상단의 당주들은 일제히 사천주 바깥쪽에 세 개씩 묶여있는 심주를 주목했다. 다른 기둥보다 직경도 1.5배, 길이도 다른 기둥에 비해 거의 배가 되는 거대한 기둥을 보며 저걸 어떻게 9층까지 연결할 것인가 하고 의아하게 생각했다.

길이가 35척(12.5미터), 지름이 3척(1.07미터)으로 심주 한 개의 무게가 무려 1만4천 근(약 3.5톤)이나 되었다. 결국 다섯 개의 심주를 들어 올려 연결해서 한 봉으로 만들어야 했다. 그 길이가 무려 183척(65미터)이나 되었다.

지금까지 그렇게 큰 기둥을 본 신라인은 아무도 없었다.

사천주 밖에 갇혀 있는 저 여섯 개의 심주는 거대한 한 마리의 용이 날지 못하고 웅크리고 앉아 있는 형상과 같았다. 저 심주가 '조개입결구'로 9층까지 연결되는 날, 한 마리의 용이 되어 하늘로 승천하게 될 것이었다. 그리고, 그 심주는 금빛 찬란한 상륜의 받침대 역할을 할 것이다.

"그런데 말입니다요. 내가 무식해서 그런지 몰라도 난 아직 이 심주가 왜 탑신과 연결되지 않고 홀로 서 있어야 하는지 이해가 안 됩니다요."

아직 방년의 나이에 대머리가 된 진묵 목수가 홀로 서 있는 심주를 보고 의아해서 비목랑을 향하여 말했다.

"서라벌은 지진이 유독 심한 지역이라네. 지진으로 탑이 쓰러지기 전에 탑신과 심주의 흔들리는 주기 차이 때문에 서로의 흔들림을 완충해 주는 역할을 한다네. 정림사지 5층탑을 세울 때 십분의 일 모형도를 만들어 바닥을 흔들어 보았잖은가? 눈으로 보았으면서도 아직 이해 안 되는가?"

비목랑이 진묵 목수에게 나무라듯 말했다.

1층과 2층의 심주를 잇는 날은 여왕과 대소신료들 그리고 서라벌의 백성들이 황룡사 9층탑의 작업 현장을 참관할 예정이었다. 비목랑은 각 상단의 당주에게 활차滑車(도르래)와 심주를 묶어 끌어 올릴 줄을 준비하고 흠결이 없는지를 점검하게 했다.

"이 도편수님, 손 도편수님, 우리 부여조 목수들은 저들이 점검한 내용을 교차 점검하여 실수가 없도록 해야 합니다. 저 무거운 것을 끌어 올리다가 줄이 하나라도 끊어져 균형이 무너지면 탑 전체가 무너져 버립니다. 활차가 밧줄의 압력에 견딜 수 있는지를 사전에 몇 번이고 실험해 봐야 합니다."

비목랑이 부여조 목수들이 모인 자리에서 그의 가지런한 잇바디를 드러내며 열변을 토하듯 말했다.

"우리 부여조는 익산의 미륵사 9층탑 건립의 경험을 최대한

살려야겠는디요 잉"라고 입가에 어글어글한 미소를 지어 보이
며 비목랑의 애제자인 진묵 목수가 말했다.

2층에 기둥과 공포를 세우고, 지붕의 서까래를 시공하기 전
에 사천주와 사천주 사이의 대들보에 활차를 여러 개 설치했
다. 또 거중기擧重機의 제일 높은 곳에는 수레바퀴만큼 큰 활
차를 설치했다. 황룡사 금당 앞에는 전국에서 백 명이 넘는 고
승들이 모여 백고좌 법회를 열듯이 불경을 외우고 있었다. 그
청량한 불경 소리만으로도 능히 심주가 지상에서 2층 꼭대기
까지 올라갈 것 같았다.

이제 심주를 끌어 올릴 만반의 준비가 되었다. 여왕과 대소
신료들, 서라벌 백성이 황룡사 9층탑의 두 번째 심주에 눈이 집
중되었다.

신라의 모든 백성이 지금처럼 이렇게 한마음 한뜻을 가진 적
이 있었던가? 위대한 순간이었다.

2

9층탑의 두 번째 심주가 오르는 전날 밤 월광 속의 공사장,
모두가 잠든 시간에 비목랑은 홀로 공사장을 찾았다. 묶이지
않은 거대한 목신木神, 마치 하늘을 향해 날개를 펴지 못한 용

처럼 심주는 그 자리에 웅크려 있었다.

그는 천천히 다가가 심주의 거죽을 쓸어 보았다. 결은 곧고 깊었으며 마른 피 같은 옹이는 어릴 적 비바람의 흔적이었다.

"이봐, 머나먼 왜국 숲에서 살다 왔지? 이천 번 넘게 겨울을 견뎠겠구나."

나무는 대답하지 않았다. 다만, 묵직한 침묵이 숨을 고르고 있었다.

"나는 너를 자르지 않았다. 다만 네가 탑이 되고 싶어 하는 마음을 내 손이 읽었을 뿐이다."

달빛이 심주의 표면을 비추자 마치 옛 나이테가 드러나는 듯했다. 비목랑은 그 원들을 따라 손가락을 움직이며 눈을 감았다.

"너도 알고 있겠지. 사람은 흔들리고, 기둥은 견디는 법이라는 걸. 허나 내 마음이 흔들리면 탑도 함께 무너질 수 있어. 그러니 오늘은 내 안의 바람도 네게 기대어 식히고 싶다."

그는 심주의 밑동에 무릎을 꿇고 앉았다. 마치 고목에게 절하듯, 혹은 오래전 친구의 무덤을 찾은 사람처럼.

"내가 사람들의 손을 모아 너를 올릴 것이다. 너의 무게를 이겨내고, 그 무게로 만인의 위로가 되게 할 거야. 그대의 높이는 내 책임의 깊이와 같을 것이니…."

달빛이 기울고 있었다. 바람이 나무의 살결을 쓰다듬자, 마치 심주가 숨을 내쉬는 것 같았다. 비목랑은 다시 속삭였다.

서라벌

"고맙다. 멀리서 왔고 오래 살았고 이제는 하늘이 되려는 그
대를 내가 다치게 하지 않겠다."

그는 조용히 일어나 심주를 한 번 더 바라보았다.

말없이 고개를 숙이며 나무의 시간에 경배를 드리는 사람 그
는 이제 목수이자 시인, 건축가이자 구도자였다. 이제 비목랑
은 목수의 손으로 세계를 짓되, 시인의 심장으로 사물의 숨결
을 듣는 경지에 이르렀다.

3

거중기의 꼭대기에 설치된 거대한 활차에 놓인 밧줄과 동서
남북 방향에 설치된 활차 위의 밧줄들은 사바세계의 고통과 번
뇌를 떨쳐 내려고 사천왕이 연주하는 자바라 황적 비파 요고 네
개의 주 악기의 선같이 팽팽한 긴장을 나타내었다.

밧줄을 쥐고 있는 이백 명이 넘는 기술자들은 비목랑의 손만
을 주시하고 있었다. 비목랑의 오른손에 쥐고 있는 부채가 펴
진 채 올라가자 그들은 일제히 밧줄을 당기기 시작했다.

금강경을 독송하던 고승들은 심주가 조금씩 공중으로 올라
가자 고승들뿐 아니라 기술자들까지 함께 반야심경을 독송하
기 시작했다. 그 독경 소리는 마치 전장에서 병사들의 진격을
독려하는 북소리 같았다. 그러자 심주는 마치 독송의 힘으로

올라가듯 제자리에 도달하자 멈추었다.

아비지 대목장과 비목랑은 심주의 아래 끝부분을 잡고 1층 심주의 상부에 '조개입결구'를 맞추었다. 비목랑은 당기고 있던 줄을 조금씩 놓기를 지시했다. 위에서 두들기지 않아도 일만 사천 근(약 3.5 톤)이나 되는 심주의 자중自重만으로도 암수가 단단히 결구가 되었다.

수직을 재는 추를 실로 늘어뜨려 심주를 똑바로 세우고 사방에서 밧줄로 심주를 고정했다. 9층까지 다섯 번의 심주 잇기를 해야 한다. 오늘 첫 번째를 성공적으로 마무리했다. 여기저기에서 박수 소리가 터져 나왔다. 비목랑은 먼저 여왕을 보았다.

여왕은 비목랑을 바라보며 고요히 미소 지었다. 애틋하게 떨리는 음성이 가슴 깊이 울려왔다.

"오늘 당신의 건축은… 신의 손길과도 같았소."

그 말은 마치 여왕의 숨결처럼, 비목랑의 심연을 건드렸다. 비목랑에게 여왕의 미소는 염화미소拈華微笑와 다를 바 없었다. 석가모니가 영산회에서 연꽃 한 송이를 대중에게 보이자, 마하가섭이 보냈던 그 미소. 비목랑은 본인의 건축이 예술로, 사랑으로 승화됨을 실감하는 순간이었다.

1차 관문은 통과했다. 다음 심주 잇기는 올라갈수록 더 난해할 것이다. 이 심주 잇기를 하면서 비목랑은 다시 한 번 더 위대한 건축물의 탄생은 한 사람의 손재주에서 나오는 것이 아니라

서라벌

는 것을 깨닫게 되었다. 그는 개개인의 마음을 하나로 모으는 기술이 궁극의 기술임을 알게 되었다.

4

9층탑의 아름다움은 높이에 있지 않았다. 외향의 장엄은 기둥의 개수도, 첨탑의 화려함도 아닌 오직 비례에 달려 있었다.

1층과 9층 사이의 비례, 탑신과 상륜부의 균형, 이 모든 것이 맞물릴 때 비로소 눈에 보이지 않는 '절대미'가 그 모습을 드러낸다.

그러나, 그 미는 단순히 측량으로 얻어지는 것이 아니었다. 도면 위에 찍히는 수치는 흉내낼 수 있어도, 진정한 비례의 감각은 '보는 눈'에서 비롯되었다. 비목랑은 그것을 찾아 헤맸다. 익산 미륵사의 9층탑은 크기로는 압도적이었지만, 비목랑의 눈에는 탑의 정상부가 지나치게 왜소해 보였다. 무게 중심은 낮았고 탑의 숨은 미를 하늘로 이끌어 올리는 비례의 상승감이 결여 되어 있었다. 그는 본능처럼 느꼈다. 아름다움은 안정 속의 긴장, 정적인 구조 속의 상승 욕망이 있어야 한다는 것을….

어느 날 부여조의 작업장에서 햇빛 아래 걷고 있던 연지의 모습을 본 순간, 비목랑은 자신의 무릎을 쳤다.

"이것이다."

연지의 몸은 자연이 만든 최고의 조화였다. 균형 잡힌 어깨에서부터 가지런한 허리, 둥글고 부드러운 이마선까지….

그 몸의 비례를 따라 탑을 짓자. 그는 연지의 팔등신을 따라서 1층의 너비와 9층의 너비를 100:50으로 조율했고, 각 층마다 정확히 2.35척씩 안으로 들어가도록 기둥의 위치를 설계했다.

그 비례는 자연의 곡선을 닮았고 심주는 여인의 척추처럼 곧고 단단하게 중심을 잡아주었다.

그러나, 탑이 솟아오르고 1층부터 7층까지의 형상이 눈에 들어오기 시작했을 무렵 비목랑은 다시 한 번 더 자신의 비례가 옳았음을 확인하게 되었다.

그는 여왕을 바라보았다. 큰 의례의 날 여왕은 용을 수 놓은 곤룡포를 입고 금관을 쓰고 등장했다. 황금빛 비단이 흐르는 옷자락 아래 그녀의 자태는 황룡사 9층탑 보다도 더 완벽한 비례를 품고 있었다.

"이 탑은 여왕을 닮았다."

그는 속으로 중얼거렸다. 예술은 결국 주인을 닮는다.

그 대상이 자신의 이상과 닮았을 때 예술가는 진정한 창조의 기쁨을 맛본다. 그리고 그 기쁨은 비목랑 한 사람의 것이 아니라, 이 나라 이 시대 이 백성 전체의 것이었으리라. 그렇게 황룡사 9층탑은 인체의 비례, 예술의 정신, 정치의 상징, 그리고 사랑의 형상으로 완성되었다.

서라벌

탑이여! 그대는 더 이상 건물이 아니었다. 그대는 여왕의 그림자요, 백성의 자긍심이며, 사랑의 형상이다.

5

"짐은 무구정광대다라니경에 탑을 쌓아 공양하면 개인과 국가가 모두 복을 받는다고 들었소. 이제 황룡사 9층탑의 1층이 세워졌고 앞으로 9층까지 완공되면 각 층마다 빼곡히 앉힐 불상이며 소탑을 전국에 있는 우리 신라 백성 모두가 참가하여 만들면 좋겠다고 생각했소. 상대등 비담 공의 생각은 어떻소?"

여왕이 어전회의를 소집하여 조정 신료들이 모인 자리에서 먼저 상대등 비담에게 의견을 물어보았다.

"네, 폐하의 성덕으로 신라 백성 모두가 부처님의 가피加被를 받고 복을 빌 수 있다면 그보다 더한 홍복이 어디에 있겠나이까? 그렇게만 되면 각 지방의 군주軍主들도 9층탑의 진척을 기다릴 것입니다. 건축에 필요한 자금의 공양 내용도 불탑에 새길 수 있도록 하면, 탑의 서까래 단청에 금칠해도 될 만큼의 자금이 넘칠 것이옵니다"라고 상대등 비담이 말했다.

"상대등, 서둘러 주시오. 이제 탑을 튼튼하게 잘 짓기만 하면 되겠소이다."

여왕은 여태껏 왁살스러운 사령부의 패악질만 보아 오다가 오랜만에 조정이 왕실과 하나가 되니 만면에 미소가 넘쳤다.

6

햇빛이 금색 상륜에 부딪혀 사방을 물들인다. 탑이 완공되는 날 여왕은 탑 앞에 홀로 섰다.

'드디어… 완성되었구나.'

여왕은 말없이 고개를 들어 탑을 올려다보았다. 9층의 높이, 대들보의 균형, 상륜부의 곡선, 금빛의 떨림, 탑은 그녀를 향해 아무 말도 하지 않지만 침묵 속엔 천 가지 말이 담겨 있었다.

'이 탑은 내 꿈이었다. 내 이상이었고… 내 외로움의 형상이 기도 했다.'

그녀는 황룡사 금당의 계단에 서서 탑을 바라보며 혼자 중얼 거렸다. 탑의 그림자가 그녀의 무릎 위로 길게 드리워진다. 문 득 그녀는 지난 시간들을 되짚는다.

정적들의 반발, 백성들의 고통, 밤마다 들려오던 모함의 소 문들, 그리고… 단 한 사람에게조차 온전히 기댈 수 없었던 긴 싸움.

'이 탑이 무너지지 않기를 바랐다. 무너지지 않게 하려면, 내 마음도 쓰러지면 안 되었으니까….'

그녀의 시선이 탑의 중심 곧은 심주로 향했다. 그 나무는 천

근의 무게를 짊어진 채 흔들림 없이 서 있었다.

그 나무를 세운 자 그 결을 읽고 그 기둥들을 연결하여 한 마리 거대한 용으로 비상하게 세운 자—비목랑.

'그대의 손이 이 탑을 세웠소. 하지만 그대는 모르겠지요. 내 마음까지도 함께 세워 올렸다는 것을….'

그녀는 미소를 지었다. 그 미소는 누구에게 보이기 위한 것도 아니고, 권력을 지닌 군주의 여유도 아니었다.

'이 탑은 나를 닮았고… 나보다 그대를 더 닮았소.'

태양은 더욱 높이 떴다. 상륜부의 금동 장식이 번쩍이며 사방을 물들였다. 백성들이 몰려와 기뻐하며 연신 절을 올렸다.

그녀는 생각했다. 이 탑은 백성의 위안이 될 것이고 신라의 자긍심이 될 것이며 그리고… 그녀 개인에겐 한 사람과 나눈 조용한 사랑의 형상이 될 것이다.

'고맙소 비목랑'

그대의 탑은 세상에서 가장 곧고,

그대의 마음은 가장 깊은 아름다움을 지녔소.'

바람이 불었다.

탑이 흔들리지 않듯, 여왕의 마음도 그 순간 흔들림이 없었다.

그녀는 다만 조용히 속삭였다.

'이 탑은 나의 눈물과 미소를 모두 기억하겠지.'

에필로그

"나는 어느 해 어느 달 어느 날에 죽을 것이다. 그 날이 오면, 나를 낭산의 꼭대기 도리천에 묻어주시오."

여왕은 신하들을 앞에 두고 조용히 말했다.

"도리천이란 어디이옵니까?"

신하들이 물었고, 그녀는 단호하게 대답했다.

"낭산의 정상이다."

그리고 과연 예언한 그 날이 다가오자 여왕은 한 치의 오차 없이 예언한 죽음의 날에 숨을 거두었다. 신하들은 당부대로 그녀를 낭산 정상에 모셨다. 그녀는 살아서 영묘사와 분황사의 모전 석탑을 세우고 황룡사 9층탑과 첨성대를 일으키며 건축으로 정치를, 신앙으로 시간을 새기며 살아냈다. 그녀의 정토는 멀리 있지 않았다. 서라벌 전역에 남긴 탑과 절과 유적들은 육신이 사라진 뒤에도 조용히 그녀의 사상을 입체화하며 자라나고 있었다. 그리고, 세월이 흘러 문무왕 시대 여왕의 무덤 아래 낭산 중턱에 명랑 법사가 사천왕사를 창건한다. 사천왕천은 불경에 따르면 수미산 중턱에 있고, 그 위에 도리천이 있다.

신하들은 그제서야 깨닫는다.

여왕은 산이 아니라 '우주'를 보고 있었음을….

그녀는, 죽음조차도 천년을 향한 건축으로 남기고자 했다.

자신의 무덤, 김유신 묘, 문무왕릉, 첨성대, 옥녀봉… 이 모든 공간은 동지의 일출을 향한 하나의 선 위에 놓여 있었다.

우연이 아니었다. 그것은 기도로 설계된 조국의 운명도, 시간의 정렬 속에 맞추어진 신성한 건축도 그녀가 생전에 만든 '천년 왕국의 도면'이었다.

여왕이 서거하고 13년 뒤 백제가 멸망했고, 21년 뒤에는 고구려가 무릎을 꿇었다. 매소성에서 삼 만 신라 병사는 스무 배의 당나라 기병을 물리쳤다. 그들은 죽창을 들었지만 그들의 발밑에는 이미 여왕이 닦아놓은 불심의 땅이 있었던 것이다.

강변하지는 않겠다. 오직 그것 때문이라고 말하지는 않겠다.

그러나 언제나 그렇듯 부드러움은 강함을 이긴다.

병약했지만 정신은 누구보다 강했던 여왕, 그녀는 백성을 향한 절실함으로 싸웠고 그 절실함이 무력을 뛰어넘는다는 것을 삶으로 증명했다.

그녀가 떠나고 100년이 흐른 뒤, 불국사와 석굴암은 또다시 동지 일출의 선 위에 놓이게 된다.

여왕의 꿈은 살아 있었다. 그녀는 죽어서도 신라를 설계했고, 그 설계는 '덕업일신, 망라사방', 천년의 왕국을 꿈꾸는 불국토의 건축적 시원始原이 되었다.

작가의 말

"황룡사 9층탑을 다시 짓는 마음으로"

황룡사 9층탑은 신라의 왕경, 서라벌에 실존했던 건축물이다. 만약 지금까지 남아 있었다면, 그것은 단연코 세계 최고最高의 목탑이었을 것이다.

신라인은 당시 9층짜리 목탑을 지을 수 있는 독자적 기술을 갖추지 못했다. 그러나 백제 장인 아비지의 기술과 선덕여왕의 의지, 그리고 건축을 통해 하나가 되고자 했던 열망은 그 불가능을 가능케 했다.

황룡사 9층탑은 몽골군의 침입으로 불타기 전까지, 600년 넘는 시간을 견디며 그 자리를 지켰다. 그 탑으로 삼국이 하나로 묶였고, 백성은 위로받았으며, 한반도는 천년 왕국의 꿈을 꾸게 되었다.

그러나 고려의 유학자 김부식은 이렇게 말했다.

"양은 강하고 음은 부드러우며, 사람으로 치면 남자는 존귀하고 여자는 비천한 것. 하물며 늙은 여인이 안방에서 정사를 보는 것은 하늘의 이치에 어긋난다."

"암탉이 새벽을 알리면 나라가 망한다 하지 않았는가."

삼국사기를 집필한 그는 여성 군주의 치세를 모욕적인 비유로 매도했다.

오늘날 같았으면 열 번도 넘게 탄핵당했을 발언이다. 그는 모화주의적 사고와 남성 중심 이념에 매몰되어 부드러움이 강함을 이긴다는 이치를 끝내 이해하지 못했다.

황룡사 9층탑은 서양 건축의 절정으로 불리는 사그라다 파밀리아 성당에 견줄 만한 위대한 작품이다.

직접 바르셀로나를 방문해 그 성당을 본 사람이라면, 그 건물 앞에서 아무 말도 하지 못했을 것이다.

거기엔 감동이, 상상력이, 그리고 건축가의 영혼이 살아 있기 때문이다.

가우디는 직선을 거부했다.

세상의 건물들이 제작의 편의 때문에 직선으로 지어질 때, 그는 곡선이 선이고, 직선은 악이라 믿었다.

건축은 고된 노동이지만, 그 결과는 한 편의 시이며, 하나의 우주다. 관객은 그 안에서 창조자의 손을 느끼고, 그들의 열정과 예술혼에 경의를 표하며, 자신의 일상에서도 새로운 아름다움을 꿈꾸게 된다.

그런 마음으로, 나는 황룡사 9층탑을 다시 지어보고 싶었다. 실제의 건물이 아닌, 한 편의 소설로 나는 1400년 전, 창건의 주역들과 그에 맞서 반대했던 자들의 목소리를 빌려 역사와 예술, 종교와 정치가 교차하는 황룡사 9층탑의 세계로 독자를 초대하고 싶었다.

일 층에서 구 층까지의 비례미, 기둥 하나하나에 스민 장인의 숨결, 탑신을 감싸는 불심의 의미를 상상해 주신다면, 나는 그걸로 족하다.

황룡사 9층탑과 거의 같은 시기, 여왕은 첨성대도 세웠다.

그 구조는 현대의 과학적 분석으로도 놀라울 따름이다.

건축 하나하나에 그녀는 철학, 신앙, 통치이념을 깃들게 했다.

그레이엄 핸콕은 이집트의 피라미드를 가리켜 "신의 지문"이라 했다.

나는 여왕의 건축물에서도 그와 같은 손길을 느낀다. 신라 왕경의 무덤과 건물, 심지어 안압지의 물길까지 첨성대를 중심으로 별자리처럼 배치된 것을 보고 나는 감탄하지 않을 수 없었다.

고대 이집트의 쿠푸왕이 피라미드를 천국으로 오르는 계단이라 여겼듯, 여왕은 황룡사 9층탑을 정토를 향한 상징, 사후세계의 설계도로 그려낸 것이다.

서라벌은 지진이 많은 지역이었다. 그럼에도 첨성대는 무너지지 않았다. 장인들의 기술과 감수성이 그만큼 뛰어났음을 증명했다.

불행히도 황룡사 9층탑은 고려 고종 25년(1238), 몽골군의 침략으로 소실되었다.

지금은 주춧돌 몇 개만이 그 위용을 증언할 뿐이다. 이 소설은 그 잊힌 탑을, 다시 세우고자 하는 기억의 건축이다. 건축은 열정 없이는 세워질 수 없고, 예술혼이 없이는 살아남을 수 없다.

그 시대에도 그랬고, 지금도 그러하다.

나는 독자들이 이 책을 읽으며 그 탑이 얼마나 위대했고,

그 탑을 지은 이들이 얼마나 고귀한 예술혼을 품고 있었는지를 함께 느끼고 동참해 주시기를 바란다.

언젠가 그 날이 와서, 축구장 11개에 달하는 황룡사 터 위에 그 위대한 탑이 다시 우뚝 설 날을 오늘도 나는 염원해 본다.

목수 작가 **권길상**

서라벌

초판 1쇄 인쇄 2025년 10월 14일
초판 1쇄 발행 2025년 10월 25일

지은이   **권길상**
편집 번역   **정승욱**
펴낸곳   **쇼팽의 서재**
편집디자인 **송혜근**
표지디자인 **정예슬**

출판등록   **2011년 10월 12일 제2021-000253호**
주소   **서울 강남구 역삼동 613-14**
도서문의 및 **jswook843100@naver.com**
원고모집   **j44776002@gmail.com**
인쇄 제본   **예림인쇄**
배본 발송   **출판물류 비상**
ISBN   979-11-993125-1-7 03810

정가 24,900원